D1936486

aufbau taschenbuch

AUFBAU VERLAGSGRUPPE

Robert Gordian, geboren 1938, studierte Geschichte und Journalistik und war seit 1967 als Hör- und Fernsehspielautor erfolgreich. Seit Anfang der neunziger Jahre veröffentlicht er historische Romane und Erzählungen, darunter »Die schrecklichen Königinnen« und »Die ehrlose Herzogin«. Sein Vorgängerroman zur Geschichte der merowingischen Herrscher, »Der Wolfskönig«, erschien 2005 im Aufbau Taschenbuch Verlag.

Nach König Chlodwigs Tod teilen seine vier Söhne das Frankenreich unter sich auf. Doch schon bald brechen Unfrieden, Intrigen und Grausamkeit unter den merowingischen Herrschern aus. Vor allem der jüngste von ihnen, Chlothar, ist so blutrünstig, daß viele seiner Zeitgenossen in ihm die Inkarnation des Teufels erkennen. In seine Fänge geraten die schöne Radegunde und ihr Bruder Irmfried, Kinder des getöteten Thüringerkönigs Berthachar. Die Geschwister wachsen in Gefangenschaft auf, bis das junge Mädchen, aus dem eine anmutige und gottesfürchtige Christin geworden ist, die vierte Ehefrau Chlothars werden soll. Der tapfere König Theudebert verliebt sich in Radegunde und versucht, sie vor ihrem Schicksal an der Seite seines brutalen Onkels zu retten. Doch bevor Radegunde dem Ruf Gottes folgen kann und sich im ganzen Frankenreich ihr Ruf als Heilige verbreitet, muß sie die Hölle auf Erden durchschreiten.

Robert Gordian

Die Heilige und der Teufel

Historischer Roman

Aufbau Taschenbuch Verlag

ISBN-10: 3-7466-2250-6
ISBN-13: 978-3-7466-2250-7

1. Auflage 2006

Umschlaggestaltung Dagmar & Torsten Lemme, Berlin
unter Verwendung eines Fotos von AKG
Druck Oldenbourg Taschenbuch GmbH, Plzeň
Printed in Czech Republic

www.aufbau-taschenbuch.de

Die erste Flucht

I

Von weitem hatte der Mann am Ausguck die drei für Bauern gehalten. Einer zog, ein zweiter schob den Karren mit dicken Scheibenrädern, die in dem weichen Boden die schon vorhandene Spur vertieften und verbreiterten. Den dritten entdeckte der Wächter erst, als er den Kopf aus dem Stroh hob, mit dem das Gefährt beladen war. Seine Stirn war mit einem Tuch umwunden, vielleicht zum Schutz gegen die Sonne. Die beiden Männer, die den Karren bewegten, waren fast nackt. Der eine trug nur ein zerrissenes Hemd, der andere eine bis knapp zu den Knien reichende Hose. Es war ein Sommertag, die Luft am südlichen Rande des großen Sumpfes war feucht, schwer und heiß.

Bald bemerkten aber die scharfen Augen des Wächters, daß die drei nicht nur einfaches Landvolk mit einer Fuhre Stroh waren. Das Tuch um den Kopf des Liegenden auf dem Karren war voller dunkler Flecke, das mußte Blut sein. Der Mann an der Deichsel hinkte stark und schleppte sich nur noch mühsam vorwärts. Alle Augenblicke hielten die Männer an, um zu verschnaufen. Der Schiebende schien noch einigermaßen bei Kräften zu sein. Bald war auch auszumachen, daß er am Gürtel seiner Hose ein kurzes Schwert trug. Und als sie wieder einmal stehenblieben und er sich aufrichtete und mit einer Kopfbewegung das Haar zurückwarf, erschrak der Wächter.

»Eggo«, murmelte er. »Es ist Eggo!«

Der Wächter hockte hoch oben im Gebälk des Herrenhauses, an der westlichen Giebelwand, wo der Ausguck errichtet war. Er warf einen Blick hinter sich.

»Herrin!« rief er einer dunkelhaarigen Frau zu, die unten in dem großen, kahlen Raum im Kreis ihrer Dienerinnen beim Spinnen saß. »Da kommt Eggo! Ich erkenne ihn gut – er muß es sein. Ja, er ist es!«

Die Frau blickte auf. »Wer, sagst du? Eggo? Ist es der Schieler?«

»Nein, der andere, sein Vetter. Der große! Der die aus dem Harzgebirge anführt!«

»Kommt er mit Beute? Mit Gefangenen?«

»Er kommt allein.«

»Wie? Ganz allein?«

»Mit zwei Verwundeten. Ich erkenne sie nicht, aber es müssen Unsrige sein.«

Die Frau erblaßte. Sie sprang auf, und ohne zu zögern, erklomm sie die Leiter. Im nächsten Augenblick stand sie auf der schmalen, von drei Bohlen gebildeten Plattform des Ausgucks. Angestrengt spähte sie in die Richtung, die ihr der Wächter wies, konnte aber im ersten Augenblick nichts erkennen, weil die Gruppe mit dem Karren hinter Erlengesträuch verschwunden war. Der Weg, auf dem sich die Männer befanden, verlor sich nach einer Meile im Wald, folgte hier den Windungen der Aller und führte auf die von zwei Armen des Gewässers umflossene Sumpfburg zu. Auf einem flachen Hügel, den der angeschwemmte Sand des Flusses gebildet hatte, stand diese Grenzfestung der nördlichen Thüringer, ohne Mauern, doch gut gesichert durch Graben, Wall und Palisadenzaun. Man nannte sie Ovesfeld, weil in der Sprache der Germanen eine Wieseninsel mit *ove* bezeichnet wurde und *feld* flach oder eben bedeutete.

Als die drei Männer hinter den Erlensträuchern auftauchten, schrie die Frau an der Seite des Wächters auf.

»Eggo! Wahrhaftig, er ist es! Aber warum ... Was bedeutet das? Was ist da passiert?«

»Das muß noch nichts Schlimmes bedeuten, Herrin«,

sagte der Wächter. »Er wurde wohl versprengt und mußte fliehen.«

»Er ist nicht mal zu Pferde.«

»Vielleicht haben sie es ihm weggeschossen. Oder es ist in diesem verdammten Morast versunken.«

Die drei Männer mit dem Karren waren auf knapp zweihundert Schritte an die Wallburg herangekommen. Der Hinkende klammerte sich an die Deichsel, plötzlich knickten seine Knie ein, und er fiel hin. Das Gefährt rutschte in den Schlamm einer Erdmulde, und der Mann mit dem Kopfverband wurde herausgeschleudert. Der dritte, den die Frau und der Wächter Eggo nannten, beugte sich erst über ihn, dann über den Gestürzten. Schließlich blickte er hinüber zur Wallburg und schien die Entfernung abzumessen. Er entschied, die Verwundeten erst einmal zurückzulassen und das letzte kurze Stück Weges allein zu machen.

»Er wird uns Schlimmes verkünden«, flüsterte die Frau. »Ich fühle es, das bedeutet Unheil. Bei Wodan und Frija, es ist alles verloren!«

»Beruhige dich, Herrin«, sagte der Wächter. »Unser Heer ist unschlagbar. Dein Gemahl, unser tapferer König ...«

»Er hat alles verdorben!« schrie sie. »Ich wußte, daß er alles verderben wird!«

Der Wächter wollte noch etwas sagen, aber sie hatte ihm schon den Rücken zugewandt. So behende, wie sie heraufgekommen war, kletterte sie die hohe Leiter hinab. Unten hob sie ihr Kleid an und lief aus dem Hause. Betroffen blickten die Frauen ihr nach. Sie hatten die Frau Königin Amalaberga noch niemals die Röcke raffen und rennen sehen.

Auch die Wächter, die am Tor dösten, rissen die Augen auf, als sie die Königin mit wehenden Haaren auf sich zueilen sahen.

»Öffnen!« schrie sie. »Den Riegel zurück! Schlaft ihr Kerle? Seht ihr denn nicht, wer dort kommt?«

Die Männer beeilten sich. Sie stürmte hinaus. In der Hast trat sie in ein Wasserloch. Schlamm spritzte auf. Die Königin hatte sich den Fuß vertreten, fluchte, humpelte ein paar Schritte beiseite und lehnte sich an einen Birkenstamm. So erwartete sie den Mann, der sich näherte. Er tauchte wankend, beide Fäuste auf die keuchende Brust gepreßt, hinter dem Ufergebüsch der Aller auf.

»Eggo!« schrie sie. »Wo kommst du her? Warum bist du allein? Wie siehst du aus? Rede! Rede doch endlich! Wo sind deine Leute? Wo ist mein Gemahl? Was ist geschehen?«

Der Mann stand vor ihr und versuchte, sich trotz seines kläglichen Zustands eine respektvolle Haltung zu geben. Über seine nackte Brust lief der Schweiß in Bächen. Strähnen des grauen Haars klebten in seinem wettergegerbten Gesicht.

»Alles aus, Herrin, alles aus!« brachte er schwer atmend hervor. »Die Schlacht verloren, das Heer … aufgerieben, vernichtet. Wer sich noch retten konnte, hat sich auf und davon gemacht. Der Franke hat seine Rache bekommen.«

»Und der König? Wo ist er?«

»Da unten irgendwo, nach Süden zu«, sagte Eggo, wobei er mit Anstrengung den Arm hob und vage in eine Richtung deutete. »Er wird wohl versuchen, die Reste zu sammeln … wer überlebt hat, es sind nicht viele …«

»Und warum kommt er nicht her?«

»Vielleicht geht es nicht mehr, ich weiß es nicht. Der Feind ist schon überall. Ich habe den König aus den Augen verloren. Er wird versuchen, sich in unsere Stammlande durchzuschlagen, in die Berge …«

»In die Berge?« schrie sie. »Aber er weiß doch, daß ich hier bin! Will er mich in dieser Ödnis verkommen lassen? Soll ich den Franken in die Hände fallen?«

»Das will er bestimmt nicht, Herrin, aber die Umstände …

Das beste wird sein, du brichst sofort auf und folgst ihm. Sie können ja morgen, vielleicht heute abend schon hier sein!«

»Heute schon? O Götter, womit habe ich soviel Unglück verdient! Und meine Kinder – was wird aus den Kindern? Ich habe ihm niemals vertraut, und nun läßt er uns grausam im Stich!«

»Glaub mir, Herrin, König Hermenefred hat alles getan, was in seiner Macht stand. Die Franken waren weit in der Überzahl. Auf einen von uns kamen drei von ihnen. Dahinten liegen zwei Verwundete, tapfere Krieger. Befiehl, daß ihnen geholfen wird. Ich bin todmüde, Herrin, kann mich kaum aufrecht halten ... Erlaube ...«

Eggo ließ sich ins Gras sinken.

Die Königin Amalaberga brach in Tränen aus. Mit aufgelöstem Haar, in ihrem von Schlamm bespritzten Kleid lehnte sie noch immer an dem Birkenstamm. Sie weinte hemmungslos, mit bebenden Schultern.

Von der Wallburg liefen Leute herbei, Männer und Frauen, Alte und Kinder. Sie drängten sich in einem Kreis um die beiden. Ein Graubart rief: »Was ist nun? Ist Thüringen verloren? Werden uns die Franken und Sachsen beherrschen?«

»Was die Zukunft bringt, weiß ich nicht«, sagte Eggo. »So wie es jetzt ist, sieht es schlimm aus. Der Ort hieß, glaube ich, Runibergam. Ist noch ein gutes Stück von hier entfernt, dort im Westen. Wir waren zu wenige, sie kreisten uns ein. Zu Hunderten wurden die Unsrigen niedergemetzelt. Sie hatten zwei Heere und viel Reiterei. Es hieß, daß zwei Frankenkönige gegen uns standen ... der, der sich an uns rächen wollte, und sein jüngerer Bruder. Daß Donar die Schufte mit seinem Hammer erschlage! Aber die Götter waren gegen uns.«

»Die Götter sind immer nur mit den Tüchtigen!« stieß die Königin Amalaberga unter Tränen hervor.

»Und was wird nun aus uns?« schrie eine Frau. »Sollen wir hier zugrunde gehen?«

Verzweifelte Stimmen erhoben sich.

»Sie werden uns alle umbringen!«

»Nein, sie verschleppen uns und verkaufen uns an die Sklavenhändler.«

»Aber vorher kühlen sie ihr Mütchen an uns.«

»Die Franken sind grausam, Gnade kennen die nicht.«

»Arme Weiber! Sie werden keine verschonen!«

»Mich kriegen sie nicht!« rief eine junge Frau. »Lieber gehe ich in den Sumpf!«

Ein Geheul erhob sich. Auch andere wollten den Tod der Schande vorziehen.

Der Graubart verschaffte sich heftig fuchtelnd Gehör.

»Was fällt euch ein? In den Sumpf gehen? In den Tod? Wir brauchen euch noch lebendig! Ihr habt ja gehört, wie viele Thüringer auf der Walstatt geblieben sind. Ihr Frauen müßt uns Söhne gebären, dann werden wir eines Tages auch wieder stark sein. Deshalb sage ich: Rettet euch! Laßt uns aufbrechen, heute noch! Nach Osten, zur Elbe! Dann flußaufwärts zur Saale! Und in die Berge!«

»Ja, in die Berge!« sagte Eggo. »Dort wird der König schon auf uns warten.«

»Ich möchte wissen, was er mir dann erklären wird«, murmelte die Königin. Plötzlich raffte sie sich auf und wischte sich mit entschlossenen Gesten die Tränen aus dem Gesicht. Sie schämte sich jetzt ihrer Schwäche.

»Recht hast du, Answald!« wandte sie sich an den Grauhaarigen, der ihr Stallmeister war. »Wozu klagen? Wozu jammern? Ich habe auch nur die vielen guten und treuen Männer beweint, die gefallen sind. Für uns Lebende heißt es: den Kopf nicht verlieren und handeln! Ich bin eine Nichte des großen Theoderich. Der ließ niemals den Mut sinken, nichts konnte ihn beugen – keine Verluste, keine

Niederlage. Wenn euer König seine Thüringer im Stich läßt, werde ich, eine Gotin, euch in Sicherheit bringen. Folgt mir nach, und vertraut meiner Führung!«

Sie verbiß sich den Schmerz, den ihr der vertretene Fuß verursachte, und kehrte erhobenen Hauptes zurück in die Wallburg.

Dies geschah in der sechsten Stunde des Tages, am hohen Mittag. Schon in der neunten, am frühen Nachmittag, war die Königin Amalaberga reisefertig.

In höchster Eile hatte sie packen und anspannen lassen. Bei ihr befand sich ein Teil des Trosses der Thüringer.

Voller Zuversicht war die Königin mitgezogen, den Triumph über die verhaßten Franken hatte sie miterleben wollen. Die Schlacht zu beobachten und sich dabei in Gefahr zu bringen, hatte sie allerdings nicht für nötig gehalten. Doch auf die Siegesnachricht ihres Gemahls wollte sie unverzüglich aufbrechen. Sie wollte zugegen sein, wenn er die Ernte einbrachte, zu der sie die Saat gelegt hatte. Vermeiden wollte sie auch, daß der zu Milde und Nachsicht neigende Hermenefred mit seinen fränkischen Widersachern zu großmütig verfuhr.

Aus den wenigen Tagen, die die Königin Amalaberga in der Sumpfburg am Nordrand des Thüringerreiches zubringen wollte, war nun freilich fast ein Monat geworden. Mehrmals waren Boten von ihrem Gemahl gekommen. Zuletzt hatte er ihr mitteilen lassen, er stehe dem Feind fünfzig Meilen westlich gegenüber und habe ein Lager bezogen. Tief in das Land der Thüringer waren die Franken unter ihrem König Theuderich eingedrungen. Jeder Tag konnte nun die Entscheidung bringen, stündlich die erwartete Siegesbotschaft eintreffen. Voller Unruhe, voller Spannung hatte die Königin Ausschau halten lassen, und oft war sie selbst die Leiter emporgestiegen, um lange im Ausguck zu verharren. Fast unerträglich waren die feuchte Hitze am

Rande des großes Morastes, die Mückenplage, der Mangel an frischem Wasser, die Unbequemlichkeiten des Zusammenlebens mit einigen hundert Menschen auf engstem Raum. Nun war die Entscheidung gefallen, die Stunde für den Aufbruch gekommen. Nicht in die gewünschte Richtung freilich, sondern in die entgegengesetzte.

Der Weg, auf dem Eggo mit den beiden Verwundeten gekommen war, setzte sich hinter der Sumpfburg nach Osten fort. Allerdings war er unsicher, weil seit einiger Zeit immer häufiger Sachsen und Wenden in die schwach besiedelte Zone des nördlichen Thüringergaus vorrückten. Man mußte mit Überfällen rechnen. Die Königin Amalaberga entschied daher, den Troß mit seinen langsamen, schwerfälligen Fuhrwerken und Lasttieren in Ovesfeld zurückzulassen und nur mit einem kleinen, schnellen Schutztrupp zu reisen. Ein einziges Fahrzeug, ihre leichte Carruca, sollte mitgeführt werden. Der Wagen bot Platz für sie und ihre drei Kinder sowie für die Truhe mit Juwelen und Goldschmuck, von der sie sich niemals trennte.

Damit die Zurückbleibenden sie nicht mit Geschrei und Protest belästigten oder gar aufhielten, befahl die Königin ihrem Stallmeister Answald, das Gefolge an einem hinteren Tor der Burg zu sammeln, das gewöhnlich verschlossen und von Gesträuch fast zugewuchert war. Der Aufbruch sollte so überraschend erfolgen, daß die Mehrzahl der Burgbewohner ihn erst verspätet bemerken würde. Zur neunten Stunde standen der mit vier Pferden bespannte Wagen und die fünfzig Reiter bereit. Knechte schwangen Äxte, um das hinderliche Gestrüpp zu beseitigen. Das Tor war schon offen. Die Königin Amalaberga eilte herbei. Sie war zuletzt noch aufgehalten worden und hatte ihre Kammerfrauen, die sie zurücklassen wollte, belügen und abwimmeln müssen.

Gerade wollte sie die Carruca besteigen, als plötzlich neben ihr, wie aus dem Boden geschossen, ein kleiner alter

Mann mit weißem Lockenbart und dunklen Augen auftauchte. Seltsam nahm sich seine kurze, römisch geschnittene Tunika an diesem barbarischen Ort aus. Es war Melanius, ein Grieche und früherer Lehrer Amalabergas, den sie aus Italien mitgebracht hatte, als sie den Thüringerkönig heiratete. Seit ihrer frühesten Kindheit gehörte er zu ihrer Umgebung.

Der Alte wollte sie ansprechen, aber sie kam ihm zuvor.

»Es tut mir leid, Melanius! In meinem Wagen ist kein Platz mehr. Du wirst mit den anderen morgen reisen. Heute werden die Franken ja noch nicht kommen. Und was sollten sie dir auch antun? Hab also Geduld. An der Elbe werden wir auf euch warten. Wir werden uns in ein paar Tagen wiedersehen. Bis dahin leb wohl, mein guter Alter!«

Sie wollte ihn flüchtig umarmen, doch er wich etwas zurück und sagte: »Nicht für mich bitte ich! Ich bitte für diese beiden hier, Herrin, die du mir anvertraut hast!«

Die Königin hob den Kopf, und erst jetzt sah sie, daß Melanius nicht allein gekommen war. Er hatte zwei Kinder mitgebracht, die ein paar Schritte abseits stehengeblieben waren, aneinandergedrängt, als wollten sie sich gegenseitig schützen. Beide waren schmal, blond, hübsch und anmutig, und sie sahen sich ähnlich. Das Mädchen war dreizehn Jahre alt, der Junge erst zwölf.

»Ihr seid es also, die Unzertrennlichen!« sagte die Königin, und ihre Miene verfinsterte sich. »Habt ihr ausspioniert, daß ich heute schon abreisen werde?«

»Verzeih«, antwortete Melanius anstelle der Kinder, »ich erfuhr es von ...«

»Von wem auch immer«, unterbrach sie ihn. »Ich habe jedenfalls keinen Platz mehr. Der Wagen ist so schon überlastet. Soll ich meine eigenen drei etwa hier lassen? Damit diese Ungeheuer, die Franken, sie umbringen? Die Kinder des gehaßten, geschlagenen Königs?«

»Auch diese beiden sind in Gefahr!« entgegnete ihr der Alte mutig. »Dein Gemahl hat sie adoptiert, man wird sie behandeln wie seine eigenen!«

»Da gibt es wohl einen Unterschied«, sagte die Königin. »Aber wozu soll ich mit dir streiten, Alter? Wir müssen uns beeilen, wenn wir die Nacht unter einem Dach verbringen wollen. Morgen früh brecht ihr auf. Wenn die Franken kommen, werdet ihr alle längst fort sein, und niemandem wird etwas zuleide getan.«

Sie wollte wieder den Wagen besteigen, aber Melanius sank auf ein Knie und flehte: »Bitte, Herrin, laß die beiden nicht schutzlos zurück! Wer soll ihnen helfen, wenn ...«

»Vater Melanius, steh doch auf!« rief das Mädchen. »Warum erniedrigst du dich für uns?«

Sie trat rasch zu dem Alten, ergriff seinen Arm und nötigte ihn, sich zu erheben.

»Recht hat sie«, sagte die Königin spöttisch. »Das haben sie wirklich nicht verdient. Und es nützt auch nichts.«

Melanius wagte einen letzten Versuch.

»Sie könnten reiten, wenn du für sie keinen Platz im Wagen hast! Sie sitzen gut und sicher zu Pferde, ich habe sie oft dabei beobachtet!«

»Das fehlte noch – zwei Kinder zu Pferde! Damit sie uns aufhalten! Da würden wir bis zur Elbe fünf Tage brauchen. Genug jetzt, man wird schon aufmerksam. Wenn wir hier weiter herumstehen, werden wir noch eine Rebellion herausfordern.«

Der Stallmeister Answald ritt heran.

»Sei vernünftig, Melanius, tritt zurück! Keine Angst, vielleicht kommen die Franken gar nicht. Was sollten sie hier im Sumpf auch verloren haben?«

Die Königin Amalaberga war schon in den Wagen gestiegen.

»Schnell, schnell! Fahr ab!« rief sie dem Lenker zu.

Die Carruca mit der Königin, ihren Kindern und der Schatztruhe rumpelte durch das Tor. Answald und seine fünfzig Reiter folgten.

»Das hast du gut gemacht, Mutter«, sagte die ältere Tochter der Königin. »Wir wären alle umgekommen, wenn die sich hier mit hereingequetscht hätten.«

»Ich glaube, jetzt sind wir sie los – für immer«, bemerkte der Sohn.

»Das wäre schön, die waren nur lästig«, fand die jüngere Tochter.

Die Königin Amalaberga seufzte.

»Wer besser dran ist, sie oder wir«, sagte sie, »das wissen wir nicht.«

2

Die Flucht der Königin Amalaberga nach der verlorenen Schlacht löste in der Sumpfburg Ovesfeld unter den Zurückgebliebenen Wut und Verzweiflung aus. Es wurden Drohungen gegen die Gotin ausgestoßen, man sah sich von der eigenen Herrschaft verraten und dem Feind ausgeliefert. Streit erhob sich darüber, was jetzt zu tun sei. Die einen wollten unverzüglich, am selben Tage noch, aufbrechen und der Königin folgen. Andere hatten den Mut verloren und meinten, es sei gleichgültig, wie man umkomme, ob durch die Franken oder die räuberischen Wenden und Sachsen, die an dem Weg zur Elbe lauerten. Denn man würde fast schutzlos reisen, die schwerbewaffnete Mannschaft hatte die Königin ja mitgenommen. Eine dritte Gruppe, vornehmlich aus den ständigen Bewohnern bestehend, wollte die Burg sogar verteidigen und machte sich hastig an die Ausbesserung des Palisadenzaunes und die Aufschüttung der Wallmauer.

Die Franken kamen nicht, aber im Laufe des Tages trafen weitere Gruppen versprengter und verwundeter Thüringer ein. Zur Nacht erschien sogar ein Haufen von zweihundert Mann.

Ausgehungert stürzte sich das geschlagene Kriegsvolk auf die schon arg geschrumpften Vorräte. Schweine, Schafe und Ziegen wurden von der Weide geholt oder aus den Ställen gezerrt und geschlachtet. Die Troßleute und die Burgbewohner leisteten Widerstand, Schwerter und Lanzen krachten gegen Spaten, Äxte und Sicheln. Es gab Verletzte und sogar Tote. Überall flammten Feuer auf, an denen die Bratspieße gedreht wurden. Mehrere Katen mit Strohdächern gerieten in Brand, und die Lohe schoß zum Himmel empor und überstrahlte um Mitternacht die Burg Ovesfeld mit gleißendem Licht.

Um die Feuerstätten wurde schließlich zu Flötenspiel, Getrommel und Leierschlag getanzt. Hinter jedem Baum lag ein Paar in wilder Umschlingung. Das Ende vor Augen, gaben sich viele einem letzten Vergnügen hin. Dazwischen krochen die Verwundeten, wälzten sich Fieberkranke im Todeskampf. Sie schrien nach Wasser, aber der einzige Brunnen war dicht umlagert, jeder Bottich, der heraufgezogen wurde, umkämpft.

Im Morgengrauen erhob sich am Haupttor ein Jubelschrei. Eine Rotte Versprengter war dort eingetroffen, die drei gefangene Franken brachte. Die Männer waren schrecklich mißhandelt worden und nur noch halb bei Bewußtsein. Jetzt wurde beschlossen, sie Wodan zu opfern. Hatte der höchste Gott der Germanen den Thüringern das Kriegsglück versagt, weil sie in seinem Dienst zu nachlässig waren? Vielleicht konnte man ihn ein wenig versöhnen und milde gegenüber den Überlebenden stimmen. Die johlende Prozession zog hinaus in ein Wäldchen hinter dem Burgwall. Auf einer Lichtung stand, von Fichten und Tannen umgeben, die einzige Eiche weit und breit. Sie war Wodan geweiht, es war der Opferplatz. Als die Sonne aufging, hingen die drei im Geäst.

Der neue Tag sah die Burg Ovesfeld als einen Ort der Verwüstung. Von den Brandstätten und den noch glühenden Feuerstellen stieg Rauch zum Himmel. Auf dem Platz vor dem Herrenhaus und zwischen den niedrigen Hütten waren überall Betrunkene, Schlafende, Kranke, Verwundete und Leichname zu sehen. Alte Weiber schlichen von einem zum anderen und zogen den Hilflosen und den Toten Kleider und Schuhe aus. Tiere, die der Schlachtung entgangen waren, streunten umher. Draußen vor dem Wall, auf den Allerwiesen, lagen viele, die sich hinausgeschleppt und ihren Durst mit dem Wasser des trägen Flusses gelöscht hatten.

Wer noch nicht aufgeben wollte, erhob sich alsbald. An einen geordneten Abzug war freilich nicht mehr zu denken. Gruppen und Grüppchen bewaffneter Männer machten sich auf und zogen in Richtung der Elbe oder nach Süden den Oberlauf der Aller entlang. Nach Norden wagte sich niemand. Dort war der Sumpf, in den nicht eindringen durfte, wer sich nicht auskannte.

Auch viele Frauen schlossen sich an. Manche spannten sich selbst vor Karren und Troßwagen anstelle der Ochsen, die man geschlachtet hatte. Horden von Kindern, die ihre Eltern verloren hatten oder ihnen nur lästig geworden waren, scharten sich um jugendliche Anführer, die mit ihnen irgendwohin ins Ungewisse zogen.

Gern wäre auch der junge Irmfried mit einem solchen Kindertrupp abmarschiert. Doch Radegunde, seine Schwester, hielt ihn zurück. Die beiden hockten im Dachgebälk des Herrenhauses, in dem Ausguck, zu dem sich kein Wächter mehr heraufbemühte. Sie blickten hinunter auf den Palisadenzaun, den Graben, den Wall, die Aller und den Weg, auf dem die Franken sich nähern mußten. Sie stritten.

»Warum willst du nicht mitkommen?« sagte der Knabe. »Wir schlagen uns durch bis zum Harzgebirge. Dahinten im Süden irgendwo muß es liegen.«

»Irgendwo«, erwiderte das Mädchen und seufzte. »Du würdest längst tot sein, ehe du irgendwo ankämest.«

»Wir wären zu sechst! Ich habe mit mehreren gesprochen, die mitmachen wollen. Mit Rothari, Isenbart …«

»Und keiner ist älter als du – zwölf Jahre. Ich mit dreizehn wäre die Älteste. Wer kann mit Waffen umgehen? Wer kann Nahrung beschaffen? Sollen wir betteln und stehlen?«

»In der Not ist alles erlaubt. Ich könnte auch Rehe und Wildschweine jagen.«

»Ach, Brüderchen! Du würdest mit Pfeil und Bogen nicht einmal eine Kuh auf der Wiese treffen.«

»Du hast also kein Vertrauen zu mir.«

»Ich hätte Angst um dich«, sagte Radegunde und legte zärtlich den Arm um die Schultern des Jungen. »Niemand will uns jetzt haben, niemand schützt uns. Die Königin wollte uns los sein, es war ihr eine willkommene Gelegenheit. Der König war gleichgültig gegen uns, manchmal auch freundlich. Aber wo ist er jetzt? Vielleicht ist er tot.«

»Ich wünschte es!« stieß Irmfried heftig aus, wobei er den Arm der Schwester abwehrte. »Er hat unsere Eltern umgebracht. Ich werde Berthachar, meinen Vater, rächen und mir sein Königreich zurückerobern!«

»Mit ein paar hilflosen Knaben?«

»Ich könnte auch Männer gewinnen! Sieh mal, da unten im Hof ... Da steht Eggo mit mehreren beisammen. Sie tragen Waffen, sie wollen losziehen. Ich gehe hinunter und bitte ihn, daß er uns mitnimmt. Er ist bestimmt wütend auf Hermenefred, weil der das Heer so schlecht geführt und uns alle in diese Lage gebracht hat. Ich könnte ihn für unsere Sache begeistern!«

»Welche Sache denn? Glaubst du, es hat jetzt Sinn, daß Thüringer auf Thüringer einschlagen?«

»Du willst nicht, daß wir uns Eggo anschließen?«

»Nein. Ich bin nicht bereit, als einziges Mädchen mit zwanzig Männern zu gehen. Schon in der ersten Nacht würden sie mich ...«

»Niemals! Da müßten sie mich vorher totschlagen!«

»Ja. Und das würden sie auch tun. Das wäre das Ende deines Eroberungszuges. Das frühe Ende.« Sie küßte ihn und strich ihm das wirre Haar aus der Stirn.

Irmfried schluckte und kämpfte gegen die aufsteigenden Tränen.

»Ohne dich gehe ich nicht. Nein, das tue ich nicht.«

»Wir können auch Melanius nicht im Stich lassen. Was für ein guter und edler Mensch. Und wie tapfer. Hast du ihn nicht auch bewundert, als er sich vor der Königin für uns einsetzte?«

»Du hast recht. Melanius könnten wir nicht zurücklassen. Aber niemand würde ihn mitnehmen wollen ... einen Alten, einen Griechen.«

»So werden wir also hierbleiben müssen«, sagte sie mit einem mutigen Lächeln. »Bleiben und warten. Eine andere Möglichkeit gibt es nicht. Vielleicht sind die Franken gar nicht so schrecklich. Vielleicht kommen sie aber auch überhaupt nicht her, vielleicht kommen die Sachsen oder die Wenden. Aber vielleicht kommt auch niemand. Dann leben wir mit den Leuten hier in der Burg. Irgendwo und mit irgendwem muß man ja leben.«

»Und was soll hier aus uns werden? Wofür kann man uns brauchen? Als Hütejungen? Als Kuhmagd?«

»Es wird sich schon etwas für uns finden. Etwas, wofür wir bestimmt sind. Zu irgendeinem Zweck müssen wir ja auf der Welt sein.«

»Dann frag mal die Götter, was sie mit uns vorhaben! Ich fürchte, die kümmern sich nicht um uns.«

»Diese nicht«, sagte Radegunde. »Wodan, Donar, Tiu, Frija ... die gibt es, glaube ich, überhaupt nicht. Aber irgendeine höhere Macht muß es geben. Eine, an die man sich wenden kann in der Not.«

Irmfried sah seine Schwester zweifelnd an. Er liebte sie, weil die Dreizehnjährige alles verkörperte, was er in der engen, rohen, grausamen Welt, die er kannte, schön und bewundernswert fand. Das zarte Mädchen mit dem sanften Gesicht, das aber auch mal zornig und streng blicken konnte, hatte ihm die Mutter ersetzt, die er nie gekannt hatte. Am Hof ihres Onkels Hermenefred, wo ihnen von allen Seiten Kälte entgegengeschlagen war, hatte er nur bei ihr Wärme gefunden. Sie hatten sich gegenseitig Geborgenheit gegeben. Doch je älter er wurde, desto mehr fand der Knabe, daß er in der Schuld seiner Schwester stand, einer Schuld, die er irgendwann und möglichst bald einlösen mußte. Sein Blick glitt über das armselige, geflickte Kleid, das sie trug, den schmalen Ledergürtel, die ausgetretenen Schuhe.

»Und doch werde ich mein Reich zurückerobern!« sagte er trotzig. »Und dann wirst du in Seide gehen und eine Perlenkette am Hals tragen. Aber ich werde dich nicht verheiraten. Denn ich will, daß du bei mir bleibst, solange ich lebe!«

Sie lachte auf und küßte ihn.

»Und wenn ich aber doch einen Prinzen heiraten will?«

»Dann werde ich ...«

Der Rest des Satzes blieb dem Knaben im Halse stecken. Sein Mund stand offen, seine Augen weiteten sich. Er starrte durch das kleine Giebelfenster.

Auf dem Weg entlang der Aller näherte sich ein glänzender Wurm. Weit hinten kroch er aus dem Walde hervor. Er schien kein Ende zu haben und war schon ganz nahe. Der Glanz kam vom Eisen, von Helmen, Schwertern, Schilden und Lanzen, die das Sonnenlicht zurückwarfen.

Es waren die Franken.

3

»Wo ist sie?«

»Wer?«

»Die Königin Amalaberga.«

»Ich weiß nicht, Herr.«

»Helft ihm.«

Der Lederriemen, mit Eisenstücken gespickt, sauste auf den Rücken des dicken Mannes nieder.

»Wo ist sie?«

»Unterwegs. Gestern abgereist.«

»Wohin?«

»Ich weiß es nicht.«

»Helft ihm.«

Der Riemen kam erneut, der dicke Mann schrie.

»Wohin abgereist?«

»Dorthin. Die Straße lang.«

»Das Ziel will ich wissen.«

»Ich kenne es nicht.«

»Helft ihm.«

Wieder wurde ein Striemen sichtbar, die anderen füllten sich mit Blut. Der dicke Mann stöhnte.

»Sie soll ihre Schätze hierher mitgebracht haben.«

»Das möchte schon sein, Herr.«

»Wo sind sie? Wo habt ihr sie hier versteckt?«

»Ich weiß es nicht.«

»Helft ihm.«

Der dicke Mann heulte. Er wankte, und zwei fränkische Krieger mußten ihn stützen.

»Wie viele Truhen sind es?«

»Nur eine. Und die hat sie mitgenommen.«

»Nur eine? Du lügst. Wo sind die anderen?«

»Ich habe keine anderen gesehen.«

»Helft ihm.«

Der fränkische Folterknecht, ein Riese, schwang den Riemen und schlug zu.

»Wie heißt du?«

»Liutger.«

»Das ist kein thüringischer Name.«

»Ich bin Sachse.«

»In wessen Dienst?«

»Als Burggraf im Dienst des Königs der Thüringer.«

»Helft ihm.«

Ein neuer Striemen. Dem dicken Mann knickten die Knie ein. Die beiden Franken rissen ihn hoch.

»Du wolltest sagen, von jetzt an als Sklave im Dienst des Königs der Franken.«

»Das wollte ich … auch noch sagen, Herr.«

»Wie viele Fässer Wein hast du im Keller?«

»Wein, Herr? Wir trinken nur Bier oder Wasser.«

»Helft ihm.«

Wieder sauste der Riemen auf den blutenden Rücken.

»Wenn ich mich hier so umsehe, scheint mir, hier wurde gefeiert. Der Sieg über uns?«

»Bewahre Herr, wir …«

»Da liegen auch leere Weinfässer.«

»Alles vom Troß. Alles ausgetrunken. Ich habe nichts.«

»Helft ihm. Dann soll er sich ausruhen und noch einmal nachdenken.«

Der Burggraf Liutger wurde fortgezerrt und neben der Abfallgrube zu Boden gestoßen.

Der Mann, der ihm derart »helfen« ließ, blickte ihm nach. Er stand in der Mitte des Herrenhofs der Burg Ovesfeld, umgeben von fränkischen Kriegern, die einen Halbkreis um ihn gebildet hatten.

Es war ein eher kleiner Mann von gedrungener Statur, mit sehr breiten Schultern. Sein Kopf saß auf einem kurzen, kräftigen Hals, und er hielt ihn so vorgeneigt, daß sein Blick von unten kam und mißtrauisch, lauernd und düster wirkte. Die Form des großen Kopfes war eigenartig. An den Schläfen schmal, wurde er unter den hohen Backenknochen immer breiter und endete in einem gewaltigen kantigen Kinn. Die Augen, von stechendem Blau und von dichten Wimpern überschattet, waren noch das Schönste an diesem Gesicht. Die übrigen Teile waren kaum einnehmend: eine spitze, vorn aufgebogene Nase, füllige, hängende, glattrasierte Wangen, ein lückenhaftes Gebiß. Der übermäßig breite Mund war schief und durch eine Narbe entstellt, die ihn an der linken Seite zum Teil verschloß und sich über das Kinn bis zum Hals hinabzog. Dadurch klang seine Stimme gequetscht und schnarrend. Das Haar, in der Mitte gescheitelt, war schwarz, von grauen Strähnen durchzogen und wallte bis über die Schultern. Der Mann hatte lange, kräftige Arme und große Hände, aber nur dünne, kurze Beine, was seiner Erscheinung etwas Unfertiges, Mißlungenes, Beunruhigendes gab. Seine Kleidung war nicht auffällig und der Hitze angepaßt: eine Tunika mit bestickten Borten, darüber ein ledernes Panzerhemd, eine mit Wadenbändern umwickelte Leinenhose, ein Gürtel mit Kurzschwert, Bundschuhe. Auffällig waren nur die kostbaren Silberbeschläge am Gürtel und ein großer goldener Siegelring an der rechten Hand.

Der Mann war einunddreißig Jahre alt und König der Franken. Es war Chlothar, der jüngste Sohn des Eroberers und Reichsgründers Chlodwig und seiner gottesfürchtigen Gemahlin Chlothilde. Er regierte das kleinste der drei Frankenreiche. Er war der jüngere der beiden noch lebenden

Halbbrüder König Theuderichs, dem er als Verbündeter in diesen Krieg gefolgt war.

»Nun«, knarrte er, an seine Gefolgschaft gewandt, »wir werden schon noch alles erfahren. Ich möchte den Umweg in diese verfluchten Sümpfe nicht umsonst gemacht haben. Der Kerl wird schon reden. Die Gefangenen auch noch einmal befragen! Es kann nicht sein, daß sie uns belogen haben. Diese Thüringer haben keine Städte und Festungen, nur schäbige Burgen wie diese. Sie schleppen immer alles mit, was sie besitzen. Verlieren wir keine Zeit, ich habe wenig Lust, mich hier aufzuhalten. Nehmt euch die Leute hier vor. Laßt keinem durchgehen, daß er nichts hergibt und nichts erzählen will.«

Ein fränkischer Krieger lief herbei.

»König!« schrie er. »Diese Schufte haben drei der Unsrigen aufgehängt! Als Opfer für Wodan!«

»So, haben sie das?« sagte der König. »Um so besser, das gefällt mir! Nun können uns die Priester nicht vorwerfen, daß wir Gottes Gebote verletzen. Wir bestrafen nur dieses heidnische Pack. Die drei Männer anständig begraben! Alle, die dabei waren, niedermachen! Nun, vorwärts! Schwärmt aus! Und nicht so höflich und zaghaft. Nehmt alles, was irgendwie brauchbar ist. Eisen, vor allem Eisen! Keine Pfeilspitze, keinen Nagel laßt euch entgehen. Auf den Wiesen da draußen habe ich Pferde bemerkt, von guter Rasse. Auch Rinder und Schafe. Die alten und häßlichen Weiber könnt ihr euch nehmen, die jungen und hübschen werden mir vorgeführt. Von den Gefangenen nur die schwerer Verwundeten niedermachen! Merkt euch: daß ihr den leichter Verletzten und Gesunden nicht unnötig Schaden zufügt. Keine Augen ausstechen, Zähne ausschlagen, Knochen brechen. Die Sklavenhändler wollen Ware, die einwandfrei ist, andere nehmen sie mir nicht ab. Nur Alte, Kranke und kleine Kinder ... die sind nicht brauchbar, sind nur unterwegs lästig.

Mit denen macht, was ihr wollt. Habt ihr alles verstanden? Was glotzt ihr noch und steht hier herum?«

König Chlothar machte eine scheuchende Handbewegung, und schon stoben die Männer auseinander. Bald gellten aus den Häusern und Hütten, die um das Herrenhaus gruppiert waren, Befehle und Klagegeschrei. Gegenstände flogen heraus. Frauen flohen und wurden verfolgt. Und wieder stieg Rauch zum Himmel.

Ganz allein stand der König in der Mitte des Herrenhofs und wartete. Er stierte mal hierhin, mal dorthin, redete mit sich selbst, schüttelte seine schwarzgraue Mähne, steckte die Daumen hinter den Gürtelriemen, wippte auf seinen dünnen Beinen. Ein Diener brachte ihm einen Becher mit Wein aus eigenem Vorrat, den er rasch in sein durch die Narbe verengtes Mundloch kippte. Einem Hund, der herankam und ihn beschnüffeln wollte, gab er einen Fußtritt. Ein Gefolgsmann sprang gleich hinzu und stach das Tier ab. Dann schleppte man die ersten Frauen herbei. Sie gefielen dem König nicht, sie waren ihm alle zu dürr und knochig. Die eine oder andere befingerte er und stieß sie dann weg. Er schimpfte auf die Hungerleider und Grasfresser, die ihre Frauen nicht anständig mästeten. Er schimpfte auf die dummen Barbaren, die in ihrer Burg nicht ein einziges Haus aus Stein hatten. Er schlug um sich und schimpfte über die Mückenschwärme, die ihn umschwirrten. Er riß sich das Panzerhemd auf und schimpfte über die stinkende, heiße Sumpfluft. Dann stampfte er ein paarmal mit dem Fuß auf und beschwerte sich über jenen »beschissenen Kriegszug«, den er nicht hätte mitmachen sollen, und über seinen Bruder Theuderich, der ihn dazu verleitet hatte.

Sein Blick fiel auf den dicken Burggrafen, den man zum »Nachdenken« neben die Abfallgrube geworfen hatte, und er schrie: »Fragt ihn, wo er das Weib versteckt hält – diese verdammte Amalaberga!«

»Er will es nicht sagen!« war die Antwort.

»Dann helft ihm!« Und murmelnd fügte der König hinzu: »Wenn sie mir durchgeschlüpft ist, bin ich ein Narr! Ein Narr! Ein Narr!« Er stieß ein wütendes Gelächter aus, wobei ihm der Speichel über die gefühllose Unterlippe rann.

Plötzlich fuhr er herum, weil er Schritte hinter sich hörte. Seine Hand griff zum Schwert. Es war aber nur ein Gefolgsmann, der einen schmächtigen Alten in römischer Tunika und zwei Kinder heranführte.

»Was willst du? Wer sind die?«

»Dieser Alte behauptet ...«

»Herr«, sagte Melanius und verbeugte sich. »Ich bitte um Gnade für die beiden Kinder, die mir die Königin Amalaberga anvertraute. Ich bin Melanius, gehörte zu ihrem Hof. Und diese beiden ...«

»Wo ist die Königin Amalaberga?«

»Gestern schon abgereist.«

»Wohin?«

»In Richtung der Elbe. Von dort will sie weiter und ...«

»Sie hat also tatsächlich einen ganzen Tag Vorsprung.«

»Herr, diese beiden jungen Menschen sind der Sohn und die Tochter des edlen Thüringerkönigs Berthachar. Nach dessen Tode infolge von Thronstreitigkeiten, von denen du sicher Kenntnis hast, wuchsen sie am Hofe des Königs Hermenefred, ihres Onkels, auf, man vertraute sie meiner Leitung an und ...«

»Einen ganzen Tag Vorsprung!« stieß Chlothar hervor. »Und hat sie alles mitgeschleppt ... die Juwelen, das Gold, den ganzen Thüringerschatz?«

»Das weiß ich nicht, Herr.«

»Helft ihm!« schrie Chlothar. »Doch nein ... Nein, wartet noch! Es kann nicht sein ... es darf nicht sein, daß ich den Umweg umsonst gemacht habe. Überlege noch einmal, Alter, und sage die Wahrheit!«

»Ich weiß nur, daß die Königin Amalaberga in ihrem Gefährt keinen Platz für die Kinder hier hatte. Deshalb ...«

»So, keinen Platz! Keinen Platz! Den brauchte sie für ihre Truhen. Wie? Das dreckige Gotenweib! Jetzt wird sie das ganze Gold nach Italien schleppen! Komm her, Bürschlein!« schnarrte er Irmfried an. »Komm her, ich tue dir nichts! Jedenfalls mache ich so etwas nicht selber. Komm näher. Du bist also ein Neffe dieses elenden Häuptlings von Affen und Grasfressern.«

»Ich bin«, sagte der Junge, vor Scham errötend und vor Empörung zitternd, »der Neffe des Herrn Hermenefred, des Königs der Thüringer.«

»Des gewesenen Königs, des gewesenen! Und du, mein Bengelchen, sein Neffe, bist nicht mehr wert als ein Büschel Gras, als ein Arschwisch! Und gleich wirst du noch weniger wert sein, wenn du nicht alles, was dir deine verdammte Gotentante erzählt hat ...«

»Herr!« Melanius machte zwei Schritte nach vorn und schob sich vor Irmfried. »Ich bitte dich, schone diese Kinder! Wieviel Schreckliches haben sie erlebt und erduldet! Bitte behandele sie als das, was sie sind: deinesgleichen! Sie ...«

»Wie? Meinesgleichen?« Der König Chlothar lachte glucksend, so daß ihm der Speichel zum Kinn hinablief. »Und du, altes Froschmaul, bist du auch meinesgleichen? Ein Lehrer? Ein Sklave? Wie kannst du es überhaupt wagen, mich anzureden?«

»Ich bin kein Sklave, Herr«, sagte der Alte mit ruhiger Würde. »Ich bin der Sohn eines römischen Offiziers griechischer Abstammung, der im Dienste der letzten Kaiser stand. Ich durfte mich immer meiner Freiheit erfreuen. Ich widmete mich der Philosophie, der Literatur und den Sprachen und habe ...«

»Das genügt«, unterbrach ihn der König. »Du willst mir

doch nicht dein ganzes schäbiges Philosophenleben erzählen? Ich verstehe ja, du bist ein bedeutender Mann, eine wichtige Persönlichkeit. Und weil du so furchtbar gelehrt bist, hast du sicher Verstand für zwei. Und Frechheit und Mut hast du auch für zwei, wenn du hier vor einem siegreichen König so große Worte im Mund führst.«

»Ich wollte nur ...«

»Männer, was meint ihr?« wandte sich Chlothar an ein paar Gefolgsleute, die herumstanden. »Ist das nicht die reinste Verschwendung, daß soviel Gelehrsamkeit, Frechheit und Mut in einem einzigen alten Kerl stecken? Reichte das nicht für zwei alte Kerle?«

Die Männer, die schon wußten, was kommen würde, bezeigten grinsend ihre Zustimmung.

»Also, worauf warten wir dann? Machen wir zwei aus ihm!«

Sofort riefen mehrere: »Bozo! Bozo!«

Der riesenhafte Franke, der vorher den Burggrafen geschlagen hatte und an der Abfallgrube noch immer mit ihm beschäftigt war, drehte sich um und blickte herüber. Man gab ihm Zeichen, und er begriff. Langsam, seiner Wichtigkeit in diesem Augenblick bewußt, kam er näher. Im Gehen zog er sein Schwert aus der Scheide. Es war eine Spatha mit damaszierter Klinge, ein Langschwert.

»Was hast du mit mir vor, Herr?« fragte Melanius erschrocken. »Was soll das werden? Ich habe doch nichts verbrochen!«

»Wer behauptet, daß du etwas verbrochen hast?« sagte der König Chlothar, schief und genüßlich lächelnd im Vorgeschmack des Kommenden. »Ich habe dich doch gelobt ... deine Fähigkeiten gerühmt. Ich habe gesagt, das reicht für zwei, und nun werden wir dich verdoppeln, Alter.«

»Nein, nein! Das darfst du nicht! Das ist Mord! Das ist unmenschlich!« Radegunde, die plötzlich begriff, was geschehen sollte, sprang auf den König zu. »Er ist der beste aller Menschen, er hat nie jemandem etwas zuleide getan ...«

»Ah, mischt die sich auch noch ein? Weg da!« Er gab ihr einen Stoß, so daß sie zu Boden stürzte. »Hau zu, Bozo! Los! Ja, gut gemacht Bozo! Gut gemacht! Das ist mir einen Solidus wert!«

Der Riese hatte seine Waffe erhoben und den alten Mann ohne Mühe mit einem Hieb bis zum Gürtel gespalten. Zwei Männer packten die Arme des Opfers. Bozo tat einen zweiten Schwertstreich, und die blutigen Hälften, aus denen die Organe und Gedärme hervorquollen, sanken zur Seite. Ein halber Kopf fiel dem Mädchen in den Schoß. Sie wollte schreien, aber ihre Stimme versagte.

»Wegbringen!« befahl der König.

Die Franken schleiften die Teile des Leichnams über den Hof und warfen sie in die Abfallgrube.

»Gehen wir weg von hier, das ist ja widerlich«, sagte der König Chlothar und zeigte auf die Blutlachen im Sand und die menschlichen Reste, die darin schwammen. »Gehen wir dort hinein, da ist es auch kühler, hoffe ich. Und man soll der Jungfrau ein neues Kleid geben!«

Im Saal des Herrenhauses ging König Chlothar, die Daumen hinter dem Gürtel, auf und ab und sprach eine Weile halblaut und unverständlich mit sich selbst. Einige Male blieb er stehen und wippte auf seinen dünnen Beinen. Dabei richtete er, den Kopf tief gesenkt, düstere Blicke auf die Geschwister, die in einer Ecke des Raums auf seinen Urteilsspruch warteten. Radegunde hatte den Arm um Irmfried gelegt, der leise wimmerte und schluchzte. Sie selbst – man hatte ihr ein viel zu weites Gewand der Burggräfin übergeworfen – hielt sich aufrecht, mit trockenen Augen. Einige Franken lungerten an der Tür. Schließlich blieb Chlothar vor den beiden jungen Gefangenen stehen.

»Keine Gnade«, begann der Frankenkönig, »verdienen die Thüringer, diese Hunde. Und die Sippe, die sie so lange und schlecht regierte, schon gar nicht. Was haben sie uns Franken nicht alles angetan! Wie mußten schon unsere Väter unter ihnen leiden! Kein Unrecht, das die Thüringer ihnen nicht zufügten! Wir Franken stellten ihnen Geiseln und baten um Frieden. Aber sie brachten die Geiseln um, und immer wieder überfielen sie uns. Weißt du, Bürschlein, wie sie fränkische Knaben behandelten? An den Sehnen ihrer Gliedmaßen hängten sie sie an Bäume! Und du, mein feines Jüngferlein, weißt du, wie sie zweihundert fränkische Mädchen umbrachten? Die einen banden sie an die Hälse von Pferden, und dann peitschten sie diese Pferde, die auseinander stoben und die Mädchen zerrissen. Die anderen legten sie auf der Landstraße in eine Wagenspur. Darauf beluden sie ihre Wagen mit schweren Steinen und fuhren hin und her, bis die Mädchen nur noch Matsch von blutigem Fleisch und Knochen waren. Und den warfen sie dann den Hunden und Vögeln vor. So verfuhren die Thüringer mit uns Franken. Was meint ihr? Hätte ich nicht das Recht, mit euch ebenso zu verfahren? Wie hat der König Hermenefred uns Franken betrogen und verraten! Er rief uns um Hilfe im Bruderkrieg gegen euern Onkel, den Baderich, versprach Land und Beute. Und was bekamen wir für unser vergossenes Blut? Einen Scheißdreck. So sind die Thüringer: Rohlinge, Banditen, Verräter! Und die verdammte Sippe des Bisin, eures Großvaters ... das sind die Schlimmsten! Doch jetzt haben wir mit euch ein Ende gemacht, und ihr zwei seid in meiner Gewalt. Was sollte ich wohl mit euch machen?«

Ein Franke stürzte herein.

»König! Er hat gestanden!«

»Wer? Was?«

»Der dicke Burggraf. Als er die beiden Hälften des Alten

sah, wurde er ohnmächtig. Aber wir brachten ihn wieder zu sich, und da redete er.«

»Wie schön! Und was habt ihr erfahren?«

»Zwei Schatztruhen sind noch da. Wein hat er auch. Alles eingegraben.«

»So grabt es aus! Ich komme gleich! Der Umweg war also doch nicht umsonst. Das entschädigt mich für die zwanzig Reiter, die mir unterwegs abgesoffen sind in dem scheußlichen Sumpf.« Er lächelte schief und wandte sich wieder an die Geschwister. »Die Nachricht versetzt mich in eine huldreiche Stimmung. Es ist falsch, doch ich tue es trotzdem: Ich lasse euch beide am Leben.« Er packte den Jungen am Kinn und zwang ihn, ihm in die Augen zu sehen. »Ich muß die Verluste ersetzen, und vielleicht wird noch ein brauchbarer Kerl aus dem Jämmerling.« Mit seiner großen Hand strich er über die Brust des Mädchens. »Und aus der kann auch noch was werden. Man muß sie gut mästen, noch ist sie zu mager. Vielleicht läßt sie sich mal günstig verheiraten. Wie heißt du?«

»Radegunde.«

»Die ›kluge Kämpferin‹! In ein paar Jahren wirst du auch eine schöne Kämpferin sein. Es wird Spaß machen, mit dir zu kämpfen. Dafür habe ich einen Blick, davon verstehe ich etwas.« Er strich auch über ihren Rücken und kniff sie. »Du gefällst mir, ich werde dich gut versorgen lassen. Du darfst dir sogar etwas wünschen. Nun? Wünsche dir etwas. Rede! Bist du auf einmal stumm?«

Endlich nahm er die Hand weg. Reglos hatte das Mädchen die erniedrigende Begutachtung ausgehalten.

»Ich wünsche mir«, sagte sie leise, »daß wir Melanius würdig begraben dürfen. In einem Sarg und nach unserem Brauch. Unter der Weiden am Fluß.«

»Wenn es weiter nichts ist«, erwiderte König Chlothar. »Gewährt. Man soll ihnen eine Kiste geben und den Kadaver dorthin tragen. Oder wollt ihr zwei Kisten? Eine für jede Hälfte?«

Er belachte seinen Scherz, und die Franken stimmten ein.

Radegunde warf ihm einen flammenden Blick zu. Er bemerkte ihn.

»Na, was starrst du so? Hältst mich wohl für ein Ungeheuer? Du wirst mich noch kennenlernen. Warte nur ab!«

4

Es waren zwei eisenbeschlagene Truhen von je sieben Fuß Länge und drei Fuß Breite, die hinter dem Herrenhaus unter Gesträuch vergraben waren. Nur eine dünne Erdschicht war wegzukratzen, die Gruben waren offenbar hastig und nicht sehr tief ausgehoben worden. Die Schlüssel der römischen Vorhängeschlösser waren natürlich verschwunden, und man glaubte den Beteuerungen des fast zu Tode gemarterten Burggrafen, daß die Königin Amalaberga sie mitgenommen hatte. König Chlothar ließ den Burgschmied kommen und die Schlösser aufbrechen. Die eine Truhe enthielt Gold in unregelmäßig geformten Barren sowie Säcke mit byzantinischen und arabischen Gold- und Silbermünzen, dazu noch einige Beutel mit Bruchsilber. Die andere war bis zum Rande gefüllt mit Prunkwaffen, Helmen, Männerschmuck wie goldenen Armreifen und silbernen Gürtelbeschlägen, vergoldeten Trinkhörnern und Elfenbeinkämmen. Dazu fanden sich Leuchter, Schalen, Becher, Löffel und Messer von Edelmetall.

König Chlothar musterte alles gründlich. Er ließ sich neben den Truhen nieder, öffnete eigenhändig die Säcke mit Münzen, ließ die goldenen Solidi durch die Finger gleiten. Viele der kostbaren Gegenstände nahm er in die Hand, drehte sie, hielt sie gegen die Sonne, putzte sie mit dem Ärmel seiner Tunika, damit sie schimmerten und funkelten. Dabei bewahrte er eine mürrische Miene, gab sich enttäuscht und unzufrieden und beanstandete die mangelnde Kunstfertigkeit der thüringischen Waffen- und Feinschmiede.

Seine tiefe Befriedigung über den Fund wußte er gut zu verbergen.

»Nicht viel und nicht alles, aber immerhin etwas«, sagte er schließlich zu seinen Vertrauten Baudin und Dacco. »Das Beste hat die Gotin natürlich mitgehen lassen. Aber es hat keinen Zweck, ihr nachzusetzen, sie hat zuviel Vorsprung. Was machen wir nun? Sie könnten versuchen, sich die Truhen holen. Die waren so nachlässig eingegraben, daß man vermuten muß, sie wollen zurückkommen und sie schnell wieder an die Oberfläche befördern. Vielleicht schon in dieser Nacht, durch irgendeinen geheimen Eingang.«

»Das werden wir leicht herauskriegen«, sagte Dacco, ein bulliger Kahlkopf mit einer großen Narbe über der Stirn, die ihm durch einen Hieb mit dem Schwert zugefügt worden war. »Wenn wir den Dicken noch einmal auswringen, schwitzt er es aus.«

»Ja, versucht es, bevor er abkratzt. Und stellt überall Wachen auf. Und daß mir die Männer heute nacht nicht alle betrunken sind. Das beste wird sein, uns so schnell wie möglich zurückzuziehen. Ich habe keine Lust, in dieser lausigen Gegend Wurzeln zu schlagen. Die Mücken saugen einem das Blut aus, man kann kaum atmen bei dem Pestgestank von Sumpf und Verwesung. Was meinst du, Baudin? Brechen wir morgen früh auf?«

Baudin war der bevorzugte Ratgeber König Chlothars, ein hagerer, knapp fünfzigjähriger Mann, weißbärtig, feingliedrig, mit Händen, die auf wenig Waffengebrauch schließen ließen. Er hatte das kluge Gesicht eines wendigen, abgebrühten Höflings.

»Das würde ich dir empfehlen, König«, erwiderte er zungenfertig. »Dein edler Bruder, König Theuderich, wird unseren Ausflug hierher nicht gutheißen. Um Hermenefred den Rest zu geben, benötigt er dringend unsere Streitmacht. Vielleicht hat er auch inzwischen erfahren, daß zumindest ein Teil des Thüringerschatzes bei der Königin war. Er könnte argwöhnen, daß du dir die Beute allein aneignen willst.«

Der König Chlothar senkte den Kopf und stierte seinen ersten Ratgeber einen Augenblick lang an. Dann lachte er auf.

»So ist es, mein guter Baudin, so ist es! Und damit hätte er ja auch recht! Wozu hätte ich mich denn sonst von ihm herlocken lassen, über den Rhein, in diese verfluchten Wälder und Sümpfe? Um ihn zu rächen, weil ihn die Thüringer damals betrogen haben? Was geht mich das an! Soll er sich rächen oder nicht, soll er sich mit ihnen herumschlagen, sich von ihren Wüsteneien und Urwäldern so viel einverleiben, wie er vertragen kann. Ich wünsche ihm dazu gute Verdauung. Was mich betrifft, ich brauche nur eines: das da! Und was ich davon bekommen kann, will ich allein behalten. Das teile ich nicht!«

»Eine kluge Haltung«, pflichtete Baudin ihm bei, »der sich aber König Theuderich widersetzen wird.«

»Dazu werden wir es nicht kommen lassen! Ich werde mich doch mit meinem heißgeliebten Bruder, dem Bastard, nicht streiten. Er ist jetzt hinter dem Thüringer her, muß schon an die sechzig, achtzig Meilen von uns entfernt sein, irgendwo da unten im Süden. Was tun wir also? Wir kümmern uns nicht weiter um ihn, sondern marschieren zurück zum Rhein. Wir setzen über und verschwinden. Falls er von den beiden Truhen erfährt, kann er später versuchen, sie sich zu holen. Die Mauern von Soissons sind sicher.«

»Hohoho!« lachte Dacco. Der König gab ihm eine Ohrfeige.

»Das ist kein Scherz, sondern Strategie, du Rindvieh! Was meinst du wohl, warum ich bei Runibergam darauf bestanden habe, die Nachhut zu bilden! Weil ich von meinen Kundschaftern wußte, daß die Gotin mit einem Teil des

Thüringerschatzes in dieser Sumpfburg gestrandet war. Nun kam es nur noch darauf an, daß mein geliebter Bruder, der Bastard, sich in die Schlacht warf und sich dann zur Verfolgung der Feinde entfernte. Das geschah, wie gewünscht. Und so konnten wir uns um die Beute kümmern.«

»Ein gelungenes Unternehmen, wahrhaftig«, schmeichelte Baudin. »Nur eine Kleinigkeit ist zu beachten.«

»Und welche?«

»Das Bündnis sieht Beuteteilung vor.«

»O ja! Aber betrüge ich denn meinen Bruder? Ich nehme doch nur dieses wenige, diese winzigen Kisten, den kleinsten Teil! Nicht einmal an die Juwelen der gotischen Waldeule bin ich herangekommen. Ist Theuderich nicht hinter dem Häuptling Hermenefred her, der ohne Zweifel den größeren Teil des Thüringerschatzes bei sich hat? Na, seht ihr! Bald wird er viel reicher sein als ich. Es wird ihn nur wenig Mühe kosten, eine Schlacht noch oder zwei, unter Umständen nur ein paar Gefechte. Vielleicht kostet es ihn auch sein Leben. In dem Fall hat er natürlich nichts mehr davon.«

Der König sah Dacco an, der ein betroffenes Gesicht machte.

»Jetzt darfst du lachen, du Ochse!« sagte er.

Er selbst brach speichelsprühend in Gelächter aus, in das Baudin und Dacco lauthals einstimmten.

König Chlothar beschloß also, keine Zeit zu verlieren und schon am nächsten Morgen, gleich nach Sonnenaufgang, die Burg Ovesfeld wieder zu verlassen. Der Burgschmied mußte die beiden Schatztruhen mit neuen Schlössern versehen. Dann lud man sie auf Lastkarren, die in die Mitte des Herrenhofes geschoben und dort die ganze Nacht lang von einer Hundertschaft bewacht wurden.

Ein paar Fäßchen Wein wurden ebenfalls ausgegraben. Die Königin Amalaberga hatte sie dem dicken Burggrafen als ihrem Herbergsvater geschenkt. Den Wein tranken nun die fränkischen Eroberer, er reichte allerdings gerade für die Anführer. Die einfachen Krieger bekamen nicht einmal Bier, nach dem Verzweiflungsgelage der vergangenen Nacht war nichts übriggeblieben. So behielten fast alle, wie es König Chlothar gewollt hatte, einen klaren Kopf und wünschten nichts sehnlicher, als daß diese schwüle Nacht in der Sumpfburg vorüberging und der Abmarsch befohlen wurde.

Bei Sonnenaufgang waren die ersten Kolonnen schon unterwegs nach Westen. Diese Vorhut sollte sicherstellen, daß das Hauptheer nicht von sächsischem oder wendischem Räubergesindel belästigt wurde. Nur langsam ging es auf dem ausgetretenen, ausgefahrenen Weg längs der Aller voran. Die Sonne verschwand bald, und es begann zu regnen. Die zahlreichen Mulden verwandelten sich in Pfützen, die Wasserlöcher wurden noch tiefer. Jeden Augenblick sank einer der Wagen oder Lastkarren ein oder kippte sogar um, und da man den ganzen thüringischen Troß, der zurückgeblieben war, mitschleppte, gab es endlose Stauungen. Die Wagen und Karren waren überladen, weil man ihnen auch noch das Beutegut aus der Burg aufgepackt hatte. Mit viel Gebrüll und Gefluche wurden jedesmal die Hindernisse beseitigt. Mancher Wagen bestand danach aber nur noch aus Trümmern, und es gab wieder Streit um seine Ladung. Gelassen blieben dabei nur die Störche, die jenseits der Aller auf den Sumpfwiesen nach Fröschen pickten.

Der Knabe Irmfried ging in der Kolonne der gefangenen Männer. Die Franken hatten sie nicht gefesselt, weil es kaum Möglichkeiten zur Flucht gab. Weit und breit war flaches Gelände, und Deckung hätte ein Flüchtender nur hinter Weiden- und Erlensträuchern finden können. Über den Fluß und durch den Sumpf konnte ohnehin niemand entkommen. Als es dann durch ein Waldstück mit Birken, Kiefern und Tannen, doch wenig Unterholz ging, versuchte ein junger

Bauer aus der Burg trotzdem, zu fliehen. Er kam nicht weit. Ehe er zwischen den Bäumen verschwinden konnte, streckte ihn ein fränkischer Pfeil nieder.

Übermüdet, schmutzig und voll trüber Gedanken, trottete Irmfried dahin. Er war nun kein thüringischer Prinz mehr, sondern ein Sklave der Franken. Die schrecklichen Erlebnisse des vergangenen Tages hatten ihn um den Schlaf gebracht, noch immer trieb ihm die Erinnerung Tränen in die Augen. Er hatte seinen eigenen Bewacher, war er doch ein besonderer Gefangener. Der Franke war gutmütig und versuchte sogar, ein Gespräch mit ihm anzuknüpfen. Die aus den alten germanischen Sprachen hervorgegangenen Dialekte der Franken und Thüringer waren noch ähnlich, man konnte sich gut verständigen. Doch Irmfried antwortete widerwillig und einsilbig, und der Franke gab es bald auf.

Jedesmal wenn die Kolonne wieder von einem Hindernis aufgehalten wurde, reckte der Knabe den Hals, um in der langen Reihe der Wagen hinter dem Gefangenentreck seine Schwester zu suchen. König Chlothar hatte befohlen, Radegunde auf einem der Planwagen einen Platz einzuräumen. In dem weiten Kleid der Burggräfin hockte das schmale Mädchen zwischen zwei stämmigen Weibern, ihren Bewacherinnen. Die beiden gehörten zum fränkischen Troß und begleiteten den Kriegszug als Köchinnen, Wäscherinnen und Lustspenderinnen. Sie schnatterten unentwegt über den Kopf des Mädchens hinweg, und Radegunde wäre gern ausgestiegen, um zu Fuß zu gehen. Doch wenn das Gefährt wieder einmal anhielt und sie den schüchternen Versuch machte aufzustehen, wurde sie unter Gekeife auf die Sitzbank zurückgestoßen. Der Wagen rumpelte weiter, und mit wirrem Haar und hochgezogenen Schultern saß Radegunde auf ihrem Platz und umklammerte mit ihrer Faust einen Fetzen mit getrocknetem Blut von der Tunika ihres Freundes Melanius. Sie dachte darüber nach, warum fast alle Menschen, die sie jemals kennengelernt hatte, böse und schlecht waren und warum dieser eine, der gut und edel gewesen war, auf so schreckliche Weise umkommen mußte. Sie fragte sich, ob sie und ihr kleiner, schutzbedürftiger Bruder künftig nur noch Bosheit und Schlechtigkeit zu gewärtigen hätten. Und ob es nichts, überhaupt nichts gab, was all diese Menschen ringsum davon heilen könnte. Sie war traurig und fand keine Antwort darauf.

Unterdessen befand sich ihr neuer Herr, der König der Franken, in angeregter Stimmung. Hinter den beiden Karren mit den erbeuteten Schatzkisten ritt Chlothar auf seiner braven Stute und scherzte mit seinen Nebenleuten Baudin und Dacco. Nur daß es so langsam voranging, behagte ihm nicht. Wenn es hinter ihm Verzögerungen gab, stieg er zuweilen ab, eilte auf seinen kurzen, dünnen Beinen zum Unfallort und trieb die Leute zur Eile an. Er kannte den Weg ja bereits und begann sich zu sorgen, er könnte gezwungen werden, die Nacht unter freiem Himmel zu verbringen. Weit und breit gab es kein Gut, keine Herberge. Es mußte um die sechste Stunde sein, Mittag, als man nach Schätzung Baudins gerade vier Meilen zurückgelegt hatte. Das Wetter machte es nun sogar nötig, vorübergehend Zuflucht unter Bäumen zu suchen. Der weit auseinandergezogene Treck kam endgültig zum Stehen.

König Chlothar fand mit Baudin und Dacco Schutz unter tropfenden Weidenblättern. Nasse Strähnen seines langen schwarzgrauen Haars klebten kreuz und quer auf seiner Stirn, seinen Wangen. Seine gute Laune verflüchtigte sich.

»Wäre ich jetzt in meinem Palast«, knarrte er, »könnte ich mich mit meinen Frauen vergnügen. Warum habe ich nur auf meinen Bruder, den Bastard, gehört und mich zu diesem Abenteuer verleiten lassen! Wenn es so weitergeht, werden wir noch alle ersaufen. Man kann hier ja nicht mal zum Scheißen gehen, ohne Angst zu haben, dabei in ein Sumpfloch zu sinken. Und jetzt kommt es auch noch von oben! Hätte ich nicht das bißchen Trost, die zwei Truhen dort, würde ich wahrhaftig verzweifeln. Das ist der letzte Krieg, den ich führe, ich bin dazu einfach nicht geschaffen! Zum Glück konnte ich mich von Theuderich absetzen. Soll er sehen, wie er allein ... Was ist denn? Was glotzt du da dauernd hin? Was gibt es dort zu sehen?«

»Da vorn kommt uns ein Haufen entgegen«, sagte Dacco. »Ob das Thüringer sind?«

»Nein, es sind Unsrige«, stellte Baudin fest, nachdem er angestrengt durch den Regenschleier gestarrt hatte. »Der an der Spitze, das ist Grippo.«

»Was? Grippo?« rief König Chlothar. »Tatsächlich! Was bedeutet das?«

»Die kehren um«, sagte Dacco. »Da vorn muß irgend etwas passiert sein.«

»Dummkopf! Das sehe ich selber.«

Der Reiter, den sie Grippo nannten, sprengte zwischen den Bäumen heran.

»Wo ist der König?« schrie er. »Wo ist König Chlothar?«

»Geh hin und frag ihn erst einmal, was los ist!« sagte der König, wobei er Baudin anstieß und sich hinter einen Baum stellte.

Der Weißbart trat in den Regen hinaus auf den Weg.

»Was gibt es, Grippo?«

»Zurück! Es ist Rückmarsch befohlen!«

»Von wem?«

»König Theuderich!«

»Wie? König Theuderich? Wo soll der denn sein?«

»Knapp eine Meile hinter mir. Er befiehlt die Umkehr zur Burg Ovesfeld!«

5

»Ich weiß alles«, sagte der König Theuderich. »Versuche gar nicht erst, mir Ausreden aufzutischen. Du wolltest dich mit der Beute absetzen!«

»Wie? Was?« rief der König Chlothar entrüstet. »Ich, dein Bruder und treuester Kampfgenosse, hätte mich absetzen wollen? Wer hat dir so etwas eingeredet? Nenne mir seinen Namen, ich werde den Verleumder zur Rechenschaft ziehen!«

»Das wirst du bleibenlassen, denn der Mann hat die Wahrheit gesagt. Dein Befehl lautete: zurück zum Rhein!«

»Lüge! Ich wollte dir folgen und deinen Vormarsch sichern.«

»Das hättest du tun sollen, als ich dich dazu aufforderte. Mehrere Boten hatte ich abgeschickt, um sicherzugehen, daß dich keiner verfehlte.«

»Oh, dieses schreckliche Land! Keine Straßen, Urwälder, wilde Tiere, Sümpfe! Sie haben mich tatsächlich verfehlt. Ich wollte dir ja auch unaufgefordert folgen, mein bester Bruder, aber dann wurde mir gemeldet, daß der Feind von Osten Verstärkung heranführte ... tausend Mann oder mehr. Denen wollte ich mich entgegenwerfen.«

»Diesen Unsinn kannst du Pferden und Ochsen erzählen. Du hast irgendwie in Erfahrung gebracht, daß die Königin hier in dieser Burg saß. Und daß sie einen Teil des Thüringerschatzes mit sich führte.«

»Aber das erfuhr ich erst hier! Vorher hatte ich keine Ahnung davon!«

»Du kannst mich nicht täuschen, Chlothar. Dazu kenne ich dich zu gut. Als kleiner Bengel warst du schon hinterhältig und wortbrüchig. Zu oft hast du mich hintergangen, zu oft hast du mich und andere feige im Stich gelassen. Spar dir deine falschen Behauptungen, deine verlogenen Beteuerungen. Was du vorhattest, war Verrat!«

König Chlothar zuckte ein wenig, als dieses Wort ihn wie ein Lanzenstich traf. Im Saal des Herrenhauses der Sumpfburg Ovesfeld standen die Merowingerbrüder sich gegenüber. König Theuderich, siebenundvierzig Jahre alt, war groß und hager und hatte die schroffe, polternde, kaum Widerspruch duldende Wesensart eines Mannes, der den größten Teil seines Lebens als Befehlshaber auf Kriegszügen verbracht hatte. Schon als Dreizehnjähriger hatte er seinen Vater Chlodwig ins Feld begleitet und von da an immer große Heerhaufen kommandiert. An der Eroberung des Westgotenreiches vor fast fünfundzwanzig Jahren war Theuderich maßgeblich beteiligt gewesen. Nach Chlodwigs Tode hatte er sich bei der Teilung des Frankenreichs den Osten gesichert, alle Gebiete rechts des Rheins im alten Germanien sowie auf der linken Seite die Stammesgebiete der früheren Rheinfranken um Köln und die salischen Lande um Reims und seine jetzige Hauptstadt Metz. In diesem von feindlichen Stämmen im Innern und von außen bedrohten Reich mußte Theuderich wachsam und stets zum Kampf bereit sein, und das hatte ihn geprägt. Er ging immer in Waffen, sprach kurz und barsch, seine Haltung war aufrecht, sein Blick scharf und durchdringend. Wie alle Merowinger trug er das bereits schüttere graue Haupthaar sehr lang und hielt es mit einem Stirnband aus dem Gesicht. Am Finger trug er den goldenen Siegelring eines Frankenherrschers.

Nachdem das vernichtende Wort gefallen war, schwieg König Theuderich eine Weile und ging, die Hände auf dem

Rücken verschränkt, einige Male auf und ab. Immer wieder warf er dem Bruder zornige Blicke zu. König Chlothar beobachtete ihn wachsam, wobei er das schiefe Grinsen, das Sicherheit und sogar Überlegenheit ausdrücken sollte, nicht ablegte. Außer den Königen waren nur die bevorzugten Ratgeber der beiden anwesend, Baudin und ein Alamanne namens Magnovald. Der große Raum war fast leer. Tische, Bänke und Hocker waren zertrümmert oder gestohlen worden. In einer Ecke standen die beiden Schatzkisten.

»So konnte Hermenefred, dieser Schurke, entkommen!« donnerte Theuderich schließlich weiter. »Dieser Barbar, der mich betrog – um den verdienten Lohn meiner Waffenhilfe, nachdem wir gemeinsam den Baderich, seinen Bruder, erledigt hatten. Aber jetzt hole ich mir sein ganzes Reich, nicht nur das Stück, das mir damals zugesagt war. Ich hole mir alles! Noch einmal ist mir der Hund entwischt, aber das war das letzte Mal! Bei Runibergam war er schon fast erledigt. In der zweiten Schlacht, an der Oker, hoffte ich ihm den Rest zu geben. Mit mehr Reiterei und einigen hundert Mann Verstärkung hätte ich ihn zum Teufel geschickt! Aber er hatte Glück. Dem Verräter wurde durch einen Verräter geholfen, der sich feige vor der Entscheidungsschlacht drückte!«

»Du beschimpfst mich, weil du enttäuscht bist«, erwiderte Chlothar und seufzte. »Weil du als Feldherr versagt hast. Und weil du einen Schuldigen brauchst. Dabei könntest du dir keinen treueren Verbündeten wünschen. Wenn ich Befehl gab, zum Rhein zu marschieren, dann meinte ich nur, in Richtung des Rheins, des Sonnenuntergangs. Aber ich wollte vorher einschwenken und dir folgen. Und natürlich das Gold mit dir teilen.«

»Die Gegenwart dieser Männer«, sagte Theuderich, wobei er auf Baudin und Magnovald deutete, »hindert mich, dir alles zu sagen – alles, was ich über dich denke. Und wozu sollte das auch gut sein? Was könnten Vorwürfe und Ermahnungen bei einem wie dir schon ausrichten? Also höre, was ich beschlossen habe: Die beiden Schatztruhen bleiben bei mir. Denn im Krieg steht nur dem Beute zu, der sie erkämpft hat. Alte Kriegsregel, ist das klar? Du kannst dir einen Anteil daran – vielleicht auch noch mehr – verdienen. Aber das hängt von deinem Verhalten ab. Von jetzt an hörst du auf meine Befehle und führst sie aus – pünktlich und ohne Hintersinn! In den nächsten Tagen marschieren wir nach Süden. Mein Sohn Theudebert wird vorher mit seinen Heerhaufen zu uns stoßen, er folgte den Thüringern nur ein kurzes Stück, um Gefangene zu machen. Morgen kann er schon hier sein. Sobald also meine, deine und seine Leute beisammen sind, geht es los. Hast du das alles begriffen?«

»Ich habe begriffen, daß du nicht mehr ganz bei Verstand bist!« antwortete Chlothar. »Das muß an der Hitze oder dem Pestgestank liegen.«

»Was soll das heißen? Auch noch Beleidigungen?« rief Theuderich.

Baudin gab seinem König hektische Zeichen, er möge sich mäßigen, aber Chlothar war nicht mehr zurückzuhalten. Er stellte sich plötzlich vor Theuderich hin, sah mit finsterem Blick zu ihm hinauf und schrie: »Du willst mir Befehle erteilen? Du? Wer bist du denn? Etwa ein König der Franken? Ich lache darüber! Haha! Hoho! Hahahaha!«

»Was fällt dir ein? Was führst du dich auf wie ein Verrückter?«

»Soll ich dir sagen, was du bist? Ein verfluchter Bastard bist du, von meinem Vater im Suff gezeugt – mit einer Kebse! So einer will einem echten Merowinger befehlen? Einen Furz gebe ich auf deine Befehle!«

Theuderich griff nach seinem Schwert.

»Du elende quakende Kröte!« schrie er. »Noch eine Beleidigung – und ich töte dich!«

»Ja, das wäre dir wohl am liebsten – die echten Merowinger umzubringen!« Chlothar trat eilig den Rückzug in Richtung der Tür zum Hof an. »Erst rauben, dann morden! Deine Kriegsregeln, großer Feldherr, hast du dir selber ausgedacht, wie? Ich kenne nur eine Regel: Wer Beute macht, dem gehört sie auch! Die beiden Truhen da lasse ich abholen, die Schlüssel habe ich in Verwahrung. Und daß euch nicht einfällt, die Schlösser aufzubrechen! Sonst gibt es hier ein Gemetzel, und die Thüringer können sich freuen, weil sich die Franken an die Gurgel gehen!«

Theuderich zog sein Schwert halb aus der Scheide und brüllte: »Du dreckiger Feigling! Betrüger, Verräter! Du drohst mir? Du willst dich mit mir anlegen? Willst du das wagen? Willst du das wirklich?«

»Sei vorsichtig, Alter!« höhnte Chlothar, der den Raum schon fast verlassen hatte. »Ich habe doppelt so viele unter Waffen. Und alle gesund und ausgeruht. Wenn ich gewollt hätte, wäre ich heute morgen an dir vorbeimarschiert. Blödsinnig war es, auf dich zu hören und hierher mit dir zurückzukehren. Falsche brüderliche Gefühle. Jetzt aber ist damit Schluß. Das Bündnis ist aufgekündigt. Verstehst du? Ich ziehe morgen früh endgültig ab, mit meinen Schätzen und meinen Gefangenen. Und wage nicht, mich aufzuhalten! Dann bestatte ich dich auf germanische Art. Verstehst du das auch? Dann jage ich dich und deine Truppe dahinten ins Moor!«

Theuderich riß das Schwert heraus, aber Chlothar war schon draußen. So schnell seine kurzen, dünnen Beine ihn trugen, überquerte er den Hof, um zu seiner Gefolgschaft zu gelangen, die jenseits des Walls auf den Allerwiesen lagerte. Baudin versuchte, mit ihm Schritt zu halten.

»Dieses Scheusal!« Theudebert sah ihnen nach und steckte

das Schwert zurück in die Scheide. »Wie oft hatte ich schon Lust, ihm den Hals umzudrehen oder ihn aufzuspießen oder ihm seinen verdammten Schädel zu spalten. Das packte mich immer wieder, aber jedesmal sagte ich mir: Mag er ein Unhold sein, eine Bestie, eine Mißgeburt – er ist trotzdem mein Bruder. Schade, ich hätte es jetzt tun können. Mein Zorn auf ihn war groß genug. Hätte er dort noch einen einzigen Augenblick länger gestanden und Galle gespuckt ... ich glaube, ich hätte es heute getan.«

Der Alamanne Magnovald, ein Rotbart mit kleinen, lebhaften Augen, trat neben Theuderich in die Tür.

»Was wird er jetzt tun? Was hat er vor? Er hat das Bündnis gekündigt. Glaubst du, König, daß er es wirklich wagen wird abzuziehen?«

»Schon möglich. Er ist unberechenbar. Wenn er sich stark genug fühlt, hat er Mut. Und wie sollte ich ihn mit meiner geschwächten Truppe zwingen, es nicht zu tun.«

»In dem Fall ist auch für uns der Krieg vorbei. Der Thüringer ist zweimal geschlagen, aber ohne die frischen Truppen deines Bruders können wir ihn nicht zum dritten Mal stellen. Schon gar nicht in seinen heimischen Bergen.«

»Das ist wahr. Dann müßte man andere Verbündete suchen. Sachsen zum Beispiel.«

»Die sind nur hier im Grenzgebiet zuverlässig. Für einen richtigen Feldzug würde man sie nur durch großzügige Geschenke gewinnen. Wirst du die beiden Schatzkisten dort herausgeben, wenn er sie holen läßt?«

»Nein. Dieser Krieg war schon teuer genug und hat uns bis jetzt nichts eingebracht. Nein, ich gebe sie nicht heraus!«

»Dann, fürchte ich, macht dein Bruder wahr, was er dir angedroht hat. Und alles wird mit einem Blutbad enden, Franken gegen Franken.«

»Das kann geschehen. Vorausgesetzt, seine Gier nach

Gold besiegt seine Feigheit. Da haben wir nun zwei Schlachten gewonnen, und unsere Lage ist schlechter als vorher. Dabei hätte es noch vor wenigen Augenblicken eine einfache Lösung gegeben. Jetzt ist mein Zorn wieder abgekühlt.«

»Abgekühlt, aber noch vorhanden«, sagte der Alamanne. »Manches tut man besser mit kaltem Zorn als mit heißem.«

König Theuderich und sein Vertrauter sahen sich lange und gedankenvoll an.

6

Im Heerlager an der Aller war die Stimmung an diesem Abend prächtig. Schnell hatte sich die Nachricht verbreitet, daß man nun doch den Rückzug antreten werde. Nur widerwillig hatte das Kriegsvolk König Chlothars am Morgen kehrtgemacht, als ihm der oberste Befehlshaber dieses Feldzugs, König Theuderich, entgegengekommen war. Im strömenden Regen war es die vier Meilen zur Burg Ovesfeld zurückmarschiert und hatte stumm und manchmal auch halblaut den Feigling und Maulhelden Chlothar verflucht, der seinem Bruder gegenüber nicht wagte, zu seiner Entscheidung zu stehen. Dem König war das zu Ohren gekommen, und rasch ließ er verbreiten, wie heldenmütig er sich im Streit mit Theuderich durchgesetzt hatte. Keine Eigenschaft seiner Anführer war dem Kriegsvolk verächtlicher als Schwäche, und mancher König oder Feldherr hatte Wankelmut schon mit seinem Leben bezahlt.

Es gab einen weiteren Grund für die gehobene Stimmung, einen noch stärkeren. Chlothar beglückwünschte sich dazu, wieder einmal schlau und vorausschauend gehandelt zu haben. Er hatte am Morgen vor dem Aufbruch der Truhe mit dem gemünzten Gold und Silber zwei Säcke entnommen, um davon etwas unter die wichtigsten Männer seiner Gefolgschaft zu verteilen. Freigebigkeit war seiner Natur zwar fremd, doch wußte er, daß diese Leute Ansprüche hatten, über die er sich nicht folgenlos hinwegsetzen durfte. Seine Spitzel, die abends an den Feuern und in den Zelten die Gespräche belauschten, hatten ihm immer wieder berichtet, daß es Unmut gab, weil man sich seit einem Monat ohne Belohnung und Beute in diesem Wald- und Sumpfland herumtrieb. Chlothars Geiz hatte dann zwar wieder gesiegt, und er hatte die Auszahlung bis zur Ankunft am Rhein verschoben. Wozu brauchten die Männer hier in der Wildnis Geld? Wie sollten sie es ausgeben? Die beiden Säcke waren aber nicht zurück in die Truhe gelangt, sondern er hatte sie einem Lastpferd aufbinden lassen, das hinter ihm hergeführt wurde. Dies sollte sich nun als glücklicher Einfall erweisen.

Nach seinem Streit mit Theuderich war ihm plötzlich die ungute Ahnung gekommen, zu weit gegangen zu sein. Er wußte, daß er unbeliebt war, daß mancher Gefolgsmann ihn sogar haßte. Zu viele hatte er beleidigt, verhöhnt, betrogen und unrechtmäßig bestraft. Wenn es nun Theuderich einfiele, seine Männer mit Geschenken zu locken, die sie nach so vielen Strapazen erwarteten und bisher vermißten? Sein Bruder war im Besitz der Schatztruhen, es fehlte ihm also nicht an Mitteln. Was sollte dann werden? Würde er es sein, Chlothar, der mit dem treu gebliebenen Kern seiner Gefolgschaft in den Sumpf gejagt wurde?

Es war nicht das erste Mal, daß er sich durch eigene Schuld in Schwierigkeiten brachte. Doch es war eine seiner Stärken, in Bedrängnis entschlossen zu handeln und sich aus ihr herauszuwinden. Diese Fähigkeit bewährte sich auch diesmal. Zwar fiel es ihm schwer – doch er entschloß sich, den Inhalt der beiden Geldsäcke bis auf den letzten Solidus zu verteilen. Zuerst ließ er die Vornehmsten seiner Umgebung rufen, die Grafen und die militärischen Anführer. Dann folgten die Leute seiner Leibwache und persönlichen Gefolgschaft, schließlich bis auf den letzten Mann die Bauernkrieger und das angeworbene Kriegsvolk. In seinem Zelt auf dem Tisch standen die geöffneten Säcke, und er verteilte das Geld mit eigenen Händen, entsprechend

Verdienst und Rang. Dabei gab er sich ungewöhnlich leutselig, sprach Lob und Ermunterung aus, drückte Hände und klopfte Schultern. Er war so großzügig, daß am Ende das Geld nicht reichte. Aber auch die noch vor dem Zelte Wartenden, einige sechzig, gingen nicht leer aus. Er überwand sich so weit, seinen eigenen Beutel für sie zu öffnen.

Seine Spitzel schwärmten aus und hörten überall im Lager sein Lob singen. Alles freute sich auf die Rückkehr zum Rhein, auf die Städte, die Händler, die Schenken, die Frauen. Wer Geld besaß, kam als Sieger, auch wenn er gar nicht gekämpft hatte. Einstweilen gaben die Männer sich Mühe, ihren Besitz zu mehren. Es hatte schon mittags aufgehört zu regnen, man fand leidlich trockenes Holz. An den Feuern kreisten bis tief in die Nacht die Würfelbecher, und Spielsteine wurden hin und her geschoben. Bald hatten die ersten ihre frisch gewonnene Barschaft verspielt, schrien Betrug oder schlichen traurig beiseite. Mancher trug sein Edelmetall gleich in ein Hurenzelt.

Um König Chlothar hatten sich ein paar Getreue versammelt, die zum dritten Mal in dieser Nacht auf die Rückkehr von Baudin und Dacco warteten. Die beiden waren zur Burg gegangen, um im Herrenhaus die Herausgabe der beiden Schatztruhen zu verlangen. Zweimal schon hatte sie der alamannische Rotbart Magnovald im Namen seines Königs abgewiesen.

Chlothar war jetzt wieder übler Laune. Zwar konnte er seiner Gefolgschaft nun sicher sein, doch der Verlust des Geldes quälte ihn, und im stillen machte er sich den Vorwurf, sich aus übertriebener Angst unnötig verausgabt zu haben. Am meisten aber ärgerte ihn, daß er Theuderichs Vorschlag zugestimmt hatte, die kostbaren Truhen zum Schutz vor Zugriffen ins Herrenhaus bringen zu lassen. Freilich konnte er zu dem Zeitpunkt den Streit nicht voraussehen. Er selbst hatte – wie in der vergangenen Nacht –

dort Quartier nehmen wollen. Nun aber saß Theuderich allein in der Burg, umgeben von einigen hundert seiner Getreuen, und die Schätze waren in seiner Hand. Lehnte er ihre Herausgabe hartnäckig ab, blieb Gewalt das letzte Mittel. Schon der Gedanke daran war Chlothar jedoch wenig angenehm. Er wollte ja keine Gewalt anwenden, sondern hatte sie nur als Drohmittel eingesetzt.

Wie zu befürchten war, kehrten Baudin und Dacco zum dritten Mal unverrichteter Dinge zurück.

»Dein Bruder, König«, sagte Baudin, »läßt dir ausrichten, daß ...«

»Nun? Was läßt mir der Räuber ausrichten?«

»Daß er sich gern noch einmal mit dir aussprechen würde.«

»Aussprechen! Ha! Ich rede erst wieder mit ihm, wenn er die Truhen herausgerückt hat!«

»Er läßt dir sagen, seine Hand bleibe ausgestreckt.«

»Ich scheiße darauf!«

»Und für den Fall, daß du das Bündnis mit ihm erneuerst, werde er dir ein kostbares Geschenk machen.«

»Ein Geschenk! Nun hört euch das an! Ein Geschenk! Schenken will er mir, was er mir vorher gestohlen hat!«

»Hohoho!« machte Dacco.

Der König gab ihm eine Ohrfeige.

»Ist das vielleicht zum Lachen, du Ochse?«

»Ich lache ja über ihn, König. Ich meine, der wird sich wundern, was jetzt passiert. Wenn du erst einmal richtig in Wut gerätst.«

»Ja, das wird ihm nicht gut bekommen! Er glaubt, mit seinem jüngeren Bruder kann er umspringen, wie es ihm beliebt. Da drinnen, in dieser verdammten Sumpfburg, sitzt er aber schön in der Falle. Das war ja von Anfang an mein Plan, deshalb habe ich unser Lager hier draußen errichtet. Morgen früh beginnt die Belagerung! Lange kann es nicht dauern, nur ein paar Tage, bis sie die letzten Vorräte aufgebraucht haben, bis ihnen vor Durst die Zunge bis an die Gürtelschnalle hängt. Die meisten da drinnen sind doch schon jetzt so gut wie tot. Alles Verwundete und Verkrüppelte. Habt ihr gehört, was denen passiert ist? Habt ihr euch das erzählen lassen? Die Thüringer hatten – ich könnte mich totlachen –, sie hatten Wolfsgruben ausgehoben, das ganze Schlachtfeld voller Gruben, und alles fein mit Zweigen und Rasen bedeckt. Es sah ganz normal aus, wie eine ebene Fläche. Und als nun mein Bruder das Zeichen zum Angriff gibt, stürmen die Reiter los, und – plumps, pardauz – erst einer, dann zwei, dann die ganze Abteilung und schließlich die halbe Reiterei: verschwunden. In die Gruben gestürzt! Ich kriege keine Luft mehr vor Lachen! Das muß ein Spaß gewesen sein! Wahrhaftig, ich hätte dabeisein wollen! Warum lachst du denn jetzt nicht, du Esel?«

Der bullige Dacco kämpfte mit den Tränen.

»Es waren ja Franken«, schniefte er. »Und einer von ihnen war mein Vetter.«

Auch die anderen Männer im Zelt des Königs machten betretene Gesichter. Nur wenige kicherten etwas gezwungen.

Chlothar bemerkte seinen Fehler, wischte sich den beim Lachen herausgespritzten Speichel vom Kinn und sagte: »Hör auf zu flennen wie eine Jungfer. Um deinen Vetter ist es schade. Aber alle sind ja nicht draufgegangen. Die meisten wurden beim Sturz in die Gruben nur verletzt oder von den Pferden zu Krüppeln getrampelt. Und wer ist schuld daran? Mein Bruder, der Bastard! Ich frage euch: Schickt man Reiter hinaus auf ein Schlachtfeld, ohne sich vorher zu vergewissern, daß sie auch Boden unter den Hufen haben? Das nenne ich fahrlässig – ja verbrecherisch! Soll ich euch sagen, was ich an seiner Stelle getan hätte? Ich hätte erst einmal mit Katapulten Steine auf das Schlachtfeld geschleudert, und wenn die plötzlich beim Niederfallen verschwunden wären, hätte ich gewußt, was da los war. So hätte ich gehandelt und meine Männer und Pferde geschont! Aber Theuderich, der große Feldherr ... Und dafür will er sich noch belohnen! Ist diese Heldentat vielleicht zwei Truhen mit Gold wert?«

»Trotzdem, König«, sagte Baudin vorsichtig, »sollten wir uns gut überlegen, ob es ratsam wäre, deinen Bruder zu belagern. Wir könnten in eine Klemme geraten. Bedenke: Sein Sohn, dein Neffe Theudebert, ist im Anmarsch und kann morgen schon hier sein. Und wie ich höre, verfügt er über Truppen, die bisher geschont wurden. Er wird seinen Vater heraushauen und uns große Verluste zufügen.«

»Nun hört euch den Klugschwätzer an!« Chlothar warf Baudin einen giftigen Blick zu. »Und so einen zeichne ich aus und mache ihn zu meinem Ratgeber! Wenn sie die Wallburg verteidigen, Baudin, jage ich dich als ersten über den Palisadenzaun. Und wenn du dann eins über den Schädel bekommst, hast du wenigstens Grund zu verzagen. Ich sollte mich vor Theudebert fürchten? Vor diesem Raufbold mit blonden Löckchen? Vor seinem eitlen Heldengehabe? Mir dreht sich jedesmal der Magen um, wenn ich den Kerl nur von weitem sehe. Wahrhaftig, ich habe keine Lust, ihm hier zu begegnen. Lieber verzichte ich auf die verdammten Truhen. Nur um die eine ist es schade, weil da noch ein paar Säcke mit Goldmünzen drin sind. In der anderen ist nur Krempel. Alles schlecht gearbeitet, weil die Feinschmiede der Thüringer Stümper sind. Damit könnte ich nicht mal einen Häuptling der Friesen beschenken! Ich gönne Theuderich dieses Zeug. Morgen früh rücken wir ab, und diesmal wird uns niemand aufhalten. Soll doch mein Bruder, der Bastard, mit seinem Heldensproß hier in den Sümpfen verrecken! Was ich an Beute mitnehme, kann sich auch ohne die Truhen sehen lassen. Habe ich recht? Ein paar hundert Sklaven, dazu Pferde, Kühe und Schafe. Für die Leute zahlt mir der Händler mindestens zweihundert Solidi pro Kopf, für schwangere Weiber bis zu dreihundert. Das wird ein glänzendes Geschäft. Und erst das königliche Juwel! Radegunde, die Tochter Berthachars, die Nichte Hermenefreds! Die wird mal ein saftiger Braten, mir läuft das Wasser im Munde zusammen! Für die bekäme ich ein paar Städte als Mitgift. Aber ich glaube, ich behalte sie für mich selbst. In ein paar Jahren ist sie reif für den Ehestand, und ich habe meine drei Frauen, diese Plagen, schon jetzt satt. Mit der Kleinen habe ich einen Fang gemacht – und das beste: Theuderich weiß nichts davon! Er ahnt nichts! Ich habe ihm nichts von ihr und ihrem Bruder gesagt, und von anderen hat er es auch nicht erfahren. Sonst hätte er vorhin davon angefangen. Der glaubt auf der ganzen Beute zu sitzen, aber in Wirklichkeit ... Wo ist sie eigentlich? Wird das Mädchen auch sicher bewacht? Wo sie ist, frage ich!«

»Bei Frotberga und Celsa, den beiden Huren«, sagte Dacco. »Du selbst hattest angeordnet, König, daß sie mit ihnen im Wagen ...«

»Im Wagen! Ich will wissen, wo sie in diesem Augenblick ist!«

»Sie wird im Hurenzelt sein, die beiden sollten ja auf sie aufpassen.«

»Ach, Dummkopf! Das fehlte gerade noch, daß sie von denen das Handwerk lernt. Hol sie her! Ich behalte sie hier. Eine künftige Fürstin im Hurenzelt! Vorwärts, beeil dich!«

Dacco wälzte sich hinaus, bevor sein Gefolgsherr zur nächsten Ohrfeige ausholte.

»Was für ein trauriger Tag!« sinnierte König Chlothar weiter. »Nur Mühseligkeiten und Verdruß. Keine Zeit für die feineren Genüsse des Lebens. Ich bin noch nicht einmal dazu gekommen, mit meinem Juwel ein bißchen zu spielen.

Nicht, was ihr euch jetzt vorstellt ... Euch Hurenböcken fällt ja nichts anderes ein. Für Schönheit habt ihr kein Auge, edlere Regungen sind euch fremd. Ich werde sie wie einen kostbaren Stein behandeln, der erst eine Fassung braucht, um voll zur Geltung zu kommen. Diese Fassung wird sie durch mich erhalten. Lesen, Schreiben und was sonst noch dazugehört. Das erhöht ihren Wert, falls ich sie später doch noch losschlagen will. Und falls ich sie selber nehme ... auch an meinem eigenen Hof kann ich eine mit Bildung brauchen. Ich hab keine einzige, die mir vorliest oder der man mal eine vertrauliche Botschaft diktieren kann. Am Ende muß ich selber Lesen und Schreiben lernen. Das kommt überhaupt nicht in Frage. Bin ich König oder Kuhhautverderber?«

Während solcher Betrachtungen verging einige Zeit. Die im Zelt Versammelten standen herum und schielten immer wieder zum Eingang. Auch ihnen stand, wie den Männern draußen, der Sinn nach Spiel und Geselligkeit. Sie hofften, Dacco brächte endlich das Mädchen, mit dem der König sich dann lieber ohne Zeugen beschäftigen würde.

Sie wurden enttäuscht: Als Dacco wieder auftauchte, war er allein. Vorsichtshalber blieb er am Zelteingang stehen. Seine Miene zeigte die größte Verlegenheit.

»Endlich!« rief Chlothar. »Nun? Bring sie her! Wo ist sie denn?«

»Sie ist fort«, sagte der Anführer der königlichen Leibwache mit ersterbender Stimme.

»Was sagtest du? Ich habe dich nicht richtig verstanden. Sprich lauter. Wo, sagtest du, ist sie?«

»Sie ist verschwunden.«

»Verschwunden?«

»Geflohen.«

Dacco senkte den Kopf und ließ geschehen, was nun folgte. Der König stürzte sich auf ihn und schlug ihm zwei-, dreimal die Faust ins Gesicht. Es steckte Kraft in seinen großen Händen, und Daccos Kahlkopf wurde hin und her geschleudert. Dann wiederholte Chlothar seine Fragen, Dacco gab nochmals dieselben Antworten und wurde abermals geschlagen. Er hielt still, obwohl er den wütigen Merowinger leicht hätte abwehren können. Er machte nicht einmal den geringsten Versuch, sich zu schützen. Sein Kopf schnellte von einer Seite zur anderen, je nach der Richtung, aus der die Schläge kamen. Sein wuchtiger Körper stand dabei unerschütterlich, gerade und aufrecht. Er konnte unbegrenzt einstecken und dabei noch demütig lächeln. Er wußte, daß er die Gunst, in der er beim König stand, nicht zuletzt dieser Eigenschaft verdankte.

Folgendes stellte sich heraus. Frotberga und Celsa, die Radegunde bewachen sollten, hatten am Ufer des linken Flußarms ein Zelt errichtet. Die junge Thüringerin war ihnen dabei zur Hand gegangen und hatte sich auch beim Kochen und Waschen nützlich gemacht. Dann war Jubel im Lager ausgebrochen, als nämlich König Chlothar die Säcke mit Gold und Silber öffnete. Die beiden Dirnen erkannten sofort die große Gelegenheit. Bisher waren ihre Einnahmen bei diesem Kriegszug bescheiden gewesen. Nun gönnten sie sich keine Pause, vor dem Zelteingang standen die Männer Schlange. Kein Auge ließen die beiden, während sie eilfertig alle Wünsche befriedigten, von den Tonkrügen, die sich mit Münzen füllten, ihre Ohren lauschten nur auf den Klang des Metalls, das einer nach dem anderen hineinwarf. So hatten sie keine Muße für ihren Auftrag, auf die Gefangene zu achten. Radegunde war fort, als Dacco kam und sie holen wollte.

Er ließ gleich ausschwärmen und sie suchen – vergebens. Im Schutz der Dunkelheit mußte sie aus dem Lager entkommen sein. Und schnell verdoppelte sich der Schrecken: Auch ihr Bruder war nicht mehr aufzufinden. Sein Bewacher, der freundliche Franke, lag blutig geschlagen an einem der Feuer, weil er beim Würfeln betrogen hatte.

Es nützte nichts, daß der König anordnete, den beiden Huren die Kehrseite zu zerfleischen. Weder sein wütendes »Helft ihnen!« noch Bozos mit Eisen bestückter Riemen brachten mehr aus ihnen heraus als Wehgeschrei. Die Sonne ging auf, und jeder mögliche Schlupfwinkel wurde durchsucht. Doch soviel man auch mit Stangen in Baumwipfeln stocherte, Ufergebüsch auseinanderbog, die zertrümmerten Katen noch weiter zerstörte – es blieb dabei.

Radegunde und Irmfried waren verschwunden.

7

In einem Wäldchen zwischen Aller und Oker saßen wenige Tage später vier Männer um einen Dreifuß, auf dem Dinkelbrei im Kessel schmorte. Einer der vier hatte eine Wasserralle auf ein Stöckchen gesteckt und briet sie. Zwiebeln, Möhren und große Stücke von Schafskäse lagen, auf Tüchern ausgebreitet, im Gras.

Die Vorbereitung ihres Mahls versetzte die vier in heitere Stimmung. Es waren nicht mehr ganz junge, doch nicht alte Männer, alle knapp unter dreißig Jahren. Daß sie Krieger waren, zeigte die Ausrüstung, die sie abgelegt hatten: Wehrgehänge mit Schwertern, Bogen und Köcher, Kampfäxte, lederne Panzerhemden. Es war wieder ein heißer Tag, und so hatten sie auch ihre Kittel und Schuhe abgestreift und nur die Hosen anbehalten, die knapp unter den Knien endeten. Müßig saßen und lagen sie im Gras. Einer warf Zweige ins Feuer, ein anderer rührte den Brei um. Der einzige, der nichts zu tun hatte, erzählte ein komisches Kriegserlebnis, und jeden Augenblick brachen die anderen drei in Gelächter aus.

»Still!« sagte plötzlich einer. »Hört doch mal!«

Irgendwo hinter Bäumen und Büschen kreischte ein Vogel.

»Bläßhühner!«

Die vier sahen sich an.

»Los! Versuchen wir es!«

»Ja, das wäre was anderes als das hier!«

Die erst halbgare Ralle blieb im Gras liegen. Der Brei

schmorte ohne Aufsicht weiter. Jeder der vier hatte sich mit Bogen und Köcher gerüstet, und so eilten sie in die Richtung, aus der der Vogelschrei gekommen war.

Am Rande des Wäldchens floß ein Bach, der einen kleinen See speiste. Hier hatten sie schon die Ralle erbeutet. Doch diesmal war ihnen das Jagdglück versagt. Zu ungeduldig schlichen sie sich heran, und der Vorderste glitt, den Bogen im Anschlag, im Uferschlamm aus und fiel der Länge nach ins Schilf. Zwei Bläßhühner flogen auf, aber die ihnen überhastet nachgeschickten Pfeile der drei anderen Jäger verfehlten sie.

»Verflucht, unser Festbraten macht sich davon.«

»Atum, der Hühnerschreck, hat ihn verjagt!«

»Mann, Atum, was machst du im Wasser? Willst du ihnen nachschwimmen?«

»Helft mir lieber raus!«

»Gib ihm die Hand, Blic!«

»Und wenn ich selber hineinrutsche?«

»Keine Sorge, ich halte dich fest.«

»Also gut, ich verlasse mich auf dich, Dracho. Mit Atum gibt es immer nur Unheil.«

Der Blic Genannte beugte sich vor und streckte die Hand aus. Atum, der fast bis zum Bauch im Wasser stand, ergriff sie und wollte sich hochziehen. Beinahe gelang es, doch da fiel ihm ein, daß sein Bogen noch im Schilf steckte. Er drehte sich um und langte nach ihm. Dabei zog er Blic immer weiter mit sich, und Dracho, der Blic von hinten umklammerte, wurde gleich hinterhergerissen.

»He, Kinnizan, halte uns! Wir ersaufen!«

Der vierte packte mit beiden Händen Drachos Gürtel, aber das nützte nichts mehr. Die beiden Nothelfer stürzten ins Wasser, und auch Kinnizan wurde mitgerissen, weil er den Gürtel zu spät losließ. Im nächsten Augenblick steckten alle vier gurgelnd und prustend im Schilf.

Aber wenn auch der Braten entkommen war, der Spaß war es wert. Dracho und Blic wateten gleich weiter in den See hinein. Kinnizan half Atum, ans Ufer zu klettern, wo er Bogen und Köcher ablegte. Dann folgten die beiden den anderen. Dracho konnte als einziger schwimmen, doch der See war nur flach, sie hatten fast überall Grund unter den Füßen. Ein übermütiges Getümmel begann. Sie balgten sich und tauchten sich gegenseitig unter. Das Wasser spritzte hoch auf, und es gab Gelächter, wenn einer mit grünem Kopf von unten hochkam, über und über bedeckt mit Algen und Plankton. Blic erwischte ein Fischchen, das ihm gleich wieder entschlüpfte, und alle vier ließen ihre Hintern hoch aus dem Wasser ragen, um es doch noch zu fangen. Auch dies mißlang ihnen unter großem Vergnügen.

»Jetzt habe ich aber Hunger!« sagte Dracho, als sie nach einer geraumen Weile genug hatten und ans Ufer kletterten.

»Zum Glück ist uns die Ralle geblieben.«

»Die war aber erst halb gar.«

»Vielleicht hat die Sonne sie zu Ende gebraten.«

Die vier zogen die nassen Hosen aus, hängten sie sich um den Hals, schulterten wieder Bogen und Köcher und kehrten nackt zu ihrem Rastplatz zurück.

Hier erwartete sie eine Überraschung.

Im Kessel über dem Dreifuß war nicht mehr halb soviel Brei wie vorher. Alle Zwiebeln und Möhren waren verschwunden, vom Schafskäse waren nur Krümel übrig. Die Ralle lag nicht mehr am Feuer, sondern ein Stück entfernt. Atum, der sie gebraten hatte, hob sie auf und stieß einen Fluch aus. Das halbgebratene Fleisch war fast völlig abgenagt.

»Wer kann das gewesen sein?«

»Irgendein Vieh. Vielleicht ein Fuchs.«

»Fressen die Zwiebeln?«

»Jedenfalls benutzen sie keine Löffel«, sagte Kinnizan und zog seinen Holzlöffel, der vorher im Gras gelegen hatte, aus dem Kessel.

Die Männer waren verstimmt. Sie breiteten ihre Hosen zum Trocknen im Gras aus und hockten sich wieder um die Feuerstelle. Nur noch ein dünnes Rauchfähnchen stieg aus der Glut auf. Schweigend nahmen sie ihre Löffel und kratzten die Reste des Breis vom Kesselrand.

Verschiedene Vermutungen wurden angestellt. Schließlich einigten sie sich darauf, daß es ein Landstreicher, ein Wilddieb oder eine Holzsammlerin war, irgendein hungerleidendes Wesen, von denen es hier nicht wenige gab. Das war hier umhergestreunt und hatte die Gelegenheit wahrgenommen, sich einmal den Bauch vollzuschlagen.

Mürrisch kauten sie die letzten Happen. Sie erhoben sich schon und wollten aufbrechen, als Blic plötzlich flüsterte: »Seht mal, da drüben! Ein Reh!«

Die Köpfe fuhren herum, acht Augen starrten ins grüne Unterholz. Dort zitterten Zweige, und dahinter bewegte sich etwas. Ja, das konnte braunes Fell sein!

»So kommen wir doch noch zum Festschmaus.«

»Vorsichtig!«

»Laßt es Dracho machen.«

Dracho bückte sich schon und hob den Bogen auf. Blic zog einen Pfeil aus seinem Köcher, gab ihn ihm. Dracho legte an. Ein kurzes Rascheln tönte aus dem Gebüsch herüber.

»Schieß! Es haut ab!«

Der Pfeil schnellte von der Sehne. Ein hartes, trockenes Aufprallgeräusch war zu hören und fast im selben Augenblick ein heller Laut – kein Schrei, sondern eher ein unterdrückter Ruf, mehr menschlich als tierisch.

»Habt ihr das gehört?«

»Ein Vogel. Das Reh ist natürlich weg.«

»Diana ist heute nicht mit uns.«

»Die schmollt noch, weil wir die Götter abgeschafft haben.«

»Wartet mal!« sagte Dracho. »Ich bin sicher, das war kein Reh. Das war …«

Noch immer den Bogen in der Hand, drang er in das Gesträuch ein. Wieder ein Rascheln, ein unterdrückter Laut wie ein Seufzer. Vor sich sah er den Birkenstamm, in dessen glatter Borke der Pfeil hing. Ohne den Widerhaken wäre er abgeglitten. Dracho bog ein paar Zweige auseinander und griff nach dem Pfeil, doch dann fuhr seine Hand zurück.

Vor seinen Füßen im Moos, an den Stamm gekauert, saß ein Mädchen mit wirren blonden Haaren und schmutzigem Gesicht. Ein zerrissenes, viel zu weites Kleid aus rötlichbraunem Wollstoff hing um die schmale Gestalt.

»Verdammt!« sagte Dracho. »Das also war das Reh!«

Er beugte sich nieder. Aber das Mädchen schreckte heftig zurück. Im nächsten Augenblick sprang sie auf und wollte entfliehen. Er erwischte sie noch am Handgelenk. Sie versuchte sich loszumachen. Er packte fester zu, und sie versuchte in seine Hand zu beißen.

»Kleine Bestie!«

»Laß mich los!«

»Hab keine Angst, ich tue dir nichts!«

»Und der Pfeil?«

»Ein Versehen. Wir hielten dich für ein Reh.«

»Laß meinen Arm los, du brichst ihn mir sonst.«

»Gut, aber lauf nicht davon. Wir haben Mitleid mit kleinen Dieben.«

»Wir sind keine Diebe!«

»Wir? Wo sind die anderen? Wo sind deine Leute?«

»Laß mich erst los! Dann sage ich es.«

Er gab sie frei. Sie keuchte erleichtert, sah ihn kurz an und wandte sich dann brüsk ab. Das Kleid fest um sich wickelnd, blickte sie zu den Baumwipfeln auf.

Ihm wurde erst jetzt bewußt, daß er noch immer völlig nackt war.

»Verzeih«, sagte er. »Verzeih, daß ich dich erschreckt habe …«

»Erschreckt? Du hättest mich beinahe umgebracht!«

»Aber das wollte ich doch nicht! Und außerdem ist es deine eigene Schuld. Das Mahl war für vier Männer bestimmt, und du ißt es fast allein auf. Wundert dich, daß wir hungrig und jagdlustig sind?«

»Ich habe nur einen Löffel voll Brei gegessen.«

»Dann ist alles geklärt. Du warst es, die für einen einzigen Happen den Löffel benutzte. Das übrige hat ein Fuchs gefressen. Auch die Zwiebeln und den Käse.«

»Etwas Käse habe ich auch genommen. Wir haben seit drei Tagen nur Beeren und Sauerampfer gegessen.«

»Wo sind die anderen?«

»Wenn du versprichst, daß ihr ihnen nichts antut …«

»Sind sie bewaffnet?«

»Sie besitzen zu fünft eine Steinschleuder. Damit wurde aber noch nichts getroffen.«

»Sind es Kinder?«

»Fünf Jungen, die beiden ältesten sind zwölf. Der jüngste ist neun.«

»Und du bist ihre Schwester.«

»Nur die Schwester von einem.«

»Habt ihr alle eure Eltern verloren?«

»Ja.«

»Wo sind sie?«

»Hast du nicht etwas anzuziehen?«

Sie blickte noch immer zu den Baumkronen hinauf. Hinter sich hörte Dracho die anderen kommen.

»Männer!« rief er. »So kann ich euch hier nicht dulden. Ich habe eine Königstochter getroffen, sie ist empfindsam. Also bedeckt euch, und werft auch mir meine Hose zu!«

Das Mädchen fand es erheiternd, daß der fremde junge Kerl sie eine Königstochter nannte. Sie verbiß sich das Lachen aber und fragte ernsthaft: »Und ihr? Wer seid ihr? Ich höre an deiner Sprache, daß ihr nicht von hier seid.«

»Das ist wahr. Wir kommen von ziemlich weit her.«

»Seid ihr Alamannen?«

»Nein.«

»Langobarden?«

»Wir sind glattrasiert, wie du siehst.«

»Etwa Franken?«

»Du magst die Franken wohl nicht.«

»Antworte doch.«

»Wir sind nur vier lustige Burschen, die sich für das freie Leben entschieden haben. Jeder stammt aus einer anderen Gegend.«

»So seid ihr Räuber.«

»Das kommt darauf an, wie man es betrachtet.«

»Wie heißt du?«

»Dracho.«

»Das soll ein Name sein? Der Drache?«

»Wir fanden die Namen, die unsere Eltern uns gaben, nicht passend. So erfanden wir für uns neue. Und wie heißt du?«

»Radegunde.«

Drachos Hose flog über die Büsche, und er zog sie rasch an. Auch der Gürtel kam geflogen.

Die drei anderen traten hervor und feixten.

»Solche Rehe springen hier also im Wald herum«, bemerkte Kinnizan.

»Ja, und ich hab sie entdeckt!« rühmte sich Blic.

»Und sie dadurch beinahe ums Leben gebracht«, erinnerte Atum.

»Das sind meine Freunde«, sagte Dracho. »Blic – weil er schnell wie ein Blitz ist. Kinnizan – weil er in einem Beutel am Hals seinen Backenzahn trägt, als Glücksspender. Atum – weil er an böse Geister glaubt.«

»Und Dracho, den Drachen, kennst du ja schon«, ergänzte Blic lachend. »Der speit Feuer, aber nur manchmal. Gewöhnlich ist er friedfertig.«

»Nun sind wir schon gute Bekannte«, sagte Dracho. »Führst du uns zu deinen Schutzbefohlenen?«

Radegunde hatte, während Dracho die Namen der drei anderen nannte, jeden verlegen angelächelt, doch angesichts soviel halbnackter Männlichkeit ihr zerrissenes Kleid noch enger um sich geschlagen. Jetzt wagte sie es auch, Dracho zum ersten Mal voll anzublicken. Sehr groß und sehr schlank war er, seine Züge waren nicht regelmäßig, doch der Blick seiner braunen Augen war heiter und, wie ihr schien, vertrauenerweckend. Besonders auffallend fand sie an ihm, daß sein wettergegerbtes, kantiges Gesicht von einem wilden Gewirr hellblonder Locken umrahmt war, die sich über die Stirn und bis auf die Schultern herabringelten. Plötzlich war ihr, als hätte sie diesen Mann schon einmal gesehen. Aber wo und unter welchen Umständen, fiel ihr nicht ein, und sie war viel zu aufgeregt, um jetzt darüber nachzudenken.

Eigentlich war sie schon sicher, daß von den vier Männern nichts zu befürchten war. Trotzdem antwortete sie, den Blick auf den Waldboden geheftet: »Warum wollt ihr sie denn sehen? Helfen könnt ihr uns ja doch nicht. Laßt uns weiterziehen, und kümmert euch nicht um uns. Und bitte verzeiht uns unsere Dreistigkeit. Es war die Not.«

»Wohin wollt ihr denn? Habt ihr ein Ziel?« fragte Dracho. Der Ton seiner Stimme war jetzt ernst.

»Wir haben ein Ziel. Aber es ist ein langer Weg dorthin.«

»Weit könnt ihr nicht kommen. Es gibt hier Bären und Wölfe, und allerlei Gesindel haust in den Wäldern. Und wie du gerade erfahren hast, seid ihr auch vor Jägern nicht sicher, die schlechte Augen haben. Wir haben weit und breit kein Haus, keine Siedlung gesehen.«

»Trotzdem ist es hier besser als dort, wo wir herkommen.«

»Hör zu, Mädchen«, sagte Dracho. »Ich hätte dich beinahe getötet. Und wahrhaftig, das hätte auf meiner Seele gelastet. Wie könnte ich jetzt noch zulassen, daß ihr hier umkommt – du und die anderen, die Kinder! Ihr steht jetzt unter meinem Schutz und dem dieser ehrenhaften Männer. Heute nacht werdet ihr alle unter einem sicheren Dach sein. Warum zögerst du also noch?«

Wenig später – die Sonne stand gerade im Zenit – machte der kleine Trupp sich auf den Weg: vier Männer, ein Mädchen, fünf Jungen. Vorn ging Dracho, der mit seiner Axt, der Franziska, die Zweige abschlug, die zu hinderlich die schmale Schneise überwucherten. Für die Männer hätte er das nicht tun müssen, er tat es nur für die Kinder, vor allem aber für Radegunde, die hinter ihm ging. Sie war übermüdet, und mehrmals stolperte sie und mußte sich an ihm festhalten. Hinter ihr wankte ihr Bruder Irmfried, schmutzig und in abgerissener Kleidung, kaum noch imstande, sich auf den Beinen zu halten. Ein stämmiger kleiner Thüringer, der seine Steinschleuder in der Hand hielt, stapfte fröhlich dahin, er war der einzige, dem das Fluchtabenteuer noch Spaß machte. Die drei anderen Jungen waren so erschöpft, daß die Männer sie tragen mußten. Atum, Blic und Kinnizan hatten sich je einen auf die Schultern geladen und bildeten in dieser Reihenfolge den Schluß.

Radegunde mochte sich nicht mehr fragen, ob es richtig war, mit diesen Männern zu gehen. Es waren Fremde, und sie lieferten sich ihnen aus, auf Gedeih und Verderb. Aber so gab es wenigstens Hoffnung, zu überleben. Noch eine Nacht in Wald und Wildnis, und das erste der Kinder wäre am Ende gewesen. Nachdem sie den Rastplatz entdeckt hatten und der schlimmste Hunger gestillt war, hatte sie, im Gesträuch versteckt, auf die Rückkehr der Rastenden gewartet. Die fünf Jungen waren derweil, hundert Schritte tiefer im Wald, Seite an Seite eingeschlafen. Radegunde wollte erkunden, ob sie vielleicht auf Menschen getroffen waren, denen sie sich zeigen und denen sie ohne Furcht ihre Lage schildern konnte. Das durften natürlich nur Thüringer sein. Als die vier nackten Männer zum Rastplatz zurückkehrten, hatte sie zunächst einen Schreck bekommen und sich am liebsten davonstehlen wollen. Dann aber, als die vier, nach kurzer Verärgerung über den Mundraub, friedlich im Grase hockten und aßen, war Radegunde näher herangekrochen, um zu verstehen, was sie redeten. Dabei hatte sie sich verraten.

Es war eine überstürzte Flucht gewesen, ohne Plan, ohne Sinn, nur aus dem übermächtigen Drang, einem unerträglichen Zustand zu entkommen. Die grauenvolle Ermordung des Melanius, die Demütigung durch König Chlothar, ringsum Blut und Gewalt und Tod, der Aufbruch und die Rückkehr unter den Fausthieben roher Weiber, schließlich noch die halbe Nacht im Hurenzelt, wo sie sich unter stinkendem Zeug verbarg, um nicht von den ungeduldigen, röhrenden Zeltbesuchern entdeckt zu werden … Das alles war zuviel gewesen. In einem günstigen Augenblick war sie unbemerkt hinausgeschlüpft, dann war sie auf den Allerwiesen umhergeirrt, auf der Suche nach Irmfried. Sie fand ihn schließlich an einem der Feuer, bei den Würflern, sein Bewacher wurde gerade verprügelt. Nun schlichen sie beide davon, und als der Morgen graute, hatten sie die anderen Jungen gefunden und geweckt. Sie stahlen sich an den schlafenden Lagerwachen vorbei und rannten und rannten. Erst in einem Pappelhain, eine Meile hinter der Sumpfburg Ovesfeld, wagten sie, stehenzubleiben und sich auszuruhen.

Das Unterfangen war hoffnungslos, sie hatte es ja vorher

gewußt. Dennoch machten sie sich auf den Weg. Der Stand der Sonne zeigte ihnen die Richtung an – Süden. Dort war das Harzgebirge, und dahinter lagen das Tal der Unstrut und das Kernland des Thüringerreiches. Hundert Meilen würden sie laufen müssen, das wußte sie von Melanius. Daß es tatsächlich unmöglich und allein nicht zu schaffen war – der letzte Zweifel daran schwand ihr nach drei Tagen und zwei Nächten voller Angst und Verzweiflung, nach der Übernachtung auf Bäumen wegen der Raubtiere, dem Umherirren auf Wegen, die irgendwo und nirgendwo endeten, mit knurrendem Magen, blutig geschundenen Händen, schmerzenden Füßen. Und immer mit dem quälenden Gedanken, die armen Jungen, denen die Kräfte schwanden und die ihr, weil sie älter und klüger war, willig folgten, in ihr sicheres Verderben zu führen.

Nein, Radegunde hatte keine andere Wahl gehabt. Sie mußte den Fremden vertrauen. Sie mußte dem hochgewachsenen Mann mit den weißblonden Löckchen folgen, der vor ihr auf der schmalen Waldschneise ging, mit Axthieben Hindernisse beseitigte und sie ab und zu stützte. Und auch jetzt war ihr wieder, als habe sie ihn einmal gekannt, als habe er früher, vor Jahren, als sie noch klein war, an ihrer Seite gesessen und mit ihr geredet und gescherzt. Doch mochte das nur ein aus dem Wunsch geborenes Bild sein, er möge sie und die anderen retten.

»Sind wir noch nicht bald da?« rief Atum von hinten.

»Keine hundert Schritte mehr«, gab Dracho zurück.

Ganz plötzlich lichtete sich der Wald und ging in eine offene Wiese über, auf der nur Gesträuch wuchs. Der Boden war trocken, rissig und uneben. Radegunde hielt den Blick gesenkt, um nicht in eine Mulde zu stolpern, und so sah sie nicht gleich, wo sie war. Erst ein Aufschrei ihres Bruders Irmfried ließ sie zusammenfahren und aufblicken.

»Franken!«

Ein ganzes Heerlager. Hunderte Männer, vielleicht über tausend. Zwischen den Buschinseln wimmelte es von ihnen. Bunte Fahnen und in der Sonne glitzernde Feldzeichen, die viele der fränkischen Haufen noch nach römischem Vorbild mit sich führten, steckten in der Erde.

Einer rannte von dort herbei, direkt auf die Gruppe zu, und schrie schon von weitem: »König! Der Kundschafter ist zurück! Nur noch elf Meilen!«

Radegunde stand wie erstarrt. Sie drehte sich halb zu Irmfried um, der sich an sie klammerte und sie dabei fast umstieß. Mit weit aufgerissenen Augen sahen die beiden auf das Bild vor sich, das ihnen fast unwirklich vorkam.

Der Mann, der geschrien hatte, kam näher.

»Elf Meilen nur noch?« rief Dracho.

»Wir können es heute noch schaffen, König. Trockene Wege und keine Feinde mehr vor uns. Die Burg Ovesfeld ist schon besetzt. Dein Vater ist vor vier Tagen dort eingetroffen, König Chlothar schon einen Tag vor ihm. Aber da scheint irgend etwas los zu sein. Unsere Kundschafter konnten nicht viel erfahren, nur daß es zwischen den Königen Streit gab.«

»Wo sind die Männer?«

»Dort hinten. Ich bringe sie dir.«

»Nein, gehen wir hin.«

Dracho wollte dem Mann folgen, drehte sich aber noch einmal um. Er blickte in Radegundes entsetztes Gesicht.

»Keine Angst, Mädchen«, sagte er lächelnd und legte ihr die Hand auf die Schulter. »Es ist alles in Ordnung. Was ich versprochen habe, das gilt. Erklärt ihr alles!« rief er Blic und den beiden anderen zu. Schon war er fort.

Blic, Atum und Kinnizan setzten ihre Lasten, die erschrockenen kleinen Flüchtlinge, auf den Boden.

»Ja«, sagte Blic, »nun lernt ihr uns noch ein zweites Mal kennen – als das, was wir wirklich sind. Manchmal haben wir

Lust, uns zu verwandeln … in das, was wir früher mal waren: die besten Freunde und Gefolgschaftsgenossen. Gleichberechtigt und unzertrennlich. Und manchmal ein bißchen übermütig. Wenn also Zeit dazu ist, so wie heute, dann schleichen wir fort und verjüngen uns. Der da, Atum, heißt richtig Willachar und ist Palastgraf. Auch dieser, Kinnizan, ist Graf, er heißt Huodo und regiert einen Gau im Alamannengebiet. Und ich heiße Animod und bin Bischof. Aber das sagt euch wohl nichts. Nun, ich vertrete hier unseren Christengott und bringe euch Heiden die frohe Botschaft.«

»Und Dracho ist König?« rief Radegunde.

»Ja, das ist er. Allerdings herrscht er noch nicht. Bei uns Franken ist es üblich, auch die künftigen Könige ›König‹ zu nennen. Er heißt Theudebert und ist der Sohn des Herrn Theuderich. Das ist der König, der über uns herrscht.«

»So sind wir also wieder Gefangene der Franken«, sagte Radegunde verzagt und drückte Irmfried, der in Tränen ausbrach, an sich. »Nun gibt es keine Hoffnung mehr.«

»O doch, es gibt Hoffnung, mein liebes Kind«, sagte Blic, der in Wirklichkeit Bischof Animod war. »Sie kommt von unserem Vater im Himmel, der uns seinen geliebten Sohn als Erlöser geschickt hat. Ich werde euch bei Gelegenheit die Geschichte erzählen, sie ist sehr spannend …«

Doch Radegunde war mit ihren Gedanken woanders. Sie wußte jetzt, woher sie den Mann mit der weißblonden Lockenmähne kannte. Er war im Gefolge seines Vaters gewesen, als der zu Besuch bei König Hermenefred, ihrem Adoptivvater, weilte und mit ihm ein Bündnis schloß. Das mußte acht oder neun Jahre her sein. Sie war noch ganz klein, und auch damals war Krieg.

»Wenn alle erst an ihn glauben«, hörte sie, wie von weither, die Stimme des Blic, »wird niemand mehr Angst haben müssen, und zwischen den Menschen wird nur noch Frieden sein.«

8

Am selben Tag und um dieselbe Stunde – es war die neunte, am frühen Nachmittag – erschien im fränkischen Heerlager am Ufer der Aller der Alamanne Magnovald und bat, zum König Chlothar vorgelassen zu werden. Er wurde jedoch nur von Baudin empfangen. Der König ließ sich verleugnen, stand aber hinter dem Zelt und hörte zu. Der Alamanne sprach versöhnlich und überbrachte eine Einladung König Theuderichs. Zu lange schon dauere, sagte Magnovald, dieser Zustand der Zwietracht, im Feindesland sei so etwas gefährlich, man sollte sich friedlich entgegenkommen. Auch einer Lösung des Waffenbündnisses zuzustimmen, sei König Theuderich jetzt geneigt, ebenso einer teilweisen Erfüllung der immer wieder gestellten Forderungen. Sein König, fügte Magnovald hinzu, bedauere die Unstimmigkeiten und wünsche nach wie vor nur eines: mit seinem Bruder, den er trotz allem liebe und schätze, wieder in volles Einvernehmen zu kommen.

Es war das erste Mal seit dem Streit vor vier Tagen, daß sich ein Emissär des Theuderich ins Lager Chlothars begab. Bisher war es nur umgekehrt gewesen: Baudin und Dacco waren an die zwanzigmal abgesandt worden und jedesmal ohne Ergebnis zurückgekehrt. Nicht nur die Schatztruhen hatte der König Chlothar zurückgefordert. Nachdem die beiden gefangenen Königskinder trotz gründlicher Suche unauffindbar geblieben waren, kam auch bald der Verdacht auf, sie könnten von Theuderichs Leuten aufgegriffen und in die Burg gebracht worden sein. Das wurde zwar abgestritten, aber Chlothar war schließlich fest davon überzeugt, daß sein Bruder doch von ihnen erfahren hatte, und so fühlte er sich doppelt betrogen. Trotzdem zögerte er, sich das, was er für sein Recht hielt, mit Gewalt zu verschaffen. Zu viel Respekt hatte er vor der militärischen Erfahrung Theuderichs, zu viel Angst vor der täglich erwarteten Ankunft Theudeberts. Aber er konnte sich auch nicht mehr entschließen, einfach abzuziehen. So war die Lage nun seit Tagen, man belauerte sich und wartete ab.

Der rotbärtige Alamanne erhielt von Baudin zunächst nur eine ausweichende Antwort, doch der lauschende König Chlothar beschloß sofort, die Einladung anzunehmen. Die Versorgung des Kriegsvolks und der vielen Gefangenen war bereits so schwierig geworden, daß man die Pferde schlachten mußte. Ausschwärmende Beutemacher und Nahrungssucher kamen in diesem öden, dünn besiedelten Landstrich fast immer mit leeren Händen zurück. Ohne Zweifel erging es Theuderich, der in der Burg saß, ebenso, und dies mochte der wahre Grund dafür sein, daß er Zugeständnisse in Aussicht stellte. Chlothar beschloß also, die Gelegenheit zu ergreifen, bevor es doch noch zu einer Revolte im eigenen Heer kam. Er wählte dreißig seiner zuverlässigsten Leute aus, die alle noch wohlgenährt und bis an die Zähne bewaffnet waren, und begab sich mit ihnen in die Burg.

Sie durchschritten das Tor, das man ihnen bereitwillig öffnete, und überquerten den Hof, der noch die unübersehbaren Spuren der hier von ihnen selbst verübten Gewalttaten trug. An der Treppe zum Herrenhaus empfing sie Magnovald. Ehrerbietig verneigte er sich vor König Chlothar, begrüßte ihn im Namen seines Herrn und dankte ihm für sein Kommen.

»König Theuderich freut sich auf das Versöhnungsgespräch«, fuhr er fort, »und schlägt vor, es unter vier Augen zu führen. So könne man, meint er, freimütiger und ungezwungener reden. Wie es sich für Brüder, die einander vertrauen, gehöre. Darf ich dein Einverständnis melden, König?«

Chlothar antwortete nicht gleich, senkte den Kopf zwischen die wuchtigen Schultern, steckte die Daumen hinter den Gürtelriemen, wippte auf seinen dünnen Beinen und ließ seinen argwöhnischen Blick umherschweifen. Mit Ausnahme der Torwächter war weit und breit niemand von Theuderichs Gefolge zu sehen. Hinter dem Herrenhaus, ziemlich weit hinten am Wall, waren die Zelte des Lagers errichtet, deren Spitzen das üppig wuchernde Gesträuch überragten. Es dämmerte schon, und dünne Rauchsäulen stiegen dort auf. Man bereitete wohl die karge Abendmahlzeit vor.

»Ist er wirklich allein da drinnen?« fragte Chlothar.

»Allein mit zwei Bechern und einem Krug besten Burgunderweins«, erwiderte der Rotbart lächelnd.

Der König warf die grauschwarze Mähne zurück und wandte sich kurz zu Baudin und Dacco um, die hinter ihm standen. Den stumpfen Zügen des Dacco war wie gewöhnlich weder ein Gedanke noch eine Gemütsregung zu entnehmen. Baudin seufzte, und seine Miene zeigte Bedenken.

Gerade dies aber gab den Ausschlag. Chlothar ließ seine Vertrauten gern immer mal wieder spüren, daß sie verzichtbar waren. Baudin war ohne Zweifel nur skeptisch, weil er glaubte, daß eine Beratung ohne ihn nicht zum Erfolg führen konnte.

»Nun, einverstanden«, sagte Chlothar. »Warum aber so viel förmliches Getue? Das kann ich nicht leiden. Wenn er da drinnen ist, laß mich vorbei!«

Er schob den Alamannen beiseite und stieg die wenigen Stufen hinauf. Da wurde die Tür schon geöffnet, und König Theuderich trat ihm entgegen. Er war – was selten genug bei ihm vorkam – unbewaffnet und trug einen blauen Seidenmantel mit bestickten Borten. Seine gewöhnlich ernste Miene verzog sich zu einem bemühten Lächeln.

»Sei gegrüßt und tritt ein«, sagte er und schloß eigenhändig die Tür hinter Chlothar. »Freut mich, daß du gekommen bist. Sehr ärgerlich, unser Zerwürfnis. Nur gut, daß der Feind nichts davon ahnt. Also ... willkommen! Ich habe da noch einen Krug mit Burgunder gerettet, der wird uns munden.« Theuderich streckte seinem Bruder die Hand entgegen.

Der große Raum lag im Halbdunkel. Nur durch zwei Giebelfenster in Höhe des Dachgebälks drang etwas Licht ein. Es gab nun wieder Tische und Bänke, und auch zwei Armstühle standen bereit. Die beiden Schatztruhen standen noch in derselben Ecke. Von einer Stange, die über die Balken gelegt war, hing jetzt zwischen den Pfeilerreihen ein aus vielen Stücken zusammengenähter Vorhang, der etwa ein Drittel des Raumes abteilte. Er endete knapp über dem mit Sägespänen bedeckten Fußboden.

»Ich sehe, du machst es dir gemütlich«, sagte Chlothar mit seiner schnarrenden Stimme. Er ergriff die ausgestreckte Hand seines Bruders und sah sich dabei um.

»Du meinst den Vorhang ... So sieht man nicht die verkohlte Wand und das Gerümpel. Auch im Kriege will man ja nicht in Trümmern hausen. Ist es nicht unbequem – mit Schwert und Franziska? Nimm Platz.«

Theuderich deutete auf einen der Armstühle, der vor den Vorhang gerückt war.

»Wenn es dir recht ist«, sagte Chlothar, »ziehe ich diesen hier vor. Er scheint mir niedriger zu sein. Ich habe nun einmal kürzere Beine als du.«

Er ließ ein glucksendes Lachen hören und setzte sich auf den anderen Armstuhl, der dem ersten an einem langen Tisch gegenüberstand.

Theuderich reichte ihm den Becher, den er mit Wein gefüllt hatte.

»Ein edles Gewächs und gut abgelagert. Ein Geschenk für meine verstorbene Frau, von ihren Verwandten.«

»Oh, du verwöhnst mich, Bruder!« rief Chlothar. »Ich muß gestehen, daß ich im Laufe des Tages schon reichlich getrunken habe. Aber wir wollen doch unser Gespräch bei klarem Verstande führen. Würde es dir etwas ausmachen, wenn wir die Becher tauschten? Es scheint, daß du dir etwas sparsamer eingeschenkt hast – deinem Grundsatz entsprechend, jedes Übermaß zu vermeiden.«

»Ich verstehe, du bist mißtrauisch«, sagte Theuderich, schob Chlothar seinen Becher zu und nahm den anderen. »Ich werde sogar als erster trinken. Einen guten Schluck auf das Andenken der Verstorbenen.«

Theuderich hob den Becher und trank langsam, wobei er sich weit zurücklehnte. Chlothar senkte den Kopf und sah zu. Sein Blick irrte ab und schweifte über den mit Sägespänen bestreuten Fußboden. Plötzlich zuckte er zusammen.

Als Theuderich den Becher absetzte, lächelte Chlothar aber schon wieder und sagte: »Ein guter Trinkspruch, da halte ich mit! Die edle Suavegotta, sie war eine prächtige Frau, ich liebte sie wie eine ältere Schwester. Nun denn, ich ... Oh, da merke ich gerade ... Wie ich schon sagte, ich habe heute bereits eine Menge getrunken. Du verzeihst mir, Bruder, daß ich mich kurz nach draußen begebe? Es gehört sich ja nicht, hier im Hause ... Und einen Diener, der mir einen Topf unterhält, gibt es ja auch nicht. Entschuldige mich nur einen Augenblick!«

Theuderich drehte sich brüsk um, als wollte er jemandem, der hinter ihm stand, einen Befehl erteilen. Aber Chlothar war bereits an der Tür. Draußen standen noch immer seine dreißig bewaffneten Gefolgsleute und unterhielten sich. Die Münder blieben ihnen offenstehen, als sie ihren König, der gerade erst im Hause verschwunden war, die Treppe herabeilen sahen. Er drängte sich gleich mitten unter sie, als wollte er sich mit menschlichen Wänden umgeben.

»Verrat!« stieß er keuchend hervor. »Verrat! Da drinnen stehen sie hinter dem Vorhang! Ich habe ihre Füße gesehen!«

»Was für ein Vorhang? Was für Füße?« wurde gegrummelt.

»Die Füße der Mörder, ihr Ochsen! Ich sah sie, weil der Vorhang zu kurz ist! Die Kerle stehen bereit, um sich auf mich zu stürzen!«

»Was sagst du? Mörder?« Dacco schob einige Männer beiseite und richtete sich wie ein Felsen vor Chlothar auf. »Das wollen wir doch mal sehen, ob die unserm König was antun! Was, Männer? Das wollen wir doch mal sehen! Kommt!«

»Warte doch!« rief Chlothar. »Nicht wieder hinein!«

Aber Dacco hatte sich schon in Bewegung gesetzt. Die Faust am Schwertgriff, den Kahlkopf mit der Narbe gesenkt, stapfte er die Treppe hinauf. Die meisten anderen – sie alle gehörten zum Kern der Getreuen und waren am reichsten beschenkt worden – gaben sich gegenseitig ermunternde Zeichen und folgten.

»Aber das wird ein Blutbad! Die machen uns alle nieder!«

Der König hob verzweifelt die Arme und ließ sie fallen, als ergebe er sich schon in sein Schicksal. Er maß mit den Augen die Entfernung zum Burgtor und schien einen Atemzug lang zu überlegen, ob er sich noch absetzen könne. Dann hatte er einen neuen Einfall. Er eilte hinter den Männern her die Treppe hinauf.

Oben stieß Dacco die Tür auf und drang als erster ins Haus ein. Drei, vier, fünf andere folgten.

König Theuderich saß in seinem Armstuhl, setzte in Ruhe den Becher ab, aus dem er noch einmal getrunken hatte, und fragte scharf: »Was gibt es? Was wollt ihr?«

»Wir wollen ...«

»Wer hat euch befohlen, hier einzutreten?«

Der Adlerblick des ältesten Merowingers, des ruhmreichen Königs und Feldherrn, lähmte Dacco. Er bewegte die Lippen, brachte aber kein Wort mehr hervor. Auch die anderen standen stumm, wie angenagelt.

So hatte Chlothar Zeit, sich zwischen ihnen hindurch nach vorn zu drängen.

»Verzeih, Bruder, manchmal sind sie wie Kinder! Befohlen? Niemand hat es ihnen befohlen. Nur weil ich so eilig – du weißt ja, warum – die Treppe hinabstieg, schöpften sie Verdacht. Sie sind etwas übereifrig, aber du siehst, sie ließen sich für mich in Stücke hauen. Ein König, der so tapfere Leute hat, kann sich glücklich schätzen.«

»Nun sehen sie ja, daß sie im Irrtum waren«, sagte Theuderich, »und können sich wieder zurückziehen.«

»Aber haben wir denn vor unserer Gefolgschaft Geheimnisse? Jeder kann hören, was wir zu besprechen haben. Ihre Gegenwart stört uns ja auch sonst nicht.«

Inzwischen waren alle dreißig hereingekommen und drängten sich hinter ihrem König. Chlothar schielte nach dem schmalen Spalt zwischen Vorhang und Fußboden. Er lächelte zufrieden, wippte und schob die Daumen hinter den Gürtelriemen.

»Nun, Bruder? Was hast du mir zu sagen? Du hast mir ausrichten lassen, daß du meine Forderungen endlich erfüllen willst. Sprich also! Ich bin ganz Ohr!«

Theuderich räusperte sich lange. Er hatte Mühe, sich zu sammeln. Schließlich erhob er sich und ging, wie es seine Gewohnheit war, mit auf dem Rücken verschränkten Händen auf und ab.

»Zunächst«, begann er, »habe ich dir etwas mitzuteilen. Mein Sohn Theudebert wird heute noch eintreffen. Er ist nur noch wenige Meilen entfernt.«

»Heute noch ... wenige Meilen«, wiederholte der König Chlothar und hörte auf zu wippen.

»Ich habe Verhandlungen mit den Sachsen geführt«, fuhr Theuderich fort. »Sie sind bereit, an meiner Seite in den Krieg gegen die Thüringer einzutreten. Damit ersetzen sie deine Haufen. Dein Wunsch, unser Bündnis zu lösen, ist damit erfüllt. Du kannst abziehen, du wirst hier nicht mehr gebraucht.«

»Sieh mal an ... also nicht mehr gebraucht.« Der König Chlothar nahm die Daumen vom Gürtel und ließ seine großen Hände herabhängen.

»Die Waffenhilfe der Sachsen«, führte König Theuderich weiter aus, »ist nicht umsonst zu haben, versteht sich. Zwar konnte ich ihnen Aussicht auf Landgewinn geben – diese Gegend zum Beispiel, wo wir uns gerade befinden –, aber das genügte ihnen noch nicht. Allein mit Geschenken für ihre Häuptlinge und beträchtlichen Geldzahlungen waren sie zu einem Bündnis zu bewegen. Dazu verwendete ich natürlich den Beuteschatz. Nachdem davon auch meine eigenen Leute für ihr im Kampf vergossenes Blut entlohnt wurden, ist auch für dich etwas übriggeblieben. Ganz nutzlos warst du ja hier nicht, Bruder Chlothar. Dort in der Truhe, der größeren, ist dein Anteil. Du kannst ihn dir nehmen.«

Chlothar zögerte einen Augenblick, dann aber trat er rasch an die Truhe und öffnete sie. Er hob eine silberne Schale von mäßigem Fassungsvermögen heraus, drehte und wendete sie mit ungläubiger Miene. Noch einmal blickte er in die Truhe, doch sie war leer.

»Das soll alles sein?«

»Ein schönes Stück, will ich meinen. Du bist doch lieber bei Tisch als im Felde. In der Schale kann man dir das Obst reichen. Wie ich höre, hast du auch schon heimlich zwei Säcke mit Gold und Silber entnommen. Das zusammen genügt, denke ich.«

»Du beleidigst mich!«

Chlothars Blicke irrten umher. Da war Theuderich – unbewaffnet. Ihm gegenüber standen dreißig Getreue mit Schwertern, Dolchen und Äxten. Aber wie viele lauerten dort noch hinter dem Vorhang, auch wenn ihre Füße nicht mehr zu sehen waren?

Chlothar starrte auf die Schale in seiner Hand, diese Beleidigung, diese Verhöhnung. Wütend stieß er unverständliche Worte aus, sie formten sich nicht zu einem Befehl. Seine Männer sahen ihn an, doch er konnte sich nicht vorstellen, was sie dachten. Waren seine Getreuen ihm in diesem Augenblick noch immer treu? Würden sie sich wirklich auf Theuderich stürzen, wenn er dazu den Befehl gab?

Da trat Magnovald ein und nahm ihm die Mühe eines Entschlusses ab.

Er ging auf Theuderich zu und meldete: »König! Dein Sohn ist im Anmarsch! Man sieht ihn bereits. Wie gut, daß er es geschafft hat, bevor es Nacht wird.«

»Macht das Tor auf, und bereitet alles zu seinem Empfang vor!«

»Aber wir sind noch nicht fertig, Bruder!« sagte Chlothar nun rasch. »Nein, wir sind miteinander nicht fertig. Noch lange nicht! Wo sind die beiden Kinder, die ihr aus meinem Lager entführt habt? Wo sind sie?«

»Welche Kinder?«

»Der Neffe und die Nichte des Königs Hermenefred.«

»Ich habe gehört, daß sie sich in deiner Gewalt befinden.«

»Seit drei Nächten sind sie verschwunden.«

»Dann werden sie wohl geflohen sein.«

»Ihr habt sie fortgeschleppt! Ihr versteckt sie hier!«

»Davon weiß ich nichts. Weißt du davon etwas, Magnovald?«

»Nichts, König. Das ist ein Irrtum.«

»Ich verlange, daß ihr sie herausgebt!« schrie Chlothar. »Mir gehören sie! Mir gehören alle Gefangenen!«

»Du ereiferst dich grundlos«, sagte Theuderich. »Gewiß, dir gehören deine Gefangenen. Ich erhebe keinen Anspruch auf sie. Das schwöre ich dir bei meinem Seelenheil. Wenn du sie aber entkommen läßt, kann ich nicht helfen. Dann mußt du sie selbst wieder einfangen.«

Chlothar wußte nichts zu erwidern, drehte mit unterdrückter Wut die silberne Schale in seinen Händen und stieß wieder nur unverständliche Laute hervor.

Draußen wurde gerufen: »Sie kommen! Theudebert ist da!«

»Empfangen wir meinen Sohn!« sagte König Theuderich. »Zwischen uns ist auch nichts mehr zu verhandeln. Wir schulden einander nichts mehr – ich keinen Dank, ihr keine Waffenhilfe. Schade, ich sehe hier achtbare und sicher tapfere Männer, die sich wohl gern auf der Walstatt Ruhm erkämpft hätten. Man gönnt es euch nicht. Nun denn, mit Gott! Ich wünsche euch eine gute Heimkehr!«

Er ging rasch hinaus, gefolgt von Magnovald. König Chlothar verharrte noch einen Augenblick unschlüssig, dann gab er die Schale einem der Männer und trat ebenfalls hinaus auf die Treppe. Als letzte von seinem Gefolge gingen Dacco und Baudin.

Vorher lüpfte Dacco den Vorhang.

»Niemand da«, sagte er verblüfft.

»Sie sind wohl dort hinten durch eine geheime Tür hinaus«, vermutete Baudin. »Ich glaube nicht, daß er sich getäuscht hat.«

Am Tor der Burg Ovesfeld empfingen die Franken ihre Stammesgenossen. Es war ein bunter, ungeordneter Zug, der bei Einbruch der Dunkelheit herankam. Mit besonderem Jubel wurde jeder begrüßt, der eine Kuh hinter sich herzerrte, ein Schaf vor sich hertrieb, ein paar Hühner am

Gürtel hängen hatte. Irgendwo in der Mitte ritt Theudebert, leicht an seinem hellen Haar zu erkennen. Er war beliebter als sein Vater, und schon von weitem schallten ihm die »Heil«-Rufe entgegen.

Einer rief: »Seht doch mal, Theudebert hat sich eine Braut mitgebracht!«

Hinter dem jungen König auf der Satteldecke saß Radegunde. Sie hatte die Arme tief in seinen gelockerten Gürtel gesteckt, um nicht hinunterzufallen. Sie schlief. Erst als sie nun durch das Tor ritten und der Begrüßungslärm immer stärker wurde, erwachte sie. Sie hob den Kopf und schüttelte sich die Haare aus dem Gesicht.

Plötzlich erschrak sie heftig, und im nächsten Augenblick versuchte sie, ihr Gesicht hinter Theudeberts Rücken zu verbergen. Aber sie war schon entdeckt.

Einer der Männer des Chlothar, der sich unter die Menge am Tor gemischt hatte, schrie: »König! Hier ist sie!«

»Ist wer?« kam von weiter hinten die wohlbekannte gequetschte Stimme.

»Die Kleine, die abgehauen ist! Die Thüringerin!«

Theudebert sprang vom Pferd und hob das Mädchen herunter. Sein Vater, König Theuderich, trat auf ihn zu und umarmte ihn.

»Dank dem Himmel, mein Sohn! Ich war schon in Sorge. Hier wird einem ja überall in Hinterhalten aufgelauert.«

»Ich habe wichtige Nachrichten, Vater. Wir haben Versprengte aufgegriffen, die uns verrieten, wo sich die Thüringer sammeln. Gleich hinter dem Harzgebirge.«

»Dann haben wir keinen großen Umweg gemacht. Sobald die Sachsen hier sind, marschieren wir ab.«

»Die Sachsen?«

»Unsere neuen Verbündeten. Chlothar verläßt uns. Und wer ist dieses Mädchen? Die scheint ja etwas Besonderes zu sein, da sie der Heerführer selbst aufs Pferd nimmt.«

»Das ist sie auch, Vater. Sie ...«

»Sie ist meine Gefangene!« König Chlothar drängte heran und ergriff Radegunde am Arm. Das Mädchen schrie auf und warf Theudebert einen flehenden Blick zu.

»Das ist sie, das ist sie!« bekräftigte Chlothar freudig. »Hier habe ich sie gefaßt, hier in der Burg! Ich mußte erst einen ihrer Leibwächter, der mich frech angriff, unschädlich machen!«

»Er war ein alter, schwacher Mann, der uns schützen wollte!« rief Radegunde.

»Sieh an, mein tapferer Vetter Chlothar!« sagte Theudebert spöttisch. »Oder sollte ich lieber ›Onkel‹ sagen? Aber nein, das ist mir zu feierlich. Ich muß jedesmal lachen, wenn ich dich sehe!«

»Noch immer derselbe dreiste Rüpel!« sagte Chlothar giftig. »Wo hast du denn die da ...«

»Laß sie los, sie steht unter meinem Schutz!«

»Meine Gefangene ist sie!«

»Sie ist keine Gefangene«, sagte Theudebert, zog Radegunde an sich und legte den Arm um ihre Schultern. »Sie ist die Tochter eines Königs und wird bei uns gastlich aufgenommen!«

»Das ist Raub!« kreischte Chlothar und packte das Mädchen erneut. »Schon wieder Raub! Schon wieder Betrug! Wo sind die Zeugen? Wo sind meine Männer? Hierher! Hierher! Ihr alle habt es gehört! Was schwor uns mein Bruder, der König Theuderich? Was schwor er bei seinem Seelenheil? Er erhebt keinen Anspruch auf unsere Gefangenen! Waren das deine Worte, Bruder?«

»Ja, das waren meine Worte«, antwortete Theuderich unwillig. »Das sagte ich, und dabei bleibt es.«

»Aber ich war es doch«, rief Theudebert, »der sie im Wald gefunden hat!«

»Es tut mir leid, mein Sohn. Aber da war sie schon eine

Gefangene. Eine entflohene Gefangene, auf die mein Bruder ältere Ansprüche hat.«

»Das kann ich nicht hinnehmen!«

»Du wirst es müssen. Es ist ein Befehl.«

»Du hast uns so fest versprochen ...«, rief das Mädchen und versuchte sich von Chlothars eisernem Griff zu befreien.

»Das habe ich!« sagte Theudebert. »Wir müssen noch einmal mit ihm reden. Er muß sie freigeben!«

»Niemals!« schrie Chlothar. »Nehmt sie und bindet sie! Und ab ins Lager mit ihr! Drei Mann Bewachung! Wo ist der Knabe? Wo ist ihr Bruder? Wo sind die anderen Ausreißer? Alle fesseln und knebeln! Und wer sie diesmal laufenläßt, hängt!«

9

Im Herrenhaus der Burg Ovesfeld verbrachten die Könige Theuderich und Theudebert die halbe Nacht mit der Beratung über den Marschplan und die Aufgaben für die neuen Verbündeten, die Sachsen. Der Morgen dämmerte schon, als endlich auch die engsten Vertrauten ihre Schlafplätze in den Zelten aufsuchten. Vater und Sohn blieben allein. Sie hatten während der Beratung weniger gut zusammengewirkt als sonst und manche Meinungsverschiedenheit ausgetragen. Mehrmals war Theudebert Ansichten seines Vaters mit heftigem Widerspruch entgegengetreten.

Die Kerzen waren heruntergebrannt, und graues Morgenlicht kroch durch die Giebelfenster herein.

»Legen wir uns zur Ruhe«, sagte König Theuderich. »Sie wird kurz sein.«

»Eines möchte ich noch von dir wissen, Vater, sonst kann ich nicht schlafen. Warum läßt du den Schurken so einfach ziehen? Er hat sich vor allen Kämpfen gedrückt. Morden und plündern – nichts weiter haben seine Leute vollbracht. Warum erlaubst du, daß er Gefangene fortschleppt? Sogar vornehme, aus der Königssippe!«

»Es war so vereinbart. Das konnte ich nicht mehr zurücknehmen.«

»Das Mädchen hat mir schreckliche Dinge erzählt, die hier passiert sind. Die Kinder haben eine tödliche Angst vor ihm. Was wird er mit ihnen machen? Und bedenke doch: ein Sohn und eine Tochter des Hermenefred, adoptierte zwar, aber seine Kinder. Sie wären Geiseln und könnten uns nützlich sein. Wir wissen nicht, in welche Lage wir hier noch kommen.«

»Das ist richtig«, sagte Theuderich müde und ließ sich in einen der Armstühle fallen. »Aber ich konnte nicht anders handeln. Ich mußte ihm Zugeständnisse machen. Sonst wäre es hier vielleicht zu Kämpfen zwischen Franken gekommen, tief im Land unserer Feinde. Denn ich selbst habe mich gegen ihn schuldig gemacht.«

»Du – gegen ihn?«

»Ich wollte ihn gestern töten lassen.«

»Du wolltest ihn …«, rief Theudebert mit einer freudigen Geste. »Du hattest wirklich die Absicht …?«

»Ja. Ich wollte das Scheusal zur Hölle schicken.«

»Vater! Was für ein großer Entschluß! Aber warum … warum …?«

»Es mißlang. Er hat Luchsaugen und bemerkte die Männer, die dort hinter dem Vorhang standen. Es war alles zu schlecht, zu hastig vorbereitet. Ich wollte das Frankenreich von ihm befreien. Schon lange wollte ich das, und endlich ergab sich eine Gelegenheit. Sie wurde vertan.«

»Verdammt, wäre ich nur hier gewesen!«

»Es hat nie einen schlechteren Menschen gegeben«, sagte Theuderich und lehnte sich seufzend zurück. »Ich glaube sogar, die Niedrigkeit und die Gemeinheit sind ihm angeboren. Er war schon als Knabe ein Ungeheuer. Einmal riefen mich Kinder aus dem Palast und zogen mich mit sich in ein Wäldchen. Und wie ich dorthin komme, sehe ich einen Jungen von neun, zehn Jahren tot am Ast eines Baumes hängen. Aufgeknüpft nach einem Urteilsspruch Chlothars, der ebenfalls erst zehn Jahre alt war. Es war der Sohn eines Pferdeknechts, der ihn beim Ballspiel angerempelt und umgestoßen hatte.«

»Auch ich habe manches mit ihm erlebt. Er ist ja nur zwei Jahre älter als ich. Er war so verhaßt, daß niemand ihm half, als die Hunde ihn anfielen und ihm das Gesicht zerfleischten.«

»Damals dachte ich zum ersten Mal, daß man die Welt von ihm erlösen müßte. Und seitdem bin ich diesen Gedanken nicht losgeworden. Hätte ich ihn doch neulich nur mit dem Schwert erschlagen!« rief Theuderich, wobei er aufsprang und die Fäuste ballte.

Als er sich wieder beruhigt hatte, fuhr er fort: »Nun weißt du also, was hier geschehen ist. Die Tat war mißlungen, und ich hatte mich ins Unrecht gesetzt. Er genoß meine Verlegenheit. Zum Glück wurde kurz darauf gemeldet, daß du im Anmarsch seist. Nun konnte ich mich auf seine Feigheit verlassen. Der Schreck war ihm in die Knochen gefahren, und er war sicher froh, davongekommen zu sein. Trotzdem war es nicht ratsam, neue Aufregungen zu schüren. Deshalb die Zugeständnisse, die ich machte.«

König Theuderich schwieg und ließ sich wieder in seinen Armstuhl sinken. Theudebert fragte nichts mehr und schwieg ebenfalls.

Im Hof krähte ein Hahn.

»Nanu«, sagte der alte König, »ich dachte, wir hätten sie alle aufgegessen.«

»Es wird einer sein, den wir mitgebracht haben. Aber der kräht wohl auch zum letzten Mal.«

Theuderich hörte diese Worte nicht mehr. Er schlief bereits. Theudebert ging hinaus und sog in tiefen Zügen die Morgenluft ein. Ein erster Sonnenstrahl glitt über den Herrenhof der halbzerstörten Burg Ovesfeld.

Vom Heerlager auf den Allerwiesen waren Geräusche zu vernehmen. Offenbar wurde dort schon zum Aufbruch gerüstet. Theudebert ging über den Hof und trat an das Tor. Die Wächter grüßten ihn.

»Beneidet ihr die«, fragte Theudebert, »weil sie nach Hause können?«

»Warum sollten wir sie beneiden, König?« sagte einer der Wächter, ein Graubart. »Wer kann wissen, was ihnen unterwegs zustößt. Hier in den Sümpfen hausen Dämonen, und die sind uns nicht wohlgesinnt. Vielleicht haben sie sich die ganz Eiligen schon geholt.«

»Die ganz Eiligen? Sind denn schon welche fort?«

»Zwei Reitertrupps, einmal acht, einmal zehn Mann. Der erste noch fast in der Nacht, als es eben zu dämmern begann. Der zweite ist gerade dort hinter den Bäumen verschwunden.«

»War König Chlothar dabei?«

»Der kommt wohl erst noch.«

»Und ... führten sie Gefangene mit sich? Etwa die junge Thüringerin?«

»Nein. Die hatten auch kaum Gepäck. Nichts, was sie belastete. Die hatten es eilig.«

Theudebert ließ sich das Tor öffnen. Er ging gemächlich über die dicken Bohlen, die hinter dem Wall den Graben überbrückten. Dann passierte er auch das zweite Tor, das des Palisadenzauns. Er schlenderte noch ein Stück hinaus und setzte sich am Weg auf einen halb verrotteten Baumstamm.

Lange mußte er nicht warten.

Die Morgensonne war kaum am Horizont erschienen, als der Zug von den Allerwiesen heraufkam. Eine Hundertschaft schwerbewaffneter Reiter führte ihn an. Neugierig blickten sie auf den Mann mit der blonden Lockenmähne, der den meisten von ihnen bekannt war. Er hob die Hand zum Gruß, und einige winkten zurück.

König Chlothar kam gleich hinter ihnen in einem Pulk, der aus seinen engsten Vertrauten bestand. Vorn ritten Dacco und einige Grafen, dann folgte der König mit Baudin an der Seite. Seinen Rücken deckten die Unterführer der Leibwache.

Sobald Theudebert die Gruppe bemerkte, erhob er sich und trat ihr entgegen.

»Ich entbiete dir meinen Morgengruß, Vetter«, rief er, »und wünsche dir eine friedliche Heimkehr!«

»Meinen Dank – wenn es aufrichtig gemeint ist!« gab Chlothar zurück.

»Wenn du mich einen Augenblick anhören würdest ... Ich hätte dir etwas vorzuschlagen.«

»Ich bin in Eile, Freund! Es drängt mich, diesen Ort zu verlassen, wo man mich nur betrogen hat.«

»Ich habe einen ehrlichen Vorschlag!«

Baudin neigte sich dem König zu und sagte halblaut: »Hör ihn doch an. Es kostet dich nichts.«

König Chlothar zügelte sein Pferd, und der Zug machte halt.

»Nun? Mach es kurz. Ich sehe, du bist heute morgen sehr ernst. Sagtest du nicht, du müßtest lachen, wenn du mich siehst?«

»Verzeih, das sollte dich nicht beleidigen. Ein Scherz unter nahen Verwandten, die als Kinder miteinander gespielt haben. Ich schlage dir einen Handel vor.«

»Ich wüßte nicht, was wir beide zu handeln hätten. Was willst du?«

»Dir zu dem verhelfen, was dir entgangen ist. Du hast dich beklagt. Ich gebe dir recht. Und ich werde dir von der Kriegsbeute so viel verschaffen, daß du entschädigt wirst.«

»Von der Kriegsbeute, die ihr noch gar nicht habt?«

»Der Schatz der Thüringer ist uns sicher. Er soll unermeßlich sein. Ich kenne schon das Versteck. Wir brauchen nur noch den Sieg über ihr letztes Aufgebot.«

»So holt euch den Sieg und den Schatz!«

»Warte doch! Nimm meinen Vorschlag ernst. Sende mir eine Liste von allem, was du beanspruchst. Du wirst es erhalten. Oder etwas von gleichem Wert.«

»Und warum liegt euch plötzlich daran, mich gerecht zu entschädigen?«

»Das ist ja der Handel. Auch wir suchen einen Vorteil.«

»Was wollt ihr von mir?«

»Die beiden Kinder. Die aus der Königssippe.«

»Ha!«

»Zu unserm gemeinsamen Besten, Vetter! Wir nehmen die beiden als Geiseln mit uns. Wir führen sie vor die Schlachtenreihe. Wir drohen dem König Hermenefred, sie zu töten. Glaubst du nicht auch, das wird ihm den Arm lähmen? Das wird schon der halbe Sieg sein!«

Chlothar sah Baudin an, und plötzlich begann er zu lachen. Aus seinem verengten Mundloch kamen glucksende Töne. Auch in seiner Umgebung wurde gelacht, obwohl der Grund für seine Heiterkeit nicht allen gleich klar wurde.

»Warum lachst du?« rief Theudebert. »Ein Vater, der jeden Augenblick den Tod seiner Kinder fürchten muß ...«

»Ein Vater!« stieß König Chlothar hervor, prustend und spuckend. »Seine Kinder!«

»Gewiß, ja, es sind seine Bruderkinder, aber er hat sie adoptiert, sie sind von seinem Blut, sie ...«

»Er wird euch dankbar sein, wenn ihr sie umbringt! Sie hoffen ja, daß wir Franken es tun! Deshalb haben sie sie ja hier zurückgelassen!«

»Das kann ich nicht glauben!«

»Es ist so! Und nun leb wohl. Ich behalte die beiden bei mir, diese Beute entreißt ihr mir nicht. Wie werde ich sie hergeben, wo ich Kinder so liebe!«

Immer noch lachend, warf Chlothar die schwarzgraue Mähne zurück, straffte die Zügel und ritt vorüber. Der Zug setzte sich erneut in Bewegung.

Gleich hinter der Gruppe des Königs wurde ein Planwagen mitgeführt, auf dem einige Gefangene hockten. Zwei von ihnen, schwangere Frauen, blickten trübsinnig zurück auf den Ort, den sie wohl nie im Leben verlassen hatten und nun nicht wiedersehen würden. Sie waren aber nicht einmal gefesselt. Den beiden anderen Gefangenen, schmalen Gestalten, waren die Hände gebunden, und über die Köpfe hatte man ihnen Säcke gestülpt. Auf jeder Seite des Wagens ritten schwerbewaffnete Wächter.

»Und ich hatte ihr Schutz versprochen«, murmelte Theudebert.

Er mußte zurücktreten, weil nun die ungeordneten Haufen des Kriegsvolks und des Trosses von den Wiesen heraufdrängten auf den schmalen Weg am Rande des Flusses. Lange blickte er dem Wagen nach, der schließlich hinter Weidensträuchern verschwand.

König Chlothar hatte die Begegnung mit Theudebert in eine frohe, geradezu übermütige Stimmung versetzt.

»Einen Handel schlägt er mir vor, der Lockenkopf!« sagte er zu seinem neben ihm reitenden Ratgeber. »Wenn der wüßte! Als ob ich seine Gnadengeschenke noch brauchte! Was meinst du, Baudin? War der Einfall nicht glänzend? Jetzt sind unsere Boten schon weit voraus, und in drei Tagen werden sie über den Rhein sein. Und dann wird man bald in der ganzen alten Francia wissen, daß König Theuderich tot – mausetot ist. Gefallen im Kampf mit den Thüringern. Haha! Hoho! Hahahaha! Und schon wird es überall gären und brodeln, und Vetter Munderich, mein guter Freund, wird an der Mosel den Aufstand entfachen ... Und mein noch besserer Freund Arcadius wird die Auvergne in Flammen setzen! Haha! Und wenn der Bastard und der Lockenkopf heimkehren, ist ihr halbes Reich – ffft! Hoho! Hahaha! Und sie wollten mich betrügen, ausrauben, mit Almosen abspeisen ...«

Plötzlich drehte er sich um und schrie: »Rikulf! Laß dir die silberne Obstschale geben, du weißt schon, welche, und dann reite zurück! Schmeiß sie dem Theudebert vor die Füße!«

Die zweite Flucht

10

»Mit Gott hat alles angefangen,
er ist der Quell, das höchste Leben,
von ihm stammt alle Schönheit her,
und Frieden hat er und Heil uns gegeben ...«

Zwei Spielleute, ein Buckliger und ein Zwerg, sangen dies mit krähenden Stimmen, wobei der Bucklige die Harfe schlug und der Zwerg von einem Fuß auf den anderen trat, damit die *scabelli*, die Fußklappern, tüchtig Lärm machten. Drei junge Leute waren die Zuhörer: ein achtzehnjähriges Mädchen und zwei etwas ältere junge Männer. Die drei saßen auf einer von der Natur gebildeten Steinbank, wie Zuschauer im Theater. Keine hundert Schritte entfernt befand sich das Tor zu einem ländlichen Anwesen, dem Gut Athies an der Somme.

Das Mädchen war mit dem Vortrag unzufrieden.

»Nein, so geht es nicht!« sagte sie mit einem Lächeln, das den Tadel ein wenig entschärfen sollte. »Ihr dürft nicht so schreien! Viel sanfter, empfindsamer, eindringlicher! Es muß wie ein Seufzer der Erleichterung klingen darüber, daß ihr diese Wahrheit erkannt habt. So etwa, ganz innig: ›Mit Gott hat alles angefangen ...‹ Und die Fußklappern, ich finde, die passen nicht dazu. Bei soviel Getöse versteht man die Worte nicht. Aber es ist doch gerade der Inhalt des Liedes, worauf es ankommt. Seid ihr nicht auch dieser Meinung?«

»Herrin«, sagte der Bucklige. »Das mag ja alles ganz richtig sein. Aber wir treten auf Märkten oder in Schenken auf.

Wie sollte das Volk dort auf uns aufmerksam werden, wenn wir nicht Lärm machen?«

»Könntest du nicht auch den Text ein wenig ändern?« fragte der Zwerg. »›Frieden und Heil‹ … was soll der einfache Mann damit anfangen? Besser wäre: ›Würste und Speck hat er uns gegeben.‹«

»Nein, Simiolus«, widersprach der Bucklige. »Da würden die Leute sich verulkt fühlen. Welcher Gott hätte ihnen Würste und Speck verschafft? Vielleicht sollten wir singen …«

»Genug, es wird nichts geändert!« unterbrach ihn einer der beiden jungen Männer, der den langen weißen Wollkittel eines Priestergehilfen trug. »Die Herrin Radegunde hat das ganz wunderbar gedichtet und dabei Gedanken unseres Kirchenvaters Augustinus in Verse gefaßt. *›Nulla vita est quae non sit ex deo‹*, heißt es bei ihm, und ebendies sagt uns das Liedchen in der Sprache des Volkes. Ihr müßt es nur mit Überzeugung vortragen!«

»Vielleicht sind meine Verse auch zu trocken und steif«, sagte die Schöne seufzend. »Ich werde noch einmal nachdenken. Vielleicht fallen mir bessere ein.«

»Wie wäre es mit einem Liebesliedchen?« schlug der andere junge Mann vor, ein munteres Bürschlein in der einfachen Tracht der Landleute. »Mir fiele gleich etwas ein. Wie wäre es damit: ›Keinen Tag und keine Stunde könnt' ich sein ohne Radegunde …‹«

»Kannst du nicht einmal ernsthaft sein, Arne?« sagte sie streng.

»Aber das bin ich doch. Ich liebe dich eben. Das ist für mich die ernsteste Sache der Welt!«

Sie warf ihm einen funkelnden Blick zu. Als aber die ganze Gesellschaft in Gelächter ausbrach, mußte sie mitlachen. Der Bucklige schlug ein paar Töne an, der Zwerg summte dazu, und schon waren sie dabei, Arnes Einfall in Gesang und Musik umzusetzen.

Doch da bemerkten sie plötzlich die Staubwolke am Horizont. Noch war sie wohl eine halbe Meile entfernt. Aber sie näherte sich und rollte immer dichter heran. Und nach und nach tauchten in ihr Pferde auf, dann ein Wagen, dann begleitende Reiter.

»Sieh an, wir bekommen Besuch«, sagte Arne. »Scheint sogar hoher Besuch zu sein. Das gibt es hier nicht jeden Tag!«

»Vielleicht ist es der Bischof«, vermutete der junge Diakon.

»Das sieht nach einem noch Höheren aus.«

»Dann bedeutet es etwas Schlimmes«, murmelte Radegunde.

»Du meinst, der kommt deinetwegen?«

»Ja.«

Sie täuschte sich nicht. Kurze Zeit nachdem der Wagen mit seinem Gefolge das Tor des Gutes Athies passiert hatte, rannte ein Knecht herbei und holte sie.

In der Halle des Herrenhauses der gut erhaltenen *villa rustica* aus der Römerzeit erwartete sie Frau Berthe, die Besitzerin, mit dem Gast. Radegunde kannte ihn, sie hatte ihn schon mehrmals gesehen, und er hatte auch einmal mit ihr gesprochen. Es war ein weißhaariger Mann mit spitzem Bart und lebhaften Augen, prächtig gekleidet, goldene Fibeln am Mantel. Es war Baudin.

Er blickte Radegunde wohlwollend an und sagte: »Da ist ja unsere kleine Braut!«

Sie zuckte zusammen und errötete.

»Ja, mein Kind, es ist nun soweit«, sagte die mütterliche Frau Berthe. »Herr Baudin ist gekommen, um dich abzuholen. Ich dachte ja, die Hochzeit sollte erst im nächsten Frühjahr sein. Aber der König ist ungeduldig.«

»Bei seinem Besuch im letzten Sommer hast du Eindruck auf unseren Herrscher gemacht, Radegunde«, sagte Baudin, wobei sein Blick unverhohlen an der schlanken Gestalt im blauen Wollkleid, unter dem sich feste Rundungen abzeichneten, auf und ab glitt. »Ja, wirklich, er zeigte sich höchst angetan. Und wenn ihn die Wirren in Italien nicht zu sehr in Anspruch genommen hätten, wäre ich wohl schon früher gekommen. Stolz und freudig wirst du nun als vierte in sein Frauengemach einziehen! König Chlothar läßt dir ausrichten, daß er es nicht erwarten könne, eine so schöne Braut dort hineinzuführen. Er brenne vor Liebe und Verlangen, soll ich hinzufügen. Freust du dich nicht über soviel königliche Leidenschaft?«

Radegunde konnte nicht antworten, wie zugeschnürt war ihre Kehle.

»Natürlich freut sie sich«, antwortete an ihrer Stelle Frau Berthe. »Nur muß sie sich erst an den Gedanken gewöhnen. Sie weiß zwar schon lange, wozu sie bestimmt ist, aber nun kommt es doch etwas plötzlich. Mein Kind, du wirst Königin der Franken sein!«

Radegunde bemerkte, daß ihre Hände zu zittern begannen und ihre Beine sie nicht mehr tragen wollten. Sie trat einen Schritt zurück und lehnte sich gegen einen Pfeiler.

»Was hast du? Ist dir nicht wohl?«

»Es ist schon gut ...«

»Die Aufregung! Wer verstünde das nicht! Ach, mein Gott, nun müssen wir uns von Gundchen trennen, und wir hatten sie doch alle so liebgewonnen. Muß es wirklich schon morgen sein?«

»Ja, Frau Berthe. Ich hätte hier gern ein paar Tage zugebracht und mich ausgeruht. Aber leider ...«

»Oh, ich verstehe. Ein Palastgraf hat Pflichten.«

»Die Hochzeit! Vor allem die Hochzeit! Sie soll ja schon spätestens in einem Monat stattfinden. Die Boten mit Einladungen sind längst ausgeschwärmt, die ersten Gäste werden schon unterwegs sein. Auch der Bruder unseres Herrschers, König Childebert von Paris, ist geladen und hat bereits zugesagt. Aus Tours wird die verehrungswürdige Frau Chlothilde, die Königinmutter, erwartet. Du hast Glück, Radegunde, daß du deine hohen Verwandten, die Merowinger, gleich alle kennenlernen wirst. Darüber freust du dich doch sicher. Sie kommen ja alle deinetwegen!«

Radegunde lehnte noch immer mit flammend roten Wangen an dem Pfeiler. Als Baudin sie jetzt wieder ansprach, schluckte sie und sagte dann leise: »Ja ... ja, ich freue mich. Wird auch König Theudebert kommen?«

Baudins wohlwollende Miene wurde ein wenig strenger, sein väterlicher Ton etwas kühler.

»Nein. König Theudebert wird nicht kommen. Er ist nicht eingeladen.«

Er warf Frau Berthe einen kurzen, vorwurfsvollen Blick zu, räusperte sich und fuhr fort: »Wenn ich meiner künftigen Königin einen guten Rat geben darf, so ist es dieser. Ich rate ihr, ihren Herrn, unseren König Chlothar, nicht durch unnötige Fragen und aufdringliche Neugier zu verärgern. Einer Jungfrau, die Königin werden will, steht es an, sich zurückhaltend, taktvoll und unterwürfig zu zeigen. Sie sollte dabei auch niemals vergessen, daß sie keine Verwandten mehr hat, weder mächtige noch schwache, und daß sie noch immer nur eine Gefangene ist, der aber ein ungeheures Glück zuteil wird. Alles, was sie ist und was sie sein wird, ist sie und wird sie allein durch die Gunst König Chlothars! Ich rate ihr auch, bei der Begegnung mit ihrem zukünftigen Gemahl kein finsteres oder trauriges Gesicht zu machen, so wie jetzt, und nicht einsilbig oder gar nicht zu antworten. Unser Herr liebt den Frohsinn und wünscht Menschen mit heiteren Mienen um sich zu sehen. Gegen die Traurigen und Finsteren ist er mißtrauisch, weil er glaubt, sie seien unzufrieden und könnten gefährliche Gedanken hegen. Und wenn er erst einmal einen solchen Verdacht hat, ist es schwer, ihn davon wieder abzubringen.«

»Oh, da kann ich dich vollkommen beruhigen!« warf Frau Berthe rasch ein. »Sie hat ein heiteres Gemüt, ist immer lebensfroh und vergnügt. Und beredt ist sie auch. Es ist wirklich nur die Überraschung ...«

»Das hoffe ich. Der König erwartet sehr viel von ihr. Er hat ihr eine ausgezeichnete Erziehung geben lassen und wünscht nun, daß sich das auszahlt. Unter seinen Ehefrauen wird sie ja die einzige Gebildete sein. Er wird sie zu verschiedenen Anlässen brauchen, zum Beispiel, wenn er Gesandte empfängt. Er hofft auch, daß sich durch ihren Einfluß die Sitten an seinem Hof verbessern, damit man ihn draußen in der Welt rühmt und als Vorbild für andere Herrscher hinstellt. Ja, meine kleine Braut, unser Herr ist sehr anspruchsvoll. Andere Könige lassen sich ihre Bräute von weither kommen – er hat sich seine Königin selber gebacken. Nun liegt es an dir, daß das Ergebnis auch nach seinem Geschmack ist!«

Baudin belachte seinen Scherz und bat Frau Berthe, ihm in ihrem Hause einen Platz zu weisen, wo er sich ausruhen könne.

»Mein armes Kind«, sagte die Gutsherrin später, als sie Radegunde beim Packen ihrer Truhe half. »Ich verstehe sehr gut, wie dir zumute ist. Und warum sollte ich dir nicht die Wahrheit sagen? Du ahnst sie ja schon. Es wird sehr schwer für dich werden am Hofe des Königs Chlothar.«

Kleider und Gürtel wurden verstaut, auch Bänder und Borten, die Radegunde selbst gewebt, genäht und bestickt hatte.

»Als ich jung war«, fuhr Frau Berthe fort, »hätte ich beinahe selbst seine Frau werden müssen. Ich bin ja, das weißt du wohl, seine Kusine, meine Mutter Lanthild war die Schwester seines Vaters, des Königs Chlodwig. Aber das hätte ihn nicht weiter gestört. Mit elf Jahren, nach dem Tode seines Vaters, wurde er schon König, hier im Teilreich von Soissons, und unser Gut lag nun auf seinem Gebiet. Da kam er beim ersten Umritt zu uns, und als er mich sah, erklärte er sofort und mit größter Bestimmtheit, daß er mich heiraten wolle. Ich war entsetzt! Ich – und dieser Knabe! Ich bin dreizehn Jahre älter als er, war damals also schon vierundzwanzig und übrigens auch schon Witwe. Seine Mutter Chlothilde – sie war zum Glück dabei – bemühte sich zwar, ihn gleich davon abzubringen, aber du hast ihn ja kennengelernt: Er ist starrsinnig und kann bösartig sein. Ich hatte Angst vor ihm und versuchte ihm auszuweichen. Es wurde Nacht, und ich versteckte mich in der Kammer der Mägde. Aber er bekam es heraus, drang plötzlich dort ein und erklärte – bedenke, er war elf Jahre alt! –, er wolle mit mir das Bett teilen. Ein beherztes Mädchen stellte sich vor mich und wollte ihn hinausdrängen ... und was tat Chlothar? Er zog einen Dolch und versetzte ihr einen Stich in den Leib. Sie überlebte die Verletzung nur noch kurze Zeit. Der Lärm, den die Untat auslöste, verdarb ihm dann aber den Spaß. Er zog sich zurück und belästigte mich nicht mehr. Seine Mutter überzeugte ihn wohl auch endgültig, den Gedanken an eine solche Heirat aufzugeben. Sie ist übrigens, wie man hört, noch immer die einzige, die etwas Einfluß auf ihn hat. Er zog dann am nächsten Tag ab, ohne Abschied, und bedachte mich noch mit Spott und übler Nachrede, weil ich mich angeblich in den Nächten mit Mädchen vergnügte. Bald darauf heiratete ich wieder. Und weil er meinen Gemahl als Pferdezüchter sehr schätzte, erlangte auch ich wieder seine Gunst. Siehst du, und vor fünf Jahren vertraute er mir sogar seine künftige Königin zur Erziehung an.«

»Eine der Königinnen. Eine von vieren«, sagte das Mädchen.

Frau Berthe seufzte. »Nun ja, von vieren ... das ist nun mal so. Er ist reich, er ist König, er kann sich das leisten.«

Sorgsam verstaute Radegunde ihre *codices* in der Truhe.

Sie hatte die Bücher selbst abgeschrieben und mit Hilfe des jungen Arne (der eigentlich Arnegisel hieß und Frau Berthes Sohn war) auch eigenhändig gebunden. Die Vorlagen hatten ihr ihre Lehrer besorgt, es waren vor allem Evangelien und Schriften der Kirchenväter. Doch auch Gedichte römischer Autoren waren dabei und sogar Auszüge aus der »Ilias« des Homer. Denn im Griechischen, der Sprache des byzantinischen Hofes in Konstantinopel, zu dem er Beziehungen unterhielt, hatte der König Chlothar sie ebenfalls unterweisen lassen.

»Für deine Vernarrtheit in Bücher, mein Kind«, sagte Frau Berthe, »wirst du in den Frauengemächern des Palastes kaum Verständnis finden. Ich rate dir, sie immer gut in der Truhe zu verschließen. Die vielen Gören, die da herumtoben, könnten sie dir stehlen oder kaputtmachen. Einige werden inzwischen schon zur Ausbildung bei der Jungmannschaft sein, aber drei oder vier oder fünf – ich weiß nicht, wie viele – sind noch bei den Müttern. Die meisten hat Ingunde geboren, vier Söhne gleich hintereinander und noch eine Tochter, dazwischen gab es eine Totgeburt, und zwei sind als Kleinkinder gestorben. Ingunde ist ein tüchtiges Muttertier, aber dumm und natürlich sehr stolz auf ihre Fruchtbarkeit. Deshalb erhebt sie auch immer den Anspruch, die Erste zu sein, die eigentliche Königin, und alles zu erfahren und überall mitzureden. Natürlich ist sie nicht mehr ganz jung, besonders schön ist sie auch nicht, eher häßlich sogar, aber niemals würde ihr einfallen, auf diese Stellung zu verzichten. Oh, ich kann mir schon vorstellen, wie sie dich mustern wird! Natürlich wird sie sich fast verzehren vor Eifersucht, aber wenn du sie anerkennst, sie nicht reizt und ihr ein bißchen schmeichelst, wirst du schon irgendwie mit ihr auskommen.«

»Ich werde ihr bestimmt nicht im Wege sein«, sagte Radegunde. »Lieber verkrieche ich mich wie ein Mäuschen.«

»Na, ob dir das gelingen wird! Noch schwieriger wird es mit Aregunde werden. Wenn du das Mäuschen spielen willst – die ist eine Katze und gefährlich. Einige Nebenfrauen hat sie schon weggebissen. Sie ist recht hübsch, das muß man ihr lassen, und sie versteht es, den König zu nehmen. Geschickt geht sie ihm um den Bart, und immer kriegt sie, was sie haben will. Im Bett ist sie wohl seine Lieblingsfrau, nur im Kindbett wird es meistens nichts. Sie hatte mehrere Fehlgeburten, aber einen Sohn hat sie auch, den Chilperich. Natürlich kämpft sie mit Ingunde um den Platz an der Seite des Königs, ständig ist Zank und Streit zwischen ihnen. Man hört sogar, daß sie sich prügeln. Ach, erwähnte ich schon, daß die beiden Schwestern sind?«

»Sie sind Schwestern?« fragte Radegunde betroffen. »Zwei Ehefrauen des Königs? Ist denn das möglich? Darf denn das sein?«

»Nun, eigentlich nicht. Aber wo gibt es ein Gesetz, das König Chlothar nicht brechen dürfte? Willst du wissen, wie es kam, daß Aregunde seine Frau wurde? Er war mit Ingunde schon eine Weile verheiratet und kannte die Aregunde kaum, er hatte sie nur mal als Kind gesehen, sie lebte irgendwo bei Verwandten auf dem Lande. Da sagt nun Ingunde, das dumme Trampel, eines Tages zu ihm: ›Ach, teurer Herr und König, wie glücklich bin ich, daß du mich in dein Bett geholt hast. Wenn es mein liebes Schwesterchen doch auch so gut träfe! Kannst du ihr nicht einen tüchtigen Mann besorgen, einen, der etwas darstellt und Gut und Geld hat? Sonst gerät sie noch an einen Kerl, der nichts hat und nichts ist, und solche Verwandtschaft wäre doch peinlich für uns!‹ So redet sie also und das immer wieder. So lange, bis er neugierig wird. Eines Tages kommt er nun in die Gegend, wo ihre Verwandten wohnen, und da guckt er sich die Aregunde an. Na, und das schlaue Luder zeigt ihm natürlich auch alles. Und was soll ich dir sagen? Gleich läßt er einen

Vertrag aufsetzen mit Morgengabe und Wittum und allem und heiratet sie. Und dann nimmt er sie mit und sagt zu seiner alten Törin: ›Siehst du nun, wie sehr ich dich liebe? Ich erfülle dir jeden Wunsch. Du wolltest einen tüchtigen Mann für sie, einen, der was ist und was hat. Hier steht er – ich selbst! Einen besseren konnte ich nicht finden!‹ Und was antwortet ihm die dumme Kuh: ›Alles, was mein König und Herr tut, ist wohlgetan. Und alles, was ich mir wünsche, ist: weiter in seiner Gnade zu leben!‹ Was sagst du zu soviel Einfalt?«

»Was soll ich sagen? Ich fürchte mich.« Radegunde kämpfte mit den Tränen.

»Ach, mein Kind, ich will dich ja nicht in Angst und Schrecken versetzen«, sagte Frau Berthe und legte den Arm um die Schultern des Mädchens. »Aber ich meine, es ist besser, daß du weißt, wer und was dich erwartet, als völlig unvorbereitet dorthin zu gehen. In all den Jahren habe ich absichtlich vermieden, mit dir darüber zu sprechen. Ich weiß ja, wieviel Schlimmes du erlebt hast, und deshalb solltest du dich hier stärken und erholen, nicht aber nur in Sorge vor der Zukunft leben. Und bist du nicht auch zu Kräften gekommen? Bist du nicht schön und gesund? Hast du nicht alles gelernt, um dich in jeder Lage zurechtzufinden? Und hast du nicht deinen Glauben? Weißt du jetzt nicht, daß es einen Gott im Himmel gibt, der dich liebt und beschützt? Was also kann dir passieren?«

»Ja, du hast recht. Ich will fleißig beten und nicht mehr kleinmütig sein.«

»So klingt es schon besser«, sagte Frau Berthe und legte noch eine dicke wollene Decke mit keltischem Muster obenauf. »Achte nur immer schön auf deine Gesundheit, das ist das wichtigste. Vor allem sieh zu, daß du dich warm hältst. So ein Palast ist kein gemütliches Landhaus. Die Räume sind schlecht geheizt, und es zieht.«

»Du hast mir noch nichts von der dritten Ehefrau des Königs erzählt«, sagte Radegunde, die sich nun wieder gefaßt hatte. »Wie heißt sie? Wie ist sie?«

»Ach, das ist ein armes Weib, die kann einem leid tun. Im Grunde erging es ihr so, wie es mir noch erspart wurde. Ich kam davon, sie nicht.« Frau Berthe schloß den Deckel der Truhe und setzte sich darauf. »Zwölf Jahre ist das jetzt her. Damals eroberten sie das Burgunderreich. Aber einer der Brüder, Chlodomer, fiel. Er war der älteste der Söhne Chlodwigs und seiner Frau Chlothilde, denn der noch ältere Theuderich war ja von einer anderen Frau. Chlodomer blieb also im Krieg, und seine Brüder kehrten im Siegesrausch heim. Und wie sie nun auf dem Heimweg in seine Hauptstadt Orléans einziehen, kommt ihnen die verzweifelte Witwe entgegen. Es heißt, daß sie damals sehr schön war, von einer feinen, vornehmen Art. König Chlothar sieht sie zum ersten Mal, und gleich hat er nur einen Gedanken: Die will ich haben! Mit Werbung hält er sich nicht groß auf, er hat ein Ziel und geht ohne Zögern drauf zu. Die arme Frau – sie ist übrigens auch ein paar Jahre älter als er – hat nicht die Kraft, zu widerstehen. In ihrer Verzagtheit gibt sie sich hin. Kaum einen Monat nach dem Tod ihres Mannes, den sie untröstlich beweint und betrauert hat, liegt sie bei seinem Bruder. Muß man sie tadeln? Darf man sie verurteilen? Sie schöpfte nun sogar etwas Hoffnung. Denn Chlothar machte sie zu seiner Gemahlin, damals als zweite nach Ingunde. Sie heißt Chunsina.«

»Aber warum sagtest du, daß sie dir leid tut? Hat sie es nicht so gewollt, wie es kam?«

»Sie gab sich nicht nur aus Schwäche hin. Sie hatte drei Kinder mit Chlodomer, alle drei Söhne. Die waren aber noch klein, der älteste neun, der jüngste erst vier. Was sollte aus ihnen werden? Das Reich ihres Vaters zu regieren, waren sie noch nicht in der Lage. Chunsina selbst traute es sich nicht zu, und gegen die Großen ihres Reiches war sie mißtrauisch. Sie fürchtete auch um die Kinder, sie hatte Angst, man würde sie entführen und umbringen. So hielt sie sich lieber an einen Verwandten. Der würde auch, glaubte sie, ihnen ihr Erbe erhalten. Natürlich hoffte sie, daß sie die Knaben mitnehmen dürfte nach Soissons und daß sie dort mit seinen eigenen Söhnen, ihren Vettern, aufwachsen könnten. Aber sie wurde enttäuscht. Die Mutter der Könige, Frau Chlothilde, kam nach Paris, und es wurde entschieden, die drei Kinder Chlodomers sollten künftig in Tours leben – bei ihr, der Großmutter. Die Königinmutter und König Chlothar waren der Meinung, das sei besser für sie. Chunsina sei zu schwach und nachsichtig und auch nicht fest genug im Glauben, um gute Christen aus ihnen zu machen. So ging sie also mit Chlothar nach Soissons, und ihre drei kleinen Jungen mußten der Großmutter folgen, nach Tours. Ist das nicht grausam? Ich weiß nicht, ob sie sie hin und wieder gesehen hat. Nur soviel weiß ich: daß sie immer trauriger wurde und daß sie sich nach den Kindern verzehrte. Und es muß für sie ein furchtbarer Schlag gewesen sein, als die Könige Childebert und Chlothar wenig später das Land des gefallenen Bruders teilten und es ihren eigenen Reichen zuschlugen. Was blieb übrig für ihre drei Söhne? Nichts. Nun verstehst du wohl, warum sie mir leid tut. Ich komme ja selten in die Hauptstadt, das letzte Mal liegt schon zwei Jahre zurück. Da traf ich sie einmal kurz und erschrak. Sie war verhärmt und gealtert, drückte sich scheu herum, und als ich sie ansprach, gab sie kaum Antwort und ließ mich stehen.«

»Und ihre Söhne sind immer noch in Tours bei der Großmutter?«

»Ja ... vermutlich, ich weiß es nicht. Ich habe lange nichts von ihnen gehört. Sie sind ja inzwischen junge Männer. Vielleicht lernen sie auch irgendwo bei einem Grafen oder einem anderen Großen das Waffenhandwerk.«

»Sicher schützt sie der heilige Martin«, sagte Radegunde überzeugt. »Da sie so lange in seiner Nähe gelebt haben, bei seinem Grabe … Ich möchte auch einmal dorthin«, fügte sie hinzu.

»Das wird sich wohl machen lassen. Warum sollst du als Königin nicht mal nach Tours reisen? Die Stadt war eine der wichtigsten in Chlodomers Reich, jetzt gehört sie zu dem deines künftigen Ehemanns. Ach, Gundchen, es fällt mir so schwer, von dir Abschied zu nehmen. Ich habe ja Herrn Baudin gefragt, ob ich nicht mitfahren könne. Ich würde auch gern dein Hochzeitsfest erleben. Aber Herr Baudin lehnte ab, angeblich wünscht der König das nicht. Deine Erziehung sei beendet, nun beginne ein neues Leben für dich. Und du sollst nun anderen Personen vertrauen, die dir raten und beistehen werden. Das würde dir aber schwerfallen, wenn ich noch immer in deiner Nähe wäre. Herr Baudin hat das sehr höflich ausgedrückt. Wahrscheinlich hat König Chlothar gesagt: ›Ich will die Alte hier nicht sehen!‹ Das würde ich meinem Vetter eher zutrauen. Der weiß noch genau, daß er das Mädchen damals ermordet hat, als er des Nachts bei mir eindringen wollte. Im letzten Jahr, als er hier war, hat er mit mir allein kein Wort gesprochen. Vielleicht plagt ihn, wenn er mich sieht, das schlechte Gewissen, obwohl das bei ihm ein Wunder wäre … Aber genug davon, genug! Ich fange nicht noch einmal davon an. Er wird dein Gemahl, und aus der Nähe entdeckst du vielleicht seine guten Seiten. Ein Geschöpf Gottes ist er ja auch. Und Gott wird dir Kraft geben, mit ihm auszukommen. Ich werde Tag und Nacht dafür beten, mein armes Kind … mein armes Kind …«

Nun flossen bei beiden die Tränen. Radegunde hatte sich neben Frau Berthe auf der Truhe niedergelassen, und sie umarmten einander lange und flüsterten sich Trostworte zu. Erst als Arne hereinkam und im Auftrag des hohen

Gastes seine Mutter suchte, lösten sie sich voneinander. Der junge Mann zog sich rasch wieder zurück, weil bei dem Anblick der beiden auch ihn ein Gefühl unmännlicher Rührung überkam.

»Für Arne wird es am schwersten«, sagte Frau Berthe, während sie mit ihrem weiten Ärmel die Tränen fortwischte. »Er gibt sich froh und heiter wie immer, aber es trifft ihn hart. Er hat sich in dich verliebt, und es nützte gar nichts, ihm vorzuhalten, daß er dich niemals bekommen würde. Es wäre ja zuviel des Glücks, auch für mich: zu dem Sohn eine Tochter ...«

Am Abend, bei Sonnenuntergang, saß Radegunde zum letzten Mal mit ihren beiden Freunden an ihrem Lieblingsplatz, auf der Steinbank.

Auch die Spielleute waren da, sie hockten ein wenig abseits im Gras. Der Bucklige klimperte auf der Harfe, der Zwerg summte und trällerte dazu.

Die meiste Zeit schwiegen die drei auf dem Stein. Kaum jemals hatten sie so stumm und trübselig beieinandergesessen. Wenn sonst die Unterhaltung einmal stockte, war Waldo, dem Diakon, bestimmt eine Geschichte eingefallen, die er gelesen hatte, oder Arne hatte ein lustiges Jagderlebnis berichtet. Oder Radegunde hatte vom Leben in ihrer alten Heimat erzählt, die seit fünf Jahren zum östlichen Frankenreich gehörte.

An diesem Abend saßen sie nebeneinander und wagten nicht einmal, sich anzusehen. Sie schienen Angst zu haben, daß sie gleich alle drei in Tränen ausbrechen würden. Von Zeit zu Zeit nur sagte einer von ihnen ein paar Worte, irgend etwas Belangloses, und verstummte gleich wieder.

Die Sonne verschwand, das Abendrot ging in Dunkelheit über. Eine Schafherde wurde vorübergetrieben. Die beiden Spielleute, die nicht benötigt wurden, gähnten und trollten sich.

Schließlich stand Radegunde auf.

»Es ist Zeit, ich muß gehen. Morgen in aller Frühe ...«

Kaum hatte sie das gesagt, sprangen Arne und Waldo auf die Beine. Als hätten sie nur auf diesen Augenblick gewartet, ergriff jeder eine Hand des Mädchens und preßte sie. Und nun fanden sie plötzlich auch ihre Sprache wieder.

»Gunde, ich wollte dir noch sagen ...«

»Wir werden uns doch wiedersehen, glaubst du nicht auch?«

»Wenn du uns brauchen solltest, wir kommen!«

»Gib uns ein Zeichen, wenn dir Gefahr droht!«

»Schicke uns Mönche als Boten, die sind zuverlässig!«

»Und wenn du genug hast von deinem König – hau ab, laß ihn sitzen – hier findest du mich!«

»Dann pilgern wir alle drei nach Rom!«

»Nein, wir fahren zu Schiff nach Alexandria! Dort werden wir reich!« Sie fielen einander ins Wort, sie schrien, sie lachten. Hand in Hand rannten Radegunde, Waldo und Arne über die Wiese auf das Gutstor zu. So wurde es noch ein fröhlicher Abschied.

II

Später lag Radegunde schlaflos in der Kammer, die sie mit Berthes schwachsinniger Tochter Basi und zwei Mägden teilte. Ein Mondstrahl fiel durch das schmale Fenster auf die Truhe mit ihren Habseligkeiten, dem ganzen Besitz einer Braut ohne Mitgift.

Erinnerungen quälten sie. Die Sumpfburg an der Aller in brütender Hitze. Die Königin Amalaberga, aufgelöst, Befehle kreischend. Der gute alte Melanius, der vor ihr niederkniet. Wo war jetzt die Königin Amalaberga? Wo nahm man sie auf mit ihren Kindern, diese eiskalte, böse, herrschsüchtige Frau? Es hieß, sie sei nach Italien geflohen ... Dann die Franken. Der glänzende Heerwurm, der aus dem Wald hervorkriecht. Die stechenden blauen Augen des Königs Chlothar. Der entstellte Mund, aus dem Speichel rinnt. Der schreckliche Riese mit dem Schwert. Sie selbst im Sand. Der zerschmetterte Kopf des Melanius in ihrem Schoß. Das viele Blut ...

Wie damals, in jenem Augenblick, fuhr sie heftig zurück. Dabei stieß sie das schwachsinnige Mädchen mit dem Fuß. Es erwachte und begann zu greinen. Der Mondstrahl beleuchtete jetzt das Kreuz an der Wand.

Dann ihr Bruder Irmfried. Er weint viel, schwört Vergeltung für alles. Sie rennen im Morgengrauen über die Allerwiesen. Der Kleine mit der Schleuder trägt Irmfried, den Älteren, durch einen Bach. Es ist Nacht, und sie kauern schlaflos in Astgabeln. Vier nackte Männer an einer Feuerstelle. Ein Pfeil trifft den Birkenstamm neben ihr. Das gebräunte Gesicht des Dracho, von hellblonden Locken umspielt. Sie sitzt hinter ihm auf dem Pferd, drängt sich an seinen Rücken. Nie fühlte sie sich so wohl und so sicher. Man nennt ihn schon »König«. Inzwischen ist er das auch. Bereits vor drei Jahren ist König Theuderich, sein Vater, gestorben. König Theudebert soll mit einer Langobardin verheiratet sein …

Seine Stimme, zum letzten Mal. Eine helle und feste Stimme. Sie hockt gefesselt neben Irmfried auf einem Wagen. Sehen kann sie Theudebert nicht, ein Sack ist ihr über den Kopf gestülpt. Er spricht erregt, sie versteht nicht alles. Er will sie haben, aber der König Chlothar lacht nur. Lacht immer noch, als sich der Zug wieder in Bewegung setzt. Warum befreite Dracho sie nicht? Liebte er sie denn nicht auch – wie sie ihn?

Noch immer greinte und wimmerte das Mädchen neben ihr. Radegunde wußte, daß es sich nach einer Weile beruhigen würde. Sie strich ihm über die Stirn und zog die Decke zurecht. Dann starrte sie lange auf das Kreuz an der Wand, das jetzt im Halbschatten hing. Sie hatte ihr Nachtgebet längst gesprochen, doch noch einmal begann sie Verse aus dem Psalter zu flüstern. Das verscheuchte düstere Gedanken und Erinnerungen.

»Herr, errette meine Seele, hilf mir um deiner Güte willen. Ich bin so müde vom Seufzen …«

Dann doch wieder Bilder, Erinnerungsfetzen. Wie das Floß beim Überqueren des Rheins auseinanderbricht. Wie sie und Irmfried sich, an denselben Baumstamm geklammert, ans Ufer retten. Wie man sie später trennt und Irmfried mit den gefangenen Thüringern weggeführt wird …

Würde sie ihren Bruder je wiedersehen? Sie wußte nicht, was aus ihm geworden war.

»Herr, warum bist du so ferne? Warum verbirgst du dich in der Zeit der Not …«

Die Hände des Königs Chlothar. Die großen, fleischigen, feuchten Hände, die ihre Brust, ihren Bauch, ihre Arme betasten. Die an ihrem Rücken hinab- und ihre Schenkel heraufgleiten zwischen ihre Beine. Das glucksende, speichelsprühende Lachen. Der weingesättigte Atem. Das schwarzgraue Haar, das wie eine Pferdemähne riecht. Sein Keuchen und Stöhnen, als er den Gürtel löst, die Hose herabläßt und sie zwingt, vor ihm niederzuknien. Die Angst zu ersticken. Die ekelhafte schleimige Masse, die aus ihrem Mund quillt.

Sie mußte wieder würgen und husten. Damals, vor fünf Jahren, sank sie in Ohnmacht. Sie bekam Fieber und glaubte, sie würde sterben. Man schaffte sie hierher, und sie wurde gesund. Jetzt aber wollte man sie wieder dorthin bringen.

Das Beten half nicht. Sie warf ihre Decke ab, damit die Nachtluft den schweißnassen Körper kühlte. Aber die Luft in der engen Kammer war warm und stickig. Das Mädchen neben ihr schlief wieder ruhig. Eine der Mägde schnarchte. Der Mondstrahl war weitergewandert und beleuchtete den Vorhang im Türrahmen.

Das war wie eine Aufforderung. Radegunde erhob sich, warf ihr Hemd über, legte sich die Decke um die Schultern, schlüpfte in ihre Sandalen. Sie schob den Vorhang beiseite und stieg die Treppe hinab. In der Halle war es hell vom Mondlicht, das durch die Decke hereindrang, die man, obwohl es schon Herbst wurde, noch nicht geschlossen hatte. Ein Hündchen kam aus einer Ecke, beschnüffelte Radegunde, verzog sich wieder.

Sie wollte hinten hinaus in den Garten gehen. Dort hoffte sie sich zu beruhigen und endlich müde zu werden. Sie trat auf den Gang des Peristyls und hatte schon die ersten Schritte auf dem Mittelweg zum Brunnen gemacht, als sie Stimmen hörte. Ihrem Blick durch Sträucher verborgen, mußten die Sprechenden auf einer der Bänke zwischen den Pfeilern sitzen. Radegunde erkannte die Stimmen gleich.

Sie gehörten Frau Berthe und ihrem Gast, dem Palastgrafen Baudin.

Es fiel ihr nicht ein, zu lauschen. Sie hatte vor, sich gleich wieder zurückziehen, aber sie wollte dabei nicht bemerkt werden. Radegunde zog die Sandalen von den Füßen, um auf nackten Sohlen zurück ins Haus zu schleichen.

In diesem Augenblick sagte Baudin: »Wenn es so weitergeht, wird es vielleicht bald wieder Krieg geben. Ich war selber in Metz, konnte aber nichts ausrichten. König Theudebert drohte mir sogar. Wer weiß, was er vorhat, dieser Heißsporn.«

»Glaubst du wirklich, es könnte zwischen ihm und unserem Herrn wieder losgehen?« fragte Frau Berthe.

»Möglich ist es«, erwiderte Baudin. »Vor zwei Jahren, im Wald von Arelaunum, hatten sie uns ja schon fast soweit. Da waren wir beinahe am Ende. Nun kann man nur hoffen, daß sich Childebert und Theudebert nicht wieder zusammentun. Vielleicht hat Theudebert aber auch noch etwas anderes vor …«

Radegunde richtete sich auf. Jetzt hatte sie wider Willen doch etwas aufgeschnappt, was sie nicht gleichgültig ließ. Sie blieb stehen und wagte kaum zu atmen.

»Eines begreife ich nicht, Comes«, sagte Frau Berthe, nachdem die beiden auf der Bank einen Augenblick geschwiegen hatten. »Früher waren doch meine Vettern Childebert und Chlothar immer einig. Das versteht sich ja auch von selbst, sie haben dieselbe Mutter. Als Chlodomer noch lebte, waren sie zu dritt und standen zusammen gegen Theuderich, den ältesten, weil der von einer Kebse war. Ihre Mutter, meine Tante Chlothilde, hat sie darin stets bestärkt. Und als Chlodomer gefallen war, haben sie sich noch sein Reich geteilt, ganz ohne Zank und Streit, wie man hörte. Aber dann plötzlich … dieser Bruch zwischen ihnen. Wie kam das bloß?«

»Das hat seinen Grund, Frau Berthe«, sagte Baudin seufzend. »Einen sehr schlimmen sogar. Ein Mord hat sie auseinandergebracht.«

»Ein Mord?«

»Genauer gesagt: Es war ein Doppelmord. Und zwar ein besonders scheußlicher. Aber mehr kann ich nicht sagen, Frau Berthe. Mehr darf ich nicht sagen!« Nach einem weiteren Augenblick des Schweigens fuhr Baudin fort: »Wahrhaftig, ich würde mir wünschen, daß es einmal ohne Mord und Blutvergießen ginge. Aber das scheint wohl nicht möglich zu sein. Und eine schlimme Tat bringt immer gleich die nächste hervor. Damals, als wir gegen die Thüringer zogen, plante Theuderich in der Sumpfburg, wo wir lagerten, einen Anschlag auf unseren König Chlothar. Die Folge: Chlothar versuchte, Theuderich um einen Teil seines Reiches zu bringen. Er schürte Aufstände, unterstützte Leute, die dessen Herrschaft abschütteln wollten. Ein Jahr lang gab es Kriege, Untaten, Blutvergießen. Zehntausend Tote. Mindestens! Theuderich warf inzwischen die Thüringer nieder und kam zurück und wütete nun gegen die Aufständischen. Wieder zehntausend! Kurz darauf starb er, aber sein Sohn machte es auch nicht anders. Freilich versuchten wir nach Theuderichs Tod, seine Großen zu gewinnen, daß sie Theudebert umbrächten, damit er gar nicht erst an die Macht käme. Es mißlang aber, seine Geschenke waren wohl wertvoller. Und nun glühte natürlich der Haß – der alte wie auch der neue. König Childebert schlug sich auf Theudeberts Seite – das hieß abermals Krieg, Blut und Feuer. Doch das brauche ich dir nicht zu erzählen, das habt ihr hier selber erlebt.«

»Wir hatten noch Glück«, sagte Frau Berthe. »Ein einziger Haufen von Theudeberts Leuten kam durch. Sie hielten sich nicht lange auf, sie waren in Eile.«

»Sie trieben uns in den Wald von Arelaunum, und dort

belagerten sie uns einen Monat lang. Und nur ein Unwetter rettete uns.«

»Ich hörte, die Königinmutter betete zum heiligen Martin, und der hat es vom Himmel geschickt. Weil er nicht wollte, daß Brüder und Merowinger sich gegenseitig ...«

»Ja, das verbreiten die Bischöfe. Es war ein Unwetter mit Hagelschlag, mit faustgroßen Körnern. Wenn die der heilige Martin herunterprasseln ließ ... um so besser! Viele glaubten aber, daß es Donar war, die meisten sind eben noch Heiden. Wir mußten uns gegen die Geschosse vom Himmel mit unseren Schilden schützen. Hunderte Männer wurden verletzt, die Heere stoben auseinander. Und so kam der Frieden zustande. Zwei Jahre hält er nun ...«

»Er kann doch auch länger halten.«

»Theudebert bleibt unser Feind, das steht fest. Und Childebert ist jetzt so innig mit ihm verbunden, daß er ihn geradezu mit Geschenken überhäuft. Er soll ihn sogar schon seinen Sohn nennen. Obwohl er der Nachkomme des früher auch von ihm so gehaßten Bastards Theuderich ist. Wir sind zwischen beiden eingeklemmt, genau in der Mitte ...«

»Daß Chlothar auch immer wieder alle gegen sich aufbringt«, sagte Frau Berthe bekümmert. »Niemand liebt ihn, alle sind voller Haß auf ihn. Aber Childebert kommt ja wenigstens zur Hochzeit.«

»Ich hoffe jedenfalls, daß er kommt.«

»Wann ist denn das passiert, dieser furchtbare Doppelmord, der die beiden entzweit hat?«

»Frau Berthe ...«

»Ich verstehe ja, du darfst nicht reden. Ich will nur wissen, wann ...«

»Nicht lange nach dem Burgunderkrieg, nach Chlodomers Tod. Es ist in Paris passiert, in Childeberts Hauptstadt. Damals war die Königinmutter gerade dort eingetroffen. Sie reist immer wieder gern mal dorthin, wo sie Königin war.«

»Hat sie denn ebenfalls mit dem Mord zu tun?«

»Nicht unmittelbar. Aber man kann sie nicht völlig freisprechen. Auch sie hat Schuld auf sich geladen.«

»Eine so gottesfürchtige hohe Dame?«

»Liebe Frau Berthe, dort ist Gott, und hier ist die Welt. Und manchmal muß man eine Entscheidung treffen, die sehr folgenreich sein kann. Gott im Himmel nimmt sie uns leider nicht ab.«

»Man bekommt Angst, Comes, wenn man dich so reden hört. Warst du Zeuge der Untat? Warst du etwa dabei?«

»Nein, ich nicht. Aber ein gewisser Arcadius aus der Auvergne. Ein Vertrauensmann des Königs Childebert und auch unseres Herrn. Er hat die toten Kinder ...«

»Kinder?«

»Still, Frau Berthe! Wenn man uns hörte ...«

»Verzeih, verzeih ...«

»Sprechen wir leise. Ich habe wohl schon zuviel gesagt, und du ahnst etwas. Nun, nicht wenige wissen ohnehin schon Bescheid. Sie haben es zwar verbergen wollen, ich meine die Königinmutter und ihre Söhne ... Aber wie kann man bei Hofe etwas geheimhalten! Auch ich soll es ja nicht wissen, daher tue ich geflissentlich so, als hätte ich keine Ahnung. Also höre. Doch versprich mir ...«

»Kein Wort. Nicht einmal zu meinem Gemahl.«

»Frau Chlothilde reiste also nach Paris. Sie kam nicht allein, bei ihr waren ...«

Baudin senkte die Stimme so sehr, daß Radegunde hinter den Sträuchern nichts mehr verstehen konnte. Nun wagte sie jedoch erst recht nicht, sich zurückzuziehen, weil den beiden auf der Bank bei ihrem Geflüster der leiseste Schritt, jedes Knirschen des Sandes und jedes Blätterrascheln auffallen mußte. So blieb sie reglos stehen, um abzuwarten, bis Frau Berthe und Baudin aufstehen und fortgehen würden.

Die geflüsterte Unterhaltung wurde nun aber erst recht

lebhaft und zog sich in die Länge. Einige Male schrie Frau Berthe leise auf. Jedesmal ermahnte sie Baudin, sich zurückzuhalten.

Ab und zu waren auch einzelne Worte und Satzfetzen zu verstehen: »sollen die Locken geschoren werden ...«, »das Schwert und die Schere ...«, »in ihrem Schmerz ...«, »lieber will ich sie tot sehen als ...«, »vollendet das Werk, die Königin will es so ...«, »und der ältere Knabe ...«, »nein, nein, lieber Onkel, schütze mich, ich ...«

Schließlich war Baudin von seiner Erzählung so mitgerissen, daß er selber vergaß, die Stimme zu dämpfen.

»... und König Childebert sagte: ›Ich bitte dich, Bruder, den zweiten laß leben! Ich gebe dir, was du verlangst. Warum den auch noch, er ist doch erst sieben Jahre alt!‹ Da beschimpfte ihn König Chlothar und schrie: ›Feigling, Memme! Erst rufst du mich her, damit wir sie beseitigen, alle beide, und nun ...‹ Aber Childebert barmte: ›Ich kann es nicht, Bruder, laß ihn am Leben! Ich gebe dir, was du verlangst, nur töte ihn nicht!‹ Und er hielt den schreienden Knaben fest, und Chlothar brüllte: ›Stoß ihn von dir, oder stirb selber!‹ Und da bekam er es mit der Angst zu tun und stieß den armen kleinen Kerl von sich. Und Chlothar packte ihn bei den Haaren und machte es wie mit seinem älteren Bruder: erst ein Stich in die Schulter, dann noch einer in die Seite. Arcadius mußte das alles mit ansehen, aber natürlich wagte er nicht einzugreifen. Und dann, als das geschehen war, haben sie noch ...«

Wieder besann sich Baudin und senkte die Stimme zum Flüstern. Frau Berthe war völlig verstummt. Radegunde preßte die Hand auf den Mund, um nicht zu stöhnen oder zu schreien.

Plötzlich spürte sie an den Beinen eine Berührung. Sie erschrak heftig, und beinahe hätte sie sich verraten. Es war das Hündchen, das ihr aus dem Hause gefolgt war, um sie herumwuselte und versuchte, an ihr emporzuspringen. Radegunde bückte sich schon, um es auf den Arm zu nehmen und zu beruhigen. Doch da hörte es die Stimme Frau Berthes und verschwand unter Zweigen und Blättern. Das Auftauchen des Hündchens unterbrach das Gespräch auf der Bank. Frau Berthe nahm es wohl auf den Schoß und redete mit ihm. Auch Baudin sagte etwas und lachte. Das war genug Unruhe, um Radegundes leise Schritte zu übertönen. Unbemerkt gelangte sie ins Haus zurück.

Sie stieg rasch die Treppe hinauf, verschwand hinter dem Vorhang, warf sich auf ihr Lager.

Er hat auch zwei Kinder ermordet, dachte sie. Zwei Kinder, zwei Kinder! Mit eigener Hand! Einen Stich in die Schulter, einen in die Seite. Das eine war sieben Jahre alt …

Sie konnte den Schrei nicht zurückhalten, preßte aber gleich eine Hand auf den Mund und erstickte ihn.

Die kleine Basi wurde wach. Sie hob den Kopf, blickte zu Radegunde herüber und lallte etwas. Sie war sechzehn Jahre alt, konnte aber nicht sprechen.

Radegunde beruhigte sie.

»Schlaf weiter, Basi, schlaf weiter! Es ist noch lange nicht Morgen.«

Nein, dachte sie plötzlich, es ist noch lange nicht Morgen. Es ist noch nicht einmal Mitternacht. Es bleibt viel Zeit – Zeit zu entkommen. Über die Hofmauer, durch den Tannenwald, über die Brücke der Somme, und dort den Treidelweg hinab … nein, hinauf! Die Somme hinauf bis zur Quelle! Dort etwa soll Chlothars Reich enden. Doch wohin dann? Von der Quelle der Somme sollen es noch fünfzig Meilen bis Reims sein. Das hat Waldo erzählt, der schon mehrere Male den Marsch gemacht hat. Reims wäre die Rettung, die Stadt liegt in Theudeberts Reich. Dracho, dachte sie, Dracho wird mich nicht ausliefern … Nein, Dracho ist mit dem Unhold verfeindet, er wird mich wiedererkennen, er wird mir helfen …

Das Mädchen neben ihr lallte noch immer, war aber schon fast wieder eingeschlafen. Die Mägde schnarchten nun beide. Radegunde erhob sich lautlos. Kein heller Mondstrahl erleuchtete jetzt noch die Kammer, sie sah nur Schemen und Schatten. Dennoch war jede ihrer Bewegungen flink und sicher. Es war die Sicherheit eines einmal gefaßten, unabänderlichen Entschlusses. Es war die Angst vor der Gefahr, die jeden Fehlgriff, jeden falschen Schritt, jedes verräterische Geräusch zu vermeiden half.

Zum Glück war die Truhe noch nicht verschlossen. Der Deckel ließ sich fast lautlos öffnen. Radegunde wußte, wo und wie alles verstaut war. Zwischen Kleidungsstücken lag das Elfenbeinkästchen, in dem sie einen schmalen silbernen Armreif, eine Kugelkapsel mit würzigen Kräutern, ein kleines goldenes Kreuz und ein paar Münzen verwahrte. Das war alles, was sie an Geld und Schmuck besaß, es waren Geschenke Frau Berthes und des Bischofs der Diözese. Sie schlug das Kästchen in ein Tuch, stopfte noch einen Rock und ein Hemd zum Wechseln und einen kleinen Lederbeutel mit Kamm, Nadel, Schere und anderen nötigen Dingen hinein und verknotete es.

Dann zögerte sie einen Augenblick. Durfte sie stehlen? Aber sie ließ ja die offene Truhe mit ihren eigenen Kleidungsstücken zurück. Sie nahm den alten, geflickten Wollrock, der zusammengerollt zu Füßen einer der Mägde lag, und zog ihn über ihr Hemd. Die Schlafdecke befestigte sie mit einer Fibel als Umhang. Statt ihrer feinen Sandalen schnürte sie die derben Bundschuhe der anderen Magd an ihren Füßen fest. Ein letzter Blick auf die Schlafgenossinnen, die nichts bemerkt hatten …

Sie huschte hinaus, die Treppe hinab. Wieder mußte sie an dem Hündchen vorbei, das aber diesmal in seiner Ecke blieb. Es war still im Hause, niemand schien mehr wach zu sein. Der Riegel der Tür, die zum Peristylgarten führte, war vorgeschoben. Berthe und Baudin waren wohl auch zu Bett gegangen.

In der Küche wußte Radegunde Bescheid, und im Mondlicht, das durch zwei Luken hereinfiel, fand sie rasch, was sie brauchte: ein paar Fladen, ein Stück gekochtes Fleisch, einen Käse, zwei Äpfel. Sie stopfte alles in einen Holzeimer. Dann eilte sie zurück in die Halle und schob den Riegel der Tür zum Garten zurück.

Wenn doch Arne und Waldo jetzt bei mir wären, dachte sie, während sie den Garten durcheilte. Die beiden würden nicht zögern, mitzukommen. Aber es war kaum möglich, sie zu verständigen. Arne schlief mit zwei Brüdern und mehreren Knechten in einem Schuppen neben den Pferdeställen. Waldo war ganz in der Nähe untergebracht, im Gästehaus am Rande des Gartens, doch in einem großen Raum, in dem auch Männer von Baudins Gefolge übernachteten. Würde sie ihre Freunde wecken, könnten andere aufmerksam werden und den Fluchtversuch vereiteln. Durfte sie die beiden in eine solche Lage bringen? War sie überhaupt berechtigt, die Bereitschaft, ihr unter allen Umständen beizustehen, so ausnutzen? Waldo wollte Bischof werden, Arne seinen kränklichen Vater als Verwalter des königlichen Gutes Athies beerben. Würden die beiden nicht zu gesuchten Verbrechern werden, wenn sie sich mit der Braut des Königs davonmachten?

Der Garten endete an einer Mauer. Eine niedrige Pforte, die unverschlossen war, führte zum Wirtschaftshof. Nebeneinander standen mehrere Vorratshäuser. Radegunde wußte, daß sie bewacht wurden, weil immer Überfälle durch Räuberbanden drohten. Wenn sie bis zu der äußeren Mauer gelangen wollte, die das ganze Anwesen begrenzte, mußte sie an den Wächtern vorbei. Zwar wurde immer beklagt, daß die meisten schliefen, doch es war unwahrscheinlich, daß keiner von ihnen sie bemerkte. Einen sah sie schon mit seiner Lanze auf der Erde sitzen, an den Türpfosten eines der Häuser gelehnt. Anscheinend war er wach. Aber sie war ihm noch nicht aufgefallen.

Radegunde war ratlos. Das hatte sie nicht bedacht. Sie drückte sich an die Gartenmauer unter die überhängenden Zweige eines Apfelbaums. Was tun? Sie hatte ein paar Goldstücke bei sich. Wenn sie dem Mann eines gab und ihn bat, ihr über die Mauer zu helfen? In der Dunkelheit würde er sie nicht erkennen, und sie könnte sagen, sie wolle fliehen, weil sie als Magd so schlecht behandelt wurde, und dies seien ihre ganzen Ersparnisse. Aber sie verwarf den Gedanken. Er könnte ihre Flucht trotzdem melden, und es gab noch andere Wächter, die sie bemerken konnten. Nein, so ging es nicht, aber vielleicht ... Sie könnte versuchen, durch das Haupttor zu gelangen. In aller Frühe, noch in der Dunkelheit, gingen die Mägde dort in Scharen hinaus, die einen zum Fluß, um zu waschen, andere zu Feldarbeiten. Sie könnte sich unter sie mischen. Das aber bedeutete, fast bis zum Tagesanbruch warten zu müssen. Wenn man nun vorher entdeckte, daß sie verschwunden war?

Radegunde kämpfte gegen die Mutlosigkeit. Sie wollte nicht verzagen und aufgeben. Gleich neben der Pforte lehnte sich ein Schuppen an die Mauer, in dem Gartengeräte aufbewahrt wurden. Im Türrahmen hing eine Strohmatte. Radegunde hob sie an und trat ein. Sie beschloß, hier den Rest der Nacht zu verbringen.

Drinnen war es stockfinster. Gleich neben dem Eingang wollte sie sich hinkauern. Sie stellte den Eimer auf den Boden und wollte gerade das Bündel dazulegen, als ihr eine Hand auf den Mund gepreßt wurde und eine Männerstimme flüsterte: »Halt ja das Maul, sonst bereust du es!«

Der Schreck war groß. Doch sie erkannte die Stimme sofort. Es war der bucklige Spielmann. Schon hatte er sie gepackt und wollte sie zu Boden werfen. Aber sie stieß ihn heftig zurück.

»Huwo!« zischte sie. »Ich bin es, Radegunde!«

»O ihr Götter, die Herrin!« ertönte von irgendwo hinten aus dem Dunkel die Stimme des Zwergs.

»Bist du es wirklich?« keuchte der Bucklige.

»Ja, ja, ich bin es. Ich bin es wirklich.«

»Aber das konnte ich ja nicht ... das konnte ich nicht ...«

»Nein, das konntest du nicht ahnen. Wie solltest du auch ...«

»Was ... was machst du denn hier?«

»Still! Die Wächter könnten aufmerksam werden.«

Sie lüpfte die Strohmatte und blickte hinaus. Draußen rührte sich nichts. Der Mond hatte sich hinter Wolken versteckt.

»Willst du dich etwa davonmachen, Herrin«, fragte der Zwerg, der jetzt auch an der Tür war. »Deinen König sitzenlassen?« Er kicherte.

»Ich will nach Reims«, sagte sie leise, »und dann weiter über den Rhein und zu meinen Leuten, den Thüringern.«

»Ein hübsches Stück Weg«, fand der Bucklige.

»Es muß sein«, sagte sie, »denn ich ...« Doch sie unterbrach sich, jetzt war keine Zeit für Erklärungen. »Erst aber muß ich hier raus. Wenn nur die Wächter an den Vorratshäusern nicht ...«

»An denen kommst du nicht vorbei«, sagte der Zwerg überzeugt. »Erst letzte Nacht haben sie einen erwischt, der abhauen wollte.«

»Deshalb wollte ich mich hier ja verstecken. Um abzuwarten. Wenn das Tor aufgemacht wird, will ich versuchen, mit den Mägden hinauszugelangen.«

»Da wüßte ich etwas Besseres«, murmelte der Bucklige.

»Was denn?«

»Wir könnten dir hier heraushelfen.«

»Oh, wirklich? Jetzt? Sofort?«

»Sag einmal, Herrin ...«

»Ja?«

»Du hast doch bestimmt ein bißchen Geld eingesteckt, ein paar Solidi ...«

»Ja, ich habe etwas, wenn auch nicht viel. Ich besaß ja fast nichts ...«

»Dann laß uns doch zusammen verschwinden.«

»Zusammen? Mit euch?«

»Sind wir dir als Gesellschaft nicht gut genug?«

»O doch, ich würde mich freuen. Es wäre viel besser als allein ...«

»Das meine ich doch. Und du, Simiolus? Wie denkst du darüber?«

»Wie ich darüber denke? Das fragst du? Die Ehre, mit der Herrin zu reisen, sollte ich ausschlagen?«

»Wir wollten sowieso morgen weiter«, sagte der Bucklige. »Hier ist ja nichts los. Nur deinetwegen waren wir ein paar Tage länger geblieben.«

»Wollt ihr vielleicht nach Reims? Oder sogar nach Metz?« fragte Radegunde hoffnungsvoll. »Wißt ihr, wie man dorthin kommt?«

»Wir kennen uns aus. Da sind wir schon überall gewesen. Ziemlich oft sogar.«

»In Reims ist gut leben, dort gehen wir gern wieder hin!« sagte der Zwerg.

»Oh, wunderbar! Gott im Himmel hat Mitleid mit mir und beschert mir zwei Reisegefährten.«

Der sicherste Weg, unbemerkt ins Freie zu gelangen, führte über das flache Ziegeldach der Hütte mit den Gartengeräten. Eine Eiche mit dichtem Laubwerk versperrte den Wächtern die Sicht auf das Dach, und in der Hütte fand sich eine Leiter. Der Zwerg nahm sein altertümliches Trinkhorn vom Gürtel und ging zu dem Wächter mit der Lanze. Er stellte sich krank, bat um einen Schluck Wasser, wurde erwartungsgemäß spöttisch abgewiesen und fing an, laut zu jammern. So war die Aufmerksamkeit der Wächter abgelenkt. Radegunde kletterte zuerst auf das Dach. Der Bucklige folgte ihr, den Sack mit der Harfe auf den Rücken geschnallt. Sie krochen bis zum anderen Ende der Hütte, die an die Außenmauer anstieß. Radegunde ließ sich auf die Mauer herab und machte von dort einen Sprung ins Gras. Der Bucklige wartete noch auf der Mauer, bis auch der Zwerg auf dem Dach war. Er hob ihn auf die Mauer hinunter und sprang dann ebenfalls mit ihm. Der Mond kam wieder hinter den Wolken hervor, und sie rannten hinüber zu einer Baumgruppe, wo sie erst einmal außer Sichtweite waren.

Hier warteten sie den Morgen ab.

12

Der bucklige Spielmann, den sein Gefährte Huwo, den Uhu, rief, war ein finsterer Geselle, nur lustig, wenn es sein Gewerbe verlangte. Dann bleckte er seine schwarzen Zähne, sang mit krähender Stimme und schlug die Harfe dazu, ziemlich mißtönend, weil ihr mehrere Saiten fehlten. War der Auftritt beendet, verfiel er in seine gewöhnliche Stimmung düsteren Gleichmuts, sprach kaum oder gab brummige Antworten. Wenn er mal Lust zu reden hatte, gewöhnlich nach einem Becher Bier oder Wein, prahlte er und behauptete, einem burgundischen Adelsgeschlecht zu entstammen. Er wollte sogar als Seneschalk dem Hofstaat Godemars, des letzten Burgunderkönigs, angehört haben. Der Zwerg, den er Simiolus, sein Äffchen, nannte, widersprach dann nicht, weil er Schläge fürchtete, ließ aber manchmal hinter Huwos Rücken durch Grimassen und Gesten erkennen, was von alldem zu halten war. Simiolus war der Spaßmacher, der das Publikum anzog. Er kannte eine Unzahl von Liedern und verstand es, die Leute mit witzigen Einfällen, groteskem Gebaren und allerlei Kunststücken anzulocken. Der Bucklige wäre ohne ihn brotlos gewesen. Trotzdem mißhandelte er ihn und sprach zu ihm meist in einem gönnerhaften, verächtlichen Ton. Niemals nannten die beiden sich bei ihren wirklichen Namen, womöglich wußten sie die auch selbst nicht mehr. Bei ihren jahrelangen Wanderungen kreuz und quer durch das Frankenreich hatten sie sie vielleicht vergessen.

Sobald die Sonne erschien, machte das seltsame Trio sich

auf den Weg, und gegen Mittag waren schon fünfzehn Meilen zurückgelegt. Nur einen kurzen Augenblick stockte Radegunde der Atem, als an der Brücke über die Somme zwei Zöllner auftauchten. Die beiden gehörten zum Gut und hätten sie zweifellos erkannt, wenn sie nicht ihr Gesicht mit dem Umhang halb verhüllt hätte. Der Bucklige behauptete, sie sei seine Frau, und lachte mit, als die Zöllner ein paar anzügliche Witze machten und ihr in den Hintern kniffen. Dann durften sie aber anstandslos die Brücke passieren.

Auf der anderen Seite ging es einen steinigen Uferweg flußaufwärts. Radegunde schritt zügig voran, den Holzeimer in der einen, den Beutel in der anderen Hand. Die beiden Spielleute folgten ihr anfangs willig, doch bald beklagten sie sich über die unnötige Hast. Simiolus, dem Radegundes rascher Schritt am meisten zu schaffen machte, behielt immerhin seine heitere Laune. Huwo aber begann laut zu murren und behauptete schon bald, nicht mehr weiterzukönnen, wenn er nicht etwas zwischen die Zähne bekäme. Das zielte auf den Eimer mit Wegzehrung, und Radegunde mußte schon nach wenigen Meilen die Fladen, das Fleisch und den Käse hergeben. Ihr blieb nur das Obst.

Als die Sonne im Zenit stand, um die sechste Stunde, erklärte der Bucklige entschieden, es sei Zeit für eine ausgiebige Mittagsrast. Radegunde wäre lieber weitermarschiert, hätte gern noch weitere zehn Meilen zwischen sich und das Gut Athies gebracht. Aber sie mußte sich fügen. Während ihre Gefährten sich im Grase ausstreckten, blieb sie aufrecht sitzen und behielt den Weg, den sie gekommen waren, im Auge. Längst mußte man ihre Flucht in Athies entdeckt haben. Baudin würde in heller Aufregung sein. Was erwartete ihn, wenn er ohne die Braut nach Soissons zurückkam! Radegunde mochte sich das nicht vorstellen, sie fühlte sich schuldig gegenüber dem alten Höfling, der immer freundlich zu ihr gewesen war. Was würde er jetzt unternehmen?

Was würden die Männer seines Gefolges tun? Würden die ersten Verfolger im nächsten Augenblick dort hinten auftauchen?

Simiolus stand auf, watschelte hinunter zum Fluß und kühlte seine Füße im seichten Wasser. Huwo blieb liegen, stützte sich auf einen Ellbogen, kaute an Grashalmen und beobachtete Radegunde. Es fiel ihm nicht schwer, ihre Gedanken zu erraten.

»Was denkst du, Herrin?« sagte er nach einer Weile. »Was werden die wohl mit uns machen, wenn sie uns schnappen?«

»Du meinst … mit euch?«

»Siehst du den Baum da drüben? Der untere Ast wäre gerade richtig für uns. Daran würden wir enden.«

»O nein! Das würde der Himmel nicht zulassen. Ihr wolltet mir doch nur helfen. Ich könnte bezeugen, daß ihr nicht wußtet, warum ich euch darum bat.«

»Das würde was ändern!« Der Bucklige lächelte düster und rieb sich den Hals. »Hier spüre ich ihn schon … den Strick!«

Radegunde errötete verwirrt und machte eine abwehrende Bewegung.

»Nein, nein! Wie kommst du nur darauf? Wie könnte so etwas geschehen? Ihr habt nichts getan!«

»Zwei Spielleute, Landstreicher, Drecksvolk. Entführen die Braut des Königs!«

»Entführen …?«

»Werden die sagen.«

»Aber das … das wäre doch … wäre die Unwahrheit! Ich … Nun gut, wenn ihr euch fürchtet und glaubt, es könnte euch meinetwegen etwas geschehen … Wie könnte ich von euch verlangen, mit mir zusammenzubleiben? Wie sollte ich das mit meinem Gewissen vereinbaren? In dem Fall ist es das beste, wir trennen uns gleich. Ich gehe schon weiter, und falls sie kommen sollten, hättet ihr nichts mit mir zu schaffen.«

»Und die Männer an der Brücke, die uns zusammen gesehen haben? Werden die schweigen?«

Radegunde wußte darauf nichts zu erwidern und wiederholte ratlos: »Wenn ihr glaubt, es könnte euch in meiner Gesellschaft ...«

Sie wollte aufstehen.

»Warte doch!«

Huwo richtete sich auf und rückte, mit dem Hintern im Gras rutschend, etwas näher. Sein mürrisches Gaunergesicht verzog sich zu einem schlauen Grinsen.

»Du siehst also ein, Herrin, daß wir deinetwegen in eine verteufelt schlimme Lage geraten sind. Daran hast du wohl nicht gedacht, wie?«

»Aber ... aber du selbst hast mir doch den Vorschlag gemacht ...«

»Mein gutes Herz. Ich hatte Mitleid mit dir. Aber wenn man so arm ist wie ich und Simiolus, kann man sich das eigentlich nicht leisten. Meinst du nicht auch, daß unsere Hilfe – unter Gefahr für Leib und Leben – eine Belohnung wert ist?«

»O ja! Daran habe ich schon gedacht. Ich werde euch, sobald wir in Reims sind ...«

»Nein, nicht erst in Reims. Sieh mal, wir könnten gezwungen sein, rasch zu verschwinden. Hals über Kopf, du verstehst ...«

»Ja, ich verstehe.«

»Dann hätten wir nichts von dir bekommen. Und was machen wir dann? Wo können wir uns dann noch blicken lassen? Wovon sollen wir leben? Auch das wäre unser sicherer Tod. Sagtest du nicht, du hättest Geld?«

»Ein paar Solidi, ja. Mehr besitze ich leider nicht. Ich gebe jedem von euch einen.«

»Das ist nicht viel. Ich meine, für das, was du uns schuldest.«

»Also gut, dann jedem zwei. Aber mehr kann ich euch nicht geben. Ich habe doch noch einen weiten Weg und werde selber ...«

Radegunde knotete das Tuch auf und holte das Elfenbeinkästchen hervor. Sie warf einen raschen Seitenblick auf den buckligen Spielmann, der nun ganz nahe herangerückt war und über ihre Schulter spähte. Einen Augenblick zögerte sie noch, aber es blieb ihr ja nichts anderes übrig, als das Kästchen zu öffnen. Sie nahm die Münzen heraus und wollte es wieder schließen.

Aber Huwo sagte: »Schöne Sachen hast du da noch. Auch das Kästchen ist wertvoll. In meinen besseren Tagen besaß ich ein ähnliches. Darf ich es mal in die Hand nehmen und ansehen?«

»Später. Wir wollen ja auch gleich weiter.«

»Soviel Zeit haben wir noch.«

Er griff schon zu. Sie wollte das Kästchen festhalten, aber mit einem kurzen, heftigen Ruck brachte er es an sich.

»Keine Sorge, Herrin, ich will es dir doch nicht wegnehmen. Schöne Sachen ... sehr schöne Sachen. Wenn der Reif auch schmal ist. Das Kreuz ist wohl aus Bronze, nur vergoldet. Aber das Kästchen ... hübsche Schnitzereien.«

»Gib es her. Wir wollen weitergehen!«

»Wozu brauchst du denn diesen dreckigen Lappen? Den können wir wegwerfen.«

»Nein!« Es war ihre wertvollste Reliquie, der Fetzen von der Tunika des Melanius, schwarz vom getrockneten Blut.

Der Bucklige hatte das Stückchen Stoff aus dem Kästchen genommen und fortgeworfen. Radegunde wollte es aufheben, fand es im Gras jedoch nicht gleich. Als sie es hatte, war inzwischen das Kästchen in dem Beutel verschwunden, den Huwo am Gürtel trug.

»Ich behalte es solange bei mir«, sagte er, auf den Beutel klopfend. »Bei mir ist es besser aufgehoben. Und du fühlst dich beim Gehen leichter.«

»Es macht mir nichts aus! Bitte, Huwo, gib es mir wieder!«

»Was tust du, Huwo?« rief Simiolus, der zuletzt aufmerksam geworden war und herankam. »Du bestiehlst sie? Willst du uns beide ins Unglück bringen?«

»Halt's Maul!« sagte der Bucklige. »Ich bestehle sie nicht. Ich nehme nur etwas in Verwahrung – für den Fall, daß wir rasch abhauen müssen. Du wirst mir für meine Vorsorge dankbar sein. Was ist, Radegunde? Gehen wir weiter?«

Huwo schulterte den Sack mit der Harfe und stapfte los. Simiolus zog eine Grimasse, als sei er zornig auf seinen Gefährten und mißbillige sein Benehmen, warf aber gleich die kurzen Beine und eilte hinter ihm her. Radegunde, die plötzlich nicht mehr die »Herrin« war, nahm ihr leichter gewordenes Bündel auf. Ein letzter Blick zurück überzeugte sie immerhin, daß von Verfolgern nichts zu sehen war.

Wenn aber welche kamen – gab es überhaupt eine Grenze, die sie aufhalten konnte? Das aus drei Teilreichen bestehende Frankenreich hatte fließende Grenzen. Wo war Chlothars Gebiet zu Ende, wo begann das des Theudebert?

Die Besucher des Marktes am Fuß eines Hügels, auf dem eine kleine Kirche stand, wußten es auch nicht genau. Einige waren der Meinung, sie gehörten zum Ostreich, andere behaupteten, sicher zu sein, daß über sie der König Chlothar herrsche. Wieder andere hatten sich niemals darum gekümmert, sie wußten nur, daß die Marktaufseher und Steuereintreiber des Frankenkönigs Blutsauger waren, die keine Gnade kannten. Doch welchen Königs, das wußten sie nicht.

»Hier ist was los«, sagte Huwo, wobei er den Blick über das Markttreiben schweifen ließ und die Harfe vom Rücken nahm. »Hier läßt sich ein gutes Stück Geld verdienen.«

Radegunde ängstigte das ungewohnte Menschengewühl.

»Laßt uns doch weitergehen!« bat sie. »So weit, bis wir ganz sicher sind, in König Theudeberts Reich zu sein. Es könnte mich hier jemand erkennen.«

»Und was willst du essen? Wo willst du schlafen? Wovon bezahlst du Kost und Herberge?«

»Das Geld in dem Kästchen wird doch reichen.«

»Das wird nicht angerührt. Das behalten wir für den Fall, daß es brenzlig wird.«

»Ich bitte euch, wenigstens heute ...«

»Hör auf sie, Huwo«, sagte Simiolus. »Die Pferdehändler dahinten kennen sie vielleicht. Die handeln bestimmt auch mit dem Gutsherrn von Athies.«

»Die haben jetzt was anderes zu tun. Die starren in Pferdemäuler, nicht in Weibergesichter. Sie kann mit uns auftreten. Sie hat eine hübsche Stimme und könnte was singen. Was ist, Radegunde? Sollen wir dich etwa durchfüttern? Willst du auf unsere Kosten leben?«

»Aber Huwo, Simiolus hat recht. Unter den vielen Menschen hier gibt es sicher welche, die mich erkennen würden und ...«

»Ach was! Er hat Bleiweiß und Lackmus in seinem Sack. Damit schminkt er dich rot und weiß. Du hast doch auch Kohle, Simiolus. Zieh ihre Augenbrauen nach, und male ihr etwas auf die Backe, so etwas Geheimnisvolles, damit man sie für eine Zauberin hält. Ein Runenzeichen oder ...«

»Nein, lieber ein Kreuz!« sagte Radegunde.

»Meinetwegen. Dann bist du eben eine entlaufene Nonne. Beeilt euch damit. Es ist spät. Wenn wir noch was einnehmen wollen ...«

Tatsächlich zogen viele Marktbesucher schon ab. Andere beluden ihre Ochsenkarren mit Waren, die sie erworben hatten. Ein Schwein versuchte zu entkommen und brachte dabei zwei dicke Männer zu Fall. Zelte wurden abgebaut.

Hinter einem Leiterwagen mit Bierfässern hockte sich

Radegunde nieder, damit Simiolus ihr mit einem Pinsel die Schminke auftragen konnte. Huwo entdeckte eine zurückgelassene Holzkiste und nutzte sie als Podest. Der Bucklige drosch auf die Saiten der Harfe und brüllte: »Hierher! Hierher! Die einmalige Gelegenheit! Die entlaufene Nonne Ermelindis, die sich auf dem Wege zum Papst befindet, damit er ihr ihre furchtbaren Sünden vergibt, wird gleich ein Bekenntnis ihrer tiefen und aufrichtigen Reue ablegen! Damit erfüllt sie das Gelübde, immer nach tausend Schritten haltzumachen und ein Lied zum Lobe Gottes anzustimmen! So verdient sich die gefallene Jungfrau, die aber keine unsittlichen Anträge mehr annehmen wird, auch ihre Reisekosten. Bist du bereit, Ermelindis?«

Radegunde war viel zu aufgeregt, um auf die ehrabschneiderische Ankündigung achtzugeben. Der Zwerg malte ihr noch schnell das schwarze Kreuz auf die Wange, dann deutete er mit dem Kopf auf Huwo, der seine Frage mit grimmiger Ungeduld wiederholte.

»Bist du bereit, Ermelindis?«

Sie stand auf und trat hinter dem Wagen hervor. Ein paar betrunkene junge Bauern, die herangeschlendert waren, lachten über die weiß und rot geschminkte »entlaufene Nonne«.

Ihr Herz klopfte bis zum Halse, und ihre Kehle war wie zugeschnürt. Mit hoher, zittriger Stimme sang sie:

»Mit Gott hat alles angefangen,
er ist der Quell, das höchste Leben …«

Eine schnatternde Gänseschar wurde vorübergetrieben. Der Gaul vor dem Bierwagen erhielt einen Stockhieb und zog an. Knirschend bewegten sich die Räder. Einer der jungen Bauern rief: »Wie ist es mit uns, Ermelinde? Zur Reue ist später noch Zeit! Zwei Asse!«

Radegunde sang tapfer weiter. Finster und unverdrossen schlug Huwo die Harfe. Simiolus, der den Erfolg in Gefahr sah, schnallte eilig die Fußklappern an die Sohlen und begann Sprünge zu machen und dazu Grimassen zu schneiden.

»Drei Asse, Ermelinde! Vier Asse!«

Radegunde stimmte ein neues, nach einem Text des heiligen Augustinus von ihr gedichtetes Lied an. Tränen traten ihr in die Augen, ihre Stimme überschlug sich.

»In aller Ewigkeit, Raum und Zeit
gab es die himmlische Dreieinigkeit.
Zu dritt erschuf sie die Welt,
zu dritt hat sie alles so wohl bestellt ...«

»Zu dritt geht es auch, Ermelinde!« schrie einer. »Fünf Asse!«

Nun konnte sie nicht mehr. Sie wandte sich heftig ab, schlug die Hände vor das geschminkte Gesicht und schluchzte.

»Das, Leute, ist die Reue!« brüllte Huwo. »Die Reue der gefallenen Nonne! Sie weint! Die Stimme versagt ihr vor Schuld und Scham! Morgen wird sie sich weiterschleppen, um ihr Gelübde zu erfüllen! Helft ihr! Gebt eine Kleinigkeit, damit sie nicht vorher zugrunde geht!«

Simiolus ging mit seiner Kappe herum, doch nahm er nichts ein. Sobald er herankam, wandten die jungen Burschen sich ab.

Da machte er plötzlich einen Handstand, schlug dreimal das Rad und sang mit seiner durchdringend hellen Stimme:

»Als der Bauer kam vom Markt,
fand er im Stroh das Tier mit zwei Rücken,
das war seine Frau, die Matilda,
mit dem Comes Bobbo beim ...«

Simiolus brach ab und legte die Hand ans Ohr, als fiele ihm selber das fehlende Wort nicht ein. Da brüllten es schon die jungen Männer im Chor.

Der Zwerg nickte befriedigt, schlug wieder ein Rad, machte klappernde Sprünge und wollte mit der zweiten Strophe beginnen. Doch er kam nicht dazu.

In diesem Augenblick ertönte Geschrei, und in der Mitte des Platzes stob alles auseinander. Ein Reitertrupp sprengte heran, machte halt. Der Anführer, der einen Helm und ein Schwert an der Seite trug, reckte sich, drückte die Brust heraus und schrie: »Alle herhören, Leute! Herhören! Vom Gutshof Athies ist eine Magd entlaufen, die ein Verbrechen begangen hat. Noch ist es nicht gelungen, sie einzufangen. Aber sie muß sich in der Nähe herumtreiben. Wer hier irgendwo eine Fremde entdeckt, die er noch nie gesehen hat, soll sie melden! Wer sie entdeckt, aber nicht meldet, wird hart bestraft. Wer sie entdeckt und befehlsgemäß meldet, erhält fünf Solidi!«

Die Reiter saßen ab und begannen die Umstehenden auszufragen.

Huwo sprang von seiner Kiste und trat zu Simiolus. Der Zwerg sah ängstlich zu ihm auf.

»Fünf Solidi!« stieß der Bucklige zwischen den Zähnen hervor.

Simiolus blickte sich nach Radegunde um. Doch ein mit Kohlköpfen und Hühnerkäfigen beladener Karren wurde hinter ihm vorübergeschoben, und so sah er sie nicht.

»Glaubst du denn«, fragte er, »daß sie gemeint ist? Eine Magd, die ein Verbrechen begangen hat …«

»Wer sonst soll gemeint sein? Die werden gerade ausposaunen, daß ihnen ihre künftige Königin abhanden gekommen ist.«

»Aber sie verraten …? Sie hat uns vertraut.«

»Was passiert ihr dann schon? Sie nehmen sie mit und schmeißen sie dem König ins Bett. Es gibt Schlimmeres! Und wir verdienen fünf Solidi, haben das Kästchen mit Gold dazu und hauen ab nach Italien.«

»Das gefällt mir nicht, Huwo.«

»Warum nicht? Was ist daran schlecht?«

»Sie wird das Kästchen zurückverlangen. Dann haben wir die Braut des Königs bestohlen, und dann ...«

Er zeigte auf einen hohen Baum.

»Hm, du bist manchmal nicht ganz so dumm, wie du aussiehst. Ich stecke es ihr heimlich zurück in den Sack. Aber die fünf Solidi ... Leicht verdientes Geld!«

»Denkst du wirklich, die gibt man uns? Wo wir hier mit ihr aufgetreten sind.«

»Wir sagen, die hätten wir unterwegs aufgelesen. Und sie hätte uns die Geschichte von der entlaufenen Nonne und dem Gelöbnis erzählt.«

»Das wird sie abstreiten. Und denk an die Zöllner!«

»Ach, du verfluchte Mißgeburt! Hat keinen Hals, aber immer Angst um ihn. Wenn wir sagen, sie ... Aber wo ist sie denn?«

Radegunde war verschwunden. Auch ihr Bündel war fort. Die letzten Marktbesucher machten sich mit ihren Zugtieren und ihren Karren auf den Heimweg. Die Reiter saßen wieder auf.

»Vielleicht haben sie sie schon gefaßt!« sagte Simiolus erschrocken.

»Ja. Das waren die Tölpel, die hier herumstanden. Die haben sich die fünf Solidi verdient, während ich mir dein Geschwätz anhörte.«

»Siehst du etwas? Haben sie sie?«

»Ich sehe nichts. Aber ich habe ihr Kästchen. Und wenn es die Tölpel waren, dann sind wir ebenfalls dran. Los, weg! Schnell weg!«

Sie rafften ihre Sachen zusammen und rannten davon – vorbei an einem windschiefen Zaun, hinter dem Radegunde sich verborgen hielt. Der Zaun gehörte zu einem völlig verfallenen Haus, von dem nur noch einige verkohlte Pfeiler und Balken übrig waren. Das ganze Anwesen war verwahrlost, von Gestrüpp überwuchert. Schon lange mußte es in diesem Zustand sein. Es war eine der vielen traurigen Stätten der Verwüstung, die die ständigen Kriege im Frankenreich hinterlassen hatten.

Radegunde hatte nicht lange gezögert, als die Reiter auf dem Markt hielten. Es waren ihre Verfolger, sie erkannte gleich den Anführer, den sie am Tage zuvor noch in Baudins Gesellschaft gesehen hatte. Die allgemeine Aufmerksamkeit, die er auf sich zog, konnte sie nutzen. Sie warf sich die Decke, die ihr als Umhang diente, über den Kopf, ergriff ihr Bündel und schlängelte sich im Rücken der Gaffer durch das Gewirr von Wagen, Pferden, Eseln, Schafen und Ziegen. Gleich hinter dem Pfad, der zu dem Kirchlein auf dem Hügel hinaufführte, fand sie das verfallene Anwesen.

Sie kauerte sich hinter den Zaun, der einmal eine stolze Palisade gewesen war, um zu verschnaufen und zu beobachten. Der Tag ging zur Neige, ein kühler Abendwind wehte vom Fluß her. Sie sah die Marktleute aufbrechen und die Reiter, die nach ihr fahndeten, aufsitzen und verschwinden. Zuletzt sah sie Huwo und Simiolus im Abstand von zwei Schritten vorbeirennen. Allmählich leerte sich der Platz.

Erleichterung wollte sich nicht einstellen. Ihre Verfolger waren fort, ihre diebischen Reisegefährten wohl auch. Aber was sollte nun werden? Sie war allein, ohne Schutz, ohne Obdach, vollkommen mittellos. Und vermutlich war sie noch immer im Reich König Chlothars.

Ein leichter Regen ging nieder, sie mußte irgendwo Unterschlupf suchen. Auf dem verwüsteten Anwesen standen ein paar Bäume. Aber sollte sie auch jetzt wieder, wie vor fünf Jahren nach ihrer Flucht aus der Sumpfburg, die Nacht auf einer Astgabel verbringen? Nur dreihundert Schritte entfernt, auf dem Hügel, stand die kleine Kirche. Sie hatte ein rotes Ziegeldach, kleine Bogenfenster und eine breite Tür, die offen zu sein schien. Gott lädt mich ein, dachte Radegunde. Er lädt mich ein, in sein freundliches Haus zu kommen und dort die Nacht zu verbringen. An seinem Altar werde ich beten und seine Hilfe erflehen, und er wird mir den Weg zeigen, den ich morgen früh einschlagen muß, um so schnell wie möglich in König Theudeberts Reich zu gelangen.

Als sie sich aber dem Kirchlein näherte, sah sie, daß auch hier die Horden des Kriegsvolks gewütet hatten. Nur von weitem war der Eindruck so heiter und freundlich gewesen. Auch das Gotteshaus war nur eine Ruine. Ein Teil des Daches war eingebrochen, Pfosten und Balken waren angesengt. Die Tür stand offen, weil man sie eingeschlagen hatte.

Radegunde stieg über Trümmer, die noch im Eingang unter dem Türbogen lagen. Sie beugte sich vor und blickte hinein. Der kleine Raum war leer. Alles, was er vielleicht enthalten hatte – ein Altarkreuz, Leuchter, Weihgefäße, Teppiche –, war gestohlen und fortgeschleppt worden. Nur ein paar Steine und zerbrochene Dachziegel lagen auf dem Boden verstreut, aus dem Unkraut sproß. Die Steine hatten wohl zum Altar gehört. Es regnete stärker, und Radegunde trat ein. In der einzigen Ecke, über der das Dach noch dicht war, ließ sie sich nieder. Fröstelnd wickelte sie sich in ihre Decke. Durch die Löcher im Dach waren die grauen Wolkengebirge zu sehen, von denen das Wasser herniederströmte.

Dann kniete sie und sprach ihr Abendgebet. Sie tat es mit einer besonderen Feierlichkeit, denn trotz seines jämmerlichen Zustands war es doch ein geweihter Ort, an dem sie sich befand. Sie nahm sich in diesem Augenblick sogar vor, am nächsten Morgen – gleich in der Frühe, bevor sie fortgehen würde – ein wenig Ordnung zu schaffen. Während sie noch betete und dabei nach dem christlichen Ritus die Arme hob, mit den Handflächen zum Himmel, überkam sie auf einmal eine große Schwäche. Mit Ausnahme der beiden Äpfel, die von ihrer Wegzehrung für sie übriggeblieben waren, hatte sie ja den ganzen Tag nichts gegessen. Dabei war sie viele Meilen gelaufen. Jetzt hatte sie Blei in den Armen, und sie konnte noch gerade die letzten Worte des Vaterunsers murmeln. Kaum war das »Amen« verhaucht, sank sie zur Seite.

Das starke Hungergefühl verhinderte, daß sie einschlief. Auch trafen sie ständig Spritzer des Regens, der durch die Löcher im Dach auf den Boden klatschte, im Gesicht oder an den Beinen. Sie drückte sich in ihren Winkel, die zu kurze Decke um sich gewickelt, und lag dort in einem dumpfen, halbwachen Zustand. Von Zeit zu Zeit schreckte sie auf und hob den Kopf, ließ ihn aber gleich wieder sinken und schloß die Augen. Es wurde dunkel, und gleichmäßig rauschte der Regen.

Aber nicht lange lag sie so, als sie wieder einmal auffuhr – diesmal hatte sie Stimmen gehört. Gleich war sie hellwach, sie spürte ihren Herzschlag bis zum Halse. Die Stimmen näherten sich. Schon waren sie an der offenen Tür.

»Eine Bruchbude, aber für eine Nacht wird es gehen.«

»Es ist jedenfalls besser als im Wald. Wären wir doch gleich hier eingekehrt.«

»Wären wir lieber in Athies geblieben! Diese verdammte kleine Königshure ist schuld. Wenn ich die noch mal erwische ...«

Es waren Huwo und Simiolus. Da die Kirche nur einen Eingang hatte, war die Wiederbegegnung unvermeidlich. Die beiden Spielleute, die schon jede Art Überraschung erlebt hatten, stutzten nur einen Augenblick, als sie Radegunde im Halbdunkel bemerkten. Aufrecht und wachsam saß sie in ihrer Ecke.

Der Bucklige stieß ein trockenes Lachen aus.

»Sieh an, unsere entlaufene Nonne! Noch nicht beim Papst angekommen?«

»Dem würde sie aber einen Schreck einjagen«, versuchte der Zwerg zu scherzen. »Als bunt gesprenkeltes Ungeheuer ...«

Radegunde strich über ihr Gesicht, das von verschmiertem, aufgelöstem Schminkpulver bedeckt war. Sie lachte verlegen.

»Bitte verzeiht mir«, sagte sie, »daß ich weglief. Ich hatte plötzlich solche Angst.«

»Das hätte uns teuer zu stehen kommen können«, knurrte Huwo. »Hätten die uns geschnappt und gefragt: ›Wo ist das Mädchen, das mit euch gesungen hat?‹ Was dann? Was wäre uns dann wohl passiert? Mach mal Platz, wir wollen auch ins Trockene. Deinetwegen sind wir naß geworden bis auf die Haut!«

Radegunde rückte zur Seite, und die beiden richteten sich neben ihr ein. Sie entkleideten sich und wrangen ihre durchnäßten Lumpen aus.

Sie wandte sich ab und schloß die Augen.

»Gefällt dir wohl nicht, was du siehst«, sagte der Bucklige. »Der eine zu kurz, der andere zu krumm. Na, gleich wird es dunkel, dann kommt es nur noch auf etwas anderes an.«

»Laß sie in Ruhe, Huwo!« bat Simiolus.

»Halt's Maul, das geht dich nichts an. Ich glaube, die feine Jungfrau ist gar nicht so stolz, wie sie tut. Die hatte in Athies zwei stramme Beschäler. Hießen sie nicht Arne und Waldo? Nun muß sie sich mit Huwo allein begnügen. Aber das tut sie gern, sie weiß ja, daß Huwo ein burgundischer Edelmann ist. Vor den Zöllnern hatte sie nichts dagegen, daß er sie als seine Frau ausgab. Auch jetzt wird sie nichts dagegen haben. Sie wird Arne und Waldo schnell vergessen. Gib mal die Decke her, Radegunde, wir brauchen sie nicht, und mein Freund, der Kleine hier, friert ...«

Sie wollte noch aufspringen, doch er erwischte einen Zipfel der Decke und riß sie ihr weg. Gleich war er über ihr und versuchte, ihr den Rock hochzuzerren. Sie stieß ihn von sich, sprang auf und stolperte ein paar Schritte in den beregneten Teil des halbzerstörten Gotteshauses. Der Bucklige folgte ihr auf allen vieren, ergriff eines ihrer Beine und riß sie um. Sie wälzten sich auf dem durchweichten Boden, zwischen Steinen, Brettern und zerbrochenen Ziegeln. Simiolus sprang schreiend um sie herum und wollte dazwischengehen. Aber das war nicht mehr nötig, denn Huwo heulte plötzlich auf und griff sich an den Kopf. Er zog einen langen, rostigen Nagel aus seinem Bart, der bei dem Gerangel auf dem Boden tief in seine Wange gedrungen war. Sogar die Zunge hat etwas abbekommen.

Er gab sein Vorhaben auf, und so blieb es Radegunde erspart, in der ersten Nacht ihrer zweiten Flucht von einem Spielmann geschändet zu werden.

Die übrigen Schäden waren jedoch beträchtlich. Ihr Hemd war bis zum Bauch aufgerissen. Auch der fadenscheinige Flickenrock hing in Fetzen. Alles war schmutzig und durchnäßt. An Armen und Beinen hatte sie blutige Kratzer. Zum Glück waren ihr nach allen Verlusten ein paar trockene, saubere Sachen zum Wechseln geblieben. Doch sie kümmerte sich zuerst um ihren verletzten Angreifer, der jammervoll lallte, zwischendurch fluchte und Blut spuckte. Sie verband seine Wunde, so gut es ging, und überließ ihm und dem Zwerg das vom Regen verschonte Eckchen. Sie verzichtete auch auf ihre Decke und kauerte die ganze Nacht halb wach und vor Kälte zitternd unter dem Bogen des offenen Eingangs, bereit, im Falle eines erneuten Angriffs diesmal ins Freie zu flüchten. Es geschah aber nichts, aus der Ecke kamen nur Gestöhn und Gejammer und zwischendurch ein paar Schnarchtöne.

Gegen Morgen hörte es auf zu regnen, die Wolken verzogen sich, und es wurde noch einmal ein warmer, freundlicher Herbsttag. In der Nähe floß ein Bach, wo Radegunde ihr Gesicht säuberte und sich wusch. Sie war noch beim Kämmen ihres feuchten, von Staub und Asche verschmutzten Haares, als die beiden Spielleute auftauchten. Der Bucklige mit dem blutigen Kopfverband schwieg finster, während Simiolus ein paar Scherze über die Unbequemlichkeiten der Übernachtung machte und vorschlug, den Weg gemeinsam fortzusetzen. Er kenne, sagte er, eine Abkürzung, wo sie von niemandem verfolgt und belästigt würden. Spätestens in drei Tagen würden sie in der Stadt Reims sein.

Was blieb Radegunde übrig, als das Angebot anzunehmen?

13

Der Eremit saß vor dem Eingang seiner Höhle am knisternden Feuer und röstete Körner. Als er das Mädchen zwischen den Bäumen erblickte und auf sich zukommen sah, sprang er auf.

»Hinweg! Hinweg mit dir, Dämon!« schrie er. »Ich erkenne dich, Abgesandte des Teufels! Verführerin! Hure! Isebel! Du willst mich in Versuchung führen? Vergebliche Mühe! Aus meinen Augen! Du bringst mich nicht wieder zu Fall! Nie wieder! Niemals!«

Er bückte sich und schleuderte einen Stein nach ihr, dann ergriff er einen Knüppel. Sie machte kehrt und lief davon. Der aufgebrachte Eremit rannte ihr nach, holte sie ein und versetzte ihr wütende Hiebe auf Schulter und Rücken. Sie erklomm eine natürliche Treppe aus flachen Felsen, die plötzlich endete und steil abfiel. Er folgte schreiend, den Knüppel schwingend. Sie sprang hinab, zehn Fuß tief, in ein Dornengebüsch. Er warf ihr den Knüppel nach.

»Zur Hölle mit dir – dorthin, wo du herkommst!«

Er kehrte zu seiner Höhle zurück. Dort fiel er auf die Knie. Er stieß die Stirn, die schon völlig verschorft und vernarbt war, gegen eine Stelle der Felswand, in die ein Kreuz geritzt war. Dies tat er so lange und so heftig, bis ihm Blut über Augen und Nase rann. Erschöpft und keuchend wandte er sich dann wieder der Feuerstelle zu. Er griff mit der bloßen Hand in die Glut und pickte ein paar der inzwischen fast verbrannten Körner heraus. Als er sie in den Mund stecken wollte, sah er die beiden Gestalten.

Erschrocken hob er seinen Zottelkopf und riß die Augen auf.

»Ehre sei Gott!« brummte Huwo.

Der Eremit erwiderte heftig: »Ehre dem Vater, der den Sohn sandte! Dem Sohn, der mit seinem Blut die Welt erlöste! Dem Geist, der die erlöste Menschheit heiligt! Wer seid ihr? Schickt euch der König? Wart ihr es, die den Dämon der Versuchung zu mir brachten? Dann verschwindet! Fort mit euch! Hier hat der Teufel keine Heimstatt!«

»Wir sind nur arme Spielleute«, sagte Simiolus. »Bescheiden und gottesfürchtig. Mit dem Teufel haben wir nichts zu tun. Wir sind unterwegs nach Reims.«

»Spielleute haben immer mit dem Teufel zu tun! Macht, daß ihr weiterkommt.«

»Es wird bald Nacht. Hättest du nicht ein Plätzchen für uns in deiner Höhle? Die Nächte sind kalt, und es sieht schon wieder nach Regen aus. Hab Mitleid! Gott wird es dir lohnen.«

Der Eremit strich die verfilzten Strähnen aus der blutenden Stirn, faßte die beiden, die acht, zehn Schritte entfernt standen, scharf ins Auge und fragte: »Und das Weib? Ist sie nicht mit euch gekommen? Werdet ihr sie nicht heimlich zurückholen?«

»Keine Sorge, heiliger Mann!« sagte Huwo, dem das Sprechen noch schwerfiel. »Mit der wollen wir nichts mehr zu tun haben. Wir sind froh, daß du sie verjagt hast. Die kommt vom Teufel, so ist es. Sieh mal, was sie mir angetan hat.«

Er streckte die geschwollene Zunge heraus und knotete den Kopfverband auf, unter dem sein blutverkrusteter Bart zum Vorschein kam.

»Tretet näher.«

Die beiden ließen sich am Feuer nieder und legten ihre Säcke mit der Harfe, den Fußklappern und ihren anderen

Habseligkeiten neben sich. Huwo kramte einen Beutel mit Bohnen und ein paar Zwiebeln hervor.

»Erlaubst du, daß wir uns etwas zu essen machen? Wir sind hungrig.«

Der Einsiedler, in sein aus Fellen grob zusammengenähtes Büßergewand gehüllt, hatte sich an den Eingang der Höhle zurückgezogen. Er war ein Mann mittleren Alters, sein Haar und sein Bart waren schütter, aber noch dunkel. Mit mißtrauischen Blicken beobachtete er die unerwünschten Gäste.

Huwo trug Holz herbei und schürte die Glut. Simiolus, der das düstere Schweigen seines Gefährten nicht mehr ertrug, hatte das Bedürfnis, sich mit seinem Gastgeber zu unterhalten. Während er aus dem Trinkhorn etwas Wasser in einen Topf goß, um die Bohnen darin zu kochen, begann er zu plaudern.

»Du bist wohl hierher vor den Weibern geflohen? Siehst in ihnen Dämonen und Abgesandte des Teufels. Sie müssen dir übel mitgespielt haben. Ich verstehe dich, ich hatte auch mal so eine. Die war keine vier Fuß hoch, aber ihr großes Maul hätte zu einer Riesin gepaßt. Zum Glück ist sie jung gestorben, sonst hätte ich es wie du gemacht. Irgendwann schaffen es die Weiber, uns alle auf die Bäume zu jagen. Wer hält denn so eine aus, die immer nur widerspenstig und kratzbürstig ist? Gibt es auch nur eine einzige, die vernünftig ist und Verstand hat? Nimm die, mit der wir gekommen sind. Du hast ihr tüchtig eins übergezogen, und – wahrhaftig, das hat sie verdient! Sie ist davongelaufen, ist einfach ausgerückt. Und weißt du, warum? Weil ein Graf gekommen ist, um sie abzuholen! Weil der König sie zu seiner Braut gemacht hat! Weil sie Königin werden sollte! Na, gibt es vielleicht ein Weib, das noch dümmer ist?«

Der Eremit, der sich anfangs bei diesem Gerede verdrießlich abgewandt hatte, hob plötzlich den Kopf und merkte auf.

»Warte mal! Was hast du da eben gesagt? Weil sie der König zu seiner Braut …? Der König? Welcher? König Chlothar?«

»Ja, welcher sonst? Wir kommen von Athies herauf. Da hat sie lange gelebt. Und weißt du was? Sie ist eigentlich eine Gefangene, aus dem Krieg mit denen jenseits des Rheins. Sie hat keine Verwandten, keine Mitgift …«

»Die hat nichts«, grollte Huwo. »Wir mußten sie unterwegs durchfüttern. Und dafür vergraulte sie uns noch die Zuschauer.«

»Und jetzt hockt sie dahinten im Wald und fürchtet sich«, sagte der Zwerg und seufzte mitleidig. »Dabei hätte sie heute schon im Palast im seidenen Bett schlafen können!«

Der Eremit war auf einmal sehr aufgeregt. Er sprang auf und trat zu den beiden ans Feuer.

»Es war also nicht der König, der sie hergeschickt hat?«

»Hergeschickt?« Der Zwerg lachte meckernd. »Zu dir? Warum sollte der König Chlothar denn dir seine Braut schicken?«

»Sie ist tatsächlich vor ihm geflohen?«

»Das habe ich dir doch schon erzählt.«

»Und warum tat sie das?«

»Na, weil sie ihn nicht heiraten will.«

»Und wo will sie hin?«

»Zu König Theudebert, der ist ihr wohl lieber. Vielleicht will sie auch zu ihren Leuten zurück, ihren Stammesverwandten. So genau konnten wir das nicht herausbekommen.«

»O Gott! Was habe ich getan?« rief der Eremit. »Aus Athies kommt ihr? Das Mädchen muß Radegunde sein!«

»Ja, ja, so heißt sie. Das ist sie.«

»Warum habe ich sie nicht wiedererkannt? Das war der Teufel! Er hat mich geblendet! Gehen wir! Holen wir sie zurück! Kommt! Kommt!«

Der Eremit rannte los. Simiolus stand auf und wollte ihm

folgen. Aber Huwo zwang ihn, sich wieder hinzusetzen, und schlug ihm hart ins Gesicht.

»Das ist für dein Geschwätz! Wir wären sie los gewesen. Der Kerl kennt sie. Sie tun sich vielleicht zusammen und nehmen uns das hier wieder ab.« Er klopfte auf den Beutel an seinem Gürtel. »Wenn das passiert, dann bringe ich dich um! Wäre nicht schade um dich Mißgeburt.«

Die beiden hatten den Bohnenbrei und die Zwiebeln gerade aufgegessen, als der Eremit mit Radegunde zurückkam. Sie hinkte und ging gekrümmt. Zu den Verletzungen von dem nächtlichen Kampf waren neue blutige Beulen und Kratzer gekommen, und in ihrem wirren Haar hingen Zweige und Gräser. Die Kleider, die sie zum Wechseln mitgenommen hatte, waren nun auch verschmutzt und voller Löcher und Risse. Der Eremit stützte sie behutsam und führte sie an die Feuerstelle.

»Jetzt verdankst du uns schon wieder dein Leben«, sagte der Bucklige, als sie sich niederließ. »Er wollte dich umkommen lassen. Da haben wir ihm deine Geschichte erzählt, und das hat ihn gerührt.«

»Gott wird mich strafen«, sagte der Eremit. »Und ich füge zu meinen Sünden immer neue hinzu. Aber ich werde Buße tun!«

Später saß er mit Radegunde allein am Feuer. Er hatte noch einmal Holz aufgelegt, weil sie fror. Sie kaute an einem Stück harten Brotes, das er, in Blättern eingewickelt, als Vorrat aufbewahrt hatte. Die beiden Spielleute waren in die Höhle gekrochen und schliefen bereits.

»Du kannst dich wirklich nicht an mich erinnern?« fragte er.

Sie verneinte.

»Es ist ja auch schon drei Jahre her, und ich habe mich sehr verändert. Damals war ich Archidiakon der Bischofskirche von Soissons. Mein Bischof besuchte das Gut Athies und brachte den Lektor Waldo dorthin, der dich unterrichten sollte, weil dein früherer Lehrer gestorben war. Ich begleitete die beiden.«

»Ich habe von Waldo viel gelernt«, sagte Radegunde. »Er ist mein Freund.«

»Deine besondere Frömmigkeit fiel uns auf. Der Bischof stellte dir Fragen, und du gabst kluge Antworten. Auch ich stellte Fragen, zum Beispiel fragte ich dich nach … Ich fragte dich … Nein, ich erinnere mich nicht mehr!« unterbrach er sich und verbarg die von Narben durchfurchte Stirn in den Händen. »Ich erinnere mich an gar nichts mehr.«

»Wie heißt du?«

»Modestus. Ich bin der unglückliche Modestus.«

»Jetzt weiß ich, wer du bist. Jedenfalls habe ich von dir gehört.«

»Ich kann mir denken, was du von mir gehört hast. Der abscheuliche, lasterhafte Modestus. Der Kerl, der Bischof werden wollte und sich schamlos im Pfuhl der Sünde wälzte. Laß mich das nicht sehen!« schrie er plötzlich und wandte sich ab, weil sie ihren Rock hochgeschoben hatte und eine Beule am Oberschenkel befühlte. »Darauf warten ja nur alle – die Teufel und besonders der Oberteufel in Soissons! Sie warten darauf, daß ich wieder falle! Vielleicht hat er dich doch hergeschickt, um mich zu versuchen!«

Er starrte keuchend und zitternd vor sich hin. Auf einmal sprang er auf und stürzte vor der Felswand am Höhleneingang nieder. Wieder schlug er den Kopf gegen das Kreuz, das er dort eingeritzt hatte. Und wieder lief Blut.

»Er ist wahnsinnig«, murmelte Radegunde. Sie wollte ihm erst nachspringen und ihn zurückreißen, doch sie besann sich. Es würde den Anfall vielleicht noch verschlimmern, wenn sie ihm zu nahe kam und ihn berührte. Sie nahm den zerrissenen Rock der Magd aus ihrem Bündel und bedeckte, so gut es ging, ihre Beine bis zu den Füßen.

Schließlich kehrte Modestus an das Feuer zurück.

»Du brauchst keine Angst zu haben, es ist vorüber.« Er wischte das Blut mit dem Handrücken ab. »Ein Teufel steckt auch in mir, deshalb muß ich ihn martern. Nun ist er erschöpft und läßt von mir ab.«

»Du solltest dich ausruhen. Geh auf dein Lager.«

»Nein. Ich muß dir erst alles sagen. Sonst weißt du ja gar nicht, was dir geschehen ist. Ich habe mich schwer an dir versündigt. Aber schuld ist der, vor dem ich geflohen bin und vor dem auch du fliehst.«

»Du meinst … Du meinst König Chlothar?«

»Er ist es. Er selber ist es – der Leibhaftige! Er ist aus der Unterwelt aufgestiegen. Zwar sind wir hier nicht mehr in seinem Königreich, aber was ändert das? Er hat mich auch hier noch oft genug seine Macht spüren lassen.«

»Er hat hier immer noch Macht über dich?«

»Es gefällt ihm, mich zu quälen. Er hatte immer sein Vergnügen daran, andere zu quälen, schon als Knabe. Wir sind fast gleichaltrig, und als Kind gehörte ich zu seiner Bande. Wir spielten Franken und Römer, natürlich waren die Römer Sklavenkinder. Ich mußte sie foltern, und er gab mir die Befehle dazu. Einen Jungen, der den römischen Kaiser spielte, mußte ich fesseln und in einen Abgrund stürzen. Er kam knapp mit dem Leben davon, blieb aber ein Krüppel. Später, als Chlothar König war, verlangte er erst recht solche Dienste von mir. Er verging sich an meiner Schwester und zwang mich, sie dabei festzuhalten. Eines Tages sagte er: ›Ich will, daß du Bischof wirst!‹ Mein Vater war in Soissons Senator, und ich hatte eine gute Bildung genossen. Ich war froh, daß es so kam, daß ich in den Dienst der Kirche treten und damit dem Dienst bei Hofe entkommen konnte. Ich wollte mein Leben ändern und vertiefte mich in die heiligen Schriften. Ich las die Werke der Kirchenväter und die Lebensgeschichten der Heiligen. Die Berufung zum Priester nahm ich sehr ernst, durch gute Werke wollte ich die Sünden meiner Jugend wiedergutmachen. Eine Zeitlang ließ mich Chlothar in Ruhe, und ich hoffte schon, seinem verderblichen Einfluß entkommen zu sein. Doch eines Tages kam er in die Kirche, was selten genug geschah, und nach der Messe fragte er mich: ›Nun, wie gefällt dir das hier? Bist du zufrieden?‹ Ich erwiderte, der Wahrheit gemäß: ›Ja, es gefällt mir. Ich diene dem Herrn, meinem Gott. Was kann es Schöneres geben?‹ – ›Du meinst also‹, fragte er hinterhältig, ›es sei besser, dem Herrn da oben zu dienen?‹ – ›Es ist wunderbar‹, sagte ich, ›zur Gefolgschaft des mächtigsten aller Herren zu gehören und sich seinem Willen zu beugen.‹ Das hörte er nicht gern, und er sagte: ›Du bist also der Meinung, der da oben sei mächtiger als ich.‹ Ich konnte nicht anders, als darauf zu antworten: ›Er herrscht von Ewigkeit zu Ewigkeit und über den ganzen Erdkreis. Wie sollte er nicht mächtiger als ein irdischer König sein, der nur wenige Jahre und in einem kleinen, begrenzten Gebiet herrscht?‹ Das hörte er noch weniger gern, und er fragte: ›Und wenn ich nun doch der Mächtigere wäre? Wenn mein Wille stärker wäre als der seinige?‹ – ›Halte mich nicht für unehrerbietig, König‹, entgegnete ich, ›aber das ist unmöglich. Sein Wille geschehe – und sein Wille geschieht. Im Himmel und auf Erden!‹«

Modestus warf noch einmal Holz auf die Glut. Plötzlich stieß er ein bitteres, verächtliches Lachen aus.

»Wie leicht sich das sagt!« fuhr er fort. »Sein Wille geschehe! Noch am selben Abend erhielt ich eine Einladung in den Palast. Das hatte es schon seit Jahren nicht mehr gegeben. Am liebsten wäre ich ihr nicht gefolgt, ich wußte ja, wie es dort zuging: lästerliches Geschwätz, grausame Späße, unmäßiges Essen und Trinken, hemmungslose Befriedigung der Wollust. Das alles war mir zuwider geworden – aber durfte ich die Einladung ausschlagen? Mit welcher Begründung konnte ich fernbleiben? Ich sagte mir also: Gott ist stärker und wird mich vor allem bewahren, was niedrig, lasterhaft und verbrecherisch ist. Das sagte ich mir, und das glaubte ich auch. Und so ging ich hin – doch wie kam ich wieder? Betrunken, links und rechts eine Dirne am Arm! Der gute Bischof, mit dem ich die Kammer teilte, erschrak, als er mich erblickte, und machte mir Vorwürfe, aber ich lachte ihn aus und jagte ihn aus seinem Bett, damit wir Platz hatten. Von da an war ich wieder täglicher Gast im Palast. Ich trieb es nun schlimmer als je zuvor. Ich war der Narr, der Zuhälter und der Büttel des Königs! Ich machte alles mit. Ich half ihm bei den widerwärtigen Streichen, die er seinen Höflingen spielte, und besorgte ihm Frauen aus meiner Verwandtschaft. Ich verweigerte keine Abartigkeit, tat alles und ließ alles mit mir machen. Oft genug sah ich, wie er mich höhnisch beobachtete. Und ich wußte, was er dabei dachte: Dieser Modestus, dachte er, ist der lebendige Beweis dafür, daß ich der Mächtigere bin. Mein Wille ist stärker als Gottes Wille!«

Der frühere Archidiakon warf einen verzweifelten Blick zum Himmel und schwieg eine Weile. Radegunde zog die Decke um ihre Schultern. Sie fror und war übermüdet, und doch folgte sie der Erzählung aufmerksam.

»Zum Glück«, fuhr der Eremit fort, »waren Anstand, Menschlichkeit und Gottesfurcht noch nicht ganz in mir abgestorben. Eines Tages nahm mich der König beiseite und sagte: ›Es wird Zeit, daß wir einen neuen Bischof bekommen. Der alte ist mir lästig geworden. Er macht mir Vorwürfe wegen meiner drei Frauen und fünf Kebsweiber, er hält mir auch sonst alles mögliche vor, was ihn nichts angeht, und droht mir sogar mit der Hölle. Ich möchte ihn loswerden. Wenn er tot ist, ernenne ich dich zum Bischof. Du hast ja inzwischen in meine Gefolgschaft zurückgefunden, und wir werden gut miteinander auskommen.‹ Ich erwiderte: ›Wenn es Gott gefällt, kann der Bischof aber noch lange leben.‹ Da sagte Clothar: ›Es kommt doch nicht darauf an, was Gott gefällt, sondern was mir gefällt. Du hast ja an dir selber erfahren, daß mein Wille der stärkere ist. Ich sagte, ich will den Bischof los sein. Verstehst du das nicht? Du schläfst doch mit ihm in einer Kammer. Ich wünsche, daß er morgen früh nicht mehr aufwacht!‹ So sprach er zu mir, und ich begriff. Nicht zweifelhaft war mir auch, was für Folgen es für mich haben könnte, wenn ich ihm nicht gehorchte. Aber da überkam mich das Grauen. Auf einmal erkannte ich, in welchen Abgrund ich getaumelt war – und daß ich auf ewig verdammt sein würde, wenn ich diesen letzten Schritt täte. So raffte ich mich noch einmal auf. Ich hatte Gott verloren, ich mußte ihn wiederfinden! Solange ich aber in der Nähe des Teufels weilte, war das unmöglich. Ich gab alles auf, ließ alles zurück. Diese Höhle kannte ich von früheren Jagdabenteuern, hier lebten vor einiger Zeit noch Bären und hielten ihren Winterschlaf. Wir kamen im Frühjahr her, schlugen Lärm, und wenn sie schlaftrunken heraustrotteten, empfingen wir sie mit unseren Speeren. Nun richtete ich mich hier ein und begann ein Leben in der Einsamkeit wie die Väter, die in die Wüste gingen. Ich verzichtete auf alle Annehmlichkeiten der Welt und bestrafte meinen Körper für alles, was er früher genossen hatte. Ich wollte keine Menschen mehr sehen, diese schändlichen, lasterhaften Geschöpfe. Ich sah nur Gott, und Gott sah mich, und so kam ich ihm wieder näher.«

Modestus schwieg abermals und starrte lange in die erlöschende Glut. Plötzlich begann er zu zittern und zu schluchzen.

»Aber der Teufel ... Er gibt sich noch nicht geschlagen! Ich hoffte, König Chlothar würde mich nun in Ruhe lassen, weil dieses Gebiet nicht mehr zu seinem Reich gehört. Doch hätte das Böse jemals Grenzen geachtet? Seine Spitzel fanden heraus, daß ich mich hier verbarg. Und nun schickt er mir von Zeit zu Zeit seine Gehilfen, eine Bande von Sybariten. Mal stellen sie mir ein Faß mit Wein vor die Höhle … mal eine Schüssel mit Braten und allerlei Leckerbissen … und immer wieder schleppen sie auch ein Weib herauf, eine Hure, die mich verführen soll, die ihre weißen Glieder vor mir entblößt und die …«

»Denke jetzt nicht daran!« unterbrach ihn Radegunde, weil sie fürchtete, er würde wieder zum Felsen rennen und sich blutig stoßen. »Du brauchst dich auch nicht mehr selbst zu bestrafen. Hast du nicht allen Versuchungen widerstanden – so wie heute?«

»Nein, das habe ich nicht«, murmelte er. »Manchmal wurde ich wieder schwach. Habe den Wein getrunken, habe das Weib genossen. Und die teuflische Bande, die mich dabei heimlich beobachtete, konnte lachen. Und dann berichtete sie es dem Oberteufel, und auch der konnte lachen und triumphieren. Armer Modestus, schwacher Modestus! Im nächsten Frühjahr ziehe ich weiter … irgendwohin, wo sie mich nicht finden … auf einen schneebedeckten Berggipfel … oder auf eine öde Insel … wo es keine Menschen mehr gibt … nur mich und Gott. Und auch du … fliehe weiter, so schnell du kannst … weit weg von den Menschen …«

Er brabbelte noch eine Weile vor sich hin. Dann schloß er die Augen, sank auf die Seite und rollte sich zusammen. So schlief er ein.

Radegunde blickte traurig auf die Unglücksgestalt neben der erkalteten Feuerstelle. Ein Verlorener, dachte sie. Ja, fliehen, fliehen … fliehen zu Gott. Aber nicht weg von den Menschen.

14

Simiolus, der Zwerg, war es, der sie am nächsten Morgen weckte.

»Es ist schon heller Tag, Herrin! Wir müssen weiter. Oder hast du es dir anders überlegt? Willst du nicht mehr nach Reims?«

Sie fuhr auf und blinzelte in die Sonne. Neben dem Eingang der Höhle hatte sie auf einem Moosbett geschlafen. Der Einsiedler befand sich noch an demselben Fleck neben der Feuerstelle, wo er in der Nacht hingesunken war. So wie er dort lag, zusammengekrümmt, mit Fell bedeckt, konnte man ihn auf den ersten Blick für ein verendetes Tier halten.

»Wo ist dein Gefährte?« fragte Radegunde.

»Huwo ist schon voraus«, erwiderte Simiolus. »Nicht weit von hier gibt es ein Dorf, dort hat man uns früher gut empfangen. Er will versuchen, etwas Wegzehrung zu beschaffen ... Brot, ein paar Eier. Vielleicht gelingt es ihm auch, ein Huhn zu stehlen.«

»Er hat doch mein Geld. Davon kann er uns doch etwas kaufen.«

»Vielleicht tut er das auch. Er erwartet uns an einem Kreuzweg, knapp zwei Meilen von hier. Dort werden wir essen und dann weiterziehen.«

»Wenn wir nur heute ein gutes Stück Weg hinter uns bringen.«

»Keine Sorge! Morgen sind wir in Reims.«

»Vorsicht! Sei wachsam, Radegunde!«

Das war Modestus, der wach geworden war und den

Kopf hob. Ächzend rappelte er sich hoch und starrte den Zwerg böse an.

»Sieh dich vor, diese Spielleute sind alle mit dem Teufel im Bunde. Sie werden dich betrügen und in die Irre führen! Vielleicht sollen sie dich zu ihm zurückbringen!«

»Hör nicht auf diesen verdreckten Höhlenmenschen«, sagte Simiolus. »Hätten wir dir aus Athies herausgeholfen, wenn wir es nicht ehrlich mit dir meinten?«

Der Eremit nahm einen halbverkohlten Ast von der Feuerstelle und schleuderte ihn nach dem Zwerg. Simiolus sprang noch rechtzeitig beiseite. Er überschüttete seinen Gastgeber mit einem Schwall von Schimpfworten und bückte sich nach einem Stein.

Doch Radegunde ergriff seinen Arm und nötigte ihn, den Stein wieder fallen zu lassen.

»Ich bitte euch ... warum diese Aufregung? Warum mißtraut und verachtet ihr euch? Hat Gott euch dazu geschaffen? Wir müssen zueinander Vertrauen haben, dann können wir alles ändern und die Welt besser machen.«

»Nur ohne Menschen wird die Welt besser«, widersprach der Eremit. »Wenn Gott eines Tages von ihrem Treiben genug hat, wird er gewaltiges Unheil schicken und alle vernichten!«

Radegunde wußte, daß es sinnlos war, ihn von seinen wahnhaften Überzeugungen abzubringen.

»Ich verlasse mich jedenfalls auf die beiden. Und wer sonst sollte mich auch an mein Ziel bringen?«

»Auf Gott verlasse dich!« sagte Modestus. »Er bringt dich hin, und er selbst ist das Ziel!«

Mit diesen Worten stand er auf und verschwand in der Höhle.

Sie machten sich auf den Weg. Radegunde folgte dem kleinwüchsigen Spielmann, der vor und neben ihr her sprang, seine Beinchen in die Höhe warf und munter plauderte. Die meiste Zeit ging es durch Wälder, die bisweilen so dicht und finster waren, daß die Sonne, die ihnen die Richtung wies, nicht mehr zu sehen war. Kurze Rast machten sie an einem Bach. Während Radegunde sich wusch, suchte Simiolus Pilze, die sie gleich roh verzehrten. Die Stunden vergingen, längst waren mehr als zwei Meilen zurückgelegt. Schließlich stand die Sonne fast im Zenit, und sie hatten noch immer nicht den Kreuzweg erreicht, wo Huwo sie erwarten wollte.

»Bist du sicher, daß wir uns nicht verirrt haben?« fragte sie schon zum dritten oder vierten Mal.

Und wie jedesmal antwortete er mit einem Scherz: »Glaubst du, Herrin, daß ich mit meinen kurzen Beinen gern Umwege mache?«

Dann gingen sie auf einmal der Sonne entgegen, die schon etwas niedriger und im Westen stand. Es mußte bereits Nachmittag sein, um die neunte Stunde.

Radegunde blieb schließlich stehen.

»Simiolus«, sagte sie, »das kann nicht der richtige Weg sein. König Theudeberts Reich liegt im Osten. Dort, auf der anderen Seite.«

»Ja, vielleicht haben wir doch einen Umweg gemacht«, meinte der Zwerg und grinste. »Aber die Gegend kommt mir bekannt vor.«

»Wo führst du mich hin?« rief sie.

»Keine Sorge, wir kommen gleich irgendwo an. Hier in der Nähe muß ein Markt sein. Dort wird man uns Auskunft geben.«

»Und Huwo? Wird er noch auf uns warten?«

»Bestimmt. Vielleicht ist er auch schon unterwegs nach Reims, und wir treffen ihn erst dort.«

Sie gingen noch ein paar hundert Schritte und erreichten ein kleines Tal, wo am Hang Strohdächer schimmerten. Es waren die ersten menschlichen Behausungen, die sie an diesem Tag zu sehen bekamen.

»Laß uns dorthin gehen!« bat Radegunde.

»Ach, es ist viel zu mühselig, dort hinaufzuklettern«, sagte der Zwerg. »Auch hier unten werden wir gleich Leute treffen, die uns weiterhelfen.«

Simiolus eilte voraus in einen Hohlweg, und notgedrungen folgte sie ihm. Sie war wieder sehr erschöpft und hungrig und stolperte über jede Wurzel, die sich vor ihr durch den Sand schlängelte. Endlich weitete sich der Hohlweg, und vor ihren Augen erhob sich ein flacher Hügel, auf dem eine Kirche stand. Kleine Bogenfenster, rotes Ziegeldach, aber im hinteren Teil kahle Sparren. Von hier aus sah man den Schaden gleich – sie waren zwei Tage lang im Kreise gelaufen.

Radegunde fand keine Zeit, sich von dem ersten Schrecken zu erholen. Es war schon zu spät. Hinter den Bäumen traten bewaffnete Männer hervor.

»Das ist sie.«

»Aber die sieht doch wie eine Bettlerin aus.«

»Da ist auch der Zwerg, der sie herbringen soll.«

»Du bist Radegunde, die Braut des Königs? Dahinten, Herrin, wartet Herr Baudin in seiner Carruca auf dich.«

Sie sagte kein Wort und ließ sich abführen. Je vier Bewaffnete gingen links und rechts von ihr. Auf dem Platz am Fuße des Hügels, wo vor zwei Tagen Marktgetriebe geherrscht hatte, grasten die Pferde ihrer Verfolger. Die Männer saßen in kleinen Gruppen auf dem Boden und würfelten. Einige machten Zielübungen mit der Franziska. Sobald sie den kleinen Trupp mit der Gesuchten erblickten, traten sie feixend näher.

In der Mitte des Platzes hielt die Carruca. Baudin stieg aus.

Er verzog keine Miene, als Radegunde vor ihm stand: mit wirrem Haar, in schmutziger, zerrissener Kleidung, mit blutigen Kratzern und Beulen an Armen und Beinen. Sie sah ihm gerade ins Gesicht, abweisend, trotzig.

»So einen Spaziergang im Walde, Herrin, sollte man nicht allein unternehmen«, sagte er so ruhig, als spräche er tatsächlich von einem Ausflug. »Es zog dich wohl noch einmal hinaus in die vertraute Umgebung. Vielleicht hast du auch Abschied von einigen Menschen genommen, die du kaum wiedersehen wirst. Wir müssen uns nun aber beeilen. Bedenke, der König erwartet dich ungeduldig.«

An die Männer gewandt, fuhr er fort: »Ihr seht alle, daß sich die Herrin Radegunde im Walde verirrt hatte. Wer etwas anderes verbreitet, ist ein Verleumder und wird bestraft. Und nun, Herrin, bitte ich dich einzusteigen, damit wir heute noch ein gutes Stück zurücklegen können. Wir sollten ja gestern schon in Soissons sein.«

Radegunde war zu erschöpft und zu niedergeschlagen, um noch Sinn in einem Protest zu sehen. Sie stieg ein und ließ sich im Wagen auf eine Bank fallen. Baudin folgte ihr gleich, schloß die Tür und setzte sich ihr gegenüber.

»Das war nicht klug von dir!« sagte er, jetzt in eisigem Ton und mit strenger Miene. »Wenn es herauskommt, können wir beide in arge Schwierigkeiten geraten. Ich werde dir keine Fragen stellen und dir auch keine Vorwürfe machen. Ich achte in dir schon die künftige Königin. Von jetzt an aber muß ich verlangen, daß du dich meinen Anordnungen fügst und keinen zweiten Versuch machst, dich deiner Pflicht zu entziehen. Du wirst natürlich auch keine Gelegenheit mehr dazu haben. Deine Truhe haben wir mitgebracht, du kannst dich umziehen, bevor wir aufbrechen. Und auch das hier bekommst du zurück ...« Er zog unter seinem Mantel das Elfenbeinkästchen hervor und öffnete es. »Sieh hinein. Ist noch alles drin, oder fehlt etwas?«

»Nein, es fehlt nichts«, sagte sie. »Wo ist ... Ich meine, wo ist der Spielmann, der Bucklige ...?«

»Dort hinten hängt er.«

»Ihr habt ihn getötet?« rief sie.

»Sollten wir ihn noch belohnen? Darauf hoffte er natürlich. Heute morgen tauchte er bei unseren Zelten auf. Erzählte, er wisse, wo du dich aufhältst. Bei einem, der uns sehr gut bekannt ist, dem verrückten Modestus. Meine Leute wollten gleich dorthin aufbrechen, doch er sagte, daß sie zu spät kommen würden. Sein Kumpan wolle dich aber herführen. Wir durchsuchten den Kerl natürlich und fanden das da. Sie hatten dich also beraubt und wollten auch noch die fünf Solidi Belohnung. Das genügte. Vergiß nicht, dieses Volk ist vollkommen rechtlos.«

»Wo ist der andere jetzt? Wo ist Simiolus?«

»Meinst du den Zwerg? Der leistet dem Buckel schon Gesellschaft. Dahinten am Baum.«

»Ihr seid … Ihr seid herzlos! Warum? Warum denn? Es sind doch nur arme, ausgestoßene Menschen, die nichts weiter als leben wollen, die oft gar nicht wissen, was sie tun! Und eigentlich … wollten sie mir doch nur helfen …«

Radegunde weinte.

»Ich rate dir, Herrin, deine Sinne jetzt auf anderes zu richten als auf das Schicksal von Verbrechern«, sagte Baudin, wobei er aufstand. »Ich lasse jetzt deine Truhe hier hereinstellen. Auch Wasser wird man dir bringen. Leider ist keine Frau da, die dir zur Hand gehen kann. Daran dachte ich nicht, als meine Leute mich heute mittag in Athies verständigten, daß du gefunden seist. Ich brach unverzüglich auf. Und ahnte natürlich nicht, in welchem Zustand ich dich vorfinden würde. Ich bitte dich dringend, dir Mühe zu geben und die Spuren dieses ärgerlichen Zwischenfalls – so gut es geht – zu beseitigen. Denke immer daran: Nur noch wenige Tage, und du wirst Königin der Franken sein!«

Die Hochzeit

15

»König Theudebert ist am Tor!«

Ein Hundertschaftsführer der Torwache stieß diesen Ruf aus, als er in den Speisesaal der *villa urbana* des Senators Pontius eintrat. Einige führende Männer der städtischen Verwaltung von Soissons hatten sich zusammengefunden, um zu schlemmen und dabei die Angelegenheiten der Stadt zu besprechen. Man befand sich in angeregter Unterhaltung und belachte gerade eine witzige Bemerkung des Ehrengastes. Der Senator war stolz darauf, daß Baudin, der mächtige Palastgraf und Vertraute des Königs, gleich nach der Rückkehr von seiner Reise die Einladung angenommen hatte.

Der Ruf des Offiziers der Torwache ließ zwanzig in unterwürfiger Erheiterung breitgezogene Münder erstarren. In diesem Augenblick hätte man hören können, wie eine Schnecke über den Boden kroch.

Schließlich fragte der gewichtige Hausherr betroffen: »Wie? König Theudebert von Metz?«

»Er ist am Tor und begehrt Einlaß!«

»Ein Überfall!«

Einer der Gäste stieß diesen Schrei aus. Plötzlich fanden alle die Sprache wieder.

»Ein Überfall?«

»Habt ihr gehört? Ein Überfall!«

»Der Theudebert von Metz ist am Tor!«

»Gott im Himmel! Schon wieder Krieg?«

»Wir sind verloren! Dieses Mal wird er Ernst machen!«

»Er soll zwanzigtausend unter Waffen haben! Die meisten Barbaren von der anderen Seite des Rheins!«

»Jetzt werden uns die Germanen endgültig auslöschen!«

»Terror cimbricus! Furor teutonicus!« kreischte ein zahnloser Alter, der so aussah, als sei er schon damals, vor sechshundert Jahren, dabeigewesen.

»Ruhe, meine Herren, Ruhe! Bewahren wir doch die Fassung! Ruhe!«

Baudin wischte sich den Mund ab und erhob sich von dem Speisesofa, auf das man ihn nach alter römischer Sitte plaziert hatte. Schweiß perlte auf seiner Stirn, seine Stimme klang nach dem schon reichlich genossenen Wein nicht ganz fest.

»Was sagst du, Mallulf? König Theudebert? Er begehrt Einlaß?«

»So ist es, Herr!«

»Sind die Tore geschlossen? Die Türme besetzt? Sind die Mauern sicher bewacht?«

»Das ja«, sagte der Hundertschaftsführer. »Aber es ist wohl nicht nötig.«

Wieder erhob sich Jammergeschrei.

»Nicht nötig? Heißt das: Es nützt nichts mehr?«

»Sind etwa die ersten schon über die Mauer?«

»Ja, ja, sie sind in der Stadt!«

»Mein Haus! Es steht vielleicht schon in Flammen!«

»O Himmel! Mein Silber! Mein Geld!«

»Meine Kinder!«

»Wozu sitzen wir hier noch herum? Retten wir, was zu retten ist!«

Die Gäste des Pontius sprangen auf und eilten zur Tür. Tische wurden umgestoßen, Becher und Schüsseln fielen scheppernd zu Boden. Der Mann von der Torwache wollte etwas erklären, wurde aber von den in Panik geratenen alten Herren beiseite gerempelt. Es gab ein kurzes Gedränge mit

Beschimpfungen und sogar Schlägen, und gleich darauf waren alle verschwunden. Mit dem Überbringer der Nachricht blieben nur der Hausherr und Baudin zurück.

»Was wirst du jetzt tun, Comes?« rief der Senator. »Hat es noch Sinn, die Stadt zu verteidigen?«

»Ich weiß nicht ... Ich weiß nicht, was ich jetzt tun soll«, stammelte Baudin und raufte seinen weißen Bart, in dem noch die Reste des Mahles hingen. »Ich bin kein Feldherr, von militärischen Dingen verstehe ich nichts. O Gott, daß Theudebert gerade jetzt kommen muß! In einem Augenblick, da ich allein die Verantwortung trage!«

Dabei war er so froh gewesen, daß König Chlothar bei seiner Ankunft aus Athies nicht anwesend war. Überraschend hatte der König sich auf den Weg gemacht, um Frau Chlothilde, seiner betagten Mutter, entgegenzureisen, die von Tours über Orléans und Paris zur Hochzeit kam. So war etwas Zeit gewonnen, in der man die Braut, die Baudin in einem reichlich verwilderten Zustand hergebracht hatte, verarzten und für die Begegnung mit dem König vorbereiten konnte. Der alte Palastgraf hatte sich schon auf Wutausbrüche und Handgreiflichkeiten gefaßt gemacht, sogar auf Entzug der höchsten Gunst und noch Schlimmeres. Daß all dies aufgrund von Chlothars Abwesenheit an ihm vorübergegangen war, hatte ihn ungemein erleichtert, ja, mit einer geradezu überschwenglichen Freude erfüllt, die seinem gesetzten Wesen sonst fremd war. In dieser Stimmung hatte Baudin, ebenfalls gegen seine Gewohnheit, reichlich gegessen und noch mehr getrunken, und selten war er so lustig gewesen.

Doch nun drohte Theudebert vor der Stadt! König Chlothar reiste mit großem Gefolge, die Stadt Soissons war fast völlig von ihren Verteidigern entblößt. Seine mehrhundertköpfige Leibwache und die am besten ausgerüsteten Männer der städtischen Garnison waren mit ihm unterwegs. Zweifellos hatte er Angst, weil er durch das Gebiet seines Bruders Childebert reisen mußte, der ihm zwei Jahre zuvor noch den Garaus machen wollte. Baudin hatte sich gefragt, warum der sonst so übervorsichtige (bei sich selbst sagte er deutlicher: jämmerlich feige) König Chlothar ein solches Risiko auf sich nahm. Tat er das wirklich nur aus Ehrerbietung gegenüber seiner Mutter? Oder steckte noch etwas anderes dahinter? Baudin hatte einen Verdacht, aber das war auf einmal ohne Bedeutung. Denn vor dem Tor stand Theudebert, und wenn der die Hauptstadt einnähme ... was würde dann aus König Chlothar? Und was aus seinem Palastgrafen?

»Ja, so ist es, nun hängt alles von dir ab!« antwortete der fette Senator auf Baudins letzte verzweifelte Feststellung. Und mit zitternder Unterlippe fuhr er fort: »Ich bitte dich nur um eines, Comes, ich flehe dich an: Mach uns nicht alle unglücklich! Hat Widerstand Sinn? Würde er nicht den Feind nur unnötig reizen? Vernunft ist jetzt besser als Heldenmut!«

»Gewiß, du hast recht, ich werde ... ich muß versuchen, mit König Theudebert zu verhandeln. Wie steht es, Mallulf? Ist er ganz nahe? Hat er die Stadt schon eingeschlossen? Wieviel Mann hat er bei sich?«

»Wieviel Mann er bei sich hat?« Der Hundertschaftsführer, der noch immer in der Nähe der Tür stand, hatte vergebens versucht, sich in das Gespräch der Honoratioren einzumischen. Er schob den Helm in den Nacken, kratzte sich an der Stirn und sagte: »Fünfzehn ... vielleicht achtzehn ... höchstens zwanzig.«

»Zwanzig?« rief Baudin. »Nur zwanzig Mann?«

»Ich sagte: höchstens.«

»Und mit denen steht er am Tor?«

»Jawohl.«

»Und das Heer?«

»Welches Heer?«

»Mit dem er uns angreift, du Tölpel!«

»Davon ist nichts zu sehen.«

»Nichts zu sehen? Ich denke, die ersten sind schon über die Mauer!«

»Wer behauptet das?«

»Gott im Himmel! Wer soll das behauptet haben? Bist du nicht hier hereingestürmt und hast geschrien: ›König Theudebert ist am Tor!‹?«

»Das habe ich gemeldet. Und so stimmt es auch. Aber ich wollte noch mehr melden.«

»Was denn? Was denn? Rede! Sprich! So sag es doch!«

»König Theudebert sagt, er komme zur Hochzeit.«

»Wie? Was? Zur Hochzeit?«

»Man habe vergessen, ihn einzuladen, meint er. Deshalb ist er von selbst gekommen, ohne Einladung. Sollen wir ihn nun draußen stehenlassen oder das Tor öffnen?«

Baudin und der Senator starrten sich an. Einen Augenblick lang waren sie sprachlos.

»Aber dann ist ja alles ein Irrtum!« stieß der Dicke schließlich erleichtert hervor. »Er kommt zu Besuch! Er ist friedfertig! Er will mit uns Hochzeit feiern!«

»Hochzeit feiern?« stammelte Baudin verwirrt.

»Was befiehlst du nun?« fragte der Hundertschaftsführer ungeduldig.

»Du meinst ...?«

»Das Tor. Wir haben es vorsichtshalber geschlossen, als die Reiter herankamen.«

Der Palastgraf atmete erst einmal auf. Doch gleich ergab sich eine neue Verlegenheit, denn diese Verantwortung war nicht weniger drückend. Durfte er in Abwesenheit seines Königs den Herrscher des Nachbarreichs, den gehaßten Sohn des »Bastards« und Halbbruders König Chlothars, in die Stadt lassen, auch wenn er mit nur zwanzig Gefolgsleuten und in angeblich friedlicher Absicht kam?

Baudin versuchte sich zu sammeln und seinem vom Wein umnebelten Geist eine Entscheidung abzuringen. Der Senator redete auf ihn ein. Man dürfe einen so mächtigen Mann nicht vor dem Tor stehenlassen. Man dürfe ihn nicht vor den Kopf stoßen. Man müsse die Folgen bedenken.

Doch der alte Höfling hörte kaum zu. Er knetete seine feuchten Hände, und schließlich raffte er sich auf und sagte: »Ihr habt richtig gehandelt, Männer! Das Tor bleibt geschlossen! Aber ich werde mit ihm reden.«

Kurz darauf stieg Baudin vorsichtig, Sprosse für Sprosse, die Leiter zum Wachturm neben dem Südtor hinauf. Mallulf war schon vorausgeritten. Er erwartete ihn dort oben mit den Männern der Torwache.

Vor ihren Blicken lag die weite Ebene, die der Fluß Aisne, metallisch schimmernd, wie eine riesige Sichel durchschnitt. Am jenseitigen Ufer, hinter der Brücke, ließ Theudebert ein kleines Zeltlager errichten. Die Knechte waren noch bei der Arbeit. Der König und seine Männer tummelten sich derweil in der Nähe des Tors bei einem Reiterspiel. Baudin erkannte Theudebert gleich an seiner gelockten hellblonden Merowingermähne, die durch ein breites Stirnband gebändigt war.

Ein Gefolgsmann des Königs bemerkte den weißbärtigen Palastgrafen, als er in Begleitung des Pontius und anderer würdig aussehender Männer auf dem Wachturm erschien. Er machte Theudebert auf sie aufmerksam. Der König blickte herauf, lachte und hob den Arm zum Gruß. Dann ließ er sein Pferd einen kurzen Galopp hinlegen und hielt unmittelbar unter dem Wachturm.

»Der hat Mut«, sagte Mallulf anerkennend. »Mit einem Lanzenwurf könnte man ihn erledigen.«

Der Palastgraf beugte sich über die Brüstung.

»Seid gegrüßt!« rief Theudebert ihm zu. »Heil dir, Baudin, alter Griesgram! Ich war in meiner Stadt Reims zum Gerichtstag. Da hörte ich, ihr werdet hier Hochzeit feiern.

Dabei darfst du nicht fehlen, dachte ich mir. Um mit meinem geliebten Onkel Chlothar ein Fest zu feiern, sind ein paar Meilen ja nicht zuviel. Ich höre, daß er abwesend ist?«

»Unser König ist nicht in seiner Stadt«, rief Baudin zurück. »Er zieht seiner ehrwürdigen Mutter entgegen, der Königin Chlothilde.«

»Nun, ich kann warten! Ich habe Zeit. Es wird bald Winter, da gibt es nicht mehr soviel zu tun. Wann soll die Hochzeit denn sein?«

»Sobald der König zurück ist.«

»Ist es wahr, daß er die schöne kleine Gefangene heiratet? Die Thüringerin?«

»Er heiratet eine Königstochter, die schon sehr lange in seinem Reich lebt.«

»So kann man es auch sagen. Ist sie hier?«

»Darüber muß ich dir keine Auskunft geben. Am Hochzeitstag wird sie wohl hier sein.«

»Freut mich, sie wiederzusehen. Die ist jetzt bestimmt ein Prachtstück von Weib. Und nun macht endlich das Tor auf!«

»Das ist nicht möglich. Das darf ich nicht!«

»Was? Du willst den Brudersohn deines Königs vor dem Tor stehenlassen?«

»Er hat befohlen, in seiner Abwesenheit niemanden einzulassen. Es sei denn, er wäre zu Gast geladen!«

»Na, ich bin doch ein Gast. Ihr habt die Einladung nur vergessen. Macht auf!«

»Tut mir leid, König. Ich bin dazu nicht befugt.«

»Du bist ein alter Duckmäuser, Baudin. Hast du Angst, ich könnte mit meinen paar Leuten die Stadt erobern? Möglich wäre es, aber das will ich doch gar nicht. Ich will auch nicht bei euch übernachten. Will nur den Königinnen meinen ehrerbietigen Gruß erweisen. Sind es nicht drei? Ich vermute, sie sind zu Hause geblieben.«

»Sie können dich jetzt nicht empfangen.«

»Warum nicht? Hat Chlothar sie in der Spinnkammer eingesperrt?«

»Glaube nicht, König, daß du mit solchen Reden unseren Sinn änderst. Ich rate dir heimzukehren.«

»Nein, Baudin, das werde ich nicht. Und was immer du mir rätst – ich werde das Gegenteil tun!«

Theudeberts Gefolgsleute, die inzwischen langsam herbeigeritten waren, belachten den Scherz.

Baudin wandte sich ärgerlich ab. Aber er wollte auf keinen Fall den Zorn des Theudebert auf sich laden. Es fehlte gerade noch, daß er die Schuld an neuen Verwicklungen trug!

So trat er zurück an die Brüstung und rief hinunter: »Ich bitte dich, König, versteh meine Lage! Ich möchte wohl, aber ich darf dich nicht einlassen! Laste es mir nicht persönlich an!«

»Keine Sorge! Ein alter Hofhund muß wachen und auch ein bißchen bellen und knurren. Wer sollte ihm das verübeln? Hör mir zu! Wenn die Damen mich nicht empfangen können – ich empfange sie mit Vergnügen! Ich gebe morgen an dieser Stelle ein Festmahl, hier auf der Wiese. Dazu Waffenspiele mit schönen Preisen. Bis zur Hochzeit müssen wir uns die Zeit vertreiben. Wer von euch teilnehmen will, ist willkommen. Ihr seid alle geladen – besonders aber die hohen Frauen. Und vergeßt mir die Braut nicht! Ich bin sehr gespannt auf sie. Richte es aus! Und nun … Auf morgen!«

Der König hob grüßend die Hand, wendete sein Pferd und sprengte davon. Der kleine Trupp überquerte die Brücke der Aisne und verschwand in der Abenddämmerung.

»Der richtet sich hier wahrhaftig ein«, seufzte Baudin. »Aber kann man etwas dagegen tun? Wenn der König nur schon zurück wäre! Auf keinen Fall dürfen die Königinnen an diesen Lustbarkeiten teilnehmen. Ich werde gleich zu ihnen gehen und sie warnen!«

Baudin war noch unterwegs zum Palast, als die Nachricht von der Einladung des Theudebert die Königinnen bereits erreicht hatte. Auf das erste Gerücht von seiner Ankunft hin hatten sie eine ihrer Dienerinnen ans Tor geschickt. Das Mädchen war kurzerhand die Leiter zum Wehrgang hinaufgeklettert und hatte alles mitgehört, was zwischen Theudebert und Baudin verhandelt wurde. Während der alte Palastgraf unterwegs jeden Augenblick aufgehalten, um Auskunft ersucht und in Gespräche verwickelt wurde, eilte das Mädchen unverzüglich zu den Königinnen.

Sie fand die Schwestern Ingunde und Aregunde im Ankleidegemach, wo mehrere Kleidertruhen standen und ein großer, ovaler Silberspiegel an der Wand hing. Die Königin Aregunde probierte mit Hilfe einer Dienerin das Kleid an, das sie zur Hochzeit des Königs mit der »Neuen« hatte anfertigen lassen. Es war von roter Seide und unter dem Gürtel mit zwei handtellergroßen goldenen Fibeln zugesteckt, an denen eine Kugel aus Bergkristall hing. Aregunde drehte sich hin und her, ließ den Rock schwingen, schüttelte ihre schwarzen Haare und lachte sich zufrieden im Spiegel an.

Als das Mädchen hereinstürzte und, die Worte hervorsprudelnd, von der Einladung des Königs Theudebert zum Fest auf der Wiese berichtete, warf Aregunde entzückt die Arme hoch und schrie: »Oh, herrlich! Dann kann ich es morgen schon anziehen!«

Das war Ingunde zuviel. Die beleibte Königin saß in einem reich mit Borten und Bändern geschmückten Kleid, den Schlüsselbund der Hausherrin am Gürtel, mitten im Raum auf einem Hocker. Ein Pfeil steckte mit der Spitze nach vorn in ihrem dicken blonden Haarkranz. Schweigend und säuerlich lächelnd hatte sie der Anprobe zugesehen.

Nun aber sagte sie in scharfem Ton: »Du hast doch nicht etwa die Absicht, dorthin zu gehen!«

»Und warum nicht?«

»Unser Herr wird das nicht billigen.«

»Ist es anstößig, daß ein Verwandter uns zu seinem Fest lädt? Ich habe schon viel von ihm gehört, nun möchte ich ihn auch gern kennenlernen. Und darf man die Einladung eines Königs zurückweisen?«

»Weiß man, was er vorhat?«

»Was fürchtest du denn?«

»Vielleicht will er uns entführen.«

»Entführen?«

»Dich vielleicht nicht. Aber mich – die Erste.«

Aregunde lachte schrill auf. Auch die junge Dienerin prustete los, hielt aber schnell die Hand vor den Mund. Die Königin Ingunde reckte das Doppelkinn, warf ihr einen strafenden Blick zu und schickte sie und die Überbringerin der Nachricht mit einer Handbewegung hinaus.

»Was ist denn daran so erheiternd?«

»Was dich betrifft, Schwester«, sagte Aregunde, »so kannst du beruhigt sein. Männer entführen gewöhnlich nur Frauen, die sie im Notfall auch tragen können. Ich meine, falls sie verfolgt werden.«

»Giftschlange!«

»Was mich betrifft, ist die Gefahr schon größer. König Theudebert hat sicher gehört, was die Sänger über mich verbreiten.«

»Ach, gibt es schon wieder was Neues?«

»Ein Lied von Baderich. Darin heißt es, ich sei die Schönste in Chlothars Reich. ›Aregunde‹, singt er, ›ähnelt der Nossa, Frijas wunderholder Tochter.‹«

»Mich haben sie immer mit Frija selber verglichen«, sagte Ingunde und strich über ihren stattlichen Busen. »›Die stolzen Türme ihrer Liebesfestung …‹ und so weiter. Aber was soll der Vergleich mit heidnischen Göttinnen? Als ob man jemals eine gesehen hätte. Und wenn diese Nossa wirklich so ›wunderhold‹ ist, dann ist sie bestimmt nicht so ein dürrer, struppiger Besen wie du. Wie konnte Chlothar an dir Gefallen finden!«

»Er vergnügt sich sehr gern mit seinem Besen. Viel öfter als mit seiner alten, fetten Wurst, die schon ein bißchen verdorben riecht.«

»Ich habe ihm vier Söhne geboren und werde ihm noch vier Söhne gebären!«

»Na, ob er dich wirklich noch viermal zu sich ins Bett holt?«

»Ja, drisch nur dein Maulstroh. Bald wirst du ganz kleinlaut werden. Schon in ein paar Tagen. Dann wird er dich nämlich auch nicht mehr holen. Und der Sänger Baderich wird sein Lied ein bißchen ändern. Nicht ›Aregunde‹ wird er singen, sondern ›Radegunde‹! ›Radegunde ähnelt der wunderholden Nossa … tirili!‹«

»Tirili, tirili!« äffte Aregunde nach. »Ach, dieses kleine, verschüchterte Vögelchen! Die ist ja noch gar nicht richtig flügge. Mit der wird Chlothar wenig Spaß haben. Was der braucht, kriegt er nur von mir!«

Aregunde drehte sich wieder vor dem Spiegel und hob dabei ein wenig den Rock, um ihre ledernen Strumpfbänder mit den Goldbeschlägen zu bewundern. Dabei steckte sie ihre Zunge durch eine Zahnlücke und leckte sich die Lippen.

Die dritte Königin, Chunsina, trat mit raschem Schritt ein.

»Wißt ihr es schon? König Theuderich hat uns eingeladen! Er gibt ein Fest und …«

»Natürlich wußten wir das«, sagte Ingunde. »Wir wußten es eher als du!«

»Wir gehen auch hin!« rief Aregunde.

»Wir gehen nicht hin!« widersprach Ingunde.

»Wenn du nicht mitwillst, gehe ich eben allein!«

»Und ich komme mit!« erklärte Chunsina.

»Und ich verbiete es!« herrschte Ingunde sie an.

»Das kannst du nicht.«

»Ich bin die Erste! Und wenn ich die Einladung nicht befolge, dürft ihr es auch nicht!«

»Das werden wir ja sehen!« sagte Aregunde schnippisch und hielt sich ein Halsband mit Perlen aus Bernstein und Glas an. »Was meinst du, Chunsina? Kann ich das zu dem Kleid tragen? Oder paßt es nicht zu den Fibeln?«

»Doch, doch, es paßt«, erwiderte Chunsina rasch, um sich gleich wieder Ingunde zuzuwenden. »Ich gehe hin – auch wenn du dagegen bist und mich dann bei Chlothar schlechtmachst. Ich will mich ja nicht vergnügen. Bei König Theudebert soll mein Ältester sein, Theodovald. Vielleicht hat er ihn sogar mitgebracht. Ich hab ihn seit elf Jahren nicht gesehen!«

»Dein Sohn soll bei Theudebert sein?« fragte Ingunde skeptisch. »Du suchst doch nur einen Vorwand. Woher willst du denn das wissen?«

»Von Chlothar selbst. Er hat es mir erst vor ein paar Tagen gesagt, als ich ihn wieder einmal fragte. Da sagte er mir, bei dem Frieden im Wald von Arelaunum, vor zwei Jahren, habe er Geiseln stellen müssen, junge Männer aus seiner Verwandtschaft.«

»Und da hat er natürlich nicht seine eigenen Söhne hergegeben«, meinte Aregunde und probierte ein Halsband mit Goldblattkreuzen.

»Natürlich nicht. Er erzählte mir, daß er Chlodomers Söhne und ein paar andere in Geiselhaft schickte. Meinen Ältesten gab er dem Theudebert, meinen zweiten, Gunthari, dem Childebert. So sagte er.«

»Merkwürdig«, fand Ingunde, »daß er dir das nicht schon früher gesagt hat. Wie alt sind sie denn jetzt eigentlich?«

»Theodovald ist einundzwanzig, Gunthari achtzehn. Chlothar hat mir jedesmal etwas anderes erzählt, wenn ich ihn fragte. Sie konnten ja längst nicht mehr bei seiner Mutter sein, dazu sie schon zu groß. Nur der Jüngste, Chlodovald, ist noch bei ihr in Tours, weil er Priester wird. Die beiden Älteren … einmal sagte Chlothar, sie seien in Poitiers, dann wieder in Rouen, einmal beim Grafen Waddo, ein andermal in der Gefolgschaft eines gewissen Brachio …«

»Es hat schon seinen Sinn, wenn er so redet«, entgegnete Ingunde. »Er will nicht, daß du ihnen nachspionierst. In ihrem Alter brauchen sie die Mutter nicht mehr. Ein Mann, den die Mutter noch umsorgt, ist ein Weichling. Chlothar will auch, daß du dich mehr um den Sohn kümmerst, den du von ihm hast, Chramm. Und wenn du dazu meine Meinung hören willst – der hat es nötig! Der spielt schon den künftigen König, dabei wird er gar nichts abkriegen, wenn es an die Teilung des Reiches geht. Erst kommen meine vier Söhne und dann noch der Kleine von Aregunde. Ich rate dir, unseren Herrn nicht zu verärgern, indem du zu Theudebert gehst und ihm deine Geschichten erzählst. Das könnte er übelnehmen!«

Die Königin Ingunde erhob sich, seufzte und schob ihre massige Gestalt zur Tür.

»Und merkt es euch beide – es bleibt dabei: Theudeberts Einladung geht uns nichts an!«

Die Königin Aregunde lachte nur abschätzig, hob den Rock und zeigte ihrer Schwester die nackte Kehrseite.

»Dort willst du von unserm Herrn verbleut werden, wie?« sagte Ingunde. »Man sieht noch die Striemen vom letzten Mal. Ich freue mich schon auf den Anblick, wenn er den Gürtel abschnallt!«

Sie rauschte hinaus.

»Du widerliches Judasweib!« rief Aregunde ihr nach. »Judasweib! Judasweib! Wie ich dich hasse!«

Die Königin Chunsina ließ sich nun auf dem einzigen Hocker nieder, dessen Polster noch warm war. Sie war knapp vierzig Jahre alt, sechs Jahre älter als Ingunde, zehn Jahre älter als Aregunde. Sie hielt sich sehr gerade, was sie schon einige Mühe kostete. Ihre Gestalt war zierlich und schlank, ihre Bewegungen waren gemessen und vornehm. Kummerfalten zeichneten ihr schmales Gesicht mit den großen, traurigen Augen, das einmal schön gewesen sein mußte. Ihr rötliches, ergrauendes Haar war glatt nach hinten gekämmt und zum Teil von einem Schleier bedeckt. Sie trug ein langes braunes Seidenkleid mit nur wenig Stickerei an den Ärmeln.

»Mach dir nichts daraus«, sagte Aregunde, die eine Kette mit goldenen Münzen und Amethystanhängern probierte. »Auch wenn sie sich noch so sehr aufspielt und Chlothar alles erzählt – wir gehen trotzdem zu dem Fest! Ich hab von den Schlägen schon eine Hornhaut am Hintern. Mir macht das nichts aus. Er wird ja auch immer schnell müde.«

»Geschlagen hat er mich nie«, sagte Chunsina. »Aber das andere ... die Beschimpfungen, die Verdächtigungen. Hoffentlich muß ich nicht sterben, ohne meine Söhne noch einmal wiederzusehen.«

»Na, zum Sterben ist es noch zu früh. Und vielleicht siehst du sie diesmal tatsächlich alle wieder – beim großen Familientreffen der Merowinger.«

»Das hoffe ich. Wie habe ich mich gefreut, als ich hörte, daß König Childebert kommt. Gunthari könnte in seinem Gefolge sein.«

»Und vielleicht bringt die Alte aus Tours auch den künftigen Bischof mit.«

»Oh, das wäre wunderbar! Dann würde Chramm endlich seine drei Brüder kennenlernen. Acht Jahre alt ist er, und keinen hat er je zu Gesicht bekommen.«

»Offen gesagt, mir graut schon vor unserer Schwiegermutter«, sagte Aregunde seufzend und probierte noch einen silbernen Armreif. »Ich hab sie ja nur einmal gesehen, als wir Childebert in Paris besuchten. Die alte Krähe! Sie musterte mich von oben bis unten, und dann öffnete sie den Schnabel und krächzte: ›Hast du das Sakrament der Taufe empfangen? Betest du auch mindestens dreimal am Tage? Hörst du regelmäßig die heilige Messe?‹ Ich antwortete natürlich immer ja, ja, aber sie sagte zu Chlothar: ›Ich glaube, im Herzen ist sie noch eine Heidin. Du solltest sie mal zu mir nach Tours schicken. Ich lasse sie dann am Grab des heiligen Martin fasten und beten. Drei Tage und Nächte lang. Das wird ihr helfen.‹ Na, zum Glück blieb mir die fromme Folter erspart. Zwischen Chlothar und Childebert knirschte es plötzlich, und so konnte ich nicht dorthin geschickt werden. Und später wurde es vergessen. Hoffentlich erinnert sie sich jetzt nicht daran. Aber ich glaube, diesmal stürzt sie sich auf die Neue.«

»Das arme Mädchen tut mir leid«, sagte Chunsina. »Man sieht ihr an, daß sie unglücklich ist. Ihr geht es genauso wie mir damals. Sie hat nicht mal Verwandte, die sie schützen können.«

»Nur einen Bruder bei der Jungmannschaft. Der wurde vor fünf Jahren mit ihr gefangen. Aber er soll nicht viel taugen. Und was könnte er auch für sie tun?«

»Wo ist sie jetzt eigentlich?«

»Im Haus von Baudin. Unter der Obhut seiner Frau. Ingunde ist schrecklich beleidigt, weil Chlothar angeblich wollte, daß sie die Neue vorbereitet und in unsere Palastordnung einführt. Aber mehr als einen kurzen Besuch bei uns wollte Baudin auf keinen Fall zulassen. Angeblich könnte die zarte Jungfrau durch unsere lockeren Sitten verdorben werden, bevor sie das Ehelager besteigt. Was natürlich auf mich zielte! Dabei könnte es ihr nützen, wenn sie von mir ein paar gute Ratschläge zur Behandlung des Königs bekäme. Aber vielleicht steckt auch noch etwas anderes dahinter. Ist dir an ihr etwas aufgefallen?«

»Sie hatte Verletzungen an den Armen und Beinen. Auch eine im Gesicht.«

»Und was bedeutet das? Wahrscheinlich hat sie sich heftig gewehrt, als man sie herschleppen wollte. Was dem alten Wichtigtuer natürlich peinlich ist. Nun wollen sie sie erst einmal heimlich herrichten.«

»Die Ärmste! Wer weiß, was ihr hier alles bevorsteht.«

»Na, und uns erst! Stell dir nur einmal vor, daß sie uns einen ganzen Wurf kleiner Merowinger beschert. Sie ist erst achtzehn! Dann wird es hier ungemütlich. Und was soll aus den Bälgern werden, wenn es Söhne sind? Sechs Söhne gibt es ja schon ... Ingundes vier, meinen Chilp und deinen Chramm. Was sollten die Nachgeborenen erben! In ihrem Blute würden sie enden.«

»Hör auf! So etwas Schreckliches darfst du nicht sagen!«

Hinter dem Türvorhang auf dem Gang wurde es plötzlich lebendig. Man hörte Kindergeschrei und Ingundes lautes Schelten. Chunsina stand auf und ging rasch hinaus.

»Chramm! Was ist denn? Was gibt es wieder?«

Zwei Jungen standen sich gegenüber – beide gleichaltrig, beide langhaarig, einer blond, einer dunkel. Ihre Kittel waren schmutzig, und Chramm, dem Dunklen, war ein Ärmel abgerissen worden. Der kleine Blonde hatte ein geschwollenes Auge und weinte.

Die Fäuste in die Seiten gestemmt, stand die Königin Ingunde zwischen den beiden. Aus ihrem Haarkranz hatte sich eine Flechte gelöst und baumelte hin und her, im Rhythmus ihrer zornigen Rede.

»Was es gibt?« schrie sie. »Du fragst noch? Siehst du nicht, wie dein Chramm meinen Gunthram zugerichtet hat? Was fällt dir ein, du verfluchter Bengel? Was hat dir der arme Junge getan?«

»Er hat was gesagt, was mir nicht gefiel«, erklärte Chramm, ohne den trotzigen Blick von seinem Gegner zu wenden.

»Gar nichts hab ich gesagt!« plärrte Gunthram.

»Doch, du hast gesagt, später wirst du mich aus deinem Königreich jagen. Da hab ich geantwortet: ›Vorher hau ich dir eins aufs Auge.‹ Da hast du gesagt: ›Versuch es doch.‹ Und da hab ich's getan.«

»Nun hör dir das an!« zeterte Ingunde. »Wie zungenfertig er schon ist. Dafür möchte ich ihm am liebsten ...«

»Rühr ihn nicht an!« rief Chunsina und zog ihren Sohn beiseite.

»Abgetan ist es damit noch nicht! Ich werde mit seinem Vater sprechen. Der ist ja schon jetzt ein Rebell! Was soll erst später aus ihm werden!«

»Hoffentlich ein tüchtiger Merowinger!« sagte Baudin, der nun endlich den Palast erreicht hatte und die Treppe heraufkam. »Und die Flausen wird er sich abgewöhnen.« Er kraulte den beiden Jungen die Köpfe. »Nun? Wieder mal ein bißchen gerauft? Vertragt euch! Gebt euch die Hände. Was zögert ihr noch? Na also ... Wir müssen jetzt alle fest zusammenstehen. Vor dem Tor hat der König des Ostreichs, Herr Theudebert, ein Lager errichtet, und wir wissen noch nicht genau, was er vorhat. Meine hohen Herrinnen, ich muß euch mitteilen ...«

»Danke, Baudin, wir wissen schon Bescheid!« sagte die Königin Ingunde schroff. Sie ärgerte sich mal wieder über den alten Höfling und seine ihr unerträgliche Art, Streitigkeiten im Vorbeigehen zu schlichten und sich in ihre Angelegenheiten zu mischen. »Wir haben nämlich unsere eigenen Quellen, sonst erfahren wir ja nichts. Wie ich höre, hast du mit Theudebert gesprochen. Ich hoffe, du hast ihm im Sinne unseres Herrn geantwortet.«

»Selbstverständlich habe ich das. Natürlich hatte ich

nicht das Recht, ihm den Aufenthalt zu verbieten. Angeblich ist er ja nur zur Hochzeit gekommen. Um seinen Leuten die Zeit zu vertreiben, will er morgen, wie ihr vielleicht auch schon erfahren habt, ein Fest geben. Das Übliche: Reiterkunststücke, Waffenspiele, Würfeln und Trinken. In Abwesenheit des Königs keine angemessene Unterhaltung für Königinnen. Sein Ansinnen, euch zur Teilnahme zu verleiten, muß also zurückgewiesen werden. Ich werde ihm einen Boten schicken und in eurem Namen …«

»Ah, du handelst in unserem Namen?« rief die Königin Ingunde empört. »Du entscheidest das, ohne mich zu fragen?«

»Ich bin sicher, damit im Sinne des Königs zu handeln. Wir haben zwar Frieden mit dem Ostreich, doch sind die Beziehungen weiter gespannt. Mal abgesehen davon, daß unser Herr das verwandtschaftliche Verhältnis zu diesen fragwürdigen Nachbarn niemals besonders hoch bewertete.«

»Jetzt höre mir einmal gut zu!«

Die Königin Ingunde pflanzte sich mit ihrer ganzen erhabenen Körperfülle vor Baudin auf, blickte streng auf den zartgliedrigen, etwas kleineren Weißbart herab und ergriff einen Zipfel seines Mantels.

»Wie kannst du es wagen, Baudin, abfällig über unsere Verwandtschaft zu reden?«

»Aber ich habe ja nicht meine eigene Meinung …«

»Auch König Theudebert ist ein Enkel Chlodwigs! Und meine vier Söhne sind seine Vettern!«

»Das sind unbestreitbare Tatsachen, Herrin, doch …«

»Du riechst nach Wein. Bist du etwa betrunken? Das würde dein dreistes Benehmen erklären. Willst du mir und meiner Schwester verbieten, ein Fest zu besuchen, das ein naher Verwandter gibt – natürlich zu unseren Ehren? Willst du uns daran hindern, ihn willkommen zu heißen?«

»Ich ziehe nur in Betracht, daß er ungebeten ...«

»Verwandte besuchen sich manchmal ungebeten! Und ist er nicht höflich? Ist er nicht ehrerbietig? Er gibt uns ein Fest, er lädt uns ein! Darf man die Einladung eines Königs ablehnen?«

»Es ist weniger eine Ablehnung als die Bitte um Aufschub, bis der König ...«

»Und was wird die Folge sein? Er ärgert sich, glaubt sich verächtlich behandelt und zieht vielleicht ab. Und dann kommt er wieder, und es gibt Krieg. Hast du das nicht bedacht, du Überschlauer?«

Baudin zögerte mit der Antwort. Noch immer hielt ihn die Königin Ingunde am Mantel gepackt.

»Nun, wenn man es so betrachtet, Herrin«, sagte er schließlich, »und wenn ich mich darauf berufen darf, daß es dein ausdrücklicher Wunsch ist ...«

»Ja, das ist es! Mein ausdrücklicher Wunsch! Richte Theudebert aus, daß sich die Königin Ingunde und die anderen Königinnen durch seine Einladung geehrt fühlen und daß sie sie mit Vergnügen annehmen! Richte ihm aus: Wir werden kommen!«

Aregunde steckte den Kopf durch den Türvorhang und zwinkerte Chunsina zu, die ebenfalls zufrieden lächelte.

Baudin, endlich freigegeben, verbeugte sich gegen die drei und zog sich zurück.

Aregunde umarmte ihre Schwester. Sie trug jetzt noch ein Diadem und goldene Ohrringe.

»Oh, Schwester«, rief sie, »wie ich dich liebe! Dem hast du die richtige Antwort gegeben! Was meint ihr? Kann ich mich so vor König Theudebert sehen lassen?«

»Das kannst du«, sagte Ingunde und schob sie von sich. »Er wird dich für ein Willkommensgeschenk halten. Das Gold wird er sicher gern nehmen!«

16

Das Fest auf der Wiese vor den Toren von Soissons verlief so heiter und unbeschwert, daß sich die meisten Teilnehmer aus der Stadt nicht an ein ähnliches erinnern konnten. Die Feste, die König Chlothar gab, waren niemals heiter. Fast immer geschah etwas, das ihm sehr schnell die Stimmung verdarb, und dann ließ er seine üble Laune an den Gästen aus. Den einen zwang er, sich halbtot zu trinken, einen anderen, mit den Akrobaten und Gauklern Feuer zu schlucken oder in lebensgefährlicher Höhe auf dem Seil zu tanzen. Noch andere hetzte er so lange gegeneinander, bis sie zu ihren Schwertern griffen und aufeinander einschlugen. Mancher vornehme Herr, Franke oder Gallorömer, kehrte nach einer solchen Lustbarkeit mit blutigem Kopf, gebrochenen Gliedern oder gar als Leichnam nach Hause zurück.

König Theudebert war dagegen ein Gastgeber, wie ihn ein Gast sich nur wünschen konnte. Er war fröhlich, umsichtig und leutselig und behandelte jeden mit der gleichen Aufmerksamkeit. Zwischen den langen Tischen, die seine Knechte aufgestellt hatten, ging er umher, zog diesen oder jenen ins Gespräch, versammelte kleine Runden um sich, in denen gescherzt und getrunken wurde. Als bekannt geworden war, daß auch die Königinnen herauskommen würden, hatten sich nicht wenige vornehme Franken und gallorömische Aristokraten entschlossen, ihre anfängliche Vorsicht aufzugeben. Sogar ein paar Würdenträger mit ihren Damen waren erschienen. Nur sehr Ängstliche oder solche, die schon bei König Chlothar in Ungnade waren und ganz besonders vorsichtig sein mußten, hatten es vorgezogen, hinter der Stadtmauer zu bleiben.

Zum Glück war das Wetter noch freundlich. Theudebert hatte seine besten Männer mitgebracht, die als Reiter und mit Franziska und Lanze tollkühne Kunststücke darboten. Freilich bestand sein Gefolge nicht nur aus der kleinen Gruppe vom Vortag, es waren insgesamt weit über hundert Mann, dazu noch einmal so viele Knechte. Baudin hatte sich immer wieder gefragt, ob dies tatsächlich nur harmlose Hochzeitsgäste waren und ob es nicht leichtsinnig sein würde, selbst mit hinauszugehen. Aber letztendlich durfte er die Königinnen nicht allein lassen. Er hatte auch von seinem heimlichen Beobachtungspunkt auf der Mauer aus nichts Verdächtiges bemerkt. Wenn die Ostfranken ihre Fertigkeiten gezeigt hatten, drängten sie sich wie ihre Gäste um die Bratspieße und schwangen die Becher. Trotzdem wies Baudin den Kommandanten der Festung an, alle Posten auf den Wachtürmen und der Mauer doppelt zu besetzen.

Die drei Königinnen erschienen spät und nahmen sich anfangs vor, nicht lange zu bleiben. Chlothars Schatten schwebte über dem sonnigen Fest auf der Wiese. Man konnte nicht wissen, was nachkommen würde. Ingunde hatte ihren aus Trotz gegen Baudin gefaßten Beschluß schnell wieder bereut, aber wie sollte sie ihn zurücknehmen! Aregunde wäre ohnehin nicht zu halten gewesen, und Chunsina fieberte der Begegnung mit Theuderichs Leuten geradezu entgegen.

Am frühen Morgen hatte die älteste der drei Königinnen schon auf der Mauer gestanden und die Männer beobachtet, die unten auf der Wiese die Vorbereitungen trafen. Die meisten waren Knechte, doch es waren auch junge Männer dabei, die als Berittene oder Bewaffnete erkennbar zu den *leudes* gehörten. Die Königin Chunsina ließ ihre Blicke unentwegt von einem zum anderen gleiten und strengte ihre kurzsichtigen Augen so an, daß sie fast aus den Höhlen quollen. In einem der jungen Männer glaubte sie sogar ihren Sohn Theodovald zu erkennen. Sie rief seinen Namen, rief ihn immer wieder von der Mauer herab. Unten wurde man endlich aufmerksam, und einer schrie zurück: »Ist nicht hier!« Da liefen ihr vor Anstrengung und Enttäuschung Tränen über die Wangen. Wie sollte sie denn auch ihren Sohn, den sie zuletzt vor langer Zeit als Zehnjährigen gesehen hatte, aus einer solchen Entfernung wiedererkennen? Aber konnte das »Ist nicht hier!« nicht auch heißen, daß es einen unter ihnen gab, der Theodovald hieß?

Der große Auftritt der drei Königinnen fand dann um die neunte Stunde des Nachmittags statt. Mit Reitereskorte wurden die drei Sänften zum Tor herausgetragen. Ingunde, die einzige der drei, die Theudebert kannte (wenn ihre Begegnung auch lange zurücklag), schwebte zuerst herbei. Der König selbst half ihr aus der Sänfte. Dabei stolperte sie ihm in die Arme, weil ihr purpurner Seidenmantel an einem Nagel hängenblieb. Er erschrak ein wenig, stützte aber seine beleibte Tante, die allerdings zwei Jahre jünger als er war, und so wurde daraus noch eine herzliche Umarmung unter Verwandten. Girrend ließ sie sich zu ihrem Ehrenplatz führen.

Aregunde kam als zweite. Sie hatte ihr hübsches Gesichtchen mit grünem Lidschatten verziert, es verschwand dabei fast unter den zu einem gewaltigen Lockengebilde aufgetürmten schwarzen Haaren. Ingundes boshafte Bemerkung am Vortag hatte sie zwar dazu bewogen, etwas Gold wegzulassen, doch glänzte und schimmerte es an ihr noch immer von Kopf bis Fuß. Sie wollte ihrer Schwester nicht nachstehen, warf sich Theudebert an die Brust und hielt ihm die Wangen zum Kuß hin. Dann griff sie in seine langen weißblonden Locken und fragte: »Läßt du dir die auch mit dem Brenneisen machen?« Er lachte schallend. Sie kreischte auf, reichte ihm mit einer gezierten Bewegung die Hand und ließ sich, die Hüften schwenkend und nach allen Seiten lächelnd und grüßend, zu ihrem Platz bringen.

Chunsina war schon allein aus der Sänfte gestiegen, als Theudebert zu ihr trat. Der leichte Wind bewegte ihren Schleier und den weiten, dunklen Mantel. Sie lächelte starr und blickte gespannt zu ihm auf. Er verbeugte sich.

Sie gab ihm die Hand und sagte leise: »Ich bin Chunsina.«

»Gruß und Heil, Königin.«

»Darf ich dich gleich etwas fragen?«

»Natürlich.«

»Du weißt vielleicht, daß ich früher die Frau deines Onkels Chlodomer war. Drei Söhne blieben mir von ihm. Der Älteste soll in deiner Gefolgschaft sein. Er heißt Theodovald. Ist er hier?«

Theudeberts freundliches Begrüßungslächeln erstarb. Er schien nachzudenken, bevor er, die Worte dehnend, zur Antwort gab: »Nein. Er ist nicht hier. Ich habe ihn nicht in meiner Gefolgschaft.«

»Kennst du ihn?«

»Nein.«

»Hast du mal etwas von ihm gehört?«

»Nein.«

»Er ist nicht nach dem Krieg vor zwei Jahren als Geisel zu dir gekommen?«

»Damals haben wir keine Geiseln getauscht.«

»Er ist dein Vetter!«

»Gewiß. Leider habe ich Chlodomers Kinder nie kennengelernt. Hat dir Chlothar gesagt, er sei bei mir?«

»Er muß sich geirrt haben«, murmelte Chunsina verzagt. »Vielleicht hat er etwas verwechselt. Er hat ihn wohl zu einem anderen Gefolgsherrn gegeben.« Plötzlich fragte sie, noch einmal hoffnungsvoll: »Ist vielleicht Gunthari bei dir, mein zweiter Sohn? Hat er ihn mit Gunthari verwechselt? Er ist jetzt achtzehn! Ist vielleicht er …?«

»Nein«, sagte Theudebert. »Auch er nicht.«

Sie schloß die Augen und schluckte krampfhaft, um nicht in Tränen auszubrechen.

»Führe mich bitte zu meinem Platz.«

Baudin folgte den Königinnen zu Pferde und flankierte sie dann gemeinsam mit Theudebert bei Tisch. Die Damen aßen nichts, ließen sich aber zu trinken anbieten. Es gab Wein aus Italien, den der König des fränkischen Ostreichs gerade erhalten und von dem er auch noch einige Fässer als Geschenk für seinen Onkel Chlothar mitgebracht hatte. So wurde mit der Erwähnung Italiens auch ganz zwanglos ein Gegenstand der Unterhaltung gefunden. Der Spender des Weins, der Gotenkönig Theodahad, war gerade ermordet worden – wie es hieß, von einem eifersüchtigen Goten, dem er seine schöne Braut entrissen hatte, um sie einem anderen zu geben. Die Königinnen interessierten sich für den Fall, von dem sie nur Ungefähres gehört hatten, und Theudebert konnte Auskunft geben. Ingunde und Aregunde nahmen entschieden Partei für den Rächer, denn Theodahad war in ihren Augen ein Schurke, hatte er seinerseits doch im Jahr zuvor seine Kusine Amalasvintha, die Tochter des großen Theoderich, umbringen lassen. Auch dieser Fall wurde gründlich und mit leidenschaftlicher Anteilnahme besprochen, denn die Gotenkönigin war eine Kusine der Frankenkönige gewesen. Ihre heimtückische Ermordung im heißen Bade konnte aber nach Ansicht Ingundes auch mit göttlichem Segen erfolgt sein, habe Amalasvintha doch ihre fränkische Mutter Audofleda vergiftet, und zwar mit Meßwein beim Abendmahl in der Kirche! Gegen den vermeintlichen göttlichen Beistand erhob Aregunde Einspruch: Auch die Mutter war eine Mörderin gewesen – die hatte nämlich die große Liebe der Tochter, einen Unfreien namens Traguila, verfolgen und niederstechen lassen. Ingunde mißbilligte, daß ihre Schwester sich mit so falscher Parteilichkeit äußerte: Die Mutter hatte der Tochter pflichtgemäß einen adeligen Bräutigam ausgesucht – mußte der unfreie Störenfried nicht beseitigt werden? Aregunde verteidigte aber das Recht der Liebe über Standesgrenzen hinweg: Sie hätte in der Lage der Tochter die Mutter ebenso gehaßt und umgebracht.

Das war Ingunde zuviel. Ob ihre Schwester etwa für Muttermord sei, grollte sie. Sie sei für die Liebe, rief Aregunde, Liebe sei überhaupt das einzig Wichtige und entschuldige alles. Ein Wort gab das andere, und der Streit der königlichen Schwestern wurde heftig. Bei der Erörterung der gotischen Morde hatten sie unbedacht zu oft am Becher genippt, und der Wein aus Italien hatte es in sich. Sie vergaßen ihre Umgebung und die königliche Würde, rollten die Augen, fuchtelten, schrien sich an, traten sich unter dem Tisch auf die Füße. Der Lockenturm auf Aregundes Kopf, nur mit Nadeln und Bändern befestigt, fiel plötzlich ein, worauf Aregunde sich umgehend rächte, den Pfeil im Haarkranz Ingundes packte und mit einem Ruck herauszog. Auch dieses kunstvolle Geflecht fiel herab und löste sich auf – mit der Folge, daß die Reden, die dazu geführt wurden, immer kränkender und beleidigender wurden. An den langen Tischen amüsierte man sich. Schließlich gelang es aber Theudebert und Baudin, die beiden zu beruhigen. Rasch herbeigerufene Dienerinnen setzten die verwüsteten Haargebilde instand, die Becher wurden noch einmal gefüllt, Scherzworte flogen hin und her, und schon fesselte ein neues Thema die Aufmerksamkeit.

Mit den Königinnen hatten sich mittlerweile die meisten Bewohner der Residenzstadt zu dem Fest des fremden Herrschers eingefunden. Auf der Wiese vor dem Festungstor waren die langen Tische, an denen Theudebert mit den vornehmen Gästen und seinen Gefolgsleuten tafelte, von Zuschauern umlagert. Bald waren es so viele, daß Knechte sie zurückdrängen mußten. Noch immer zeigten Reiter und Waffenträger ihre Geschicklichkeit. Die Einheimischen konnten dabei nicht mithalten, weil ihre Besten mit König Chlothar unterwegs waren. Versuchten sie es trotzdem, gab es Stürze und Fehlwürfe, Schmerzensgeschrei und lärmende Heiterkeit. Es war auch ein Sänger in Theudeberts Gefolge, der ein langes Heldenlied vortrug, damit aber wenig Beifall erntete. Gaukler waren mit ihren billigen Künsten erfolgreicher.

Der Tag ging zur Neige. Ingunde und Aregunde saßen noch immer schnatternd am Tisch, obwohl sie eigentlich nur kurze Zeit bleiben wollten. Chunsina entschuldigte sich schließlich, ein Unwohlsein vorschützend, beim Gastgeber. Sie hatte sich kaum an der Unterhaltung beteiligt und war nicht imstande gewesen, ihre Niedergeschlagenheit nach dem kurzen Gespräch mit dem König zu verbergen. Theudebert geleitete sie zu ihrer Sänfte. Er hatte vermieden, noch einmal auf die Angelegenheit zurückzukommen, derentwegen sie ihn angesprochen hatte. Auch jetzt, als sie vor dem Einsteigen in die Sänfte zu ihm aufblickte, als erhoffte sie doch noch ein erhellendes Wort, schwieg er und begnügte sich mit ein paar freundlichen Abschiedsfloskeln. Er blickte der Sänfte nach und seufzte tief, als er sich abwandte.

Er wollte zu seinem Platz zurückkehren. Im selben Augenblick hörte er eine weibliche Stimme, die nicht laut, aber deutlich sagte: »Dracho!«

Er blickte zur Seite und sah ein paar Schritte entfernt, etwas abseits neben einem Haufen von Gaffern, die ihn anstarrten, eine schlanke Gestalt im weiten Mantel. Ein Schleier verhüllte das Haar, nur eine blonde Strähne lugte hervor. Das Mädchen lächelte ihm zu, und er erkannte sie sofort.

»Radegunde!«

Er trat zu ihr und drückte ihr die Hand, die sie scheu gleich wieder zurückzog.

»Bitte nenne nicht meinen Namen, man könnte es hören«, sagte sie leise. »Ich dürfte nicht hier sein, habe mich fortgeschlichen.«

»Komm.«

Die untergehende Sonne warf lange Schatten. Theudebert ging voraus zu einer Baumgruppe, wo Pferde angebunden waren. Radegunde folgte ihm mit etwas Abstand. Er schickte zwei Knechte fort und tat so, als prüfe er das Zaumzeug der Tiere. Hier waren sie durch die Bäume von der Festgesellschaft getrennt. Radegunde trat zu einem Grauschimmel, griff in seine Mähne und streichelte ihn. Über den Rücken des Pferdes sahen sie sich an.

»Du bist noch viel schöner, als ich es mir vorgestellt habe«, sagte er.

»Und du bist derselbe geblieben, Dracho. Du siehst noch genauso aus wie damals im Wald.«

»Nackt an der beraubten Feuerstelle. Mit Blic und Atum …«

»… und Kinnizan.«

Sie lachten.

»Sie sind alle drei hier«, sagte Theudebert. »Du wirst sie wiedersehen.«

»Dich wollte ich wiedersehen«.

Er entdeckte die Schrammen und Kratzer an ihrem Hals und an ihren Armen.

»Was ist das?«

»Ach, das ist nichts, das wird heilen.«

»Ich forderte Baudin auf, dich mitzubringen. Angeblich bist du krank.«

»Meine Seele ist krank.«

»Sie halten dich immer noch gefangen?«

»Das müssen sie wohl. Ich wollte fliehen, aber sie haben mich eingefangen.«

»Fliehen? Wohin?«

»Zu dir. In deine Stadt Reims!«

»Wann war das?«

»Vor ein paar Tagen.«

»Ich war dort!«

»So hätte ich dich also angetroffen.«

»Ja!«

»Dann waren wir uns schon ganz nahe.«

»Hätte ich eine Ahnung gehabt ...«

»Ich wußte, du würdest mir helfen.«

»Wir wären nicht hier. Sondern schon weit fort.«

Er ergriff ihre Hand. Sie ließ sie ihm kurz, zog sie aber dann weg und kraulte weiter das Pferd. Auch er faßte nun in die Mähne, und als wollten sie sich dort verstecken, fanden sich ihre Hände wieder und drückten sich fest.

Von den Tischen schallte Gelächter herüber. Man hörte die Königin Aregunde aufkreischen. Die Sonne war untergegangen. Ein kühler Wind strich über die Ebene. Knechte mit Fackeln gingen vorüber. Radegunde zog ihre Hand zurück und verbarg sie unter dem Mantel.

»Ich muß gehen. Wenn Baudin nach Hause kommt, muß er mich vorfinden. Seine Frau ließ mich fort, aber sie hat Angst vor ihm.«

»Zurückhalten kann ich dich nicht«, sagte Theudebert mit gequälter Miene.

»Nein, das kannst du nicht mehr. Es ist zu spät.«

»Die Folgen wären ...«

»Ich gehe dann.«

»Warte. Ich möchte dir noch etwas sagen. Doch was? Ich war damals ein Dummkopf. Habe den gehorsamen Sohn gespielt. Dem Befehl meines Vaters gehorcht. Was hätte passieren können, hätte ich dich nicht ausgeliefert?«

»Ich weiß nicht. Denke nicht mehr darüber nach. Man hat mir gesagt, daß du verheiratet bist und einen Sohn hast. Und ich … ich heirate auch. In ein paar Tagen kommt er zurück.«

»Radegunde …«

»Nein, nichts mehr, Dracho! Es tut zu weh …«

Sie wandte sich ab und fuhr mit dem Zipfel des Schleiers über ihre Augen.

»Hier bist du ja, König! Du wirst gesucht!«

Ein Mann war herbeigelaufen. Theudebert drehte sich zu ihm um.

»Was gibt es?«

»Die Königinnen sitzen schon in ihren Sänften! Sie wollen sich aber von dir verabschieden!«

»Ich komme! Gleich, gleich! Radegunde, ich muß dir noch …«

Doch sie war fort. Er sah sie nur noch als schmalen Schatten zwischen den Bäumen verschwinden.

17

Der König Chlothar stand, die Daumen hinter den Gürtel geschoben und auf seinen dünnen Beinen wippend, auf einem Felsen und blickte hinunter in die weite Ebene vor seiner Stadt Soissons. Was er dort sah, erregte seinen heftigen Unwillen.

»Er scheint sich wie zu Hause zu fühlen«, knurrte er. »Ein Zeltlager auf dem geheiligten Boden, wo unser Vater die Römer schlug. Ein Fest mit Waffenspielen. Was sagst du dazu? Gefiele dir das vor deiner Haustür?«

Der große, kräftige Mann mit dem Pferdegesicht, das durch einen sichelförmigen grauen Bart noch verlängert wurde, blickte eher zufrieden auf das Getümmel in knapp einer Meile Entfernung. Er bemühte sich aber, dies nicht zu zeigen, sondern meinte, die Worte sorgfältig abwägend: »Das ist doch nur Zeitvertreib, Bruder. Sie warten auf uns, und was sollen sie unterdessen tun? Und wie uns Baudin gerade versichert hat, kommt Theudebert nur zur Hochzeit.«

»Hast du wirklich nicht gewußt, daß er kommt?« Die Frage war in scharfem Tonfall gestellt, begleitet von einem stechenden Blick von unten herauf.

»Nein, ich wußte es nicht.«

»Ihr habt euch nicht etwa hier verabredet?«

»Ich bin ebenso überrascht wie du.«

»Du könntest ihm mitgeteilt haben, daß du zur Hochzeit kommst.«

»Dazu sah ich keine Veranlassung.«

»Ihr habt doch zusammen etwas vor. In Italien.«

»Davon weiß ich nichts. Dein Argwohn ist unbegründet.«

König Childebert schlug seinen im Herbstwind flatternden Mantel enger um sich und drückte den metallenen Reif, der sein nach Merowingerart langes graues, schon etwas gelichtetes Haar zusammenhielt, tiefer in die Stirn. Er wandte sich ab und kehrte auf dem schmalen, gewundenen Weg zur Straße zurück, wo die mehrhundertköpfige Reisegesellschaft wartete.

Bei Chlothar auf dem Felsen blieben Baudin und der bullige Dacco, der Kommandant seiner Leibwache. Durch einen Beobachtungsposten, den er fünf Meilen vor der Stadt aufgestellt hatte, war Baudin rechtzeitig von der Rückkehr des Königs unterrichtet worden. Gleich war er ihm entgegengeeilt.

»Er will nichts davon wissen! Mein Argwohn sei unbegründet!« Chlothar sandte seinem Bruder einen scheelen Blick nach. »Die halten mich wohl für blind und taub! Die schmieden doch ein neues Komplott! Und sind so unverfroren, sich dazu in meiner Hauptstadt zu treffen. Bei meiner Hochzeit!«

»Das können wir ja verhindern, König«, sagte Dacco. »Die haben zusammen doch nur ein paar hundert Mann. Mit denen werden wir leicht fertig.«

»Was redest du da, du Ochse? Nur ein paar hundert Mann! Theudeberts Grenze ist keine dreißig Meilen entfernt, Childeberts Grenze keine fünfzig. Vielleicht stehen die Heere dort schon in Bereitschaft! Bei der ersten Feindseligkeit von unserer Seite marschieren sie!«

»Das war auch meine Überlegung«, beeilte sich Baudin zu versichern. »Ich wußte, König, daß du so denken würdest. Deshalb vermied ich es, König Theudebert einen Anlaß zu geben. Aber ich ließ ihn natürlich nicht in die Stadt.

Und ich riet den Königinnen, das Fest, das er auf der Wiese vor der Stadtmauer gab, nicht zu besuchen. Sie hörten leider nicht auf meinen Rat.«

»Weil dein Rat mal wieder nichts taugte! Wie kann man erfahren, was die vorhaben, wenn man sich nicht mit ihnen trifft und mit ihnen redet. Und Weiber sind für solche Zwecke bestens geeignet. Vielleicht haben die drei schon etwas rausgekriegt. Kerle wie Lockenköpfchen spreizen sich gern mit Heldentaten, auch solchen, die sie noch gar nicht vollbracht haben.«

»Ich fürchtete nur, daß den Königinnen etwas zustoßen könnte.«

»Was soll alten Weibern schon passieren? Und wenn eine verlorenginge, wäre das auch kein Unglück. Ich warte schon lange darauf, daß wenigstens eine der drei sich ins Jenseits davonmacht. Damit ich nicht irgendwann nachhelfen muß. Jetzt, wo eine Junge dazukommt, wird das Klagen und Zetern und Ränkeschmieden kein Ende nehmen. Du hast meine Braut also wohlbehalten aus Athies herangeschafft. Und? Ist sie schon aufgeregt? Freut sie sich?«

»Ich glaube, sie wird noch einige Zeit brauchen, um sich bei uns einzuleben. Noch ist sie ein bißchen spröde.«

»Keine Sorge, das ändert sich nach einer einzigen Nacht. Da wird ihr die Sprödigkeit schon vergehen!«

Der König Chlothar streckte den Unterleib vor, wippte stärker und lachte speichelsprühend. Seine beiden Vertrauten stimmten ein.

Auf dem gewundenen Weg kam ein junger Geistlicher eilig herauf.

»Verzeih, Herr …«

»Was ist? Was will sie schon wieder?«

»Die Herrin bittet darum, den Aufenthalt zu beenden, damit das Reiseziel erreicht wird. Sie fühlt sich nicht wohl.«

»Ja, ja, richte ihr aus, es geht gleich weiter. Ich fürchte«, sagte König Chlothar zu Baudin, »daß es mit meiner Mutter bald zu Ende geht. Hoffentlich hat ihr die Reise hierher nicht den Rest gegeben. Aber ich konnte ihr das nicht ersparen, ich brauche sie noch. Und jetzt um so mehr. Wenn jemand Theudebert verabscheut, ist sie es. Und sie hat Einfluß auf Childebert. Ich freue mich schon auf ihr Gesicht, wenn ich ihr die Neuigkeit mitteile. Unterwegs war sie uns auch recht nützlich«, fuhr er fort, wobei er langsam den schmalen Weg hinabging. »Wir brauchten sie ja als Vorwand, um durch Childeberts Reich nach Orléans zu gelangen. Das ist uns gelungen, das hat sich gelohnt. Laß es dir von Dacco erzählen. Aber, Dacco, kein Wort zu anderen! Zu niemandem! Verstanden? Sonst ist dein Ochsenleben zu Ende, sonst lasse ich dich lebendig am Spieß rösten! Ich hoffe, die Wagen sind schon in Berny …«

Die vierhundert Reiter, die das Gefolge der beiden Könige bildeten, waren bereits aufgesessen. Auch König Childebert saß schon zu Pferde. Die Wagen mit der Begleitung der Königinmutter – den Geistlichen, den frommen Klientinnen, der Dienerschaft –, und die Gepäckwagen waren abfahrbereit.

»Halte mein Pferd zur Verfügung«, sagte der König zu Dacco. »Ich steige erst kurz vor der Stadt auf.«

Er öffnete die Tür zu dem ersten Wagen in der Reihe, einer sehr vornehmen, mit Leder und Leinwand überdachten *carruca dormitoria*, in der die Königinmutter Chlothilde reiste. Auf der Bank gleich neben dem Einstieg saß der junge Geistliche und las aus einem Buch vor. Der König befahl ihm mit einer Kopfbewegung zu verschwinden. Er selbst stieg ein und gab dem Wagenlenker das Zeichen zur Abfahrt.

Die alte Königin Chlothilde lag auf einem Polsterbett, das die ganze Länge des Wagens einnahm. Unter einem Wust von Decken sah nur ihr kleiner gelblicher Vogelkopf hervor. Ihr spärliches weißes Haar sträubte sich wirr, die schwarze Perücke, der schlichten Haartracht ihrer jüngeren Jahre nachgebildet, lag neben ihr auf dem Kissen. Die Züge der Zweiundsechzigjährigen waren die einer Greisin, nur die Augen waren keineswegs trübe, sondern im Gegenteil lebhaft, wach und in ständiger Bewegung. Die Witwe des Reichsgründers Chlodwig lebte seit fünfundzwanzig Jahren in Tours. Als hochverdiente einstige Königin, deren Einfluß man allgemein den Übertritt des heidnischen Frankenherrschers zum katholischen Glauben zuschrieb, hatte sie sich dorthin zurückgezogen, um dem Grabe ihres Lieblingsheiligen Martinus, des einstigen Bischofs dieser Stadt, nahe zu sein.

»Was war denn wieder?« fragte sie unwirsch mit einer dünnen, aber noch festen Stimme. »Warum haben wir hier so lange gerastet? Ich möchte endlich unter ein Dach kommen.«

»Mutter, Theudebert ist hier«, sagte der König Chlothar. »Deshalb haben wir uns so lange aufgehalten.«

»Wie? Theudebert? Sagtest du Theudebert?«

Die Alte hob den Kopf vom Kissen. Ihre Augen weiteten sich und funkelten.

»Ja. Theuderichs Sohn. Der Sohn des Bastards. Der ›König‹ des Ostreichs! Er liegt mit Gefolge vor der Stadt. Angeblich ist er zur Hochzeit gekommen.«

»Aber er ist doch nicht eingeladen!«

»Natürlich nicht. Aber nun ist er hier. Vermutlich hat Childebert ihn herbestellt.«

»Childebert sollte ihn ...?«

»Du weißt doch, wie er zu ihm steht. Vor zwei Jahren wollten die beiden mich umbringen. Nur infolge deiner Gebete gelang es ihnen nicht, weil der heilige Martin den Hagelschlag schickte. Aber das hat sie anscheinend von ihren Plänen nicht abgebracht. Wer weiß, was sie diesmal ausgeheckt haben.« König Chlothar beugte sich vor, damit ihn die alte Frau bei dem Gerumpel des Wagens besser verstehen konnte. »Vielleicht wollen sie deine Enkel enterben, Mutter!«

Sie wich seinem lauernden Blick aus und ließ sich auf das Kissen zurücksinken.

»Nein, das ist unmöglich! Ganz unmöglich! Das kann ich nicht glauben! Childebert sollte schon wieder mit diesem ... diesem ...«

»Ich werde dir jetzt etwas erzählen, Mutter, das ich dir gern erspart hätte. Die beiden haben sich erst vor zwei Monaten wieder heimlich getroffen. Irgendwo in einem verschwiegenen Ort an der Seine. Das haben meine Späher berichtet. Und weißt du, warum sie sich trafen? Um mich zu betrügen! Mich und meine Kinder! Sie haben mich um meinen Anteil an dem Wergeld betrogen, das wir zu dritt von den Goten für unsere Kusine Amalasvintha gefordert hatten. Fünfzigtausend Solidi! König Theodahad hat sie geschickt, und die beiden haben sie heimlich unter sich aufgeteilt. Was sagst du dazu?«

»Und das soll wahr sein? Das wäre ja ungeheuerlich ... ganz ungeheuerlich. Du lügst nicht schon wieder?«

»Ich schwöre dir, daß es die Wahrheit ist! Natürlich geht die Sache von Theudebert aus. Der Neffe hat seinen vier Jahre älteren Onkel vollständig in der Hand. Man spricht in Paris sogar davon, daß Childebert ihn adoptieren will.«

»Was? Was?«

»Ja, weil er nur die beiden Töchter hat. Er braucht einen Sohn. Und Theudebert hat schon selbst einen Sohn. Unter dem sollen die drei Reiche dann wohl später vereinigt werden.«

Die alte Königinmutter stieß einen spitzen Schrei aus.

»Niemals! Niemals darf das geschehen!«

»Vorher müssen sie mich natürlich beseitigen. Mich – und meine Kinder.«

»Das denkst du dir doch alles nur aus!«

»Soll ich den Vorhang beiseite ziehen? Dahinten siehst du schon Theudeberts Lager. Ich war es nicht, der ihn herbestellt hat. Vielleicht beschließt man dort die Ermordung meiner sechs Söhne.«

Die alte Frau fuhr zusammen und schloß einen Augenblick die Augen.

»Daß gerade du so reden mußt!« stieß sie heftig hervor. »Gerade du!«

»Was willst du damit sagen, Mutter?« fragte Chlothar mit einem schiefen Lächeln.

»Das weißt du sehr gut!« erwiderte sie und warf ihm einen vernichtenden Blick zu. »Gleichwohl … auch wenn du selber nichts taugst, du bist Chlodwigs Sohn – und du bist mein Sohn. Und wenn du auch sonst kaum etwas geleistet hast, du hast diese sechs Söhne gezeugt, die meine Enkel sind und auf die ich stolz bin: Gunthar, Childerich, Charibert, Gunthram, Chramm und Chilperich! Ich bin gekommen, um sie wiederzusehen und mich an ihnen zu erfreuen. Und weil ich die Hoffnung habe, daß sie mal gottesfürchtige Herrscher sein werden. Schon dein Vater hat gesagt: ›Wenn meine Söhne mein Lebenswerk nicht bewahren, dann werden es meine Enkel tun.‹ Und er meinte natürlich die Nachkommen aus seiner legitimen Ehe, nicht die anderen. Aus der Ehe, die mit Gottes Segen geschlossen wurde! Daran habe ich immer gedacht – daran werde ich mich immer erinnern!«

»Und deshalb solltest du jetzt auch etwas unternehmen«, entgegnete Chlothar, der die tadelnden Worte seiner Mutter mit gleichmütiger Miene hingenommen hatte. »Du hast Einfluß auf Childebert … nutze ihn! Du bist die einzige, die in der Lage wäre, ihm seine schlimmen Absichten auszureden. Niemand könnte das außer dir!«

»Childebert ist schwach und unzuverlässig«, sagte die alte Königin schroff. »Er schwankt hin und her wie ein Boot auf den Wellen. Als Kind war er so, und heute ist er noch immer so. Er hat seine edlen, aber auch seine schlechten Seiten. Und manchmal ist er hinterhältig. Wie oft hat er mich und sogar seinen Vater belogen! Er war immer klüger als du, viel begabter, aber viel besser ist er nicht. Der einzige meiner Söhne, der etwas wert war, das war euer ältester Bruder Chlodomer. Ein frommer, ein wunderbarer Mensch. Ein wahrer König! Schon in jungen Jahren so voller Weisheit!«

»Deshalb fiel er auch auf eine Kriegslist herein und ließ sich nach einer gewonnenen Schlacht noch gefangennehmen«, bemerkte Chlothar hämisch. »Die Burgunder trugen seinen mit Weisheit gefüllten Kopf auf einer Stange herum!«

»Mußt du mich immer wieder daran erinnern!« rief die Alte. »Du weißt, wieviel Schmerz mir das bereitet, aber du tust es mit Absicht! Du tust es aus Bosheit! Warum quälst du deine Mutter? Denkst du denn gar nicht daran, daß das Sünde ist? Daß man dich dafür einmal im Himmel zur Rechenschaft ziehen wird?«

»Ich glaube kaum, Mutter, daß man dort mit Königen abrechnet. Ich habe immer wieder die Erfahrung gemacht, daß ich mächtiger bin als der dort im Himmel.«

»O du Lästerer! Du Gottloser! Warte nur, wie es ausgeht, wenn du so weitermachst! Ach, wenn doch die junge Braut meine Hoffnung erfüllte! Die gute Berthe aus Athies hat mir geschrieben, daß sie ein liebes, frommes Mädchen ist, das die heiligen Schriften kennt und die Werke der Kirchenväter. Wenn sie doch Einfluß auf dich bekäme! Wenn sie dich doch zur Umkehr bewegen könnte! Auch mir gelang es ja damals, euren Vater zu bekehren. Ich brachte ihn dazu, den wahren Gott anzubeten und seine Sünden zu bekennen, und er tat gute Werke und wurde ein großer Herrscher und ein Kämpfer für den Glauben. Freilich war er auch vorher ein großer Mann, klug und mutig, mit glänzenden Eigenschaften. Mit dir wird die Arme es schwerer haben. Hast du jemals etwas Gutes getan, jemals etwas Vernünftiges geleistet? Als Kind hast du mir nur Sorgen bereitet, und später … wieviel Schmerz, wieviel Kummer!«

»Mutter«, schnarrte König Chlothar, wobei er den Kopf mit der schwarzgrauen Mähne zwischen die Schultern zog und die alte Frau mit seinen stechenden blauen Augen drohend ansah, »wenn du so weiterredest und mich beschimpfst, werde ich dir einen ganz besonderen Schmerz zufügen. Ich setze dich bei meinem Hochzeitsfest am Königstisch neben Theudebert! Neben den Enkel der Kebse deines bewunderten Gemahls, dessen Sohn mal König des vereinigten Frankenreichs sein wird!«

»Nein, tu das nicht!« schrie die Alte. »Du würdest mich umbringen! Nein, nein, nur das nicht! So grausam kannst du nicht sein!«

»Doch, Mutter, das kann ich. Und dann wirst du dich mit ihm unterhalten und von deinen lieben Enkeln reden, meinen Söhnen, und du wirst sie ihm zeigen und vorstellen, alle sechs, und sein lächelnder Blick wird auf ihnen ruhen, und er wird denken: Tot, tot, tot, tot, tot, tot!«

»Nein! Hör auf! Hab Erbarmen mit mir! Gott, warum läßt du zu, daß er so mit mir redet und mich schon mit seinen Worten umbringt! Verzeih … verzeih mir, mein Sohn, ich habe dich ja nicht kränken wollen! Verzeih mir, wenn ich zu heftig war! Ich habe doch nur eine Hoffnung geäußert. Ich will dein Bestes, wie sollte es anders sein. Damit du, wenn du einst vor dem Richter stehst …«

»Lassen wir das doch, Mutter, lassen wir das!«

»Versprich mir, daß du den Enkel der Kebse, den Sohn des Bastards, den Anmaßer, nicht am Königstisch sitzen läßt! Daß du ihm zeigst, wo sein Platz ist! Daß er nicht wagen darf, der Stammutter der rechtmäßigen Könige, der jetzigen und der künftigen, zu nahe zu kommen! Versprich es, mein Sohn! Versprich es! Schwöre es!«

Es war eine verzweifelte Bitte. Der eben noch heftig Gescholtene wurde angefleht. König Chlothar war zufrieden, er hatte den richtigen Einfall gehabt. Die alte Königin schreckte der Gedanke, sie könnte genötigt sein, ihrem starrsinnigen Anspruch, den sie der Wirklichkeit zum Trotz niemals aufgegeben hatte, zuwiderzuhandeln. Daß nach dem Tode ihres Gemahls der »Bastard« Theuderich das große Ostreich bekam, hatte nur ihre zähneknirschende Zustimmung gefunden, weil er zu jenem Zeitpunkt als einziger Sohn des Chlodwig regierungsfähig war. Immer hatte sie aber gehofft, ihre eigenen Söhne, die damals noch minderjährig waren, würden sich mit der aufgezwungenen Notlösung nicht abfinden. Doch Theuderich hatte sich machtvoll und unangefochten bis zu seinem Tode vor zwei Jahren gehalten. Da hatte sie nun noch einmal die Hoffnung gehabt, es würde Childebert und Chlothar gelingen, das Ostreich in ihre Gewalt zu bringen und die Nachfolge Theudeberts zu verhindern. Daraus wurde nichts, alle Anschläge ihrer Parteigänger auf sein Leben mißlangen. Die Königinmutter Chlothilde blieb dennoch bei ihrem Anspruch, den nun irgendwann die Enkel durchsetzen sollten.

»Dann wollen wir ein Abkommen schließen«, sagte Chlothar. »Ich begebe mich in Gefahr, indem ich Theudebert beleidige. Und du wendest Gefahr von mir ab, indem du Childebert wieder auf meine Seite bringst. Das sind doch gerechte Bedingungen für beide Seiten. Findest du nicht auch, Mutter? Ich glaube, das wird ein fröhliches Hochzeitsfest!«

18

Es war schon nachmittags um die neunte Stunde, als Theudebert endlich die große Halle des Palastes betrat.

Im Hof hatte der König auf den Hochzeitszug gewartet. Mit seinen Gefolgsleuten hatte er zugesehen, als das Brautpaar, die Königsfamilie, die engsten Vertrauten und die Gefolgschaft König Chlothars nach einem kurzen Weg durch die Stadt in dem alten Römerbau aus der Kaiserzeit eintrafen. Zur Zeremonie im Hause Baudins, wo die Braut, die ja kein Elternhaus hatte, zuletzt untergekommen war, hatte man ihn nicht gerufen. Gleich nach dem Einzug der Königsfamilie in die große Halle war der Palastgraf dann erschienen und hatte den draußen Wartenden bekanntgegeben, es beginne nun der Empfang mit dem anschließenden Festmahl. Mit Theudebert hatten die Magistratspersonen und Senatoren der Stadt Soissons, mehrere auswärtige Grafen und Bischöfe sowie minder wichtige Antrustionen gewartet. Viele waren mit ihren Ehefrauen und erwachsenen Söhnen und Töchtern erschienen. Sie alle waren nun rasch zur Freitreppe vorgerückt, hatten dort aber gezögert, um dem Ranghöchsten den Vortritt zu lassen. Doch der König hatte ihnen ein Zeichen gegeben, daß es ihm – ebensowenig wie in ihrer Gesellschaft zu warten – nichts ausmache, nach ihnen einzutreten. Da waren sie drängelnd die Treppe hinaufgeeilt, um zu den ersten Gratulanten zu gehören und einen Platz in der Nähe der königlichen Familie zu ergattern.

»Ich stoße aus der Nachhut nach vorn«, sagte Theudebert lachend zum Grafen Willachar. »Auch so kann man siegen. Man wird mir schon Platz machen.«

»Unerhört ist es, König, wie man dich hier behandelt«, empörte sich Willachar, sein Jugendfreund Atum. »Als ob du kein Merowinger wärst und nicht zur Familie gehörtest.«

Am Königstisch in der großen Halle, der auf einem zwei Fuß hohen Podium stand und zu den langen Tischreihen für die Gäste quer gestellt war, hatte sich in der Mitte der König Chlothar niedergelassen, seine Mutter Chlothilde zur Rechten, seine Braut Radegunde zur Linken. Neben der Königinmutter saß auf der anderen Seite ihr älterer Sohn, König Childebert. Chlothars Gemahlinnen Ingunde, Aregunde und Chunsina waren in dieser Reihenfolge neben der Braut plaziert. Nur die beiden älteren, schon volljährigen Söhne Ingundes, Gunthar und Childerich, vertraten die Enkelgeneration, sie saßen an König Childeberts Seite. Für alle waren breite Armstühle mit hohen Lehnen bereitgestellt worden, und die Länge des Königstischs war so berechnet, daß für weitere Personen kein Platz blieb.

Der Empfang zog sich in die Länge und verlief nach fränkischer Art nicht ohne Störungen. Schon an der Eingangstür kam es zum Gedränge und zu Rempeleien. Die Magistrate der Residenzstadt wollten nicht nach den Grafen der kleineren Ortschaften und diese nicht nach den Bischöfen eintreten. Da die Rangfolge nicht eindeutig festgelegt war, gab es auch keine vorgeschriebene Reihenfolge. Allerdings genügte es, Franke zu sein, um einen Galloromer hinter sich zu lassen, notfalls mit Drohungen und dem Griff nach der Franziska. Nur hochrangige Franken durften in der Festhalle bewaffnet erscheinen.

Noch mehr Unruhe gab es durch die Darbietung der Geschenke. Keiner wollte darauf verzichten, sie hereinschaffen zu lassen und dem König und den anderen Gästen zu zeigen. Geschenke von hohem Wert wurden erwartet, man stieg in der Gunst des Herrschers und erhielt dafür irgendwann selbst wieder eine Gegenleistung. Solche Gaben begründeten und sicherten das gegenseitige Vertrauen. Was wurde nicht alles von den Knechten in die Mitte der Halle zwischen den beiden Säulenreihen hereingetragen, hereingeschoben, hereingetrieben! Truhen mit schönen Schnitzereien, Tische von Silber und Elfenbein, Kunstwerke aus Bronze, Teppiche, Wandbehänge. Sogar ein Wagen, ein Boot, ein Pferd und ein Rudel Hunde.

Dazu wurden Reden gehalten. Die Gratulanten rühmten natürlich vor allem den König. Einige schenkten ihm Prunkwaffen und priesen ihn ohne Scham als großen Schlachtenlenker. Die Geistlichen vergaßen nicht, auch die hohen Verdienste der Königinmutter herauszustellen, der die Franken verdankten, daß sie im wahren Glauben lebten. Der jungen Braut wurde nahegelegt, ihren Eintritt in die Familie der Merowinger als göttliche Gnade zu betrachten und dem König, ihrem Herrn, ihr Leben lang dankbar und gehorsam zu sein. Nicht alle Gäste verfügten über eine ausreichende Redegabe, um ihre Schmeicheleien in schöne Worte zu kleiden. Rhetorisch waren die Gallorömer klar im Vorteil. Einige Franken stotterten und verhaspelten sich und mußten unter Gelächter abtreten. Aber auch Senatoren, die einen sorgsam formulierten Panegyrikus vortrugen, konnten Spott ernten. Wenn König Chlothar sich bei den gestelzten Worten zu langweilen begann oder wenn ihm das Geschenk, das dazugehörte, mißfiel, unterbrach er den Lobredner mit einer scheuchenden Geste, und der mußte sich schleunigst mit einer Verbeugung zurückziehen.

Niemand konnte übersehen, daß sich der König an diesem Tag nicht wie ein glücklicher Bräutigam benahm. Obwohl in Purpur und Seide gehüllt und mit einem goldenen Stirnreif geschmückt, spielte er nur unzulänglich den mächtigen

Mann, der seines merowingischen Heils, seines Herrscherglücks sicher war und der es genoß, eine schöne Braut zu haben und Mittelpunkt dieser festlichen Versammlung zu sein. Er ließ zwar bei jeder Gelegenheit sein glucksendes Lachen hören, richtete Scherzworte an die Braut, verteilte freigebig Lob und Tadel und posierte auf seinem besonders erhöhten Sitz, auf dem er sogar seinen hochgewachsenen Bruder überragte. Doch wirkte das alles gezwungen, die heitere Laune war nicht echt. Immer wieder warf er unruhige Blicke um sich, beobachtete seinen Bruder Childebert oder starrte zum Eingangsportal.

Die Eingeweihten wußten Bescheid. Am Abend zuvor hatte sich König Childebert überraschend und ohne Erklärung in das Lager des Theudebert begeben. Dieses Lager befand sich noch immer draußen am Ufer der Aisne. Auch nach Chlothars Rückkehr vor drei Tagen war der König des Ostreichs nicht eingeladen worden, während des Hochzeitsfestes im Palast zu wohnen. Zwischen ihm und Chlothar war es bisher auch zu keiner Begegnung gekommen. Aber Childebert hatte ganz offensichtlich die Hochzeit nicht abwarten können, um Theudebert zu treffen. Auf der Mauer der Festung hatte Chlothar die halbe Nacht lang heimlich auf Childeberts Rückkehr gelauert, fast bis zum Morgengrauen. Was hatten die beiden zu verhandeln gehabt, und weshalb hatte man ihn nicht hinzugezogen?

Je länger sich der Empfang der Hochzeitsgäste hinzog, desto mehr beunruhigte ihn auch, daß sich Theudebert noch immer nicht in der Halle befand. Im Palasthof unter den Zuschauern hatte er ihn gesehen, es allerdings vorgezogen, so zu tun, als bemerke er ihn nicht. Er hatte sich nicht vorschnell einer unerwünschten Vertraulichkeit aussetzen und die Wirkung verderben wollen, die er sich von dem Empfang in der Festhalle versprach. Aber wo blieb Theudebert? Warum erschien er nicht? Bald hielt König Chlothar es nicht mehr aus, rief Baudin zu sich und beauftragte ihn flüsternd, sich darüber kundig zu machen. Baudin kam aber nur mit der wenig erhellenden Nachricht, der König Theudebert sei immer noch im Palasthof, sitze auf einem Hackklotz, unterhalte sich mit seinen Leuten und spiele dabei mit einem Hund. War das ein Zeichen von Geringschätzung gegenüber dem Hausherrn? Oder steckte noch etwas anderes dahinter? War es eine Art Kriegslist?

Seltsam, nicht nur der Bräutigam, auch die Braut dachte die ganze Zeit nur an Theudebert. Einer marmornen Statue ähnlich – sie war so bleich –, saß sie neben dem König, dem sie seit dem feierlichen Akt im Hause Baudins endgültig ausgeliefert war. Es war eine kurze Zeremonie gewesen. Ein gallorömischer Schreiber hatte nach dem Diktat des Palastgrafen den Ehevertrag aufgesetzt, Baudin verlas ihn vor den Zeugen, und der König siegelte ihn mit seinem Ring. Die Zeugen traten heran, und jeder machte auf dem Pergament einen Federstrich an der Stelle, die ihm gewiesen wurde und wo sein Name stand. Dann wollte der König Radegunde den Brautkuß geben. Doch als er seine entstellten, von Speichel triefenden Lippen auf ihren Mund drücken wollte, ekelte sie sich plötzlich so sehr, daß sie sich abwenden mußte. Es gab Gelächter, weil es so aussah, als zierte sie sich nur, wie es sich für eine schamhafte Braut gehörte, und er machte eine Bemerkung darüber, wo überall er sie an diesem Tage noch küssen wolle. Die Zeugen, die alle Franken waren, nahmen das als Aufforderung zu deftigen Scherzen. Der König lachte dazu sein glucksendes Lachen, sprühte ihr dabei seinen Speichel ins Gesicht, ergriff ihr Kinn und nötigte sie, den Kuß zu empfangen. Sie hielt es aus und hatte dabei nur einen Wunsch: im nächsten Augenblick umzufallen und tot zu sein.

Dabei gab es auch etwas, das sie in ihrer Verzweiflung ein wenig trösten konnte. Baudin, der sich seit ihrem Fluchtversuch als ein zwar strenger, aber väterlicher Freund gezeigt hatte, wollte etwas Gutes für sie tun und überredete den König, ihr das Krongut Athies an der Somme als Wittum zu überschreiben. Das war nun besiegelter Ehevertrag. So würde sie, wenn es denn irgendwann dazu käme, nach dem Tode des Verabscheuten als Besitzerin auf das schöne Gut zurückkehren, wo sie, obwohl als Gefangene, freundliche Jugendjahre verbracht hatte.

Eine Freude war auch das Wiedersehen mit ihrem Bruder Irmfried. Man hatte den schlaksigen Siebzehnjährigen, der der kleinen Garnison in Rouen angehörte, zur Hochzeit nach Soissons kommen lassen. Er traf im Gefolge seines Grafen am Vorabend gerade noch rechtzeitig ein. Die Geschwister lagen sich in den Armen, besonders bei Irmfried flossen die Tränen reichlich. Von ihm erst erfuhr Radegunde, daß ihr Adoptivvater Hermenefred, der letzte Herrscher der Thüringer, tot war. König Theuderich hatte ihn nach seinem Sieg an der Unstrut zunächst am Leben und in Freiheit gelassen und ihn sogar ehrenvoll zum Besuch des Frankenreichs in die Festung Zülpich eingeladen. Bei einem Spaziergang auf der Mauer war er aber plötzlich von einem Unbekannten in die Tiefe gestoßen worden. Daß Theuderich selbst dahinter steckte, wurde allgemein vermutet. Er mochte sich inzwischen überlegt haben, daß ein lebender Hermenefred immer eine Gefahr bleiben würde. Radegunde hatte den König, der seinen Bruder, ihren leiblichen Vater, umgebracht hatte, nicht geliebt, dennoch schmerzte sie sein Tod. Sie wollte auch wissen, ob Theudebert an diesem Mord beteiligt gewesen war. Aber Baudin, der der Begegnung der Geschwister beiwohnte, verneinte das entschieden. Theudebert sei zu der fraglichen Zeit ganz sicher in einem anderen Teil des Ostreichs gewesen. Sein Vater Theuderich, ein fähiger Regent, aber ein harter, manchmal grausamer und auch hinterhältiger Mann, habe die Tat allein unternommen. Auch ihren Bräutigam, seinen Halbbruder Chlothar, habe er ja damals in der Sumpfburg auf heimtückische Weise ermorden wollen.

So war der junge Irmfried nun Radegundes einziger und letzter Verwandter und deshalb der Form nach, das heißt nach germanischem Recht, ihr Muntwalt. Seine Aufgabe war es, bei der Zeremonie ihrem königlichen Bräutigam die Vormundschaft zu übertragen. Er spielte seine Rolle schüchtern und ungelenk, sagte stockend den vorgeschriebenen, auswendig gelernten Spruch auf und empfing dafür einen Beutel mit Geld als Erinnerung an die uralte Tradition des Brautkaufs. Dann kümmerte sich niemand mehr um ihn, er durfte aber im Hochzeitszug mitgehen und saß nun an einem der langen Tische. Oft blickte er zu seiner Schwester hin, und jedesmal sah er dann so aus, als müßte er gleich wieder in Tränen ausbrechen.

Die Schönheit der bleichen jungen Braut erregte allgemeine Bewunderung. Nur die wenigsten der in der Halle Versammelten hatten sie vorher gesehen, und wer im Thüringenkrieg dabeigewesen war, konnte sich kaum an die damals dreizehnjährige Gefangene erinnern. Den Gästen fiel auf, daß sie sich überhaupt nicht durch äußeren Glanz hervortat. In der Tat war ihr gleichgültig, ob sie Aufsehen erregte oder nicht. Am Morgen waren die Königinnen Ingunde und Aregunde zeitig im Hause Baudins eingetroffen, um die Herrichtung der Braut durch die Dienerinnen zu überwachen. Ingunde achtete darauf, daß die blonden Haare Radegundes nicht ebenso kunstvoll aufgesteckt und mit Juwelen durchflochten wurden wie die ihren, und Aregunde ließ nicht zu, daß Kleid und Schmuck der Braut ihren eigenen Aufputz in den Schatten stellten. Radegunde war es recht. So saß sie in eher bescheidenem Brautstaat neben ihren prächtig gekleideten und geschmückten Nachbarinnen. Doch gerade das erregte Aufsehen.

Überrascht hatte sie, daß sie bei der alten Königin Chlothilde, die alle ihrer Strenge und eifernden Frömmigkeit wegen fürchteten, wohlwollende Aufnahme fand. Gleich nach deren Ankunft hatte man sie ihr vorgestellt. Zunächst mußte sie prüfende Blicke erdulden und unzählige Fragen beantworten. Als sich aber zeigte, daß sie die heiligen Schriften und die Werke ihrer berühmtesten Ausleger kannte und beherrschte und aus jeder ihrer Antworten aufrichtige Frömmigkeit sprach, hatte sie die Zuneigung der Königinmutter gewonnen. Chlothilde freute sich, das Lob der Frau Berthe bestätigt zu finden. Keinen Hehl machte sie aus ihrer Abneigung gegen die drei anderen Frauen ihres Sohnes, bei denen sie immer nur Weltliches entdeckte: Geltungstrieb bei der einen, Putzsucht bei der anderen, Rechthaberei bei der dritten. Keine habe es unternommen, ihren leider noch arg nach heidnischer Denkweise lebenden Sohn für das Wahre zu begeistern – den Glauben an den dreifaltigen Gott der katholischen Kirche. Diese Aufgabe stehe nun vor Radegunde. Die Königinmutter wurde in diesem Punkt sogar vertraulich. Sie erinnerte sich, still in sich hinein lächelnd, wie sie Chlodwig, ihrem Gemahl, in langen Nächten ehelicher Gemeinschaft, in denen man ja nicht immer nur das eine tun konnte, Geschichten von Jesus und den lieben Heiligen erzählt und ihn nach und nach bekehrt hatte. Diese Methode empfahl sie auch Radegunde. Schließlich ließ sie sich sogar umarmen und sagte, sie habe ihren Sohn bereits überzeugt, gleich nach der Hochzeitszeremonie im Hause Baudins eine Messe zu hören und den Bischof die Ehe segnen zu lassen. Das sei zwar noch nicht allgemein üblich, sollte es aber allmählich werden, und Könige müßten dazu ein Beispiel geben. Eine mit dem himmlischen Segen geschlossene Ehe müsse ja gut werden.

So zog die Hochzeitsgesellschaft in die Kirche. Vier Gefolgsleute des Königs, darunter Baudin und Dacco, hielten das Altartuch über das kniende Paar, während der Bischof den Segen sprach. Radegunde hatte gehofft, sie würde dabei die Nähe Gottes spüren und der neben ihr betende Chlothar würde ihr nicht mehr ganz so widerwärtig sein. Doch plötzlich nahm sie ihn gar nicht mehr wahr, und es schien ihr, ein anderer habe sich an ihrer Seite niedergelassen. In ihrer erregten Gemütsverfassung, beim Licht der Kerzen, von Weihrauchduft eingehüllt, glaubte sie wieder den Druck seiner Hand zu spüren, wie an dem Abend bei den Pferden. Und seine Stimme übertönte das Gemurmel des Priesters: »Wir wären nicht hier, sondern schon weit fort!«

Nicht hier. Sondern schon weit fort … weit fort …

Sie hielt die Augen geschlossen und kniete noch immer, als der Bischof längst sein »Amen« gesprochen hatte. Der König hatte sich schon erhoben und gab ihr einen Stoß, der sie fast umwarf. Sie stand gehorsam auf und folgte ihm. Doch die Vision, die sie in der Kirche hatte, und der Gedanke an eine erneute Flucht verließen sie nicht. Sie nahm kaum wahr, daß sie mit Chlothar an der Spitze des Hochzeitszugs ging. Sie bemerkte die Menschen nicht, die am Straßenrand und in den Hauseingängen standen, gafften und jubelten. Der König winkte ihnen zu und stieß sie abermals an, damit sie es ihm gleichtat. So lächelte sie nun und winkte. Doch erst bei der Ankunft auf dem Palasthof erwachte sie wirklich – in dem Augenblick nämlich, als sich die Vision, die sie in der Kirche hatte, in ein lebendiges Bild verwandelte: in einen hochgewachsenen Mann mit langer hellblonder Merowingermähne, der dort unter den Zuschauern stand und sie mit ernster Miene ansah. Sie erschrak und stolperte fast, wurde aber gleich von Chlothar am Arm gepackt und die Freitreppe hinaufgezerrt. Und nun saß sie am Königstisch auf dem zwei Fuß hohen Podest, blickte hinab zu den Gratulanten, hörte die Reden, nahm aus fremden Händen Geschenke entgegen – Armreife, Perlenketten, Gürtelgehänge – und dachte immer noch: Weit fort ... weit fort ... Und auch sie fragte sich: Wo bleibt er? Warum ist er noch nicht hereingekommen? Hat er irgend etwas Besonderes vor? Stürmt er vielleicht im nächsten Augenblick in die Halle, um sie in seine Arme zu reißen und zu entführen?

Allmählich näherte sich der Empfang seinem Ende. Die Gäste ließen sich an den vier langen Tischreihen vor und hinter den Säulen nieder. Es war wieder Baudin, der eingreifen mußte, als sich auch dabei Rangstreitigkeiten ergaben. Als Palastgraf verfügte er über die nötige Autorität. Knechte brachten die Geschenke hinaus, die erst einmal gelagert werden mußten. Der König selbst würde sie später noch einmal gründlich begutachten und entscheiden, wie sie verwendet werden sollten. Was nicht im Palast oder auf den königlichen Gütern zu brauchen war, würde er weiterverschenken.

Auf den Bänken in der Halle war schon fast kein Platz mehr. Der Seneschalk und der Mundschenk erschienen bereits, um letzte Vorbereitungen für das Festmahl zu treffen. Die Königinmutter Chlothilde wurde nun ebenfalls unruhig. In dunklen Brokat gehüllt, ein Diadem auf dem schwarzen Haargebilde, hatte die alte Frau während des langen Empfangs geduldig die Reden angehört, huldvoll gelächelt und auch mal ein freundliches Wort an einen Bekannten aus ihrer Glanzzeit gerichtet. Während die allerletzten vorrückten, neigte sie sich erst Chlothar, dann Childebert zu und fragte sie nach dem »Sohn des Bastards«. Dabei äußerte sie die Vermutung, dieser wage vielleicht aus Ehrfurcht vor ihr nicht zu erscheinen. Sie erhielt von beiden keine Antwort. In diesem Augenblick empfand sie wieder sehr stark, daß ihre beiden Söhne nichts taugten.

Auch die Königinnen Ingunde und Aregunde flüsterten miteinander und waren sehr aufgeregt. Irgendwie hatten sie in Erfahrung gebracht, daß es während des Festes auf der Wiese zu einem heimlichen Treffen zwischen dem König

Theudebert und der Neuen gekommen war. Das war unglaublich, das war Untreue vor der Ehe! Die Schwestern hatten aber beschlossen, Chlothar davon vorerst nichts zu sagen, sondern die Mitteilung für einen geeigneten Augenblick zurückzuhalten. Auf diesen Augenblick freuten sie sich. Zunächst jedoch nahmen sie sich vor, die Neue und Theudebert genau zu beobachten, um ihren Verdacht bestätigt zu finden. Kein Augenblinzeln, kein heimliches Zeichen würde ihnen entgehen. Vielleicht würde es sogar ein richtiges *scandalum* geben – mit Folgen. Vielleicht mit Bestrafung oder sogar Verbannung der Neuen und Rückkehr zu den guten alten Verhältnissen. Die beiden hielten es kaum noch aus vor Spannung. Warum kam er nicht? Warum ließ er sie auf dem Rost ihrer Ungeduld schmoren?

Nur die Königin Chunsina, der es zunächst so dringlich war, ihm zu begegnen, wartete nicht auf Theudebert. Sie saß ganz außen am Königstisch und blickte mit ihren großen, traurigen Augen auf das Treiben in der Halle, müde zurückgelehnt in ihrem Armstuhl. Niemand kümmerte sich um sie, keiner der Gäste sprach sie an oder lobte sie. Es war ihr auch gleichgültig. Die Schwermut, an der sie gewöhnlich litt, hatte sich ihrer wieder bemächtigt. Sie schlief schlecht, und verschiedene schmerzhafte Krankheiten machten sich erneut bemerkbar. Nach der kurzen Zeit der Hoffnung auf ein Wiedersehen mit ihren drei älteren Söhnen, in der sie etwas Mut und Kraft gewonnen hatte, fühlte sie sich ermattet, niedergedrückt durch Enttäuschung.

Immerhin hatte sie doch noch etwas über die drei erfahren. Gleich bei seiner Rückkehr hatte sie ihren Gemahl in Gegenwart seiner Mutter und seines Bruders Childebert unerschrocken zur Rede gestellt, weil er sie über den Verbleib ihres Sohnes Theodovald belogen hatte. Er wollte sie ärgerlich abweisen, aber die Königinmutter griff gleich ein und tadelte ihn, seiner Zerstreutheit wegen. Die älteren

Söhne Chunsinas, Theodovald und Gunthari, seien doch beide in der Gefolgschaft Childeberts! Der König bestätigte dies auch gleich. Als Chunsina ihn fragte, warum er die beiden denn nicht zu dieser Hochzeit, dem Treffen aller Merowinger, mitgebracht habe, mußte er allerdings erst einmal nachdenken. Dann erinnerte er sich, sie in eine seiner entfernten burgundischen Städte, nach Avignon, abkommandiert zu haben. Dort dienten sie in der Festungswache, lernten das Kriegshandwerk. Sehr tüchtig seien sie, und er würde sie bald unter seine Antrustionen aufnehmen. Leider sei ihm nicht möglich gewesen, sie noch rechtzeitig von dem Fest zu benachrichtigen. Und er habe seinen jungen Neffen auch nicht zumuten wollen, allein die gefährliche Reise von Avignon nach Soissons zu machen.

Was konnte Chunsina dagegen einwenden? Die Königinmutter fing auch gleich an, von dem dritten zu reden, dem sechzehnjährigen Chlodovald, der noch bei ihr in Tours lebte und Priester werden wollte. Sie lobte ihn über alle Maßen seiner Frömmigkeit und frühreifen Gelehrsamkeit wegen. Er werde bestimmt einmal Metropolit, und Chunsina könne besonders stolz auf ihn sein. Auch er war – nach Auskunft der Großmutter – unabkömmlich, weil er trotz seiner Jugend bereits als Lektor tätig war und Kirchendienst in der Basilika des heiligen Martin tat. Der Bischof von Tours, der die Königinmutter begleitete, wurde herbeigerufen, bestätigte dies und war gleichfalls des Lobes voll über Chlodovald.

So blieb Chunsina auch jetzt nur die Hoffnung, die drei in späteren Tagen einmal wiederzusehen. Sie waren klug, sie waren tüchtig, sie wurden gelobt. Das mußte ihr als Mutter genügen. Und das war ja auch schon sehr viel. Sie hatte wenigstens ihren Jüngsten, den Chramm, der wuchs unter ihren Augen auf. Ab und zu schickte sie ihm einen traurigen, zärtlichen Blick. An einem der Tische saß er unter den jüngeren Kindern und den Verwandten der Königinnen.

Eifrig redete er mit dem hoch aufgeschossenen jungen Thüringer, dem Bruder der Braut, den Chunsina am Morgen im Hause Baudins zum ersten Mal gesehen hatte. Die beiden, obwohl im Alter so weit auseinander, schienen sich anzufreunden.

Der Empfang ging zu Ende. Der letzte Gratulant, ein verarmter, doch aus einer sehr vornehmen Familie stammender Senator, hatte seinen Spruch aufgesagt und sein Geschenk dem König übergeben, eine angeblich achthundert Jahre alte griechische Amphora aus dem Familienbesitz. Der Wert dieser Gabe wurde sehr niedrig geschätzt, zumal das bemalte Gefäß ein wenig beschädigt war. Baudin wies dem Mann einen der schlechtesten Plätze zu, hinter den Säulen.

Es war mittlerweile früher Nachmittag. Eine Wasseruhr – ein Geschenk, das gefallen hatte und gleich neben dem Königstisch aufgestellt worden war – zeigte die neunte Stunde an. Der Mundschenk und der Seneschalk standen bereit und warteten auf ein Zeichen des Königs. Die Gespräche an den langen Tischen verstummten. Alle blickten zum Eingangsportal, wo nun etwas geschehen mußte.

Und da kam er – König Theudebert.

19

Nur drei Getreue folgten dem König. Es waren die Grafen Willachar und Huodo und der Bischof Animod. Radegunde erkannte sie gleich, als sie näher kamen. Mit Dracho erschienen Blic, Atum und Kinnizan.

Theudebert trat an den Königstisch und grüßte nach allen Seiten. Vor König Chlothar blieb er stehen. Ihre Augen waren auf gleicher Höhe, denn Theudeberts hoher Wuchs glich die zwei Fuß des Podiums aus, auf dem Chlothars Armsessel stand.

»Mein Vetter, ich komme ungeladen«, sagte Theudebert mit lauter, die Halle füllender Stimme, »aber ich weiß, was sich gehört. In meiner Stadt Reims kam mir zu Ohren, daß du die edle Jungfrau hier, Radegunde von Thüringen, zur Frau nehmen würdest. Ich wollte sie mal vor dir retten, diese Männer sind Zeugen für meine gute Absicht. Da es mir leider nicht gelang, will ich wenigstens sehen, ob es nicht nur zu ihrem Schaden war. Denn sonst könnte ich mir nicht verzeihen. Ja, wahrhaftig, es wäre ganz unverzeihlich, sie einem Unwürdigen ausgeliefert zu haben. So hoffe ich also, daß du nicht mehr derselbe wie früher bist. Ich hoffe, daß du zu schätzen weißt, eine wie sie als Königin heimzuführen.«

»Ist das alles, was du zu sagen hast?« schnarrte Chlothar, dessen Augen zu flackern und dessen Hände zu zittern begannen.

»Natürlich nicht. Ich bin ja gekommen, um meine Glückwünsche darzubringen, wenn es mir auch nicht leichtfällt.

Ein anderer Ehemann wäre für sie besser gewesen, aber sie ist nun mal in deiner Gewalt. Ein Geschenk habe ich nicht mitgebracht – das heißt, ich habe keines, das sich mitbringen ließ. Wozu sollte ich dir ein Schwert schenken? Du kannst ja nicht damit umgehen. Wozu sollte ich ihr eine Perlenkette schenken? Ein so schöner Hals wird durch Glitzerkram nur verunziert. Offen gesagt, als ich vorhin dem Hochzeitszug zusah, wußte ich noch nicht, was ich schenken würde. Ja, ich war in Verlegenheit! Da erfuhr ich nun, sie habe Athies, das schöne Gut an der Somme, als Wittum erhalten. Das brachte mich auf einen Gedanken. Auch ich schenke ihr ein Gut – das Gut Quercetum. Es liegt nur zwölf Meilen von Athies entfernt, an unserer gemeinsamen Grenze, aber auf meinem Reichsgebiet. Und damit du ebenfalls etwas davon hast, gehört es nun also zu deinem Reich. Bedenke aber: Die Grenze liegt gleich hinter Quercetum. Merke es dir, und behandle Radegunde gut! Denn wenn sie es bei dir nicht mehr aushält, braucht sie dort nur über den Zaun zu steigen!«

Theudeberts drei Begleiter lachten. Doch niemand in der Halle wagte einzustimmen. Radegunde hatte den Kopf gesenkt. Die Königinmutter guckte entrüstet von einem ihrer Söhne zum anderen. Die Königinnen Ingunde und Aregunde, die auf heimliche Zeichen gelauert hatten, waren fassungslos über soviel unverblümte Offenheit.

Lächelnd blickte Theudebert Chlothar an, und der sah sich genötigt, etwas zu erwidern.

»Wir weisen dein Geschenk nicht zurück«, sagte er widerwillig. »Obwohl es eigentlich gar keines ist. Denn Quercetum gehörte früher zu Soissons, schon zu Zeiten der Römer. Du hast hier vor Zeugen deinen Verzicht erklärt, das ist vernünftig, und so werden wir in den nächsten Tagen das Gut in Besitz nehmen. Vorher muß aber noch ein Vertrag aufgesetzt werden. Da du nun einmal hier bist, iß und trinke mit uns. Baudin, zeig ihm seinen Platz!«

»Wenn du mir folgen willst, König!« sagte der alte Palastgraf, wobei er unsicher zu Theudebert aufsah und in die Richtung der langen Tische wies.

»Wie?« fragte ihn Theudebert lachend. »Sitzen Könige bei euch am Gefolgschaftstisch?«

»Du wirst bei ehrenwerten, verdienten Männern sitzen.«

»Ich sitze nur unter Königen, Alter! Man bringe mir einen Stuhl und mache mir Platz!«

»Das ist leider nicht vorgesehen. Wir hatten dich ja nicht erwartet.«

»Nicht vorgesehen? Nicht erwartet? Habe ich dir am Tag meiner Ankunft nicht gesagt, warum ich gekommen bin?«

»Und ich erwiderte dir, du seist nicht geladen.«

»Was heißt das, Vetter? Schickst du diesen alten Spaßmacher vor, damit wir beide zur Unterhaltung ein Possenspiel aufführen? Willst du nicht deiner Gastgeberpflicht genügen?«

»Worüber beklagst du dich?« fragte Chlothar und grinste aasig. »Du wirst dort ganz vorn unter unseren Verwandten sitzen. Eine Auszeichnung! Der eine stammt mütterlicherseits von einem römischen Kaiser ab.«

»Ich stamme väterlicherseits von Chlodwig ab!« erwiderte Theudebert scharf. »Und ich bin König!«

»Aber du bist auch als letzter gekommen, und wie du siehst, ist hier oben kein Platz mehr für dich.«

»Ich kann dir nicht erlauben, mir auf so törichte Weise meinen Rang streitig zu machen. Das würdest du zu bereuen haben!«

»Du drohst mir doch nicht etwa an meinem Hochzeitstag?«

»Noch bin ich bereit, dies für eine Tölpelei zu nehmen und zu vergessen. Schaff also Platz für mich! Einen Stuhl! Dann werden wir gleich miteinander sehr lustig sein.«

»Miteinander sehr lustig?« echote Chlothar, der allmählich in Wut geriet. »Ich fand es keineswegs lustig, als du vor zwei Jahren versuchtest, mir meinen Rang streitig zu machen! Indem du mir einen Platz in den finsteren Schluchten des Waldes von Arelaunum zuwiesest – wo ich nach deinem Willen verrecken sollte!«

»Das wäre nur die gerechte Strafe für deine gemeinen Machenschaften gewesen, dafür, daß du mehrere Männer bestachst, damit sie mich umbrachten. Um mein Erbe an dich zu reißen.«

»Du lügst!«

»Die Verbrecher haben gestanden und gebüßt. Aber lassen wir das, es ist Vergangenheit. Ein Unwetter hat dich gerettet – der alte Heidengott Donar, mit dem du wohl noch immer im Bunde bist. Genug davon! Heute ist Hochzeit. Alle sind hungrig und durstig, und es macht mir auch keinen Spaß mehr zu stehen. Einen Stuhl her! Ich will neben der Braut sitzen. Sie sieht traurig aus, ich werde sie aufheitern!«

Theudebert starrte Chlothar an, und bei der Forderung nach dem Stuhl schlug er so heftig mit der flachen Hand auf den Tisch, daß alle zusammenfuhren.

Chlothar starrte zurück und war plötzlich sprachlos. Er wollte erwidern: Für dich ist kein Platz am Königstisch! Er wollte es mit Donnerstimme sagen, er wollte den Gehaßten anbrüllen, damit man es in der letzten Ecke der Halle hörte. Aber er brachte es nicht heraus, seine Stimme versagte. Er formte die Worte und bewegte die Lippen, doch kein Laut war zu hören, nicht einmal ein Stammeln und Flüstern.

Die Königinmutter sah Chlothar an, erschrocken über dieses feigherzige Schweigen. Sie wandte sich ihrem anderen Sohn zu, der aber so tat, als bemerke er es nicht. Childebert seufzte und blickte zur Decke, scheinbar gelangweilt von dem peinlichen Hinundhergerede.

Chlothilde hatte sich vorgenommen, dem Enkel der Kebse Chlodwigs sowenig Aufmerksamkeit wie möglich zu schenken. Während er sprach, blickte sie hochmütig an ihm vorbei auf das Geschehen in der Halle, winkte und lächelte Gästen zu. Nur einige Male, als er allzu empörende Dinge sagte, funkelte sie ihn kurz an. Jetzt hielt sie es aber für nötig einzugreifen. Wenn die Könige, ihre Söhne, nicht den Mut zu einer Erwiderung hatten, mußte es Chlodwigs Witwe tun.

»Wie kann einer, der nicht geladen ist«, sagte sie mit schriller Stimme, »sich hier so benehmen und zu einer solchen Sprache erdreisten? Neben der Braut sitzt nur der König, und hier oben sitzen nur Könige, die es rechtmäßig und durch die Gnade des Himmels sind!«

»Wer rechtmäßig auf einem Merowingerthron sitzt, hohe Frau«, erwiderte Theudebert spöttisch, »entscheiden zum Glück weder Mütter noch Großmütter! Was aber die Gnade des Himmels betrifft, so kann ich dir nicht widersprechen. Ohne das Unwetter säße dein Sohn nicht mehr hier.«

»Der heilige Martin sorgte dafür – nicht der heidnische Götze, an den du selber noch glauben magst!« schrie die Königinmutter. »Er war der Fürsprecher meines Sohnes! Er veranlaßte, daß Gott der Herr eingriff! Mit meinen Gebeten habe ich es erreicht, ich flehte auf meinen Knien ... tagelang, nächtelang!«

»Mutter!« sagte der König Childebert beschwichtigend und legte ihr die Hand auf den Arm. »Beruhige dich doch, Mutter. Beruhige dich!«

»Ja, das willst du nicht hören!« fuhr die Alte ihn an. »Du warst ja auch dabei – zusammen mit dem da! Aber der Heilige hat das große Unrecht verhindert! Er ist der Beschützer der Merowinger!«

»Dann verdanke also auch ich ihm mein Leben«, sagte Theudebert. »Wie gut, hohe Frau, daß du mich darüber aufklärst. Dann also war er es, der dafür sorgte, daß mich die Lanzen und Dolche der Mörder verfehlten, die mir dein Sohn schickte.«

»Verleumdung!« brach es nun endlich aus Chlothar hervor, mit einem Schwall Speichel. »Ich habe dir keine Mörder geschickt! Keinen einzigen! Niemals! Du kommst hierher und verbreitest Lügen! Du reißt das Maul auf und störst unser Fest! Das ist deine Absicht, wie? Unser Fest willst du stören! Willst wieder Unfrieden säen, weil du es ohne Streit nicht aushältst! Weil dich der Arsch juckt, wenn du zu lange zu Hause sitzt! Weil sich der Sohn eines Bastards nicht wohl fühlt, wenn er nicht wie gewisse Tierchen beißen und zwicken kann! Aber du täuschst dich. Vergebliche Hoffnung. Ich falle darauf nicht herein! Ich bin friedfertig, ich tue niemandem etwas zuleide. Ich bin nicht so einer wie dein Vater – einer, der einen Verwandten bewirtet und hinter dem Vorhang seine Mörder bereithält. Einer, der einen König zu Gast lädt und von der Mauer stürzen läßt. Ich hebe nicht die Hand gegen Könige! Ich morde keine Verwandten!«

»Nein!« sagte Theudebert in schneidendem Ton. »Du selber hebst nicht die Hand gegen Könige. Du hebst sie nur gegen solche, die erst welche werden wollen! Und gegen Verwandte, die noch nicht wehrhaft sind!«

Diese Worte standen im Raum, und plötzlich war es ganz still. Auch in den entferntesten Ecken der großen Halle war das Gemurmel der Gäste verstummt.

Radegunde warf Theudebert einen Blick zu, als käme ihr blitzartig eine furchtbare Ahnung.

»Bedenke, wo du bist und was du redest!« zischte Chlothar.

»Ich weiß, was ich rede«, bekräftigte Theudebert laut. »Und ich habe auch einen Zeugen dafür!«

Dabei sah er den König Childebert an. Der erwachte plötzlich aus seiner Teilnahmslosigkeit und gab ihm mit einer raschen Handbewegung ein Zeichen, er möge schweigen.

Seine Mutter bemerkte es und schrie Theudebert an: »Was sind das für Reden? Ist das hier ein Gerichtstag oder ein Hochzeitsfest? Du tätest jetzt besser daran, dich zu entfernen, als erfundene Anklagen vorzubringen!«

»Ich antworte nur auf erfundene Anklagen, hohe Frau!« erwiderte Theudebert. »Dein Sohn Chlothar hat selber aus seinem Hochzeitsfest einen Gerichtstag gemacht. Wurde ich nicht gerade beschuldigt, ich sei ein Verleumder, Lügner, mutwilliger Störer? Verweigert man mir nicht den Platz, der mir zukommt? Werde ich hier nicht verächtlich gemacht vor allen diesen ehrenwerten Männern und Frauen – als Sohn eines Bastards, als sei ich unrechtmäßig zur Herrschaft gelangt? Darauf antworte ich mit einer Gegenklage! Und dein Sohn Childebert ist mein Zeuge!«

»Ich habe nichts zu bezeugen!« sagte Childebert unwillig. »Ich weiß überhaupt nicht, wovon die Rede ist!«

»Das weißt du sehr gut!« rief Theudebert, und in seiner Stimme schwang eine Drohung mit. »Und wenn du willst, daß unser Abkommen so erfüllt wird, wie wir es heute nacht besprochen haben, rate ich dir, dich nicht um die Wahrheit zu drücken. Denn sonst müßte ich ja auch sonst an deinem ehrlichen Willen zweifeln! Nun, dann noch einmal ... Ich sagte, hier sitzt einer, der nicht Könige mordet, sondern werdende Könige. Und der Verwandte mordet, die noch nicht wehrhaft sind. Ist das die Wahrheit oder nicht?«

»Warum rührst du diese Sache hier auf?« erwiderte Childebert barsch. »Das ist dazu nicht der Ort und nicht die Zeit.«

»Und mehr hast du nicht zu sagen?«

»Frage ihn selbst! Er weiß, was er getan hat.«

»Genug!« schrie die Königinmutter. »Es ist genug! Man wird ja verrückt bei dem Gerede! Wollt ihr uns allen das Fest verderben? Ich verbiete es! Ja, ich verbiete es! Man soll musizieren! Man soll endlich auftragen!«

»Seneschalk! Tu deine Pflicht!« rief Chlothar.

»Nein!« kam es plötzlich vom Ende des Königstischs. Chunsina hatte sich hoch aufgerichtet und sah Theudebert an. »Sprich weiter! Ich bitte dich! Sprich doch weiter!«

»Das, Königin, habe ich auch vor! Ich frage die Witwe meines Großvaters Chlodwig, warum meine beiden jungen Vettern Theodovald und Gunthari, die sie der Mutter fortnahm, um sie in ihrem Hause aufzuziehen, nicht hier sind! Ich frage Chunsinas Gemahl, warum er behauptet hat, der Ältere diene in meiner Gefolgschaft, obwohl ich nie etwas davon ahnte! Warum weiß die Mutter nicht, was mit ihren Söhnen passiert ist?«

»Ich habe mich geirrt!« stieß Chlothar hervor. »Sie sind beide bei Childebert!«

»Als wir im Wald von Arelaunum lagen, hat mir Childebert etwas anderes erzählt! Nun, Zeuge? Sind die beiden bei dir?«

»Nein. Sie sind nicht bei mir«, sagte Childebert und blickte zur Decke.

»Weil du sie zu mir zurückgeschickt hat!« schrie die Alte. »Sie sind wieder bei mir in Tours und konnten nicht mitkommen. Sie sind krank!«

»Nein, sie sind tot!« rief Theudebert. »Sie sind tot – und zwar seit elf Jahren! So lange liegen sie schon in Paris in der Gruft ihres Großvaters Chlodwig, wo sie feierlich, aber heimlich bestattet wurden. Einer war zehn Jahre alt, der andere sieben!«

20

Das fränkische Hochzeitsfest hatte sein *scandalum*.

Den zornig hinausgeschmetterten Worten des Königs Theudebert folgte anfangs wieder betroffenes Schweigen, unterbrochen nur von einem schwachen Aufschrei Chunsinas. Die Königin sank auf ihrem Stuhl zurück und schloß die Augen. Wie leblos hingen ihre Hände über die Lehnen.

Aregunde, die neben ihr saß, beugte sich zu ihr hin und bemühte sich um sie. Alle anderen blickten auf König Chlothar: seine Mutter, sein Bruder, seine Braut, seine erste Gemahlin, seine Söhne am Königstisch, die Gäste in der Halle. Es waren strenge, fragende, wissende, lauernde, angstvolle, fassungslose, entsetzte Blicke. Eben noch gerühmt und gefeiert, war er auf einmal angeklagt. Beschuldigt, zwei Kinder ermordet zu haben. Die Kinder seines im Kriege gefallenen Bruders. Die Kinder einer seiner Frauen.

Er mußte sich äußern, er mußte antworten.

Nur einen Augenblick lang war der König Chlothar verlegen. Es war nicht seine Art, sich zu verteidigen. Niemals hatte er ein Vergehen eingeräumt. Er zog den Kopf tief zwischen die breiten Schultern und blickte um sich. Wen konnte er treffen? Auf wen konnte er eine noch größere Schuld laden und die seinige damit vermindern? Gegen Theudebert wußte er nichts mehr vorbringen, er hatte schon alles herausgeschrien. Seine Mutter, an der er in einer Mischung aus Haß und Liebe hing und die ihn noch bis zuletzt verteidigt hatte, wollte er schonen. So blieb nur der, der alles ausgeplaudert hatte und der jetzt noch die Unverschämtheit besaß, grämlich zu seufzen und ihn herablassend und mißbilligend anzusehen: sein Bruder, der König Childebert.

»Nun höre sich einer das an!« rief Chlothar nach einer schier endlosen Stille. »Die beiden sind also angeblich nicht mehr am Leben, liegen schon lange im Grabe. Das wird offen herumerzählt, und wer uns haßt, der freut sich darüber und bekommt kräftige Nahrung für seinen Haß. Und verkündet es triumphierend hier auf unserm Hochzeitsfest. Nehmen wir an, die beiden bedauernswerten Knaben sind tatsächlich vor einiger Zeit aus dem irdischen Leben geschieden. Wird nun gefragt, wer der Urheber dieser vermeintlichen Freveltat war? Wer den Einfall hatte, sie aus der Welt zu schaffen, wo sie ihn störten? Wer mir hierher in meine Stadt Soissons einen Eilboten schickte, ich möge schleunigst nach Paris kommen, weil etwas Wichtiges im Gange sei? Und wer mir, als ich besorgt, aber ahnungslos angelangt war, eröffnete, diese Knaben seien die größte Gefahr für das Frankenreich, weil ihm durch sie Zersplitterung, Schwächung und schließlich Untergang drohe? Und wer hinzufügte, daß sie verschwinden müßten?«

»Verschwinden – ja!« sagte Childebert, der sich endlich gereizt zu einer Erwiderung aufraffte. »Das ist wahr: Sie mußten verschwinden. Jedoch in ein Kloster. Nicht ins Grab!«

»Ich hatte eher den Eindruck, Bruder, daß es dir gleichgültig war, wohin sie verschwanden. Unbedingt aber irgendwohin, wo sie dir nicht mehr schaden konnten!«

»Ich wiederhole: in ein Kloster! Ich wollte sie scheren lassen, nicht töten!«

»Du wolltest sie nur des merowingischen Haarschmucks berauben? Nur dazu hattest du sie zu dir bestellt?«

»Aus keinem anderen Grunde! Ja, ich bestreite nicht, ich wollte vermeiden, daß die Francia wieder in Kleinreiche aufgeteilt wird. Leichte Beute für Feinde! Das hätte uns gedroht, wären Chlodomers Söhne als Könige aufgewachsen. Als Mönche hätten sie nichts erben können.«

»Was für ein grauenvolles Mißverständnis!« rief Chlothar, wobei er mit heuchlerischer Betroffenheit die Arme hochwarf und die Hände zusammenschlug. »Mir sagtest du, Bruder, am liebsten wolltest du sie tot sehen!«

»Wie kannst du so etwas behaupten?«

»Ich behaupte es nicht – ich weiß es ja, weil ich noch deine Worte im Ohr habe. Du sagtest, wenn sie am Leben blieben, würdest du nicht mehr ruhig schlafen können. Ich war besorgt um deinen Schlaf!«

»Du verdrehst meine Worte! Bis zuletzt versuchte ich noch, sie …«

»Hast du nicht ihre Diener und Erzieher gleich einsperren lassen, damit niemand …«

»Du warst es, der den Dolch zog – nicht ich! Und ehe ich dich daran hindern konnte, hattest du schon den einen der Knaben …«

»Kein Wort mehr!« fuhr die Königinmutter wieder dazwischen. »Nichts will ich mehr davon hören! Schluß damit! Ihr seid betrunken, ihr redet wirr! Ihr bringt ja alles durcheinander! Wie könnt ihr so scheußliche Dinge behaupten! Was soll an alledem wahr sein?«

»Daran ist wahr«, rief Theudebert, »daß einer, der sich vor Männern fürchtet, nicht davor zurückschreckt, eigenhändig wehrlose Kinder zu schlachten! Noch dazu, wenn dafür ein Preis winkt: ein halbes Königreich!«

»Er hat die andere Hälfte!« kreischte Chlothar und zeigte mit ausgestrecktem Arm auf Childebert. »Aber er spielt hier die Unschuld!«

»Der Mörder bist du!« warf Childebert ihm wütend entgegen und wandte sich ab, als sei damit alles gesagt.

»O Schande! Schande!« barmte die Alte. »Gott, warum schlugst du mich mit zwei mißratenen Söhnen!«

»Warum starrst du nur immer zum Himmel, Mutter?« fuhr Chlothar jetzt auch gegen sie los. »Zünde dir selbst eine Kerze an, und leuchte in dich hinein! Wie war das damals, vor elf Jahren? Gabst du uns nicht den Befehl, die Knaben zu töten?«

Die Königinmutter riß die Augen auf und holte mehrmals keuchend Atem, als sei sie kurz davor zu ersticken.

»Ich ... ich hätte euch den Befehl gegeben, meine geliebten Enkel ... Chlodomers Kinder ...?«

»Was das betrifft, hat er recht«, bestätigte Childebert. »So war es. Auch du wolltest nicht, daß sie nur geschoren wurden!«

»Wir hatten dir doch einen Gesandten geschickt und dich fragen lassen«, sagte Chlothar. »Deine Botschaft war: ›Lieber will ich sie tot sehen, als daß sie nicht auf den Thron kommen! Besser sie sterben, als daß sie ihre Locken verlieren!‹«

»Das war kein Befehl, sie umzubringen!« schrie die Alte.

»Das war es wohl doch«, sagte Theudebert. »Denn die Thronräuber, deine Söhne, hohe Frau, hatten ja schon beschlossen, das Reich ihres toten Bruders unter sich aufzuteilen. Da dessen Söhne also nicht auf den Thron kommen konnten, mußten sie nach deinen Worten sterben.«

»Lüge! Lüge! Es war kein Befehl!« Das Geschrei der Königinmutter ging in Gestöhn und Gewimmer über. »Ich wußte ja nicht, was sie beschlossen hatten. Ich wollte die Kinder schützen, ihr Erbe erhalten. Wie konnte ich ihren Tod wünschen ...«

»Aber Arcadius hat es uns so berichtet«, sagte der König Chlothar kalt.

»Dieser Mensch hat gelogen!«

»Wir wollen ihn selber noch einmal fragen!« rief Theudebert. »Ich sehe ihn hier unter den Gästen.«

Mit drei, vier Schritten war er bei einem fetten Glatzkopf, der unter den Höflingen Childeberts saß. Er packte ihn am Arm und zerrte ihn in die Mitte. Der Dicke, die nackte Angst in den Augen, versuchte sich loszumachen, aber Theudeberts eiserne Faust hielt ihn fest.

»Nun erzähle uns mal, du Schurke, was damals passiert ist! Erzähle uns alles, die ganze Wahrheit! Meinen Vater hast du verraten, mich auch, indem du versuchtest, uns aus der Auvergne zu verdrängen ... Jetzt wollen wir sehen, ob du deinen neuen Herrn, den König Childebert, auch im Stich läßt. Nun? Hat er gelogen, als er sagte, seine Mutter wolle nicht, daß sie geschoren würden? Mach den Mund auf, Kerl! Rede! Wie war das?«

Von König Theudebert geknufft und geschüttelt, begann der Dicke stockend zu sprechen.

»Warum soll ich denn nicht die Wahrheit sagen? Ich bin unschuldig ... war nur der Bote, das Werkzeug. Warum behandelst du mich so? Gut, ich erzähle ja alles! Es war ... es war bald nach dem Tode des Königs Chlodomer, im Frühjahr ... König Chlothar kam nach Paris, und die Könige hatten eine lange Beratung. Und dann riefen sie mich dazu und trugen mir auf ... trugen mir auf ...«

»Was trugen sie dir auf?«

»Ich sollte etwas aussprengen ... unterm Volk ...«

»Was aussprengen? Ein Gerücht? Eine Botschaft?«

»Daß Chlodomers Söhne, die beiden ältesten, gekrönt werden sollten. Die waren gerade in Paris, mit der verehrten Königinmutter. Ich tat es ... Und alle Welt sprach nur von der Krönung. So erfuhr sie es ebenfalls und war darüber sehr froh. Und als ich zum ersten Mal zu ihr ging ...«

»Sie wohnte nicht im Palast?«

»Das nicht ...«

»Aus Angst, daß den Kindern etwas zustoßen könnte?«

»Ich weiß nicht. Sie wohnte im Hause des Bischofs. Dorthin ging ich und bat sie ... bat sie im Namen der Könige, sie möge mir die beiden Knaben anvertrauen, damit sie im Palast gekrönt werden konnten. Das tat sie auch.«

»Sie ging selber nicht mit?«

»Nein.«

»Warum nicht?«

»Ich weiß nicht. Sie war wohl kränklich. Mir sagte sie jedenfalls: ›Jetzt bin ich sehr froh. Jetzt habe ich meinen Sohn nicht verloren. Jetzt lebt er in seinen Söhnen weiter, die herrschen werden … an seiner Stelle.‹«

»Ich glaubte ja«, stöhnte die Königinmutter, »sie sollten tatsächlich … ich war nun fest überzeugt … o Gott!«

Die alte Frau brach wieder in Tränen aus.

»Sie übergab dir also die Knaben. Aber mit der Behauptung, sie sollten gekrönt werden, hattest du sie nur getäuscht. Es war ein Betrug, damit die Könige die Kinder in ihre Hand bekamen.«

»Ich erfüllte doch nur meinen Auftrag.«

»Du brachtest sie also in den Palast. Und wer war noch dabei? Wer begleitete sie?«

»Noch an die zehn, zwölf Männer … ihre Erzieher, ihre Diener …«

»Was geschah mit denen?«

»Sie …« Arcadius warf einen kurzen, furchtsamen Blick auf König Childebert, der seinen Bart strich und scheinbar gleichmütig wieder zur Decke sah. »Sie wurden … Ich sperrte sie ein, im Kellergewölbe. Später wurden sie alle getötet. Aber damit hatte ich nichts …«

»Und weiter? Die beiden Knaben?«

»Sie wurden bewacht. Und dann … dann riefen die Könige mich … und … da lagen bei ihnen auf dem Tisch ein Schwert und eine Schere. Und mein Herr …«

»König Childebert …«

»Er sagte: Nimm beides, und gehe noch einmal zu meiner Mutter. Und frage sie: ›Was soll jetzt mit den Knaben geschehen? Was wählst du für sie? Die Schere oder das Schwert?‹«

»Du wußtest, was das bedeutete?«

»Gewiß ... ja, ich wußte es. Die Schere – das hieß: die Locken herunter, die langen Haare ... das Zeichen des Heils, des Herrscherglücks. Damit sollten sie zu normalen Menschen werden ... und leben ... und später vielleicht ins Kloster gehen. Das Schwert – das bedeutete: Tod.«

»Du gingst also zum zweiten Mal in das Haus des Bischofs, zeigtest der Königinmutter das Schwert und die Schere und fragtest sie. Und die Antwort?«

»Sie wurde sehr zornig ... Ja, ja, sie regte sich furchtbar auf. Sie schrie mich an, obwohl ich doch nur der Bote war und ...«

»Was sagte sie? Ihre Worte, Kerl, ihre Worte!«

»Sie sagte ... es waren genau die Worte, die König Chlothar ... die er vorhin wiederholt hat. ›Lieber will ich sie tot sehen, als ihrer Locken beraubt und nicht auf dem Thron!‹«

»Da hört ihr es alle!« rief Chlothar. »Es ist die Wahrheit! Sie hat es gewollt!«

»Ich wollte es nicht!« jammerte die Alte wieder. »Es war ein unbedachtes Wort ... Aber ich ahnte ja nicht, daß sie Ernst machen würden!«

»Und ich ahnte nicht«, sagte König Childebert grob, »daß du so etwas sagen würdest, Mutter! Ich war sicher, du würdest dich für die Schere entscheiden. So wie ich es auch tat.«

»Und weiter?« Wieder stieß Theudebert den dicken Arcadius. »Du kehrtest zurück in den Palast ...«

»Ich kehrte zurück und meldete es.«

»Und die Könige?«

»Ließen die Knaben kommen und ...«

»Und?«

»Gleich ergriff König Chlothar den älteren Knaben am

Arm und sagte: ›Wenn unsere fromme Mutter dazu ihren Segen gibt …‹ Und zog seinen Dolch und stieß ihm die Klinge …«

»Wohin?«

»Erst in die Schulter … dann in den Hals …«

»Und der andere? Der jüngere?«

»Der fiel König Childebert zu Füßen, umklammerte seine Beine und schrie: ›Rette mich, lieber Onkel, rette mich!‹ Und König Childebert kamen vor Rührung die Tränen und … und er rief: ›Laß ihn am Leben, Bruder, sei barmherzig!‹«

»So war es!« bestätigte Childebert. »Ich hatte niemals die Absicht, die Knaben zu töten. Und als ich den ersten nicht mehr retten konnte, versuchte ich wenigstens den zweiten …«

»Jetzt reicht es aber!« schrie Chlothar. »Was soll das Gerede? Ist das tatsächlich ein Verhör? Bin ich angeklagt? Hier vor meinen Gästen, bei meinem Hochzeitsfest? Ja, es ist wahr – ich habe die beiden getötet! Mit diesen Händen hab ich's getan! Ich habe sie ins Jenseits geschickt, weil es sein mußte! Weil du, Bruder, weder die Kraft noch den Mut dazu hattest und in dem Augenblick, als es drauf ankam, versagtest und zu jammern anfingst! Konnte ich ahnen, Mutter, daß du nicht meintest, was du dem Dicken dort auftrugst? Ich dachte, du hättest begriffen, was nötig war! Hast du unserem Vater, dem großen Chlodwig, je vorgeworfen, daß er alle seine Verwandten umbringen ließ? Damit das Frankenreich nach seinem Tode nicht hundert Könige bekam und jeder an etwas anderes glaubte – der eine an Jesus, der andere an Wodan, der dritte an Jupiter? Wenn das wohlgetan war – was hätte ich dann verbrochen? Zwei Vettern erschlug er mit eigener Hand, für alle anderen hatte er seine Leute. Nun, auch ich beseitigte zwei Verwandte! Es tut mir leid, sie waren noch Kinder, aber das wären sie ja nicht geblieben. Sie wären reißende Bestien geworden! Und hätten wieder reißende Bestien gezeugt! Und die Bissen, um die sie sich balgen würden, wären mit der Zeit immer kleiner geworden! Zum Schaden des Reichs, zum Schaden von euch allen! Es war also notwendig, und es war nützlich. Und froh bin ich, daß es endlich heraus ist. Wozu die Geheimnistuerei? Ich war von Anfang an dagegen, denn ich muß mir nichts vorwerfen. Doch nun genug – kein weiteres Wort mehr! Und du, Vetter Theudebert, nimm endlich deinen Platz ein! Wenn dir aber nicht paßt, daß wir feiern – entferne dich!«

»Ich werde bleiben!« erklärte Theudebert. »Und für die Belehrung danke ich dir! Jetzt weiß ich – der bessere Platz ist tatsächlich nicht in eurer Gesellschaft da oben am Königstisch, sondern hier unten bei der Gefolgschaft.«

Er und seine drei Begleiter folgten nun Baudin und mischten sich unter die Gäste.

»Seneschalk!« rief König Chlothar. »Anfangen!«

21

Chunsina war ohnmächtig geworden. König Chlothar winkte zwei Diener herbei, die sie in ihrem Armstuhl hinaustrugen. Ihr Anblick sollte nicht länger an den häßlichen Zwischenfall erinnern.

Man trug sie in eine Kammer und legte sie auf ein Ruhebett. Chramm, ihr kleiner Sohn, war ihr gefolgt und stand mit trotziger, finsterer Miene an ihrem Lager, als kurz darauf Radegunde eintrat. Chunsina war wieder zu sich gekommen, eine Dienerin gab ihr zu trinken. Radegunde rückte sich einen Hocker zurecht.

»Warum bleibst du nicht in der Halle?« sagte Chunsina mit schwacher Stimme. »Du wirst seinen Zorn auf dich lenken.«

»Ich kann jetzt nicht feiern und fröhlich sein.«

»Den Schmerz mit mir teilen kannst du auch nicht.«

»Aber versuchen, ihn ein wenig zu lindern.«

»Und wie?«

»Wir könnten zusammen beten.«

»Seit zwölf Jahren schicke ich Gebete zum Himmel. Zwölf Jahre lang hoffte ich, meine Söhne wiederzusehen. Elf Jahre sind sie schon tot.«

»Ich werde sie rächen!« sagte der kleine Chramm.

Dann kam auch die Königinmutter Chlothilde herein und setzte sich auf den Hocker am Bett, von dem Radegunde rasch aufstand. Ihre Hände zitterten, ihre Augen waren gerötet, ihre Perücke verrutscht. Beim Anblick der totenbleichen Chunsina brach sie wieder in Tränen aus. Als sie sich etwas gefaßt hatte, beklagte sie, daß die Mutter vom Tod ihrer Söhne auf eine so grausame Art erfahren hatte. Sie habe ihr das Schreckliche so lange wie möglich ersparen wollen, für immer vielleicht, und es deshalb geheimgehalten. Aber Childebert habe den Fehler gemacht, es dem Sohn des Bastards, dem Theudebert, zu erzählen, und dieser Rohling habe natürlich keine Rücksicht gekannt. Sie hätte wahrhaftig gewünscht, es wäre Chunsina schonender beigebracht worden.

Als sie dies sagte, traf sie ein so furchtbarer Blick, daß sie erschrocken verstummte. Chunsina, die lange nur reglos dagelegen und kein Wort gesagt hatte, richtete sich auf und begann zu schreien. Ob ihre Schwiegermutter wahrhaftig die Schamlosigkeit besitze, schrie sie, die Enthüllung zu tadeln, zu der Untat selber aber zu schweigen. Ob die Lügerei in den vielen Jahren nicht eher auf Billigung schließen lasse. Ob es nicht gleich ihre Absicht gewesen war, die Kinder ermorden zu lassen, als sie sie ihr vor zwölf Jahren wegnahm.

Die Alte verteidigte sich wortreich. Das sei eine unerhörte Beschuldigung, rief sie, und Chunsina wisse sehr gut, daß sie unrecht habe. Aus zwei wichtigen Gründen habe sie damals die Kinder zu sich genommen. Einmal, weil sie den Vater, ihren ältesten Sohn Chlodomer, besonders geliebt und nicht gewollt habe, daß seine Söhne hier an Chlothars Hof als Vaterlose neben dessen eigenen Söhnen erniedrigt und vernachlässigt würden. Zum anderen und vor allem aber, um darüber zu wachen, daß ihnen ihr Erbe erhalten blieb. Deshalb sei sie ja auch unbedingt dagegen gewesen, daß man sie in ein Kloster steckte. Nur so sei die Antwort zu verstehen, die sie dem Arcadius gegeben habe. Konnte sie ahnen, was Chlothar und Childebert wirklich vorhatten?

»Niemals … niemals habe ich einen solchen Ausgang erwartet! Glaube es mir, Chunsina, glaube es mir! Ich habe ihnen doch nur klarmachen wollen, daß die beiden zu Königen, nicht zu Priestern geboren waren. Leider ... leider sind meine Söhne noch weit davon entfernt, christlich zu denken und zu handeln. Ich habe versucht, es ihnen beizubringen, aber ich hatte nur wenig Erfolg. Bei Childebert vielleicht ein bißchen mehr, bei Chlothar so gut wie gar nicht. Manchmal verliert er jedes Maß, und die alte heidnische Wildheit kommt durch. Auch sein Vater war so, darin ist er ihm ähnlich. Oh, wie ich ihn nach dieser Tat verabscheute! Ich bin seine Mutter, aber wahrhaftig – ich wünschte ihn damals zur Hölle! Inzwischen bin ich zur Vergebung bereit, denn das verlangt unser Glaube von uns. Ich bin auch sicher, daß er die Tat bereut ... nicht offen natürlich, aber im stillen. Was die Kinder betrifft, Chunsina, so bleibt uns ein Trost. Sind sie jetzt nicht im Himmel, an Gottes Thron, so unschuldig, wie sie waren? Ich selbst habe dafür gesorgt, daß sie gute Christen wurden. Auch daß sie würdig ins Grab gelegt wurden, unter Gesängen, ganz mit Purpur bedeckt, als wären sie schon Könige gewesen. Sie sind jetzt Engel ...«

Chunsina konnte nicht weinen. Trockenen Auges starrte sie ins Leere, sie schien nichts zu sehen und zu hören. Doch plötzlich hob sie den Kopf und stieß die Frage hervor, die sie aus Angst vor der Antwort bisher nicht gestellt hatte: »Und was habt ihr mit dem dritten gemacht? Was habt ihr mit Chlodovald gemacht? Ist er auch schon ein Engel?«

»Aber Chunsina, beruhige dich!« rief die Königinmutter. »Er lebt! Er ist gesund und in geistlicher Obhut! Ich selber lasse ihn kaum aus den Augen! Damals, als ... als das passierte, schickte ich unverzüglich nach Tours, damit man ihn in Sicherheit brachte. Eine Zeitlang war er dann in Poitiers, im Schutze des heiligen Hilarius. Der Bischof selber versteckte ihn. Inzwischen ist er wieder in Tours. In seinem Fall war ich gleich dafür, daß er das lange Haar, den Merowingerschmuck, ablegte. Er ist ein so schöner junger Mann, so sanft und lieb. Und er kann die heiligen Schriften auswendig hersagen. Oh, ich weiß es, er wird mal ein Heiliger! Er liebt dich, Chunsina, er denkt voller Zärtlichkeit an seine Mutter. Du kannst stolz auf ihn sein!«

»Ist das wahr, oder lügst du jetzt auch wieder, Großmutter?« fragte der kleine Chramm, der die Alte seit ihrem Erscheinen in der Kammer feindselig angestarrt hatte.

»Aber Kind, wie kannst du mich so etwas fragen?« erwiderte sie halb erschrocken, halb empört. »Bei meinem Seelenheil, es ist die volle Wahrheit ...«

Sie fuhr fort mit ihren Beteuerungen. Dazwischen barmte und jammerte sie wieder und vergoß viele Tränen.

Plötzlich fiel ihr Blick auf Radegunde, die mit gesenktem Kopf an der Wand lehnte, stumm und halb betäubt von der Wucht der Eindrücke und Empfindungen, die auf sie einstürmten.

»Aber was hat das zu bedeuten?« rief die Königinmutter. »Du bist nicht in der Festhalle? Das wird meinem Sohn nicht gefallen! Geh sofort zu ihm, wahrscheinlich vermißt er dich schon! Das Mahl wird längst aufgetragen sein.«

»Ich bringe jetzt keinen Bissen hinunter!« erwiderte Radegunde.

»Und ich befehle dir, daß du dorthin gehst und deinen Platz einnimmst! Ist es nicht deinetwegen, daß heute gefeiert wird? Beeil dich!«

Noch immer zögerte Radegunde. Aber der kleine Chramm ging zu ihr und nahm ihre Hand.

»Komm«, sagte er. »Wir können meiner Mutter nicht helfen. Gehen wir zu deinem Bruder, er ist mein Freund.«

Sie ließ sich ziehen und ging mit ihm hinaus.

In der Halle herrschte inzwischen lärmende Fröhlichkeit. Die reichlich aufgetragenen Speisen, der Wein und das Bier hatten rasch für einen Wechsel der Stimmung gesorgt.

Die kurze Betroffenheit, die sich der Festteilnehmer bemächtigt hatte, war überwunden. Immerhin handelte es sich um einen Fall, der elf Jahre zurücklag. Warum sollte man sich noch um Menschen grämen, die schon so lange im Grabe lagen? Kinder, die der Tod viel früher als gewöhnlich ereilte, gab es in jeder Familie. Und der König hatte seine Tat ja erklärt. Auch das eigene Leben konnte schon morgen zu Ende sein, der Tod kam oft plötzlich, er nistete unerkannt in den Eingeweiden, er lauerte meuchelmörderisch hinter einer Wand oder einem Baum, er raffte jede zweite Frau im Kindbett hinweg, er hielt Ernte unter den Männern beim nächsten Kriegszug. Das Leben in diesen Zeiten war kurz, und ein so prächtiges Fest erlebte man selten. Mußte man es nicht dankbar genießen?

Der Gastgeber, König Chlothar, gehörte zu den Vergnügtesten. Um seine Wut zu betäuben, hatte er rasch mehrere Becher Wein hinuntergestürzt. Nun rühmte er sich, einen »heimtückischen Angriff« abgeschlagen zu haben. Seinen Bruder Childebert, der mäßig trank, sein gelangweiltes Pferdegesicht in Falten zog und wieder beharrlich schwieg, verspottete er als Schwätzer und Weichling. Allmählich sammelte sich ein Halbkreis von Antrustionen und Würdenträgern vor dem Königstisch. Es waren die Männer, die auch sonst ihrem König respektvoll zu lauschen pflegten. Chlothar war in der Laune, seinem ersten »Triumph« einen zweiten hinzufügen.

»Ein Reich durch Krieg zu erobern ist leicht!« verkündete er. »Und Schätze zu gewinnen, indem man Hunderte Männer opfert, ist ebenfalls nicht schwierig. Man kann es aber auch anders machen. Was meinst du, Bruder? Zum Beispiel verlangt man Wergeld für den Mord an einer Verwandten. Man verlangt es zu dritt, aber wenn der Verklagte dann zahlt, teilen zwei sich das Geld und bescheißen den Dritten. Das ist deine Methode – deine und die des ungebetenen Gastes dahinten. Und ihr habt wohl zusammen noch mehr vor, sonst würdet ihr nicht nachts umherschleichen wie die Wölfe und Füchse. Ich vermute, es zieht euch nach Italien, weil ihr glaubt, das Gold liegt dort auf der Straße. Aber nun paß auf, Bruder, paß gut auf! Jetzt erkläre ich dir meine Methode! Um Italien kümmere ich mich nicht mehr, das habe ich nicht nötig. Ich gönne euch gern die fünfzigtausend Solidi, die ihr euch teilen müßt. Denn ich habe zur selben Zeit viel mehr eingenommen – nämlich zweihunderttausend. Zweihunderttausend gute Goldsolidi! Dazu noch ganze Truhen mit Kostbarkeiten. Und weißt du auch, wie? Bei einem Spaziergang. Hier in der Francia!«

»Du bist betrunken«, sagte Childebert ärgerlich. »Deshalb reißt du das Maul so auf. Wenn du so weitermachst, bleibt für deine Braut heute nacht nichts mehr übrig von dir.«

»Keine Sorge, die bekommt schon ihr Teil! Aber du bekommst nichts – von Chlodomers Schatz! Den habe ich mir bei diesem Spaziergang geholt. Einem Spaziergang durch dein Reich. Vor ein paar Tagen, in Orléans!«

»Wie? Was sagst du?« Der König Childebert wurde munter. »Du warst in Orléans und hast Chlodomers Schatz …?«

»Warum gab ich wohl unserem Mütterchen ein so pompöses Ehrengeleit? Mit fünfhundert meiner besten Männer! Fünfzig hätten doch genügt. Oder nicht? Aber ich mußte ja deine Leute in Orléans ein bißchen beeindrucken.«

»Du Schuft!« rief Childebert. »Chlodomers Schatz gehört uns gemeinsam! Keiner darf Hand an ihn legen, ohne daß der andere zustimmt!«

»Wie wahr!« erwiderte Chlothar und lachte. »Wie wahr! Das war so vereinbart. Aber du stimmtest ja auch nicht zu, als ich Hand anlegte, um uns sein Reich zu sichern. Du tatest nichts, und ich mußte die blutige Arbeit mit unseren armen kleinen Neffen allein machen. Und dann nahmst du dir sogar frech das größere Stück! Geht es nicht mehr nach Verdienst? Ich meine doch! Also legte ich nochmals Hand an, ohne zu fragen!«

»Wohin hast du Chlodomers Schatz gebracht? Wo ist er jetzt?«

»Natürlich in Sicherheit. Auf meinem Gebiet. Ich rate dir, keinen Versuch zu machen, ihn zurückzubekommen. Denn sieh mal, mit diesem Gold bin ich imstande, ein stattliches Heer zu unterhalten. Auch die verdienten Männer, die du hier siehst, werden bald in ihrem Geldbeutel spüren, daß ihre Treue sich auszahlt. Ja, Männer«, rief er. »Das verspreche ich euch! Es lohnt sich, König Chlothar die Treue zu halten!«

Die betrunkenen Antrustionen grölten und jubelten. Chlothar leerte noch einen Becher. Dann wandte er sich den Frauen zu.

»Was habt ihr nur für ein Glück, ihr Frauen! Ihr teilt das Bett mit dem größten König auf Erden! Nicht einmal der Kaiser in Konstantinopel ist so reich und so mächtig! Was ist los?« fuhr er Radegunde an. »Was machst du für ein Gesicht? Warum lachst du nicht? Warum freust du dich nicht? Ist jemals eine Braut so glücklich gewesen?«

»Ach, sie war bei Chunsina«, sagte Ingunde. »Das bedrückt sie ein bißchen.«

»Was ist mit Chunsina? Ist sie wieder zu sich gekommen?«

»Deine Mutter ist bei ihr. Aber sie kann sich noch nicht beruhigen.«

»Nun weiß sie es wenigstens, und die ewige Fragerei hat ein Ende. Das wurde mir schon verdammt lästig.«

»Ich finde, daß unser geliebter König und Herr sie aufsuchen sollte«, zwitscherte Aregunde. »Ein paar freundliche Worte – gleich wird sie sich besser fühlen und leichter über alles hinwegkommen.«

»Meint ihr wirklich? Vielleicht mag sie mich jetzt nicht sehen.«

»Meine Schwester hat recht«, fand Ingunde. »Ich denke, das ist unser Herr ihr auch schuldig.«

»Nun, wenn das eure Meinung ist ... warum soll ich nicht zu ihr gehen? Ich habe ihr ja nichts vorzuwerfen. Sie war zwar die Mutter, aber man kann ihr keine Schuld daran geben, daß sie zwei überflüssige Merowinger geboren hat. Kommt alle mit! Ich bringe ihr einen Becher Wein!«

Chunsina lag noch auf dem Ruhebett, und die Königinmutter saß neben ihr, als König Chlothar die Tür zu der Kammer aufstieß. Schwankend trat er ein, einen Becher in der Hand, aus dem Wein herausschwappte. Hinter ihm erschienen die Schwestern und Radegunde.

»Chunsina!« rief Chlothar. »Ich bringe dir Wein, der wird dich stärken! Ich habe den Becher selbst heraufgetragen. Hier, nimm ihn. Trinke – und du wirst dich gleich besser fühlen!«

Chunsina stieß heftig den Becher weg, der der Hand des Königs entglitt und scheppernd über den Boden rollte.

Chlothar, über und über mit Wein bespritzt, nahm es gelassen.

»Du bist mir wohl böse? Wie sehe ich jetzt aus! Vielleicht bist du auch nur eifersüchtig. Wie? Das kann ich verstehen. Radegunde ist halb so alt wie du – und was für ein schmuckes kleines Täubchen! Trotzdem, Chunsina, trotzdem liebe ich dich noch immer ... Ja, ich bin dir von Herzen zugetan! Und diese Tat, von der heute die Rede war ... Ich vollbrachte sie nur aus Liebe zu dir! Ja, ja, aus Liebe! Ich konnte es nicht ertragen, daß du so viele Söhne von meinem Bruder hattest. Ich will, daß du nur Söhne von mir hast. Kannst du das nicht verstehen? Einen hast du schon, und nun werde ich dafür sorgen, daß mindestens noch zwei dazukommen, als Ersatz für die verlorenen. Das verspreche ich dir, Chunsina! Ich habe dich in letzter Zeit ein bißchen vernachlässigt, aber das wird sich nun ändern. Das schwöre ich! Was macht es, daß du nicht mehr schön und schon ziemlich alt bist? Darüber sehe ich großmütig hinweg. Jedenfalls soll es nicht an mir liegen, wenn du nicht noch zwei Söhne bekommst. Warum fangen wir nicht gleich damit an? Gleich heute! Geht alle hinaus, und laßt mich mit ihr allein! Komm, Chunsina ... Komm schon, zier dich nicht ...«

Chlothar beugte sich über das Ruhebett. Doch da erhielt er einen Stoß vor die Brust, so daß er das Gleichgewicht verlor und rücklings zu Boden stürzte. Chunsina schnellte empor, stieg über ihn hinweg und war im nächsten Augenblick draußen.

Radegunde wollte ihr folgen und trat hinaus in den Gang. Doch da sah sie Chunsina schon eine Treppe hinabeilen und verschwinden. Sie gab es auf, lehnte sich draußen an die Wand und schlug die Hände vor das Gesicht.

In der Kammer bemühten die Schwestern sich um den König. Er fluchte erbärmlich. Die Königinmutter schalt ihn und rief, er solle sich zusammenreißen, dies sei sein Hochzeitstag, und er täte besser daran, sich um seine Braut zu kümmern. Nach mehreren vergeblichen Versuchen, unter Geschrei und Gepolter, stellten sie ihn schließlich auf die Beine.

»Die alte Hure!« grollte er. »Früher war sie immer nur geil. Sie konnte gar nicht genug bekommen. Sonst wäre sie ja auch nach Chlodomers Tod nicht gleich in mein Bett gehüpft! Ich wollte sie gar nicht, aber sie war so verrückt nach mir, daß ich mich nicht vor ihr retten konnte. Hundertmal hat sie geschworen, daß sie nie einen anderen als mich geliebt hat. Und jetzt macht sie so ein Theater ... nur um Chlodomers Bälger.«

»Du mußt dich umkleiden«, sagte die Königinmutter streng. »Und hör auf zu trinken. Denke daran, daß du heute noch etwas vorhast!«

»Was denn, Mutter?«

»Das weißt du sehr gut. Ohne das Beilager ist alles ungültig. Deine Braut wird erst deine Rechtsgenossin, sobald sie dein Lager besteigt.«

»Meine Braut! Ja, ja, meine Braut! Warum kümmere ich mich um die Alte, wo ich doch eine Junge habe? Das ist nur mein gutes Herz. Wo ist Radegunde? Wo ist mein knuspriges Täubchen? Auf ins Hochzeitsbett!«

»Ist alles vorbereitet?« fragte die Königinmutter.

»Darum sorge dich nicht«, sagte die Königin Ingunde. »Nur ist es noch etwas zu früh.«

»Hoffentlich geht alles gut.«

»Wir machen das schon!« bekräftigte die Königin Aregunde. »Notfalls helfen wir ihm dabei!«

Von den Schwestern zu beiden Seiten gestützt, verließ der König Chlothar die Kammer. Auf dem Gang von einer Seite zur anderen schlingernd, entfernten sie sich. Die Königinmutter folgte ihnen mit ruckenden Schritten, wobei sie ihre Perücke zurechtschob.

Die Braut, die hinter ihnen an der Wand lehnte, bemerkten sie nicht.

22

Radegunde kehrte nicht in die Halle zurück. Dort traten jetzt Tänzer und Akrobaten auf, aber sie hatte keine Lust, ihnen zuzusehen. Sie ging in den Garten hinaus und lief eine Weile unstet umher. Es war schon dunkel, und ein kühler Wind wehte. Sie schlug die Arme vor die Brust, weil sie fror, denn sie hatte nur ihr Kleid an und keinen Mantel darüber. Der vor langer Zeit noch von den Römern angelegte Garten war vernachlässigt, die Wege waren von Gesträuch überwuchert, die Statuen umgefallen oder beschädigt. Einmal stolperte sie und scheuchte ein Liebespaar auf, das erschrocken floh. Sie fand eine Bank und setzte sich. Aber im nächsten Augenblick stand sie schon wieder auf und irrte weiter. Das Lärmen und Lachen aus der Festhalle tönte herüber, das Kreischen der Flöten, das Krachen der Zimbeln und Becken. Radegunde kam an eine halbverfallene Säulenhalle, die den Garten begrenzte. Dahinter erhob sich die Festungsmauer. Sie kehrte um und lief abermals quer durch den Garten. Zweige schlugen ihr ins Gesicht, ihre Haare flatterten im Wind. An den Pfeilern eines Ganges, von dem man in die Festhalle gelangte, loderten Fackeln. Hier ergingen sich Gäste, um frische Luft zu schöpfen. Ein paar Kinder spielten Fangen. Schon wollte sie sich wieder umdrehen und ins Dunkel zurückziehen, als sie plötzlich am Arm ergriffen und festgehalten wurde. Erschrocken drehte sie sich um. Da wurde ihr schon ein Mantel um die Schultern gelegt.

»Sehr leichtsinnig, so herumzulaufen. Willst du krank werden? Willst du sterben?«

»Ja«, sagte sie. »Ja, das würde ich gern.«

Es war Theudebert.

Er führte sie zu einer windgeschützten Nische am Ende des Gangs. Hier sah er sich nach ein paar Männern um, die beieinanderstanden und scherzten. Sie hatten nichts bemerkt. Im nächsten Augenblick preßte er Radegunde an sich und küßte sie.

Sie wehrte sich nicht und erwiderte den Kuß. Nichts hatte sie mehr ersehnt, seit so langer Zeit. Niemals hatte sie Dracho, ihren Retter, vergessen. Er war der Held aller Träume und Wünsche ihrer Mädchenjahre gewesen. Nur ihn hatte sie geliebt, nur mit ihm hatte sie die schönsten Abenteuer bestanden. Es hatte keinen anderen gegeben, dem sie auch nur in der flüchtigen Scheinwelt eines Gedankens seinen Platz eingeräumt hätte. So genoß sie die kleine Ewigkeit dieses Glücks, das nur ein paar Atemzüge lang währte.

Denn nun erschrak sie. Sie war die Braut König Chlothars und küßte an ihrem Hochzeitstag seinen Verwandten, den König Theudebert.

Mit einer heftigen Bewegung machte sie sich los. Sie drückte sich an die Wand der Nische und blickte unwillig zu ihm auf.

»Was tun wir? Was willst du von mir? Warum läßt du mich nicht in Ruhe? Du hast doch heute schon genug angerichtet!«

»Radegunde ...«

»Willst du mich auch noch unglücklich machen – so wie die arme Chunsina?«

»Es tut mir leid«, sagte Theudebert seufzend. »Aber ich mußte auf eine Beleidigung antworten.«

»Was war dir schon widerfahren? Bist du nicht ein mächtiger Mann, dem so kleine Bosheiten nichts ausmachen sollten? So etwas ist doch nur Eitelkeit! Schließlich hast du ja doch bei deinen Leuten gesessen. Hat das deiner Macht und deinem Ansehen geschadet? Ihr aber hast du alle Hoffnung genommen!«

»Das wollte ich nicht. Ein Wort gab das andere. Der ersten Beleidigung folgten weitere, schlimmere. Ich konnte das nicht hinnehmen und mußte antworten. Und plötzlich war es heraus.«

»Sie lebte dafür, ihre Söhne wiederzusehen. Vielleicht hoffte sie, sie würden sich doch noch ihr Erbe erstreiten. Sie ist hier unglücklich und glaubte vielleicht, sie würden sie einmal zu sich nehmen. Doch jetzt ...«

»Aber ist es nicht besser für sie, die Wahrheit zu kennen, als nur zu glauben, zu hoffen? Was nützte ihr denn die falsche Hoffnung?«

»Sie gab ihr Kraft, sie hielt sie aufrecht. Sie half ihr, das Leben hier zu ertragen.«

»Und wie ist es mit dir?« Er nahm ihre Hand und hielt sie so fest, daß es ihr nicht gelang, sie wegzuziehen. »Willst du ebenso leben – mit einer falschen Hoffnung? Vielleicht mit der Hoffnung auf ein besseres Jenseits, wie es die Priester verkünden? Willst du die Ehe mit einem Unhold aushalten, einem Teufel in Menschengestalt, um dir so etwas wie eine Märtyrerkrone zu verdienen?«

Sein Gesicht war ganz nahe, und seine Augen suchten die ihren.

Sie wich aus und sagte tapfer: »Ich will so leben, wie es mir nach Gottes Ratschluß bestimmt ist. Auf Belohnung im Jenseits hoffe ich nicht.«

»Radegunde!« Er ließ ihre Hand los und packte sie an den Schultern. »Überlege! Denke nach! Es kann nicht gegen Gottes Ratschluß sein, auf der besseren Straße zu gehen, wenn es zwei gibt und du die Wahl hast!«

»Ich habe ja keine Wahl mehr.«

»Du hast mit ihm noch nicht das Bett geteilt! Noch ist

Zeit! Erst morgen würdest du wirklich mit ihm verheiratet sein!«

Theudebert blickte sich um und überzeugte sich, daß sie weder gesehen noch belauscht wurden. Es war niemand mehr im Gang. Aus dem Festsaal war prasselnder Beifall für irgendeine Darbietung zu hören. Und wieder ertönte Musik.

»Noch in dieser Nacht«, fuhr er fort, »erreichen wir die Grenze. Ich lasse sofort das Lager abbauen. Morgen zur Mittagszeit sind wir in Reims, und von dort geht es gleich weiter nach Metz.«

»Aber willst du ...« Jetzt sah sie ihn an, und trotz der Dunkelheit bemerkte er das freudige Aufleuchten in ihren Augen. »... willst du mich denn wirklich entführen?«

»Ja! Ja, das will ich! Endlich habe ich dich gefunden und kann mit dir sprechen. Zeit verlieren dürfen wir nicht. Ich bringe dich unerkannt durch das Tor. Sie werden dich bald vermissen. Aber die meisten sind betrunken, und selbst wenn sie etwas ahnen, werden sie vor morgen früh nichts ausrichten können. Dann sind wir längst fort!«

»Nein, nein!«

»Sprich leise!«

»Es ist nicht möglich!«

»Aber wir lieben uns doch.«

»Du bist verheiratet. Ich will bei dir nicht die zweite oder dritte sein.«

»Ich habe nur eine Frau. Sie war immer krank, sie wird bald sterben. Mein Sohn ist von einer anderen, mit der ich aber nicht leben will. Du wirst die einzige sein, Radegunde. Du wirst Königin eines riesigen Reiches sein, zu dem auch deine Heimat gehört!«

»Du bist doch nicht meinetwegen gekommen.«

»Nein. Ich kam her, um mit Childebert ein Bündnis zu schließen. Es geht mit dem Kaiser gegen die Goten. Dieser

Zweck ist erfüllt, aber nun gibt es noch einen höheren. Seit ich dich wiedersah …«

»Du würdest mich bald allein lassen und in den Krieg ziehen.«

»Ich nehme dich mit, wohin ich auch gehe!«

»Er wird uns verfolgen!«

»Wer? Etwa Chlothar?«

»Er wird sich doch nicht gefallen lassen, daß ihm am Hochzeitstag die Braut geraubt wird. Es ginge gegen seine Ehre!«

»Dieser Schuft weiß nichts von Ehre. Er ist zu feige, er wird es hinnehmen.«

»Und wenn es trotzdem zum Krieg kommt?«

»Dann wird er die Folgen tragen.«

»Aber es werden viele sterben. Meinetwegen! Das will ich nicht.«

»Ich sage dir: Dazu wird es nicht kommen!«

»Aber mein Bruder … mein Bruder wird sterben! Ihn wird er gleich umbringen.«

»Deinen Bruder nehmen wir mit. Ich sorge dafür, daß er noch heute nacht hier herausgebracht wird und später zu uns stößt.«

»Aber … aber ich …«

»Radegunde! Genug! Jedes Wort ist zuviel. Vielleicht vermißt man dich drinnen schon. In diesem Augenblick, Radegunde, mußt du dich für dein ganzes weiteres Leben entscheiden! Vermeide einen schrecklichen Fehler. Schon ein Zögern kann alles verderben. Sag, daß du einverstanden bist, Radegunde! Entscheide dich!«

»Ich … Mein Geliebter, ich …«

Sie konnte nicht weitersprechen. Sie konnte nur noch den Tränen ihren Lauf lassen. Sie hob die Arme, griff in die weißblonde Lockenmähne, zog seinen Kopf zu sich heran, drückte ihr Gesicht gegen das seine.

In diesem Augenblick hörten sie hinter sich einen Schrei.

Sie fuhren auseinander und sahen sich um. Sie konnten aber nicht ausmachen, woher der Schrei gekommen war, auch nicht, ob ein Mann oder eine Frau geschrien hatte. Es war kein Freudenschrei eines fröhlichen Festteilnehmers gewesen, vielmehr ein schriller Laut, aus dem Überraschung, Bestürzung, Entsetzen sprachen. Da bemerkten sie auch gleich, daß Gäste aus der Festhalle kamen und aufgeregt redend und gestikulierend in entgegengesetzter Richtung den Gang entlangeilten.

»Ich sehe mal nach, was es gibt«, sagte Theudebert. »Warte hier.«

Er drückte Radegunde die Hände und folgte den anderen. Immer mehr Gäste drängten aus der Halle. Radegunde sah ihre Gesichter im Fackelschein, hörte die Stimmen, ohne die Worte zu verstehen – und plötzlich ahnte sie, was geschehen war.

Sie konnte nicht abwarten, bis er zurückkam. Sie mußte sich Gewißheit verschaffen. Man sah König Chlothars Braut allein, in einen über den Boden schleifenden Mantel gehüllt, aus dem im Dunkeln liegenden Teil des Ganges auftauchen, doch nahm sich jetzt niemand die Zeit, sich darüber zu wundern. Während sie mit einem Grüppchen von Gallorömern Schritt hielt, hört sie halblaut getauschte Bemerkungen: »Das war zuviel für sie!« – »Sie scheint es nicht einmal geahnt zu haben.« – »Meine Frau hätte mich erschlagen, hätte ich ihrem Sohn von Marcellus etwas angetan.« – »Auch wenn es erst nach elf Jahren herausgekommen wäre?« – »Dann erst recht.«

An der Ecke eines Seitengebäudes stand ein Turm von etwa fünfundzwanzig Fuß Höhe, ein früherer Wachturm der Festungsmauer, der bei der Erweiterung des Palastes stehengelassen worden war. Er hatte nur ein einziges kleines Fenster unter dem Dach, aber die Frau, die auf dem Rasen lag, war so zierlich und schmal, daß es ihr gelungen sein mußte, sich hindurchzuzwängen. Einige Männer hatten Fackeln aus den Halterungen an den Pfeilern genommen und leuchteten den Knechten, die schon mit einer Bahre herbeiliefen. Etwa zweihundert Gäste standen im Kreise und sahen zu, wie sie den leblosen Körper rasch und ohne Umstände aufluden. Jetzt schwiegen alle, nicht nur aus Ehrfurcht vor dem Tode. Man vermied es, eine Bemerkung zu machen, die gehört werden konnte und die man später vielleicht bereuen würde.

Nur Baudins Stimme war zu vernehmen: »Geht wieder hinein. Warum steht ihr hier noch herum? Es ist ein Unglücksfall. Sie hat gern in dem Fenster da oben gesessen. Sie muß den Halt verloren haben und abgestürzt sein. Wir können nichts mehr für sie tun, geht wieder zurück in die Halle. Das Fest ist noch lange nicht zu Ende!«

Von drinnen tönte schon wieder Musik, die kurz unterbrochen gewesen war. Die Reihen der Zuschauer teilten sich vor den Knechten mit der Bahre. Auch Radegunde wich zurück. Als sie an ihr vorüberkamen, stolperte einer der Knechte, und der Kopf der Toten dreht sich ihr zu. Chunsinas offene Augen schienen sie anzusehen, groß und traurig, als wäre in ihnen noch Leben.

Die Knechte verschwanden mit dem Leichnam. Baudin wiederholte seine Aufforderung, in die Halle zurückzukehren, und ging selbst voran. Ein Teil der Gäste setzte sich in Bewegung, andere blieben noch in Grüppchen auf der Wiese stehen. Die Zungen lösten sich nun wieder, und halblaut wurde der schaurige Tod einer fränkischen Königin erörtert.

Radegunde war reglos stehengeblieben und starrte noch immer auf die Stelle, wo die Tote gelegen hatte. Plötzlich war Theudebert neben ihr.

Er berührte leicht ihren Arm und flüsterte: »Jetzt sind alle beschäftigt. Niemand achtet auf uns. Das ist günstig, das kommt uns gelegen! Ich gehe voran, und du folgst mir mit ein paar Schritten Abstand. Wirf den Mantel über den Kopf, dann erkennt dich niemand!«

»Nein!«

»Was hast du?«

Sie riß seinen Mantel von ihren Schultern und ließ ihn ins Gras fallen.

»Du bist auch nur ein Mörder!«

»Radegunde … Warte!«

Aber sie hatte ihm schon den Rücken gekehrt. Mit ein paar schnellen Schritten war sie unter den Gästen, die der Halle zustrebten.

Was weiter in dieser Nacht geschah, nahm Radegunde nur noch mit halbem Bewußtsein wahr. Es erschien ihr wie ein Alptraum nach einem Tag voller Aufregungen und Schrekken.

Man schleppte sie in ein düsteres Gemach, wo sie von Dienerinnen entkleidet wurde. Betrunkene standen herum, grölten ein Hochzeitslied und schrien ihr unter Gelächter Ratschläge zu. Von der Bettstatt grinste der König Chlothar, nackt und behaart, und streckte die Pranken nach ihr aus. Die Männer verschwanden, und hinter einem Vorhang traten zwei Frauen hervor, auch sie völlig nackt. Das waren die königlichen Schwestern. Die eine warf Radegunde auf das Lager und drückte sie nieder. Die andere machte sich an dem König zu schaffen. Er ächzte und fluchte. Die Frauen wälzten ihn auf sie, so daß sie kaum Luft bekam. Sein stinkender Atem betäubte sie fast. Sie wälzten ihn wieder herunter, zerrten an Radegundes Armen und Beinen, und brachten sie in verschiedene Stellungen. Der König stöhnte und lallte. Die Frauen flüsterten miteinander. Eine verschwand und kam mit einem länglichen Gegenstand wieder. Chlothar lag abgewandt auf der Seite und röchelte.

Die Frauen packten sie wieder, und plötzlich verspürte sie einen Schmerz, als würde sie in der Mitte zerrissen. Mehr nahm sie nicht wahr, sie sank in eine Ohnmacht. Von Zeit zu Zeit erwachte sie daraus, und schließlich war sie mit Chlothar allein. Ausgestreckt lag er auf dem Rücken und schnarchte. Sie hatte sich vor der Bettstatt auf dem Bretterboden zusammengerollt. Sie fror. Auf einem Hocker neben ihr lag ihr Kleid, und sie nahm es und bedeckte sich. Es dämmerte schon.

Sobald es ganz hell war, kamen Dienerinnen. Sie führten sie hinaus, steckten sie in einen Zuber, badeten sie, flochten ihr Haar, kleideten sie an und brachten sie in die kleine Empfangshalle. Da saßen schon die Königinmutter, der König Childebert, die Schwestern Ingunde und Aregunde und die vornehmsten Hochzeitsgäste, die im Palast übernachtet hatten. Auch König Chlothar war da und ging herum und zeigte ein blutbeflecktes Bettuch. Alle lachten und nickten zufrieden.

Er kam auf sie zu und küßte sie.

»Du bist müde, wie?« sagte er leise. »Soviel Vergnügen hast du noch nie genossen. Aber warte nur, es kommt noch besser!«

Und dann rief er in den Saal: »Jetzt habe ich Thüringen endlich erobert!« Und dabei schwenkte er das Bettuch.

Man war zur Überreichung der Morgengabe nach der Brautnacht zusammengekommen. Wieder wurde ein Vertrag besiegelt und bezeugt. Radegunde erhielt ein großes Gut am Rande der Stadt Poitiers und noch einige kleinere, ebenfalls südlich der Loire, in den Gebieten, die der König nach der Teilung des Chlodomer-Reiches an sich gebracht hatte.

Das Fest ging weiter, es sollte noch mehrere Tage dauern. Nach der Zeremonie begaben sich alle in den Palasthof, wo Waffenspiele veranstaltet wurden. Radegunde erklärte, müde zu sein und sich nicht wohl zu fühlen. Dafür hatten alle Verständnis, die Teilnahme wurde ihr erlassen.

Während Geschrei und Schwertergeklirr aus dem Palasthof heraufdrangen, saß sie in einem Armstuhl am Fenster. Sie blickte hinunter auf die herbstliche Landschaft mit dem im Sonnenlicht schimmernden Bogen der Aisne.

Da sah sie zwei Gruppen von Menschen sich langsam von der Stadt fortbewegen.

Die kleinere war ein Leichenzug. Er bewegte sich auf den Friedhof vor der Mauer zu. Nur wenige folgten dem Karren mit der schmalen Kiste. Es waren fast nur Frauen: ein paar alte Witwen aus der Stadt und Dienerinnen aus dem Palast. Ein kleiner Knabe ging hinter dem Karren. Ganz ohne Aufsehen, damit das Fest nicht noch einmal gestört wurde, trug man die Königin Chunsina zu Grabe.

Der größere Zug war schon weit entfernt. Auf der alten Römerstraße bewegte er sich nach Osten. Seine Spitze näherte sich dem Horizont. Es waren Reiter, denen ein Troß von Fuhrwerken folgte. König Theudebert, der nicht mehr mitfeiern wollte, kehrte zurück in sein Reich.

Radegunde verließ den Raum und ging hinunter in die Kapelle. Sie war dort allein, auch die Priester und Diakone sahen den Wettkämpfen zu. Auf dem Teppich vor dem Altar ließ sie sich nieder.

Sie begann Psalmen zu murmeln, wie sie ihr das Gedächtnis eingab. Die uralten heiligen Texte, die sie ohne bewußte Auswahl einfach nur hersagte, gaben ihr nach und nach eine große Ruhe. Die aneinandergereihten Worte mit dem erhabenen Klang beruhigten ihr Gemüt und trugen sie fort. Alles Elend und alle Greuel blieben zurück.

Auch dies war wieder eine Flucht. Aber noch gab es kein klares Ziel. Noch wußte sie nicht, wo sie ankommen würde.

Die Worte des armen Modestus fielen ihr ein: »Auf Gott verlasse dich. Er bringt dich hin, und er selbst ist das Ziel.«

Nach einer Weile erhob sie sich. Die Flucht des Geistes unterbrach der ermüdende Körper. Die Knie taten ihr weh. Beim nächsten Mal würde sie ein Kissen mitbringen müssen.

Die neue Königin der Franken wußte schon, daß dies in Zukunft ihr Lieblingsplatz sein würde.

Die dritte Flucht

23

»Wo ist sie? Warum ist sie nicht hier? Wo treibt sie sich wieder herum? Ich wünsche, daß alle anwesend sind, wenn ich mich zu Tisch setze. Aber ich muß sie fast jeden Tag holen lassen. Warum wird nicht dafür gesorgt, daß sie rechtzeitig hier ist?«

König Chlothar setzte sich an den Tisch in der kleinen Halle, wo das Mahl bereits aufgetragen wurde, fuchtelte mit dem Löffel und warf wütende Blicke um sich. Seine Frauen, seine Kinder und ein paar Würdenträger des Hofes hatten schon auf ihn gewartet.

»Es wurde nach ihr geschickt«, antwortete die Königin Ingunde. »Sie versprach auch, gleich heraufzukommen, aber ...«

»Wo steckt sie?«

»Im Garten«, sagte die Königin Aregunde. »Sie geht dort spazieren. Mit ihrem Priester, dem Waldo. Unserem großen Gelehrten, unserer Wintersonne.«

»Also mit dem Priester ... immer wieder mit dem Priester! Warum habe ich diesen Kerl aus Athies hierherkommen lassen? Wer war es eigentlich, der mir dazu geraten hat? Warst du das nicht, Baudin?«

»Nicht geraten, König«, sagte der alte Höfling mit seinem geschmeidigen Lächeln. »Nur nicht abgeraten. Es war ihr Wunsch. Sie wollte, daß Waldo an den Hof kam. Ich erkundigte mich nach ihm beim Bischof. Der war voll des Lobes über ihn. Sein Urteil gab ich nur an dich weiter.«

»Ja, rede dich nur heraus! Ein feiner Ratgeber, der nicht selber denkt. In Zukunft frage ich mein Pferd!«

»Du warst doch bis jetzt mit ihm zufrieden. Hast seine schöne Schrift und sein Latein gelobt. Sagtest du nicht, du wolltest ihn zu deinem Referendar machen?«

»Daran erinnere ich mich nicht. Warum sitzt ihr alle so da und glotzt? Warum ist nicht schon jemand unterwegs und holt sie?«

Chlothar starrte seinen Sohn Charibert an, der in der Nähe der Tür saß. Der dicke Jüngling erhob sich mit einem Seufzer und ging hinaus.

Er fand Radegunde mit dem jungen Priester in der halbverfallenen Exedra am Ende des verwilderten Gartens. Sie saßen im lebhaften Gespräch auf einem umgestürzten Pfeiler.

»Du sollst sofort kommen!« sagte Charibert. Er ärgerte sich, weil er sich Radegundes wegen anstrengen mußte und ihretwegen noch nichts zu essen bekam. »Vater ist wütend auf dich. Alle sind schon bei Tisch!«

»Ich bin gleich bei euch«, erwiderte sie freundlich. »Man kann doch auch ausnahmsweise mal ohne mich anfangen. Sieh mal«, wandte sie sich wieder an Waldo, »was ist erreicht, wenn du nur allein im Besitz der Wahrheit bist – oder glaubst, es zu sein – und nicht willens oder imstande, sie weiterzuvermitteln? Eine Krankheit oder ein Unfall tötet dich und mit dir alle deine schönen Erkenntnisse. Und für die Welt ist nichts gewonnen. Die Menschen, an die du sie hättest weitergeben können, sind stumpf und unwissend geblieben.«

»Es kann nicht sein, daß ich so weit hinabsteige«, sagte Waldo mit einer entschiedenen Geste, »meine heilige Wahrheit für billigen Beifall zu verhökern! Ich will nicht geliebt und beklatscht werden wie ein Wagenlenker oder ein Schauspieler!«

»Also ziehst du es vor, auf Beifall ganz zu verzichten und ihn denen zu überlassen, die die Unwahrheit verkünden?«

Charibert stand immer noch da und maulte: »Was ist nun? Bin ich umsonst gekommen? Soll ich Vater sagen, daß du lieber mit dem da redest, als mit ihm bei Tisch zu sitzen?«

»Geh nur schon, Chari, und sag ihm, daß ich gleich bei ihm bin.«

»Du wirst schon sehen, was du davon hast!« Der dicke Jüngling machte kehrt und verschwand.

»Ich bitte dich, Königin, laß dich durch mich nicht zurückhalten!« mahnte der junge Priester.

»Erstens bist es nicht du, der mich zurückhält«, sagte Radegunde lächelnd, »sondern der Gegenstand unseres Gesprächs. Und zweitens nenne mich nicht ›Königin‹. Jedenfalls nicht, wenn wir unter uns sind. Um nun aber auf meine Frage zurückzukommen – dir ist also völlig gleichgültig, ob Menschen dich mögen oder nicht?«

»Ich halte es mit Augustinus, unserem Lehrer. Tadelt er sich nicht selbst dafür, daß er jemanden verehrte und liebte, nur weil dem alle Welt Beifall spendete? Daß ihm dieser Mann, ein berühmter römischer Redner, gefiel, nur weil er den anderen gefiel und sie ihn heftig lobten? Den anderen – das heißt allen, denen nur ein windiger Wortschwall, wie er sagt, aus der Brust hervortritt, bei denen sich die Wahrheit hierhin und dorthin dreht, so daß ihr Licht im Nebel versinkt?«

»Könnte es vielleicht sein, mein Freund«, entgegnete Radegunde streitbar, »daß du unseren verehrten Augustinus ein bißchen mißverstanden hast? Oder daß du ihn zumindest sehr einseitig auslegst? Augustinus schickte dem Redner sogar ein Manuskript, auch weil er ihn selber gehört und aus eigenem Urteil bewundert hatte. Und sagt er nicht sehr klar, daß dieser Mann ganz anders geliebt und gelobt wurde als zum Beispiel ein Schauspieler? Daß er mit Ernst gelobt wurde, so wie unser Lehrer es auch für sich selber wünschte? Er anerkennt also, daß der Mann auch ein Recht auf diesen Beifall hatte, weil er Wahres und Richtiges verkündete. Was ist also schlecht daran, daß die Wahrheit als Verkündiger jemanden findet, der auch geliebt wird und dem man aus vollem Herzen zujubelt?«

»Man jubelt nur dem zu, der etwas sagt, was ohne Mühe verstanden wird«, widersprach Waldo überzeugt. »Die Wahrheit aber ist schwierig und tief.«

»So mache sie einfach!« rief Radegunde, wobei sie sich zu ihm neigte und ihre Hand auf die seine legte. »Und hole sie aus der Tiefe hervor, damit alle sie sehen und bewundern! Und schäme dich nicht, wenn du dafür geliebt wirst!«

Oben am Fenster der kleinen Halle stand König Chlothar und sah, wie seine Frau Radegunde mit dem Priester ganz ungeniert und vertraulich in der hintersten Ecke des Palastgartens saß, Seite an Seite und so nahe bei ihm, daß sich ihre Köpfe fast berührten. Und ihre Hand lag auf der seinen.

Als Charibert ohne sie zurückgekommen war, hatte er vor Wut eine Schüssel zertrümmert. »Sie kann sich nicht von ihm trennen«, war die Meldung des boshaften Jünglings gewesen. Der König hatte sich dann aber besonnen und »Chari dem Faulen« mit Strafe gedroht, in der Annahme, daß er gar nicht bei Radegunde gewesen war. Da hatte ihn Aregunde ans Fenster geführt.

»Das ist ihre Lieblingsbeschäftigung«, sagte sie spitz. »Es gibt keine Bank in deinem Park, auf der sie nicht schon mit einem dieser Männer gesessen hätte, mit Bischöfen, Sängern, Philosophen, Sterndeutern – und natürlich immer mit dem da, dem Waldo. Heute kann man die beiden ausnahmsweise mal sehen, weil sie dort in der alten Halle hocken. Aber es gibt ja auch Bänke, die hinter dichten Büschen versteckt sind.«

»Paß auf, Schwester, was du redest«, ließ sich Ingunde,

die noch einmal schwanger geworden war und am Tisch viel Platz beanspruchte, mit gespieltem Tadel vernehmen. »Wir wollen doch unseren Herrn nicht beunruhigen.«

»Warum denn nicht?« Aregunde, grell aufgeputzt wie gewöhnlich, spielte die Empörte. »Das muß man doch einmal sagen dürfen! Noch dazu, wo wir nun alle hungrig hier sitzen und warten, bis sie da unten fertig ist. Jetzt streicht sie ihm sogar übers Haar! Jedenfalls nimmt sie sich viel Zeit für ihn. Und wenn sie nachher zu erscheinen geruht, wird sie unseren Herrn wieder drängen, alle möglichen Männer einzuladen, die sie zu sehen wünscht. Und dann kommt wieder so ein Gelehrter oder Verseschmied an, und sie hängt sich an ihn wie eine Klette, und wir müssen uns Abend für Abend bei seinen endlosen Vorträgen langweilen. Darf man nicht fragen, ob das gerecht ist?«

König Chlothar senkte den Kopf mit der nun vollkommen grauen Mähne und steckte die Daumen hinter den Gürtelriemen.

»Dacco«, knirschte er. »Schaff mir sie mir her. Alle beide!«

Der oberste Leibwächter machte ein dummes Gesicht.

»Wie? Auch den Pfaffen? Soll er denn hier mit uns ...?«

»Hast du so große Ohren am Kopf, du Ochse, und hörst nichts?« schrie der König. »Dann brauchst du sie ja nicht mehr, und ich kann sie dir endlich abschneiden lassen! Sie stören mich schon lange!«

Er blieb am Fenster stehen und sah zu, wie Dacco unten durch den Park eilte. Als er Radegunde und Waldo erreichte, hatten die beiden sich schon erhoben und kamen ihm entgegen. Der bullige Comes wollte sich aber den Weg nicht umsonst gemacht haben. Er packte den Priester am Arm und schleppte ihn mit sich. Radegunde protestierte, doch blieb ihr nichts anderes übrig, als hinterherzulaufen.

Der König grinste in sich hinein, setzte sich an seinen

Platz und wartete. Im nächsten Augenblick erschien Waldo in der Tür und trat, von Dacco gestoßen, mit stolpernden Schritten ein. Radegunde folgte den beiden.

Sie war jetzt einundzwanzig Jahre alt. Ihre blühende Erscheinung hatte in den drei Jahren, in denen sie Palastluft atmete, noch nicht gelitten. Sie ähnelte weit weniger einer Königin als den hübschen Mädchen vom Land, die als Mägde hin und her liefen und das Essen brachten. An diesem Frühlingstag trug sie nur ein einfaches knielanges Kleid mit Ledergürtel. Ihr blondes Haar wurde von einem Stirnband gebändigt. Das kleine goldene Kreuz am Halse und die Kugelkapsel als Gürtelgehänge waren auch jetzt ihr einziger Schmuck, Erinnerungen an die Jahre in Athies. Nur an Festtagen war sie bereit, eines der vielen pompösen Schmuckstücke anzulegen, die sie jetzt besaß.

»Warum wird hier ein Geistlicher wie ein Verbrecher behandelt?« fragte sie forsch bei ihrem Eintritt.

»Weil er mit seinem Pfaffengeschwätz eine Königin hindert, ihrem Gemahl bei Tische Gesellschaft zu leisten«, sagte Chlothar mit seinem aasigen Lächeln. »Oder ist das vielleicht kein Vergehen?«

»Nein, das kann ich nicht finden. Im übrigen drängte er mich, schnell heraufzukommen. Aber ich mußte noch etwas klären, eine wichtige Frage. Man hätte doch ohne mich anfangen können.«

»Ohne dich, Liebste? Wie sollte mir da das Essen schmekken? Setz dich doch endlich.«

Schweigend nahm sie neben ihm Platz.

Es gab Bohnenbrei mit Hammelfleisch, und man bediente sich aus den Schüsseln. Der König teilte sich eine mit Radegunde. Er beugte sich weit über die Schüssel und löffelte schmatzend ein tiefes Loch in die Mitte. Sie nahm nur Löffelspitzen vom Rande. Gesprochen wurde nicht. Die Kinder – unter ihnen auch die einzige Tochter Ingundes – alberten herum und beschmierten sich mit dem Brei. Waldo, der nicht aufgefordert wurde, sich zu Tisch zu setzen, stand an der Tür und wartete.

Radegunde nahm an, das Unwetter sei für dieses Mal schon vorübergegangen. Allerdings hätte sie es, so glaubte sie, gelassen ertragen, denn da sie fast immer zu spät kam, kannte sie alle Arten von Empfang, die ihr der König je nach Laune bereitete. Im Laufe der Jahre hatte sie gelernt, mit Chlothar umzugehen. Bald war ihr klargeworden, daß die ängstliche Unterwürfigkeit ihrer dummen, beschränkten Mitköniginnen, der Schwestern Ingunde und Aregunde, nur seine schlechtesten Eigenschaften herausforderte. Und sie hatte schnell seine größte Schwäche erkannt: Er war gänzlich ungeschliffen und ungebildet und hatte eine mißtrauische heimliche Hochachtung vor allen, die über Wissen verfügten, das ihm verborgen war. Es war sein Unglück gewesen, daß er mit elf Jahren König wurde. Damals hatte er gleich seine Lehrer entlassen und selbstherrlich erklärt, seine Ausbildung sei nun abgeschlossen und er habe außer dem Heil der Merowinger nichts mehr nötig. So fehlte es ihm an den allernötigsten Kenntnissen. Lesen und schreiben konnte er nicht. Sein Latein war kläglich. Von den Wissenschaften hatte er keine Ahnung, er war in dieser Hinsicht kaum weiter als die alten germanischen Häuptlinge in ihren Wäldern. Er verbarg sein Unvermögen unter Gepolter und Rauhbeinigkeit, doch für den guten Beobachter war es nur allzu leicht zu bemerken. Radegunde wußte diese Schwäche zu nutzen.

Anfangs hatte sie Mühe gehabt, seine ungeschulte Aufmerksamkeit auf irgendeinen ihm unbekannten Gegenstand zu lenken. Er war nur das Geschwätz seiner Frauen und der Gefolgsleute vom Schlage Daccos gewöhnt und führte dabei natürlich das Wort. Mit Baudin und seinen galloromischen Höflingen, die einige Kenntnisse besaßen, vermied er Gespräche, bei denen er nicht mithalten konnte. Seit Radegunde am Tisch saß, änderte sich das allmählich. Zunächst noch schüchtern, doch bald mutiger, hatte sie angefangen, von Dingen zu reden, die weit jenseits des fränkischen Horizonts lagen: vom trojanischen Pferd, der Rettung des römischen Kapitols durch die Gänse, von Alexanders Eroberungen, von Homers »Odyssee« und den Olympischen Spielen. In der ersten Zeit hatte der König solche Gespräche, bei denen er zum Schweigen verurteilt war, unwirsch abgewürgt. Aber allmählich hatte er Stolz darüber empfunden, eine Frau zu haben, die so viel wußte. Er wies dann jedesmal darauf hin, daß sie nur ihm ihre hohe Bildung verdankte, und hörte mit der Miene eines Tierbändigers zu, der einen seltenen, wertvollen Fang vorführt. Nicht zuletzt hatte er ihr ja auch die Ausbildung angedeihen lassen, um seinem Hof ein höheres Ansehen zu geben.

Dies war inzwischen tatsächlich gelungen. Der Ruf der neuen Königin als einer klugen, gebildeten, frommen Herrin, die der Kunst und der Wissenschaft zugetan war, verbreitete sich in Windeseile nicht nur im Frankenreich, sondern sogar in benachbarten Ländern. Bald schon wurde der Hof von Soissons, um den man früher einen Bogen gemacht hatte, zum Besuchsziel von Philosophen, Schriftstellern, Erfindern, Ärzten und anderen, die umherreisten und verbreiteten, was sie geschrieben, erdacht und erforscht hatten. Natürlich hofften alle auf Förderung, und die meisten kamen nicht umsonst. Wenn sich die junge Königin überzeugt hatte, daß sie keine Schwindler, Fälscher oder Hochstapler waren, sondern auf ihrem Gebiet mit Ernst und Gewissenhaftigkeit zu Werke gingen, durften sie eine Weile bleiben und zogen nicht unbelohnt von dannen. Der Geiz des Königs mußte zwar jedesmal aufs neue besiegt werden, doch Radegunde schaffte das meist mit Geschick und Beredsamkeit. War es nicht schmeichelhaft für einen kürzlich noch als hoffnungslos barbarisch verschrienen Herrscher, wenn ihm ein Sänger zum Dank ein Preislied dichtete und ihn darin in eine Reihe mit großen Förderern der Künste und Wissenschaften wie Perikles, Augustus und Hadrian stellte?

Nicht weniger bewährte sich Radegunde als Briefschreiberin. Der junge Gallorömer, der bis zu ihrer Ankunft den nicht allzu umfangreichen Schriftverkehr des Hofes geführt hatte, wurde kaum noch benötigt. Wenn zwischen dem Hof und den Bischöfen oder Magistraten in entfernten Orten des Reiches schriftlicher Austausch erforderlich wurde, übernahm dies nun die neue Königin. Bald kamen lange Briefe zuhauf, vor allem die Geistlichen fühlten sich geschmeichelt und zeigten ihren Eifer. Denn Radegunde begnügte sich nicht damit, in ihren Schreiben Anordnungen zu formulieren oder auf Anfragen zu antworten, sondern benutzte oft die Gelegenheit, dem Adressaten einige der vielen ungeklärten Fragen vorzulegen, die die Christenheit in dieser Zeit der heftigsten Glaubensstreitigkeiten bewegten. Schon galt sie selbst als Autorität, und man stellte ihr Fragen. Bei Hoffesten standen die geistlichen Herren in Trauben um sie herum. Auf einem solchen Fest tat König Chlothar, der das nicht immer nur gern sah, vor einigen seiner Leute den Ausspruch: »Das ist keine Königin, die ich da habe, das ist eine Nonne!«

Dieses Wort ging rasch von Mund zu Mund. Es war damit allerdings nicht nur Radegundes Bestreben gemeint, sich in Glaubensfragen zu vervollkommnen. Der König spottete damit auch über ihre, wie er fand, übertriebene Wohltätigkeit und Hilfsbereitschaft gegenüber Armen, Kranken und Rechtlosen. Einer Nonne ähnlich war sie schon durch ihre Abneigung gegen weiblichen Putz und jede Art lärmender Unterhaltung. Gelage und Feste waren ihr ein Greuel, Jagden nicht weniger. Nur mit Widerwillen beteiligte sie sich an Ausflügen in die Umgebung oder an den Spielen und Tänzen, die Aregunde mit unermüdlicher Begeisterung anregte. Und nicht zuletzt bezog sich der Ausspruch des Königs auf ihr Verhalten im Schlafgemach.

Radegunde wußte sehr wohl, daß sie sich ihrer ehelichen Pflicht nicht entziehen konnte. Frau Berthe hatte sie darauf vorbereitet und sie auch einige Male mitgenommen, wenn sie einer Bauernfrau bei ihrer Niederkunft beistand. Aber den Abscheu und Ekel gegenüber dem Mann, in dessen Gewalt sie gegeben war, konnte keine Einsicht in naturgegebene Notwendigkeiten verdrängen. Nach den Schrecken der Hochzeitsnacht ließ Radegunde alles, was folgte, nur noch wie eine Mißhandlung über sich ergehen – eine Mißhandlung ihres Körpers, die unvermeidlich war und ertragen werden mußte. Chlothar bemühte sich zwar in der Zeit danach, wacker und ohne die Hilfe der um sein Ansehen besorgten Schwestern im Schlafgemach seine Pflicht zu tun, und er erwies sich – wie bei den anderen Frauen – als tüchtiger Liebhaber. Aber das nahm Radegunde kaum wahr. Sie tat so, als geschehe das alles einer anderen, als sei sie selbst daran gar nicht beteiligt. Es gelang ihr zunehmend besser, während der »Folterstunden« – so nannte sie im stillen die ehelichen Zusammenkünfte – ihren Geist zu beschäftigen und beharrlich einem Gedanken zu folgen, so daß sie kaum spürte, was mit ihrem Körper geschah. Der König beschwerte sich. Immer wieder verlangte er, sie solle aufwachen und sich regen. Denn er war es gewöhnt, daß die Frauen sich für ihn regten. Er konnte nicht fassen, daß seine schöne junge Gemahlin, die gerade noch bei Tische so blühend ausgesehen und lebhaft das Wort geführt hatte, plötzlich wie eine Tote neben, auf oder unter ihm lag – abwesend, teilnahmslos, scheinbar unempfindlich. Dabei blieb sie völlig stumm, kein Lustschrei kam über ihre Lippen. So verlor er meist selbst schnell die Lust, ließ von ihr ab und drehte sich um. Kaum schlief er, erhob sie sich vom Lager und legte sich in einer Ecke des Schlafgemachs auf den harten Boden oder eine Strohmatte. Fortgehen konnte sie nicht, es kam vor, daß er erwachte und noch einmal nach ihr rief. Oft war sie dann aber fast starr vor Kälte und zitterte, und dieser erneute Versuch ließ ihn ebenso unbefriedigt. Wenn er ihr Vorhaltungen machte, sagte sie, daß er schnarche und im Schlaf um sich schlage und sie sich deshalb von ihm entfernen müsse. Manchmal stieß er sie auch selbst von der Bettstatt, schickte sie weg und rief eine andere, Aregunde gewöhnlich, die sich immer bereithielt, oder eine der vier, fünf Kebsen.

Und Radegunde wurde nicht schwanger. Das hätte ihn immerhin etwas versöhnt. Er hatte zwar schon sechs Söhne, aber Merowinger lebten gefährlich, und je mehr Söhne ein König hatte, desto gesicherter war seine Nachfolge. Wie viele würden noch übrig sein, wenn seine Zeit gekommen war! Auch noch ein paar Töchter hätte sich Chlothar gewünscht, man konnte mit Töchtern Politik machen – Bündnisse schließen, Grenzen erweitern, Schätze gewinnen. Und Töchter von Radegunde würden gewiß nicht so häßlich und fett sein wie Chlodosinde, Ingundes Tochter. Die würde man an Könige verheiraten können.

Eine Weile beherrschten den König Chlothar solche Wünsche, und er wollte die Schwangerschaft herbeizwingen. Er beriet sich mit den Schwestern, und sie kamen zu der Erkenntnis, daß Radegunde wohl ein sicheres Mittel besaß, um nicht zu empfangen. Eine Alte, die sich in der Kunst der Verhütung auskannte, überwachte nun ihre Getränke, und die junge Königin mußte jedesmal, bevor sie zu ihrem Gemahl ins Schlafgemach ging, eine entwürdigende Untersuchung über sich ergehen lassen. Man nagelte den Kopf eines Hasen an den Türsturz, das vermehrungsfreudige Tier sollte helfen. Das Bett wurde mit der zerstoßenen

Wurzelknolle des Knabenkrauts bestreut, aus der sonst Liebestränke gebraut wurden. All dies blieb ohne Erfolg.

Wieder wurde beraten, und die Alte vermutete, daß Radegunde eine Zauberin sei und ihre seltsame Teilnahmslosigkeit das Zaubermittel. Während der König sich an ihr abmühte, rief sie angeblich einen Dämon herbei, der sie in einen künstlichen Tod versetzte. In diesem Zustand der Leblosigkeit sei sie dann nicht in der Lage, zu empfangen.

So kam es nun darauf an, diesen Dämon, der sich so pünktlich einstellte, wenn der König seine Gemahlin umarmte, zu erschrecken und zu vertreiben. Das übernahm Aregunde, die darin wieder eine Gelegenheit sah, sich unentbehrlich zu machen. Eifersüchtig hatte sie hinnehmen müssen, daß Chlothar seit Radegundes Ankunft ihren verblühenden Reizen immer weniger Aufmerksamkeit schenkte. Nun konnte sie sich nützlich machen und sich dabei noch an der bevorzugten Jüngeren rächen. Eines Nachts, als der König Radegunde kommen ließ und sie sich zu ihm legte und ihre Gedanken auf die Reise schickte, um sich unempfindlich zu machen, stürzte Aregunde herbei, schwang eine Geißel und schlug auf sie ein. Radegunde schrie und wand sich. Chlothar fand daran Gefallen, und nachdem der Dämon abgeschreckt und vertrieben war, nahm er sie mit doppelter Lust. Das wiederholte sich viele Nächte lang, aber schwanger wurde die junge Königin trotzdem nicht.

Dagegen hatte die brutale nächtliche Vertreibung des Dämons unbeabsichtigte Folgen. An den Tagen danach war Radegunde meist leidend und sprach kaum ein Wort. Der König vermißte ihre Gesellschaft bei Tisch. Sie kümmerte sich dann auch nicht um Gäste, die vor allem ihretwegen gekommen waren. Ihre Schreibarbeit blieb ebenfalls liegen. Statt dessen verbrachte sie Tage und halbe Nächte in der Palastkapelle vor dem Altar oder in den Dörfern der Umgebung bei den Armen und Kranken. Wurde sie wieder ins

Schlafgemach gerufen, erschien sie in einem härenen Hemd, wie eine Büßerin oder Märtyrerin. Auf die Schmähungen und den Spott des Königs antwortete sie ruhig, kühl und einsilbig. Wenn er von dem Dämon anfing, der verhinderte, daß sie ihm einen Erben gebar, lachte sie nur verächtlich. Als sich nach einigen Monaten kein Erfolg zeigte, verzichtete er auf die Geißelungen.

Von da an wurde Radegunde kaum noch in Chlothars Schlafgemach befohlen. Aregunde triumphierte. Sie hatte nicht nur an der Beneideten Vergeltung geübt, sondern war wieder unangefochten die Königin des Vergnügens. Allerdings hatte sie eingesehen, daß die Zeit ihrer Alleinherrschaft über die Sinne des Königs vorbei war, sie mußte mit anderen teilen. Aber sie behauptete sich. Da die Auspeitschungen ihm großen Spaß gemacht hatten, wurden sie fortgesetzt. Die Opfer waren jetzt die jungen Kebsen, auch dazu befohlene Mägde, manchmal sogar Frauen vornehmer Gallorömer und Franken. Ihnen schlug Aregunde allerdings den Hintern nicht blutig, sie empfand dabei selbst mehr Spaß als Wut. Unter ihrer Leitung bevölkerte sich das Schlafgemach, und mit mal grobem, mal raffiniertem Sinnenkitzel wurde der König bei Laune gehalten. Auch Ingunde mußte zuweilen mittun, reizte ihn mit ihrer Fleischesfülle aufs neue und wurde auch gleich wieder schwanger. Seine jüngste Gemahlin vermißte er bald nicht mehr.

Er hielt sie nun wie ein kostbares Stück seines Schatzes, auf das er stolz war, das er ausstellte und bewundern ließ. Für sein Bett war sie zwar nicht tauglich, dafür aber in jeder anderen Beziehung um so wertvoller. Sie war schön, sie war klug, sie war fromm. Er ging kaum zur Messe, und nur wenige Männer seines Gefolges waren getauft, doch sie verschaffte dem Hof von Soissons den Ruf einer stolzen Festung des christlichen Glaubens. Er hatte keine Bildung und sprach Latein wie ein Viehtreiber, doch alle Welt hielt ihn ihretwegen für einen Philosophen und Mäzen. Sie war so schön, daß er, der Häßliche, sich einbilden konnte, es strahle davon etwas auf ihn ab. Dabei war es nicht einmal nötig, sie wie die anderen mit kostbaren Stoffen, mit Gold und Edelsteinen zu behängen. Sie war weder putzsüchtig noch dünkelhaft, sondern genügsam und bescheiden. Wann gab es je eine Königin mit solchen Eigenschaften?

Er gewährte ihr sogar besondere Vergünstigungen. Er erlaubte, daß sie sich aus den Frauengemächern zurückzog und in dem Turm, von dem sich die unglückliche Chunsina herabgestürzt hatte, eine eigene kleine Wohnung einrichtete. Hier konnte sie nun, unbehelligt von Weibergekeife und Kindergeschrei, ihren Studien und ihrer Schreibarbeit nachgehen. Eines Tages starb der alte Priester, der für den Gottesdienst in der Kapelle zuständig war und im Palast die Christengemeinde betreute. Radegunde bat den König, den jungen Waldo aus Athies als seinen Nachfolger einzusetzen. Ihm war gleichgültig, wer dieses Amt versah, und so stimmte er zu. Waldo wurde vom Bischof der Residenzstadt zum Priester geweiht und erschien im Palast. Radegunde war glücklich, den Freund, dem sie so viel verdankte und den sie überaus schätzte, nun täglich in der Nähe zu haben. Sie ahnte noch nichts von den Gefahren, die sie damit heraufbeschwor.

Waldo war Anfang November gekommen. Es war die Jahreszeit, in der das Reisen im nördlichen Frankenreich schwierig wurde. Bald war es so gut wie unmöglich, weil heftige Regenfälle einsetzten und die wenigen, schlecht gepflegten Straßen aus der Römerzeit verschlammten und kaum noch passierbar waren. Kein interessanter Fremder traf jetzt noch ein. Es überwinterte auch niemand, denn man ließ sich während der nächsten Monate lieber irgendwo im milden Süden nieder. So war der junge Priester der einzige, der Radegundes Neugier auf Wissenswertes und ihre Lust am Gedankenaustausch befriedigen konnte.

Die beiden verbrachten manche Stunde miteinander, und abgesehen von den kürzeren oder längeren Zeitabschnitten, in denen Chlothars Gemahlin notgedrungen mit der königlichen Jagdgesellschaft unterwegs war, sahen sie sich täglich. Oft saßen sie nach der Frühmesse noch lange, in Decken gehüllt, in der Kapelle. Abends hockten sie in der verräucherten Halle nahe beieinander an einem Kohlenbecken. Man sah die Königin und den Priester, in ernste Gespräche vertieft, vor den Toren der Stadt spazierengehen. Einmal wurde aber auch beobachtet, wie sie sich auf der zugefrorenen Aisne übermütig mit Schnee bewarfen.

Bald wurde über die beiden getuschelt. Die Königinnen Ingunde und Aregunde machten gegenüber anderen Frauen am Hof Andeutungen und gaben sich beunruhigt.

Die Schwestern konnten nicht begreifen, daß eine sich derartig aufführte, die bei den wichtigsten Aufgaben einer Frau – dem Mann, ihrem Herrn, Vergnügen zu bereiten und ihm Kinder zu gebären – so schmählich versagt hatte. Sie konnten ihr nicht verzeihen, daß Radegunde trotz allem bei Hofe eine so herausgehobene Stellung behauptete. Sie litten, wenn sie den König beobachteten, der ihren hochtrabenden Reden lauschte und ihnen manchmal dabei einen Seitenblick zuwarf, der sagte: Das versteht ihr wohl nicht, ihr dummen Kühe? Dann waren sie manchmal so einschüchtert, daß sie sich am liebsten verkrochen hätten. Und tief beleidigt waren sie, als Radegunde die Frauengemächer verließ und sich in die vornehme Einsamkeit ihres Turmgemachs zurückzog, als seien sie und ihre Kinder aussätzig.

Nun aber lebten sie auf. Die ungeliebte Mitkönigin gab sich erneut eine Blöße, die sich gegen sie ausnutzen ließ. Die Schwestern setzten das Gerücht in die Welt, Radegunde habe Waldo nur kommen lassen, weil er sie mehr als Mann denn als Priester interessierte. Unmöglich war es ja nicht, daß sie sich schon während der Jahre in Athies in ihn verliebt hatte. Vielleicht war sie deshalb im Schlafgemach des Königs so kalt. Und nun hatte sie den Armen sogar dazu überredet, den Wilderer in sein Revier zu holen. Was für eine durchtriebene Heuchlerin!

Überzeugende Beweise gegen die Gehaßte konnten sie sich allerdings nicht verschaffen. Wann immer die junge Königin und ihr Priester zusammenkamen, geschah dies öffentlich. Es gelang den Schwestern, unter Radegundes Dienerinnen eine Spionin zu plazieren, aber die brachte nicht mehr heraus als das, was jeder schon wußte. Radegunde hütete sich vor der Unvorsichtigkeit, Waldo in ihre Turmwohnung einzuladen wie früher zuweilen seinen greisen Vorgänger. Auch sie hatte unter den Dienerinnen ihre Vertrauten und wußte von dem dummen Geschwätz. Mehr Vorsicht glaubte sie aber nicht nötig zu haben. Für sie war Waldo ein lieber Freund, der einzige, der ihr an diesem Hofe geistig gewachsen und sogar überlegen war. Es fiel ihr nicht ein, auf seine Gesellschaft zu verzichten und sich den Neidern und Lügnern zu beugen.

Die größte Schwierigkeit bereitete den Schwestern, den König selbst mißtrauisch zu machen. Chlothar hielt es für unmöglich, ja nicht einmal denkbar, daß eine seiner Frauen es wagen könnte, sich mit einem anderen einzulassen. Aregunde und Ingunde hatten das schmerzhaft erfahren, als sie es sich – kurz nach der Hochzeit – nicht verkneifen konnten, ihm von der heimlichen Zusammenkunft Radegundes mit König Theudebert während des Festes auf der Wiese zu berichten. Da hatte er nur höhnisch gelacht und sich genüßlich daran erinnert, wie er dem Lockenkopf damals in der Sumpfburg die Beute entrissen hatte. Theudebert habe ihr, meinte er, bei der Gelegenheit wohl nur mitgeteilt, daß ihr Adoptivvater, der Thüringerkönig Hermenefred, nicht mehr am Leben war und daß sie von dieser Seite nichts zu erwarten hatte – keine Festgesandtschaft, keinen Brautschatz, nichts. Und heimlich habe er das getan, weil es ihm unangenehm war und er sich für seinen Vater schämte, der den Hermenefred in Zülpich hatte umbringen lassen. Als Aregunde, nicht zufrieden mit dieser Erklärung, deutlicher wurde und von »Vertraulichkeiten im Dunkeln« schwatzte, hatte sie unversehens Chlothars Faust im Gesicht, und auch Ingunde bekam ihr Teil. Nie wieder war von dieser Sache die Rede.

Wenn also nicht einmal mit einem König Chlothars Verdacht zu erregen war, wie sollte man das mit einem einfachen Priester erreichen? So einer zählte ja gar nicht. Wer im Frankenreich keine Waffen trug, galt nicht als Mann. Ein Priester war nicht mehr wert als irgendein unfreier Pächter. Die Gefolgsleute Gottes, den Chlothar im Vergleich zu sich selbst als weniger mächtig betrachtete, hatten kein Ansehen. Bestenfalls konnte ein Bischof unter diesen noch halb barbarischen Verhältnissen eine gewisse Achtung beanspruchen. Ein gewöhnlicher Priester wurde vom König übersehen, selbst wenn er stundenlang mit der Königin spazierenging und redete. Ausgeschlossen war es auch, daß einer von Chlothars Vertrauten, Baudin etwa, den König auf ein Gerücht aufmerksam machte, das er selbst nicht ernst nahm.

Was also tun? Man mußte dem Waldo zu mehr Bedeutung verhelfen. Der König mußte erst einmal dazu gebracht werden, daß er ihn wahrnahm ... als Gelehrten, vielleicht als künftigen Kirchenlehrer oder Bischof. Zum Glück tat Radegunde selbst das meiste dazu. Wann immer es möglich war, verschaffte sie Waldo Gelegenheit, vor Chlothar zu reden. Dabei stellte sie ihm endlos Fragen und ließ ihn mit seinem Wissen glänzen. Wenn es an den langen Winterabenden keine andere Unterhaltung gab – und gewöhnlich gab es keine –, regte sie ihn an, Geschichten aus den heiligen Büchern der Juden und Christen und Sagen der Griechen und Römer zu erzählen. Die Schwestern gaben sich dann immer besonders beeindruckt und sprachen bald nur noch von dem »großen Gelehrten«, diesem »Stern an unserem Himmel, der alles um sich her verdunkelt«, »dieser wärmenden Wintersonne«.

Damit trafen sie den König an einer empfindlichen Stelle. Chlothar vertrug nicht, daß man andere in seiner Gegenwart lobte. Er konnte sogar Seiltänzern die kurze Bewunderung und den Beifall neiden. Durchreisenden Berühmtheiten gewährte er nur wenige öffentliche Auftritte, damit sie bald wieder vergessen wurden. Und nun gab es einen an seinem Hofe, der ihn trotz seines niederen Ranges monatelang als »Wintersonne« in den Schatten stellte.

So erreichten die Schwestern allmählich, was sie wollten. Er merkte auf, wenn sie ihm auf die Frage, wo Radegunde sei, antworteten: »Die wärmt sich wieder an ihrer Sonne.« Sein Blick wurde unstet, wenn sie heuchlerisch schwärmten: »Man versteht ja auch, daß sie ihn bewundert.« Er murmelte speichelsprühend Flüche, wenn sie in seiner Nähe absichtsvoll laut zueinander sagten: »Die hat nur noch Augen für ihren Gelehrten.« – »Ja, alle anderen zählen nicht mehr für sie. Nicht mal der König.«

An diesem Tag im Monat April sahen sie endlich mit Genugtuung, daß ihre Mühe nicht umsonst gewesen war. Radegundes Annahme, das Gewitter sei schon vorüber, war trügerisch.

24

»Komm näher, Priester«, sagte der König, nachdem er gegessen, gerülpst und den Löffel sorgfältig abgeleckt hatte.

Waldo trat vor den langen, schweren Eichentisch an der Schmalseite des kleinen Empfangssaals und machte eine knappe Verbeugung. Er sah sich von allen Seiten angestarrt. Lauernde Blicke trafen ihn in schadenfroher Erwartung.

»Heißt es nicht in deinen heiligen Schriften, daß es dich nicht gelüsten soll nach deines Nächsten Weib?« begann Chlothar sein Verhör.

»Ja, so heißt es dort.«

»Und wenn es so mit dem Weib deines Nächsten ist, wie ist es dann mit deiner Herrin, der Frau deines Herrn?«

Ein rascher Blick Waldos suchte den Radegundes, die aufrecht und achtsam neben dem König saß.

»Gott im Himmel ist mein Herr«, sagte der junge Priester ruhig. »Ich verstehe deine Frage nicht, König.«

»Ah, du verstehst nicht! Und Gott ist dein Herr. Aber den Comes Dacco, der dich hergebracht hat, den kennst du ja.«

»Ich kenne ihn.«

»Er ist mein oberster Leibwächter. Ein mächtiger Mann, Anführer einer zahlreichen Gefolgschaft. Glaubst du, daß einer seiner Gefolgsleute wagen dürfte, mit einer Königin der Franken Hand in Hand, Schulter an Schulter und Knie an Knie dort unten im Garten zu sitzen? Nun? Antworte! Glaubst du das?«

Der junge Priester verstand den hinterhältigen Sinn der

Frage und zögerte mit der Antwort. Schließlich erwiderte er vorsichtig: »Nein, das glaube ich nicht.«

»Das will ich meinen!« warf Dacco ein. »Wenn das einem einfallen sollte, würde ich ihm die Eier abschneiden!«

»Aber einer von der Gefolgschaft Gottes nimmt sich so etwas heraus«, sagte der König. »Das ist für ihn eine Selbstverständlichkeit!«

»Was soll das heißen?« warf Radegunde entrüstet ein. »Du weißt doch genau, daß wir nur geistigen Austausch pflegen. Niemals würden wir daran denken …«

»Daran muß man nicht denken«, unterbrach er sie. »So etwas tut man. Denn es ergibt sich, wenn einer vergißt, auf welcher Sprosse der Leiter er steht. Du bist doch sicher der Meinung, Priester, daß dein Gefolgsherr mächtiger ist als Dacco.«

»Selbstverständlich«, erwiderte Waldo, der heftig errötet war. »Er ist ja der Herr der Welt.«

»Dann ist er deiner Meinung nach auch mächtiger als ein König der Franken.«

»Das kann niemand bestreiten.«

»Und deshalb können sich seine Gefolgsleute manches erlauben.«

»Wenn du meinst, sie könnten mit jedermann sprechen und ihren Glauben verkünden, der der rechte und wahre ist, dann stimme ich zu.«

»Kanntest du einen gewissen Modestus, der auch zu eurer Gefolgschaft gehörte?«

»Ja.«

»Er ist inzwischen verrückt geworden und haust in einer Bärenhöhle. Warum? Er unterlag demselben Irrtum. Er glaubte, Gott im Himmel sei mächtiger als ein König der Franken. Ich gab mir viel Mühe mit ihm und lieferte ihm den Gegenbeweis. Darüber verlor er den Verstand.«

»Modestus weiht sein Leben nur noch dem Herrn. Deshalb zog er sich aus der Welt zurück.«

»Er war ebenso eingebildet wie du und spielte den Überlegenen. Er diente ja dem da oben, also konnte ihm nichts passieren. Wer im Gefolge des Mächtigsten ist, dem kann ein weniger Mächtiger nichts anhaben. So denkst du doch auch – hab ich recht?«

»Mir ist bewußt, daß es eine Obrigkeit gibt, der ich verpflichtet bin. Weil sie wie jede Obrigkeit von Gott eingesetzt ist!«

»Da haben wir es wieder!« rief Chlothar. »Der große Irrtum! Als ob nicht jedermann wüßte, daß ich mein Reich von meinem Vater geerbt habe, der es wiederum von den Römern erkämpfte. Und von wem hatten es die Römer? Etwa von Gott?«

»Sie glaubten an ihn.«

»Ja, aber als sie zu glauben begannen, waren sie schon lange die Herren der Welt. Sie nahmen den großen Unsichtbaren da oben als Sieghelfer auf. Das erwies sich als nützlich, darin folgte ihnen mein Vater, und darin folge auch ich ihnen. Siehst du, so ist das. Ich bin der König, und Gott im Himmel ist mein oberster Sieghelfer – so wie Dacco mein oberster Leibwächter und Baudin mein oberster Ratgeber ist. Der da oben ist sozusagen mein *comes victoriae*. Verstanden? Das sind die Verhältnisse.«

Der junge Priester schwieg und wagte als Antwort auf diese Belehrung ein spöttisches Lächeln.

Der König bemerkte es und schrie: »Und wenn es einen der Leute meines *comes victoriae* in der Hose kribbelt, dann hat er noch lange nicht das Recht, sich an eine Königin heranzumachen!«

»Verzeih, das würde niemals geschehen!«

»Niemals? Es ist schon geschehen!«

»Wer behauptet so etwas Ungeheuerliches?« rief Radegunde.

»Wir alle sind täglich Zeugen gewesen«, sagte der König

mit einem Seufzer. »Deshalb müssen wir jetzt diesen sündigen Priester bestrafen.«

»Er hat nichts getan! Er wäre dazu gar nicht fähig!«

»Nicht fähig? Das glaube ich nicht. Er wirkt auf mich sehr gesund und kräftig.«

»Niemals würde er es gewagt haben!«

»Wir wollen sehen, was er zu wagen imstande ist. Am einfachsten wäre es natürlich, wenn du ihn selbst auf die Probe stelltest, hier vor unseren Augen. Aber das wollen wir dir erlassen. Wie ich höre, sind Musikanten mit einer Tänzerin eingetroffen. Sie soll ein sehr reizvolles Geschöpf sein. Wenn sie auch keine Königin ist, wird sie es schaffen, uns über seine Absichten aufzuklären. Und man soll auch den Bozo rufen. Daß er sein gut geschliffenes Schwert nicht vergißt! Und bringt Wein, ich bin durstig!«

Dacco und andere Höfling sprangen auf, um die Befehle auszuführen.

»Was hast du mit mir vor, König?« fragte Waldo, dem der Schweiß ausbrach.

»Wofür willst du ihn bestrafen?« schrie Radegunde.

»Ich will ja nicht ihn, sondern nur sein sündiges Teil bestrafen«, sagte Chlothar mit aasigem Lächeln. »Als Richter bin ich für strenge Gerechtigkeit. Wenn dieses sündige Teil hier vor unser aller Augen – sogar vor den Augen der Kinder – frech aufsteht, müssen wir ihm das Haupt abschlagen. Denn damit wird es sich schuldig bekennen. Der Beweis wird erbracht sein, daß dieser Priester in aller Heimlichkeit und in der Gesellschaft einer Frau, auf die er es abgesehen hat, erst recht zu jeder Schandtat fähig wäre. Bleibt es dagegen gleichgültig, wollen wir deiner Behauptung glauben, daß er dazu nicht fähig wäre.«

Musikanten stürmten herein und begannen zu flöten, zu zupfen, zu klappern. Radegunde erwiderte etwas und protestierte, doch ihre Stimme konnte sich bei dem Lärm nicht mehr behaupten. Schon zeigte sich auch die leichtbekleidete Tänzerin, eine dunkle Schönheit mit langen Beinen. Fackelträger begleiteten sie. Mit ein paar Sprüngen durchmaß sie den Raum bis zur Mitte, fiel vor dem König nieder und verharrte so einen Augenblick. Dann plötzlich schnellte sie hoch und wandte sich dem Priester zu.

Die Tänzerin wußte, was von ihr erwartet wurde. Chlothars Höflinge hatten keine Mühe, die Wünsche des Königs zu deuten. Waldo stand mitten in der Halle und starrte das Mädchen an, als sei es ein Raubtier auf dem Sprung. Die Männer gafften lüstern, die Frauen gespannt, die Kinder mit offenen Mündern.

Fast unbemerkt trat der Riese Bozo ein, sein Schwert an der Seite. Im Schatten der Tür blieb er stehen und wartete. Zwei Knechte, seine Gehilfen, kamen mit ihm herein.

Die Tänzerin umkreiste den Priester mit katzenhaften Bewegungen. Sie näherte sich ihm und entfernte sich, streckte die Arme nach ihm aus, berührte ihn mit den Fingerspitzen. Sie bog sich weit zurück und wand sich dabei wie eine Schlange. Der junge Gottesmann sah sich verzweifelt um. Einen Augenblick glaubte er wohl, er könnte entkommen. Aber als er den Schreckensmann an der Tür sah, verzichtete er auf jeden Versuch. Die Tänzerin warf nach und nach die dünnen Stoffetzen ab, die sie am Leibe trug. Sie umschlich ihn in Kreisen, die immer enger wurden. Jetzt konnte er nur noch die Augen schließen. Seine Lippen bewegten sich murmelnd. Nur mit Blindheit und Gottes Hilfe war die Gefahr noch zu bannen. Doch die Verführerin durchschaute den frommen Trick. Zum wilden Gekreisch der Flöte, im Rhythmus der Becken und Klappern strich sie mit schmeichelnden Pfötchen über die priesterliche Stola. Sie drängte sich an den armen Dulder und griff ihn mit ihren Waffen an. Nur ein übermächtiger Wille konnte jetzt noch das Ärgste verhindern. In diesem Augenblick wünschte sich Waldo die Kraft eines Heiligen wie des Antonius oder Pachomius. Die hatten es allerdings leichter: Sie mußten sich nur gegen Visionen wehren …

Doch ein Wunder geschah. Es bewies, daß im Kampf mit dem Teufel auch ein einfacher Priester über sich hinauswachsen und es mit den größten Heiligen aufnehmen konnte.

Plötzlich wurde Waldo gepackt. Die beiden Knechte, die mit Bozo gekommen waren, rissen das weißleinene Priestergewand hoch und zerrten ihm die Hose herunter. Und zwei Schritte neben ihm stand der Riese, das blitzende Schwert in der Faust. Schon hob er den Arm, um den Aufstand des sündigen Teils mit einem kurzen, gezielten Hieb zu bestrafen.

Doch es gab keinen Aufstand. Der Geist hatte über das Fleisch, der Wille über das Begehren gesiegt. Was früher einigen Mägden in Athies und derzeit sehr eifrig einem hübschen Kammermädchen der Königin Ingunde zu Diensten war, rührte sich nicht, hing reglos herab und schien so der königlichen Rachsucht zu spotten.

Chlothars oberster Folterknecht ließ das Schwert sinken. Sein ausdrucksloser Blick suchte Hilfe bei seinem Herrn. Die Tänzerin war hinter einen Pfeiler geflüchtet, Furcht in den Augen, weil sie versagt hatte. Die Flöte quiekte noch einen letzten Mißton, und die Musik verstummte. Ein paar Atemzüge lang herrschte Stille. Alles blickte zu König Chlothar hin. Im ersten Augenblick ärgerte er sich, des entgangenen Spaßes wegen. Dann aber siegte die Genugtuung.

Glucksend begann er zu lachen. Und mit sprühendem Speichel stieß er hervor: »Nun seht euch das an! Seht alle hin! Ich glaube, mit dieser Lanze da – mit dieser Lanze wird Gottes Gefolgschaft uns keinen Schaden zufügen!«

Nun erhob sich ringsum ein tolles Gelächter. Die Königin Aregunde kreischte, die Königin Ingunde hielt sich den wohlgefüllten Bauch. Waldo raffte seine Hose und floh. Die außer Rand und Band geratenen jungen Merowinger warfen ihm ihre Holzlöffel nach.

Radegunde starrte entsetzt auf die aufgerissenen Münder ringsum. Das Gekicher, Gejohle und Gewieher schmerzte sie. Sie sprang auf und wollte hinauslaufen. Doch der König packte sie am Handgelenk und zwang sie zurück auf ihren Stuhl.

»Warte! So kommst du mir nicht davon!«

Er neigte sich zu ihr und raunte: »Dein Priester hat sich der Bestrafung entzogen, aber bewiesen ist damit nichts! Und für das entgangene Vergnügen wirst du mir heute nacht Entschädigung leisten. Ich bin ganz wild auf meine Nonne. Vergiß nicht dein Büßergewand, es steht dir. Ich werde dir helfen, zu bereuen und Buße zu tun!«

25

»Hab keine Angst, Schwester, bald wirst du frei sein. Ich schwöre dir, das wird bald ein Ende haben. Ich gehe fort und komme wieder. Und dann hole ich dich hier raus!«

Der junge Irmfried sprach diese Worte mit ernster, wenngleich vor Erregung zitternder Stimme. Dabei klopfte seine Hand auf das Kurzschwert am Gürtel, den Sax. Er stand an Radegundes Lager im Turmgemach. Zwanzig Jahre alt war er jetzt und so lang, daß sein wirrer Schopf einen Deckenbalken berührte.

»Dann wird der Schurke für alles büßen!« fuhr er hastig fort, bevor seine Schwester etwas einwenden konnte. »Für Melanius ... für die Mutter von Chramm ... für seine Brüder ... für dich ... für alles! Und auch die anderen werden büßen. Wir werden ein Heer zusammenbringen ... werden die Franken aus unserer Heimat vertreiben. Wir jagen sie über den Rhein zurück! Thüringen wird wieder uns gehören. Und ich werde König sein!«

»Und ich werde über die Franken herrschen!« rief Chramm. »Und zwischen Franken und Thüringern wird niemals mehr Krieg sein!«

Der Elfjährige war mit Irmfried heraufgekommen. Der jüngste Sohn der Königin Chunsina hatte sich eng an den letzten männlichen Sproß des thüringischen Königsgeschlechtes angeschlossen. Trotz seiner jungen Jahre sprachen aus seinen dunklen, von dichten Wimpern beschatteten Augen Haß und Entschlossenheit.

»Vorher gibt es aber noch eine Menge zu tun. Hoffentlich geht es bald los. Ich kann es kaum noch erwarten!« Ein dritter sagte dies in einem fröhlichen, unbekümmerten Tonfall, der zu dem wütenden Ernst der beiden anderen nicht recht passen wollte. Es war ein neunzehnjähriger Bursche, eher klein, aber kräftig, mit rundem Kopf, vollen Wangen und einer Stupsnase. Es war jener Junge mit der Steinschleuder, der bei der ersten Flucht der Geschwister aus der Sumpfburg Ovesfeld dabeigewesen war. Wie Irmfried war er als Gefangener in die Gefolgschaft des Königs Chlothar geraten. Seine Eltern waren in den Kämpfen umgekommen, seinen Namen hatte er vergessen, und so hieß er nur Thuri, der Thüring. Den beiden anderen, die Könige werden wollten, war er der treueste, anhänglichste Freund. Stolz trug er seine Waffen, und er fühlte sich als ihr Beschützer.

Thuri hatte die Königin Radegunde am Morgen in ihrem Blut gefunden. In ihrem härenen Hemd hatte sie die halbe Nacht auf dem kalten Boden im Untergeschoß des alten Wachturms gelegen, allein, nur in der Gesellschaft von Ratten. Er hatte sie sich auf den Rücken geladen und war mit ihr die Leiter hinaufgestiegen. Dort hatte er sie auf ihr Lager gebettet.

Radegunde war schrecklich zugerichtet. Auf der Stirn klaffte eine tiefe Wunde. Blutige Striemen zogen sich über die Wangen, den Hals, die Schultern. Sie lag auf der Seite, ihr Rücken war völlig zerschunden. Auch Arme und Beine waren gezeichnet. Eine Magd hatte die schlimmsten Wunden mit einer schwärzlichen Salbe bestrichen, die die Königin selbst für die Kranken, die sie zu besuchen pflegte, zubereitet hatte. Im Kessel auf der Feuerstelle kochte ein Kräutergemisch, dessen Sud diese Salbe ergab. Die Anleitung dazu stammte von Frau Berthe aus Athies. Radegunde hätte einen der Leibärzte des Königs rufen können. Doch sie mißtraute diesen Männern und wußte, wie schwatzhaft sie waren. Sie wollte nicht, daß über ihren Zustand bei Hofe geredet wurde.

König Chlothar hatte seine Drohung wahrgemacht. Im Schlafgemach waren gleich mehrere seiner Bettgefährtinnen über sie hergefallen. Aregunde hatte vorher noch eiligst Blei geschmolzen und gegossen, um scharfkantige Stücke zu gewinnen, die sie in ihre Geißel knotete. Diesmal sollte es die Gehaßte so treffen wie niemals zuvor. Keinerlei Rücksicht, lautete der Befehl des Königs, das war endlich die große Gelegenheit. Verzweifeln sollte sie, wenn sie am Morgen in den Spiegel blickte! Vergehen sollte ihm künftig die Lust, ihren klugen Reden zu lauschen, wenn er dabei in ihr zerstörtes Gesicht sehen mußte! So hatte er es zwar nicht gemeint, doch die blutige Orgie reizte zu sehr seine Sinne, als daß er noch rechtzeitig Einhalt gebieten konnte. Als er es tat, war es zu spät. Nun erschrak er vor seiner eigenen Untat. Doch ehe ihn die Reue packen konnte, ließ er das Opfer aus seinen Augen schaffen.

Man streifte das Büßerhemd über ihr blutendes Fleisch, und zwei der Kebsen, die noch einen Funken Mitleid hatten, führten sie zu ihrem Turm. Sie war noch bei Bewußtsein und schickte die beiden fort, um eine ihrer Mägde zu wecken. Dann schaffte sie es aber nicht mehr, allein die Leiter hinaufzusteigen. Die Dienerin kam nicht, die beiden Frauen hatten sie, wie sie später behaupteten, unter den Schläferinnen im Gesindehaus nicht ausmachen können. Am Fuße der Leiter brach Radegunde zusammen. In der Frühe fanden Mägde, die sich zur Arbeit einfanden, die Hilflose. Ein Wachtrupp zog gerade vorüber, und sie riefen die Männer und baten um Beistand. Zufällig war Thuri dabei. Er trug die Königin in das Turmgemach und eilte dann ins Quartier zu Irmfried, der seit kurzem zur Gefolgschaft des Königs gehörte. Der junge Chramm, der die beiden täglich besuchte und gerade dort war, ging mit ihnen.

Radegunde konnte nur mit Anstrengung sprechen. Die Hiebe der entfesselten Megären hatten auch ihre Lippen getroffen. Sie waren gerissen und aufgeschwollen. Mühsam die Worte formend, bat Radegunde die jungen Männer, über den Vorfall zu schweigen und sich nicht in Gefahr zu bringen, indem sie Anklagen oder gar Drohungen ausstießen. Sie selbst wolle nicht gehört haben, was sie in ihrer Erregung gesagt hatten. Sie entschuldigte ihren Gemahl, den König, der gewiß nicht beabsichtigt habe, was geschehen sei. Es seien Frauen gewesen, ihr nicht wohlgesinnte, die vielleicht sogar Gründe hatten. Zwar sei sie sich keiner Schuld bewußt, die eine so harte Bestrafung verdiente. Doch könne es durchaus sein, daß sie in falschem Stolz auf ihre Klugheit und Bildung etwas gesagt oder getan habe, was den Unwillen dieser Frauen hervorgerufen hatte. Als Christin dürfe sie ihnen nicht gram sein, und sie sei bereit zu vergeben.

Die drei schwiegen dazu, und ihre Mienen zeigten nur allzu deutlich, was sie dachten. Chramm hatte am Tage zuvor unter den Kindern des Königs beim Mahl gesessen und war Zeuge der Demütigung des Priesters geworden. Er hatte den beiden Freunden schon alles erzählt. Sie wußten sehr wohl, wer der Schuldige war und wie alles zusammenhing.

Die Königin bat dann die drei zu gehen, weil sie nun Ruhe brauchte. Die Mägde würden sie nach ihren eigenen Anweisungen versorgen. Noch einmal beschwor sie die jungen Männer, nichts Unbedachtes zu sagen oder zu tun. Zum Schluß trug sie ihrem Bruder auf, sich bei Baudin zu melden und ihm eine Bitte von ihr vorzutragen.

»Sag ihm, daß ich ihn bitte, zum König zu gehen. Und daß er ein Wort für mich einlegen möge. Der König wird kein Verlangen haben, mich jetzt zu sehen. Und ich brauche Zeit, mich zu erholen. So möge der König mir erlauben, nach Athies zu reisen, dem Gut, das er mir als Wittum schenkte. Dort möchte ich eine Weile bleiben, so lange, bis alles geheilt ist und bis ich wieder bei Kräften bin.«

Irmfried versprach, Baudin gleich aufzusuchen. Kurze Zeit später erschien im Turmgemach einer der Ärzte des Königs und erklärte, den Auftrag zu haben, nach der Leidenden zu sehen und ihr seine Dienste anzubieten. Radegunde erwiderte, daß sie verzichte. Nun entledigte er sich eines zweiten Auftrags. Ihrem Ersuchen, die Residenz zu verlassen und aufs Land zu gehen, könne der König leider nicht stattgeben. Ihre Gegenwart sei ihm unentbehrlich. Vielmehr erwarte er, daß sie sich rasch erhole und nach dem Kummer, den sie ihm bereitet habe, bald wieder zu seinem Vergnügen beitrage. Trotz der Zurückweisung durch die Frau Königin, fügte der Medicus hinzu, werde er weisungsgemäß jeden Tag nach ihr sehen.

Mehrere Tage vergingen. Radegunde litt Qualen und fieberte. Die Mägde schleppten warmes Wasser herauf, erneuerten die Verbände, kochten Salbe.

Ihr Bruder und seine beiden Freunde besuchten sie regelmäßig. Mal kamen sie alle drei, mal zu zweit, mal auch einzeln. Chramm brachte einen Brief von Waldo, der es natürlich nicht wagte, in das Turmgemach heraufzukommen. Der junge Priester schrieb, daß er für die Genesung der Frau Königin bete und daß sie auf Gott vertrauen möge. Und er empfahl ihr dringend, sich in ihrer Not an Médard, den Bischof von Noyon, zu wenden, einen heiligen Mann, auf dessen festen Charakter und unerschütterlichen Glauben Verlaß sei. Radegunde verstand den Hinweis. Er bezog sich auf eines ihrer letzten Gespräche. Mehr als diese Andeutung wagte Waldo allerdings nicht, ein Brief konnte in falsche Hände geraten. Sie ließ ihm mündlich ausrichten, sie habe verstanden, was er meine, doch sei es dazu noch zu früh, und sie brauche Zeit, nachzudenken.

Chramm berichtete, Waldo sei bleich und abgezehrt vom Beten und Wachen und verlasse kaum noch die Kapelle.

»Aber nützen wird es nichts«, sagte der Junge. »Auch meine Mutter hat so viel gebetet. Mein Vater macht doch, was er will.«

Einmal blickte er zu dem kleinen Fenster des Turmgemachs hinauf und dann wieder auf die Leidende.

»Du wirst doch nicht ebenfalls dort hinunterspringen ... wie sie?«

»Sie hatte keinen Mut mehr«, erwiderte Radegunde. »Mir ist ein bißchen davon geblieben. Vielleicht kann ich damit noch etwas anfangen.«

Sie verbrachte den sechsten Tag auf dem Krankenlager, als eine Magd heraufkam und meldete, Herr Baudin sei unten und frage, ob er die Frau Königin aufsuchen dürfe. Es war der erste Tag, an dem sie sich besser fühlte. Sie fieberte nicht mehr, und die Schmerzen waren erträglich. So ließ sie den hohen Besucher zu sich.

Baudin kletterte ächzend die Leiter herauf. Er erschrak sichtlich bei ihrem Anblick. Radegundes Stirn war mit einem dicken Verband umwickelt, das Gesicht fast völlig mit der schwarzen Salbe bestrichen.

Der oberste Ratgeber König Chlothars trat zögernd näher und ließ sich auf dem Hocker nieder, den die Magd ihm hinschob.

Radegunde sah ihn an und wartete.

»Es ist grauenvoll«, sagte er. »Wie konnte man dir so etwas antun. Hätte ich das damals geahnt, als ich dich von Athies hierherbrachte! Ich hätte dir dann vielleicht sogar deinen Willen gelassen. Aber ich glaubte, daß du vor deinem Glück flohst. Wie konnte ich voraussehen, was dir hier zustoßen würde.«

Sie sagte nichts zu dieser halb aufrichtigen, halb geheuchelten Einleitung des alten Höflings.

Nach einer Pause fuhr er fort: »Du weißt aber, Herrin, daß du in mir immer einen Freund hattest. Auch jetzt .... Ich habe mich bei deinem Gemahl für dich eingesetzt. Du batest mich durch deinen Bruder, die Erlaubnis zu einem Genesungsaufenthalt in Athies zu erwirken. Es hat ein paar Tage gedauert, ehe sich meine Mühe auszahlte. Nun kann ich dir eine gute Nachricht bringen. Deine Bitte ist gewährt. Du darfst reisen.«

Ihr Gesicht konnte keine Freude zeigen. Noch immer quälten die Worte sich mühsam aus ihrem Mund.

»Ich danke dir, Baudin. Und ... wie hast du es erreicht?«

»Ein günstiger Umstand kommt uns zu Hilfe. Injuriosus, der Bischof von Tours, wird in einigen Tagen hier eintreffen. Zur Zeit hält er sich noch in Paris bei König Childebert auf. Er hat einen Boten vorausgeschickt. Natürlich wird er dich, wenn du in Soissons bist, sehen wollen, und du weißt ja, er ist ein sehr strenger Mann. Er wird nicht ruhen, bis er erfahren hat, was mit dir passiert ist. Ich vermute nun aber wohl richtig, daß dir kaum daran liegt, ihn gegen uns einzunehmen. Er ist mißtrauisch gegen den Hof, er hält uns noch immer für Heiden und glaubt, unser Christentum sei so oberflächlich wie der dünne Goldüberzug auf einem eisernen Schwertgriff. Er ist außerdem eifersüchtig, denn für ihn ist die einzige wahre Glaubensfestung sein eigenes Bistum mit dem Grab des heiligen Martin. Ich malte also dem König aus, was geschehen würde, wenn Injuriosus dich jetzt hier so sähe. Wie würde er triumphieren! Was würde er überall in der Francia aussprengen! Daß hier am Hof eine christliche Königin von so erprobter Glaubensstärke erniedrigt und mißhandelt wird. Du kennst ja deinen Gemahl – im ersten Augenblick wollte er sich darüber hinwegsetzen. Aber ich wandte meine ganze Beredsamkeit auf. Wies ihn auch darauf hin, daß die Königinmutter auf diese Weise alles erfahren würde. Das beeindruckte ihn, und allmählich wurde er nachdenklich. Und heute morgen sagte er: ›Ja, es ist besser, sie …‹«

»Sie verschwindet«, vollendete Radegunde. »Damit der falsche Schein gewahrt bleibt.«

Baudin breitete mit einem Seufzer die Arme aus: »Aber ist es nicht in deinem Sinne? Du brauchst dringend Erholung, der Zweck ist erfüllt. Du kannst dich für eine Weile von dem Treiben, das dich so elend macht, zurückziehen. Bist du nun etwa nicht zufrieden?«

»O ja, ich bin es. Und ich danke dir nochmals.«

»Du wirst dich schon einmal dafür erkenntlich zeigen. Jetzt aber bist du ruhebedürftig, ich sollte dich nicht länger anstrengen. Ja …«

Baudin strich seinen weißen Bart, er konnte sich noch nicht entschließen zu gehen.

»Da fällt mir übrigens schon ein kleiner Gegendienst ein, den du mir leisten könntest. Dieser Injuriosus … Er ist über sechzig Jahre alt und recht hinfällig. Man sieht sich in Tours bereits nach einem Nachfolger um. Ich würde nicht zögern, wenn man mich riefe! Dein Gemahl wäre sicher einverstanden. Es würde ihm recht sein, da unten an der Loire einen ergebenen Mann zu haben. Allerdings muß die Form gewahrt werden, das Volk und die Priester wählen den Bischof. Noch kennt man mich dort zuwenig, deshalb wäre ein Zeugnis aus deiner Feder, sobald du wieder dazu imstande bist … Ein Schreiben an die dortige Priesterschaft, vielleicht auch eines an deine edle Schwiegermutter … Ein paar rühmende Worte, meinen Glaubenseifer betreffend, die Flüssigkeit meiner Rede, nicht zuletzt auch meine gründlichen Kenntnisse in der Verwaltung großer Besitztümer …«

Am liebsten hätte Radegunde die Reise sofort angetreten. Doch es vergingen noch ein paar Tage, ehe sie – wiederum auf dem Rücken von Thuri – ihren Turm verlassen konnte.

Eine vierspännige und sehr bequeme *carruca dormitoria* wurde ihr vom Marschalk im Auftrag des Königs bereitgestellt, dazu ein Begleittrupp von zehn Mann, zu dem auch der kleine Thüringer gehörte. Irmfried wollte ebenfalls mitkommen, erhielt aber keine Erlaubnis.

Zwei Mägde, die mitreisen sollten, kümmerten sich um das Gepäck. In Kisten und Körbe wurden Leinentücher, Wollstoffe, Schuhe, Beutel mit Mehl und andere Lebensmittel verstaut, die die Königin unterwegs an Bedürftige verteilen wollte. In einer Schatulle, die sie unter den Kissen des Ruhebetts verbarg, befanden sich viele wertvolle Schmuckstücke, die sie seit ihrer Hochzeit vom König oder von reichen Gästen des Palastes erhalten hatte. Noch wußte sie nicht, wozu sie die Ringe, Diademe, Armreife und Perlenketten brauchen würde. Aber sie hatte eine Ahnung, daß sie ihr nützlich sein könnten.

Vor der Abfahrt begab sich Radegunde, von Thuri und einer Magd gestützt, in die Kapelle, um an der Frühmesse teilzunehmen. Ein fremder Priester zelebrierte sie. Waldo hatte die Residenzstadt schon am Tage zuvor verlassen. Er war unterwegs zu einem Ort an der Küste des Nordmeers, wo er eine neue Christengemeinde begründen sollte und wo man bereits zwei Priester ermordet hatte. Die Königin konnte nur noch für ihn beten.

Es regnete, als Radegunde mit Thuris Hilfe die Carruca bestieg. Zu ihrem Abschied hatte sich niemand eingefunden. Der König war in der Frühe zur Jagd aufgebrochen. Alle waffenfähigen Söhne begleiteten ihn dabei, unter ihnen auch Chramm. Irmfried hatte Dienst auf der Festungsmauer, er konnte der Schwester nur von weitem nachwinken.

An einem Fenster der Frauengemächer standen die Königinnen Ingunde und Aregunde und sahen mit zufriedenen Mienen die Carruca durch das Palasttor davonrumpeln. Ingunde hatte ihr Neugeborenes an der Brust, ein Knäblein, dem sie den Namen Sigibert gegeben hatte. Das war nun Chlothars siebenter Sohn, Ingundes fünfter. Die Zufriedenheit Aregundes trübte ein wenig der Neid, und sie hatte die unangenehme Ahnung, es werde bald alles wieder wie früher sein. Tatsächlich kam es zwischen den königlichen Schwestern noch am selben Tag zu einem wüsten Gezänk, und nur Ingundes geschwächter Zustand verhinderte, daß es mit einer Prügelei endete.

Radegundes kleiner Zug folgte nur kurze Zeit der alten Römerstraße nach Nordosten. Schon nach zwei Meilen ließ die Königin die Pferde seitlich auf einen Sandweg lenken. Nach einer weiteren Meile war ein Weiler erreicht. Ein paar niedrige, strohgedeckte Holzhäuser standen ohne Ordnung, wie zufällig hingestreut, am Rande eines Kiefernwäldchens. Ein Wildbach floß zwischen ihnen hindurch.

Aus der Tür des größten Häuschens stürzte die Frau eines Pächters. Sie war noch jung, doch schon grauhaarig, abgezehrt von der schweren Arbeit und den häufigen Schwangerschaften. Fünf Kinder drängten hinter ihr heraus. Alle liefen der Carruca entgegen.

Als der Wagenlenker das Gefährt anhielt, fiel die Frau auf die Knie. Sie befahl auch den Kindern niederzuknien. Die Königin wurde von Thuri herausgehoben. Sie trug einen Stirnreif, der einen den größten Teil des Gesichts bedeckenden Schleier hielt. Es war ein kühler Morgen, und sie zog fröstelnd den Mantel am Halse zusammen.

»Sigalsis«, sagte sie. »Steh doch auf, meine Liebe. Warum kniest du denn?«

Die Antwort war ein Tränenstrom, der aus den Augen der Frau schoß. Auch die kleineren Kinder begannen zu schluchzen. Radegunde, von Thuri gestützt, trat zu der Knienden, gab ihr die Hand, hob sie auf.

»Meine gute Sigalsis! Was hast du? Was ist denn geschehen? In Gottes Namen, so sprich doch!«

Die grauhaarige junge Frau brachte kein Wort heraus.

»Der Vater ist tot«, stammelte das größte der Kinder, ein Mädchen.

»Wie? Celsus ist tot?«

»Ein großer Baum hat ihn totgemacht«, sagte ein kleiner Junge, der tapfer sein wollte und die Tränen zurückhielt.

Radegunde ließ sich ins Haus führen. Sie kannte es, sie kam nicht zum ersten Mal. Es war nach alter keltischer Bauweise errichtet, fensterlos, mit einer Feuerstelle in der Mitte des einzigen Raums, die jetzt kalt war. Nur durch die Tür fiel das trübe Licht des Morgens herein. An den Wänden aus Flechtwerk und Lehm standen Bänke zum Schlafen. Dort auf dem Stroh lag der tote Pächter.

Die Königin schlug das Kreuz und betete. Dann ließ sie sich neben dem Toten auf der Bank nieder. Sigalsis und ihre Kinder standen um sie herum. Zum wievielten Male hörte sie eine solche Geschichte!

Der Mann, der mit seiner Frau und den Kindern auf der königlichen Domäne einen Mansus, ein kärgliches Stück Land, bewirtschaftet hatte, war wiederholt mit seinen Abgaben in Rückstand geraten. Er hatte im Herbst zuwenig Roggen und Dinkel geliefert, der häufige Regen hatte die Ernte verdorben. Im Winter waren die beiden Schweine zu mager gewesen, jetzt im Frühjahr hatten die Hühner nicht genug Eier gelegt. Statt der geforderten drei Kapaune für den Tisch des Königs hatte Celsus nur zwei gebracht, den dritten hatte ein Fuchs geraubt. Der Pächter sollte dafür zusätzliche Gespanndienste leisten, aber der Ochse war im Winter aus Futtermangel eingegangen. Das Unglück kam plötzlich zuhauf. Der Domänenverwalter bot an, zum Ausgleich der aufgelaufenen Schulden eines der älteren Kinder auf dem Sklavenmarkt zu verkaufen. Das lehnten die Eltern entschieden ab. Da hatte er sich als letzte Gnade abringen lassen, Celsus zwei Monate lang mit den Knechten, den

Unfreien, zum Holzschlagen in den Wald zu schicken. Das Pflügen und die Frühjahrsaussaat mußte Sigalsis, die wieder schwanger war, mit den Kindern allein besorgen. Sie verlor dabei ihre Leibesfrucht. Und nun brachten sie am gestrigen Abend den Celsus, tot, erschlagen von einem herabstürzenden Baum. Er sei für diese Arbeit zu alt und zu langsam gewesen, sagten die Knechte.

Radegunde kannte die arme Pächterfamilie seit gut einem Jahr, und sie hatte sich ihrer schon des öfteren angenommen. Durch einen Zufall hatte sie die junge Frau kennengelernt. Sie war dazugekommen, als der Verwalter das Garn prüfte, das Sigalsis von der Wolle ihres einzigen Schafs gesponnen hatte. Der Verwalter wollte das Garn als minderwertig zurückweisen, aber die Königin nahm es an, obwohl sie ihm im stillen recht gab. Tatsächlich hatte das Schaf die Räude. Damals war Sigalsis zum ersten Mal vor ihr niedergefallen und hatte ihre Hände mit Tränen genetzt. Radegunde hatte sie dann in dem leichten zweirädrigen Wagen, mit dem sie über Land fuhr, mitgenommen und Gefallen an ihr gefunden.

Sigalsis war nicht wie die meisten Frauen auf den Gütern und in den Dörfern, die ihr hartes Los stumpfsinnig gemacht hatte. Wenn sie nicht gerade von Sorgen und Mühsalen niedergedrückt war, konnte sie munter plaudern und sogar singen und lauthals lachen. Es stellte sich auch heraus, daß die Königin und die Pächtersfrau gleichaltrig waren. Beide waren um die Wintersonnenwende geboren, und beide wußten genau – was beim einfachen Volk eher selten vorkam –, wie viele Jahre seitdem vergangen waren. Man zählte noch *ab urbe condita*, also ab der Gründung Roms, und erst allmählich wurde unter dem Einfluß der Kirche Christi Geburt zum Beginn der Zeitrechnung. Nach dieser letzteren Jahreszählung, die sich erst ab der Mitte des sechsten Säkulums durchsetzen sollte, waren die beiden im Jahre des Herrn 518 geboren.

Was sollte nun werden? Wie sollte die grauhaarige Einundzwanzigjährige mit ihren fünf Kindern weiterleben? Allein war sie nicht in der Lage, den Mansus zu bewirtschaften. Keines der Kinder war als Helfer schon vollwertig. Unmöglich würde es ihr sein, die einmal festgelegten Abgaben zu leisten, ebensowenig wie die zusätzlichen Dienste, die dem Mansuspächter auferlegt waren. Wer schützte sie und die Kinder hier in der Einsamkeit vor räuberischem Gesindel und wilden Tieren? Wie konnte ihr Abstieg ins nackte Elend und schließlich in die Unfreiheit noch aufgehalten werden?

Radegunde war eigentlich nur gekommen, um ein paar Lebensmittel und Schuhe für die Kinder zu bringen, wie sie es schon öfter getan hatte. Aber konnte sie – durfte sie nun einfach wegfahren und diese sechs armen Wesen in ihrer Not und Hilflosigkeit zurücklassen?

Schon während Sigalsis, stockend und immer wieder in Tränen ausbrechend, berichtete, wie es zu dem Unfall gekommen war, traf Radegunde ihre Entscheidung.

»Ich nehme euch alle mit«, sagte sie, als die junge Frau schwieg. »Hier könnt ihr nicht bleiben – und wo solltet ihr hin? Auf meinem Gut Athies ist Platz für euch. Arbeit für Frauen gibt es dort mehr genug, und die Kinder können gemeinsam mit den Kindern des Gutes aufwachsen. Ich werde dafür sorgen, daß sie etwas lernen, was ihnen mal nützen wird.«

Sie wehrte die Dankesbeteuerungen der Witwe ab und traf gleich die nötigen Anordnungen. Die Männer des Begleittrupps fanden ein paar Bretter und nagelten für den kleinen, schmächtigen Toten einen Sarg zusammen. Dann trugen sie ihn in den Fichtenhain hinter den Hütten und begruben ihn dort. Radegunde sprach das Paternoster. Ein Karren wurde mit der ärmlichen Habe beladen. Auch die Kinder kletterten mit hinauf, aufgeregt plappernd, war dies doch ihre erste Reise. Nur das Kleinste, zwei Jahre alt, fuhr mit der Mutter im Wagen der Königin. Für die Carruca genügten auch drei Pferde, das vierte wurde vor den Karren gespannt. Der kleine Zug, der nun ein bißchen länger geworden war, setzte sich erneut in Bewegung. Inzwischen war die Sonne herausgekommen.

Der lange Aufenthalt hatte die Königin angestrengt, und sie streckte sich wieder auf ihrem Ruhebett aus. Sigalsis hatte natürlich bemerkt, daß Radegunde leidend war. Sie ging der Magd zur Hand, als einer der Verbände erneuert werden mußte. Fragen zu stellen, wagte sie nicht, und Radegunde erzählte nichts. Aber es war ja nicht schwer zu erraten, wie eine Frau ihres Standes, die außer Gott nur einen einzigen Herrn hatte, zu solchen Verletzungen gekommen war. Dabei mußte Sigalsis wieder an ihren Celsus denken, der ein freundlicher Mann gewesen war und sie niemals mißhandelt hatte. Und bei dem Gedanken flossen auch wieder die Tränen.

»Verzeih«, schluchzte sie, weil die Königin sich ihr zuwandte und sie aufmerksam ansah. »Ich belästige dich mit meiner Trauer.«

»Nein, das tust du nicht«, entgegnete Radegunde. »Ich denke nur, daß du nicht ganz unglücklich warst, weil du so um ihn weinen kannst. Er muß es wert gewesen sein, beweint zu werden. Ich glaube, viele Frauen haben nicht so ein Glück.«

Sie lehnte sich zurück und schloß die Augen. Beim Geschaukel des Wagens wurde ihr Kopf auf dem Kissen hin und her geworfen. Sigalsis betrachtete sie. Die feinen Züge ihres Gesichts waren noch immer von häßlichen Streifen durchzogen. Am Kinn, auf der Nase und an den Lippen hatte sich Schorf gebildet.

»Ja«, sagte die junge Witwe, wobei sie mit dem Ärmel die Tränen abwischte, »er war ein guter Mann, und wir haben gut miteinander gelebt. Gute Männer gibt es nicht viele. Fast alle sind schlecht.«

Die Königin öffnete die Augen, und ihr starrer, jetzt ins Leere gerichteter Blick erschreckte Sigalsis. Sie fürchtete, etwas Ungehöriges gesagt zu haben, etwas Herabsetzendes über einen, der zu hoch über ihr stand, als daß sie so etwas wagen durfte.

»Das liegt aber daran«, beeilte sie sich fortzufahren, »daß diese Männer arm sind und daß ihr Leben so schwer ist. Und manche sind auch so schlecht geworden, weil es ihnen mal besser ging und weil sie immer tiefer herabsanken. Mit Celsus bei den Holzfällern war einer, ein Franke, der früher sogar ein Gut besaß. Das hatte seinem Großvater der König Chlodwig geschenkt. Aber der Enkel hatte keine Freude daran. Eine Mißernte nach der anderen traf ihn und dann auch noch eine Viehseuche. Er hatte Schulden und mußte schließlich das Gut verkaufen. Nun sitzt er auf einem Mansus. Und die Abgaben kann er nicht aufbringen, so wie es uns ging. Seine Wut darüber und auf den Verwalter läßt er an seiner armen Frau aus. Sie heißt Framberta, ist eine Rheinfränkin. Manchmal habe ich sie im Wald getroffen, beim Holzsammeln. Jeden Morgen, bevor er mit den Knechten zur Arbeit geht, schlägt er sie. Und abends, wenn er zurückkommt, schlägt er sie wieder. Einmal hat er ihr einen Arm gebrochen. Der wurde nicht ordentlich behandelt, nur von einem Schmied, der die Sache nicht richtig verstand. Der Arm ist nun krumm und hängt herab, und sie kann nichts mehr mit ihm anfangen. Aber der Mann, er heißt Gaudulf, schlägt sie weiter, jeden Morgen und jeden Abend.«

»Er schlägt sie weiter?« fragte Radegunde, die mit wachsendem Unwillen zugehört hatte. »Obwohl er sie so schwer verletzt hat?«

»Ja, so schlecht ist dieser Mann, Herrin. Celsus erzählte er einmal: ›Es macht mir nichts aus, wenn sie stirbt, weil sie mich ins Unglück gebracht hat. Das wird die gerechte Strafe für ihre Eitelkeit sein. Denn früher, als sie noch

Gutsherrin war, hat sie dauernd die Kaufleute kommen lassen und immer die besten Sachen gewollt. Und ich mußte Schulden machen für teures Seidentuch und für Juwelen. Wenn sie tot ist‹, sagte er, ›werden mich ihre Verwandten auf Wergeld verklagen. Aber ich kann nichts zahlen, und so werden sie mich auf den Sklavenmarkt bringen. Wird das etwas an meinem Elend ändern? Ich muß ja schon jetzt mit den Knechten ins Holz. Was nützt mir also die Freiheit! Lieber bestrafe ich dieses törichte Weib!‹«

Radegunde richtete sich auf und gab dem Lenker ein Klopfzeichen. Im nächsten Augenblick stand der Wagen.

»Wo finden wir diese Framberta?« fragte sie.

»Es ist nicht weit von hier, Herrin«, sagte Sigalsis. »Gaudulfs Mansus gehört ja auch noch zu dieser Domäne.«

»So zeige dem Lenker den Weg. Oder setz dich gleich zu ihm auf die Bank. Wir kümmern uns hier um dein Kind.«

Der Anführer des Begleittrupps machte Einwände. Ein weiterer Umweg könne zur Folge haben, daß man am Abend nicht rechtzeitig unter das Dach der vorgesehenen Herberge komme, der *villa rustica* eines reichen Gallorömers. Doch die Königin ließ das nicht gelten, sondern versprach nur diesmal einen kürzeren Aufenthalt.

Sie fanden Framberta auf einem Saubohnenfeld hinter ihrer Hütte. Mit ihrer einen brauchbaren Hand zupfte sie Unkraut. Ein alter Mann und zwei Kinder hockten am Feldrand. Wie erhofft, war der gewalttätige ehemalige Gutsbesitzer abwesend.

Als der Alte die Reiter sah, sprang er auf und verbarg sich im Gebüsch. Sigalsis lief auf das Feld und holte die Frau. Sie hinkte stark und hatte überall im Gesicht, an Armen und Beinen Blutergüsse. Obwohl sie, wie Sigalsis versicherte, nur vier, fünf Jahre älter als sie selbst sein konnte, waren kaum noch Zähne in ihrem Mund. Ein fadenscheiniger, oft geflickter wollener Kittel umschlotterte ihren dürren Körper.

Kaum vorstellbar war, daß diese Framberta mal feine Kleider und Juwelen getragen hatte.

Der Anblick der Bewaffneten flößte ihr Furcht ein, und sie blickte scheu um sich. Daß eine Königin sich noch um sie kümmerte, konnte sie nicht fassen, und Radegunde und Sigalsis mußten ihr mehrmals erklären, warum sie gekommen waren. Als sie es endlich begriff, erschrak sie heftig. Sie wollte nicht mitkommen, weil sie fürchtete, daß ihr Mann sie verfolgen und auf der Stelle totschlagen würde. Nach einigem Hin und Her hob der ungeduldige Anführer des Begleittrupps sie aber kurzerhand in die Carruca, die Radegunde nicht verlassen hatte. Die Kinder wurden zu den anderen auf den Karren gesetzt. Sie schrien nach einem Holzpferd, ihrem Spielzeug, und der gutmütige Thuri ging in die Hütte und holte es.

Als er zurückkam, sagte er lachend: »Der alte Wilderer, ihr Schwiegervater, dachte wohl, wir kommen seinetwegen. An der Feuerstelle liegen verdächtige Knochen. Rehbraten!«

Die Warnungen vor einer gefährlichen Verspätung waren berechtigt. Man erreichte das Nachtquartier erst in der Dunkelheit. Zum Glück sah der Mond von Zeit zu Zeit zwischen den Wolken hervor und beleuchtete den Weg. Einem Überfall durch eine größere Bande hätte der Schutztrupp kaum Widerstand leisten können. Allerdings konnten die Räuber nicht ahnen, welchen Schatz die Schatulle barg, die im Ruhebett der Königin unter Fellen, Decken und Kissen versteckt war. Selbst wenn sie die ansehnliche Carruca bemerkt hatten, mußten die beiden Karren mit Frauen, Kindern und ärmlichem Hausrat, die ihr folgten, wenig einladend auf sie gewirkt haben.

Denn der Zug war im Laufe des Tages noch angewachsen. Radegunde hatte drei weitere bedürftige Frauen aufgelesen: eine, die nach einer Niederkunft zu früh und zu schwer gearbeitete hatte und nun unter Fieber und Krämpfen litt; eine andere mit sechs Kindern und einer alten Mutter, deren Mann eines Nachts seine Axt und ein Bündel genommen hatte und spurlos verschwunden war; eine dritte schließlich, die völlig verwahrlost am Wegesrand hockte. Als Stallmagd hatte man sie nach dem Verenden einer wertvollen Milchkuh der Zauberei und Giftmischerei bezichtigt und unter Schlägen davongejagt.

Bei ihren Gastgebern setzte Radegunde schon ihren ersten silbernen Armreif um, damit alle beköstigt und eingekleidet wurden. Sie folgte nun bereits einem festen Plan und erkundigte sich nach weiteren kranken und bedürftigen Frauen in der Umgebung. Am nächsten Tag ging es abermals kreuz und quer, bis alle gefunden und eingesammelt waren. Die für diesen Abend vorgesehene Ankunft in Athies mußte verschoben werden. Radegunde übernachtete in ihrem Wagen, die Mannschaft und das vielköpfige Gefolge von Frauen und Kindern wurden auf die Hütten eines Dorfes verteilt. Die Königin bezahlte die Gastgeber großzügig.

Gegen Mittag des dritten Tages erreichte der Zug dann endlich sein Ziel. Nur ein einziges Pferd ging noch vor der Carruca. Der Troß war auf fünf Karren angewachsen. Drei wurden von den anderen Pferden gezogen, vor einen war ein unterwegs gekaufter Ochse gespannt, den letzten zogen und schoben die Kräftigeren unter den Reisenden selbst.

Mit elf Frauen und dreiundzwanzig Kindern fuhr die Königin Radegunde in Athies ein.

26

»Aber Gundchen, wie stellst du dir das vor? Ein Heim für kranke und bedürftige Frauen? Dafür haben wir doch gar keinen Platz. Wo sollen wir denn die alle unterbringen? Und werden sie uns nicht Krankheiten einschleppen, vielleicht sogar die Cholera? Wie könnten wir das auch mit unseren bescheidenen Einkünften schaffen? Die vielen Kinder ... Wie sollen wir so viele hungrige Mäuler stopfen? Du weißt doch selbst, hast es miterlebt, wie schwer wir über die letzten Winter gekommen sind. Im Frühjahr, wenn die Vorräte erschöpft waren, litten wir Hunger, auch jetzt sind die Vorratshäuser fast leer. Wir mußten schon wertvolles Vieh schlachten, weil es kein Futter mehr gab. Einige Pferde sind vor Schwäche krepiert, darunter eine der besten Zuchtstuten. Was soll aus den vielen Menschen werden, die du da mitgebracht hast? Warum hast du sie nicht in ihren Dörfern gelassen? Sollen sie hier zugrunde gehen?«

»Dort wären sie zugrunde gegangen. Hier sollen sie leben. Und hier werden sie leben! Das ist mein Wille – und er wird ausgeführt!«

Es war das erste Mal, daß Radegunde gegenüber Frau Berthe einen so strengen Ton anschlug. Sie hatte nicht erwartet, daß die Leute vom Gut sie und ihre armselige Klientel mit Jubel empfangen würden. Doch Frau Berthes Gejammer wurde ihr lästig. Sie war noch leidend und von den Anstrengungen der Reise erschöpft, und die Frauen und Kinder, die sie mitgebracht hatte, mußten nun einmal versorgt werden. Sie wußte im übrigen, daß laute Klagen und

Übertreibungen ihrer angeblichen Notlage der Frau des Gutsverwalters leicht und oft schon aus Gewohnheit über die Lippen kamen. Die Wintervorräte wurden nie ganz aufgebraucht, Berthes Ehemann verstand zu wirtschaften. Er war abwesend, so wie leider auch Arne, der Sohn der beiden, Radegundes guter Freund. Sie brachten Pferde zum Markt nach Amiens. Bei den Männern hoffte die Königin mehr Verständnis für ihr Vorhaben zu finden. Doch erste Maßnahmen mußten sofort getroffen werden. Draußen, mitten auf dem Hof, drängte sich der Haufen der Frauen und Kinder zusammen, verächtlich beäugt von den Bewohnern des Gutes. Um sie herum standen die Karren mit ihren Habseligkeiten. Die Wachmannschaft hatte nur die Pferde getränkt und war abgerückt.

Radegunde erhob sich von der Bank in der Halle des Herrenhauses. Sie hatte sich so weit erholt, daß sie jetzt ohne Hilfe gehen konnte. Der kleine Hund, der hier noch immer zu Hause war und sie bei jedem ihrer Besuche freudig begrüßte, sprang um sie herum.

Frau Berthe war ein wenig beleidigt. »Du hättest mir wenigstens vorher Nachricht geben sollen, dann wäre ich nicht so unvorbereitet gewesen. Ja, wärst du allein gekommen … Wie glücklich sind wir jedesmal, wenn wir dich eine Weile hier haben und unsere Königin ein bißchen verwöhnen dürfen. Und diesmal – nach dem, was geschehen ist und was ich nur ahne, weil du ja nicht darüber sprechen willst –, diesmal war es ein besonders guter Gedanke, hierherzukommen. Aber …«

Sie seufzte. Die Königin lächelte und ergriff ihre Hand.

»Berthe, gute Berthe«, sagte sie. »Verzeih mir, daß ich eben ein wenig schroff zu dir war. Ich weiß ja, wie gern ihr mich hier umsorgt. Und ich weiß, was ich deiner Güte verdanke. Was wäre aus mir geworden, hätte ich in den ersten Jahren in der Fremde nicht jemanden wie dich gehabt! Mit deiner Liebe und deiner Fürsorge hast du mir eine Tür geöffnet, die mir sonst vielleicht für immer verschlossen geblieben wäre: Du hast mir den Weg zu Gott gezeigt und mir den Glauben daran gegeben, daß christliche Nächstenliebe möglich ist. Ja, so ist es. Nach allem, was ich erlebt hatte, wäre gewiß auch aus mir nur ein rohes, bösartiges, haßerfülltes Weib geworden, voller Mißtrauen und Eifersucht, nur immer darauf bedacht, Gewinn zu machen durch den Schaden, den ich anderen zufüge. Hätte aus mir eine überzeugte Christin werden können, nur weil ich fromme Schriften las und die Priester Gebetsformeln leiern hörte? Niemals. Dazu bedurfte es eines stärkeren Reizes. Dazu mußte ich Menschen kennenlernen, in denen Gott lebte. Aus deren Wesen und Handlungen er sich mir mitteilte. Die mir Mut machten, so zu werden wie sie. Als ich herkam, war ich verstockt, verhärtet, tief verletzt. Eine Hoffnungslose, eine Verlorene. Du warst die erste, die mich begreifen ließ, daß ich noch eine andere werden konnte.«

»Ach, Gundchen«, sagte Frau Berthe, nachdem sie mehrmals geseufzt hatte. »Jetzt übertreibst du, und du beschämst mich damit. Was willst du mir sagen? Daß Gott nicht mehr in mir ist und mich verlassen hat? Daß ich heute die guten Lehren vergessen habe? Daß ich hartherzig geworden bin, ohne Mitleid? Wenn auch mein Großvater König war, so bin ich doch nur eine einfache Frau und weiß nicht viel von der Welt. Ich habe immer nur auf dem Lande gelebt und für die Meinen gesorgt. Und als du damals zu uns kamst und nun dazugehörtest, habe ich auch für dich gesorgt. Kann man mehr tun in dieser schrecklichen Zeit, als für die Seinen zu sorgen? Daß es da draußen viel Leid gibt, weiß ich. Aber mache ich mich denn schuldig vor Gott, weil ich nicht allen Leidenden helfen kann?«

»Gewiß nicht. Du tust ja genug, wenn du dich um die kümmerst, die dir anvertraut sind. Gott sieht es und ist zufrieden, denn so hat er es eingerichtet. Wie ist es aber mit mir? Durch seinen Ratschluß war mir beschieden, Königin der Franken zu werden. Ich hätte mir ein anderes Leben gewünscht, wenn ich die Wahl gehabt hätte. Aber nun ist es so gekommen, und ich muß mich an diesem Platz bewähren. Bin ich nur Königin, um seidene Kleider zu tragen? Um mich mit goldenen Diademen zu schmücken? Um spazierenzufahren und huldvoll zu winken, wenn man den Rücken vor mir beugt? Wäre ich nicht ganz und gar unnütz, wenn mir nichts anderes einfiele? Muß ich nicht – so wie du – für die Meinen sorgen? Und wer sind die Meinen? Das Volk! Die da draußen!«

»Du kannst auch nicht allen helfen, Gundchen. Selbst als Königin nicht.«

»Nein. Nicht allen. Leider nicht allen. Aber das darf nicht als Vorwand gelten, um überhaupt nichts zu tun. Nur zuzusehen, wie Menschen im Elend versinken, ist Sünde, wenn man die Möglichkeit hat, sie zu retten. Ich habe viele Möglichkeiten und will sie nutzen. Wem immer ich helfen kann, dem will ich helfen. Und ganz besonders den Schwächsten, den Frauen und Kindern. Ich will denen, die kaum noch Hoffnung haben, Vertrauen geben. Vertrauen in Gott, so wie du es mir gabst. Und neue Kraft aus dem Glauben an ihn.«

»Ein schöner Vorsatz. Wenn es nur nicht so schwierig wäre, danach zu handeln. Gott kümmert sich leider kaum um unsere irdischen Sorgen. Das Gut gehört dir, es ist dein Wittum. Du kannst über alles hier verfügen. Was tust du aber, wenn die Mittel nicht reichen? Willst du die Frauen und Kinder dann wieder fortschicken, in ein noch schlimmeres Elend als das, was sie hatten?«

»Für die meisten da draußen gibt es nichts Schlimmeres mehr. Ich werde sie also behalten müssen. Und wenn du sagst, daß Gott sich nicht um unsere Sorgen kümmert, so irrst du. Er hat dafür gesorgt, daß ich reich wurde. Ließ er mich vielleicht Königin werden, weil er – er ist ja allwissend – schon wußte, was ich mit all diesem schimmernden, flimmernden Zeug zum Anstecken, Aufsetzen, Anhängen, Umhängen tun würde?«

Da mußte Frau Berthe lachen, und es blieb ihr nichts anderes übrig, als sich geschlagen zu geben. Sie ging hinaus, begrüßte die Ankömmlinge freundlich und ordnete an, daß sie alle zunächst in dem Gästehaus hinter dem Hauptgebäude der Villa untergebracht würden. Es war ein langer, flacher Lehmziegelbau, bestehend aus drei unterschiedlich großen Räumen und mit drei Eingängen, die vom Garten aus zu erreichen waren. Da es im Augenblick keine Gäste gab, stand es leer. Die neuen Bewohner zogen ein, wobei gleich einige wertvolle, sorgsam aufgezogene und gepflegte Pflanzen von der Kinderhorde zertrampelt wurden. Das ärgerte Frau Berthe wieder ein wenig, doch sie ließ es sich nicht anmerken.

Die Frauen und Kinder verteilten sich auf die drei Räume des Gästehauses. Radegunde bestimmte einen davon zum Krankenzimmer, nahm sich aber vor, später die Kranken, darunter auch mehrere Kinder, in ein anderes Gebäude bringen zu lassen, wo sie mehr Ruhe haben würden. Knechte schafften noch zusätzliche Strohmatratzen und Decken herbei, weil die – wie üblich – sehr sparsame Ausstattung des Gästehauses nicht ausreichte. Der Brunnen in der Mitte des Gartens war bald umlagert. Einige Frauen schöpften Wasser aus eigenen Tontöpfen oder Holzeimern, die anderen wurden von den Gutsleuten mit Gefäßen versorgt. Alle erhielten ihren Becher mit Milch. Die Küchenmägde hängten größere Kessel über die Feuer und kochten zum Abend die doppelte Menge Gerstenbrei.

Radegunde bezog wie immer bei ihren Besuchen in Athies die Kammer, in der sie schon als Mädchen geschlafen hatte. Seit sie Königin war, hatte sie hier nur noch allein gewohnt, aber diesmal ließ sie Sigalsis rufen und ein Lager für sie und ihr Jüngstes zurechtmachen. Radegunde brauchte noch Hilfe, und die Gesellschaft der jungen Frau war ihr angenehm. Die beiden redeten bis tief in die Nacht, zeitweise im Flüsterton, um das Kind nicht im Schlaf zu stören. Nackt lagen sie unter den Decken und Fellen, so wie es üblich war, die Köpfe nahe beieinander, und manchmal berührten sich ihre Schultern, ihre Hände und ihre Knie. Radegunde, für die die Gemeinschaft mit Frauen im Bett des Königs zu den widrigsten Erfahrungen ihres Lebens zählte, empfand erstaunt und verwirrt den starken, wohltuenden Reiz der Nähe dieser Gleichaltrigen. Niemals hatte sie eine Freundin gehabt, schon gar nicht eine, mit der sie das letzte Geheimnis geteilt hätte. Das Erlebnis war neu für sie und erfüllte sie nach all den Leiden mit einer noch unbestimmten, aber freudigen Hoffnung. Sigalsis schlief im Morgengrauen zuerst ein, und Radegunde lag noch eine Weile wach und betrachtete das junge Gesicht der Schläferin, während sie eine Strähne ihres grauen Haars durch die Hand gleiten ließ.

In den nächsten Tagen gab es eine Menge zu tun. Die Kranken mußten versorgt werden, und Radegunde sah selbst dabei nach dem Rechten und legte mit Hand an. Auf dem Gut lebte ein alter Medicus, den der Verwalter eigentlich für die Tiere angestellt hatte. Doch der hatte, als er vor zehn Jahren angekommen war, einen ganzen Sack voller medizinischer Schriften mitgebracht und sich, indem er sie eifrig studierte, nach und nach auch für die Behandlung menschlicher Leiden ausgebildet. Von Hippokrates besaß er *»De morbis mulierum«*, zwei Bücher über Frauenkrankheiten in lateinischer Übersetzung, und nichts kam ihm gelegener, als sein Wissen und seine reichen Erfahrungen, die er schon mit den Frauen des Gutes sammeln konnte, unter den Augen der Königin anzuwenden. Bald hatte er die Ursache für die Krämpfe einer der Frauen erkannt, nämlich eine Verhärtung der Gebärmutter nach der Entbindung, und er verordnete ein Dampfbad mit allerlei Kräuterzutaten und warme Umschläge. Auch auf anderen Gebieten der Heilkunde war er bewandert. Besonders geschickt zeigte er sich beim Aderlaß und dem gefürchteten »Schneiden und Brennen«. Einem von einem Pferd getretenen Knecht hatte er schon erfolgreich ein Bein amputiert. Er renkte Glieder ein und richtete Brüche. Nachdem er den verkrüppelten Arm der Framberta untersucht hatte, glaubte er imstande zu sein, ihn wieder gebrauchsfähig zu machen.

Frau Berthe kümmerte sich um die anderen Frauen. Diejenigen, die arbeiten konnten, beschäftigte sie in den Web- oder Spinnhäusern, in der Küche oder als Wäscherinnen. Die größeren Kinder halfen den Hirten der Schweine und Schafe. Alle erhielten neuen Kleidung und neues Schuhwerk, die alten Lumpen wurden verbrannt. In der Tischlerei des Gutes gab Radegunde Möbel in Auftrag, damit die Unterkünfte wohnlich wurden und jede Frau ihre Habseligkeiten unterbringen konnte.

Am vierten Tag nach ihrer Ankunft sah sie endlich ihren Freund Arne wieder. Er und sein Vater hatten auf dem Pferdemarkt in Amiens ein gutes Geschäft gemacht, und so waren sie froh gestimmt und mit großem Eifer bereit, der Königin dienstbar zu sein. Sie suchten zu dritt gleich das Gebäude für die Kranken aus, einen Steinbau, der aus der Römerzeit stammte und damals als Waffenmagazin gedient hatte. Seit längerer Zeit war er nicht genutzt worden, das Dach war schadhaft, der Fußboden mußte ausgebessert, eine Zwischenwand eingezogen werden. Für alle diese Arbeiten gab es Handwerker auf dem Gut, und Arne rief sie zusammen und erteilte ihnen seine Anweisungen.

Lange saß Radegunde dann noch mit ihm auf der Steinbank an der Gutsmauer. Fast ein wenig betroffen stellten sie fest, daß erst knapp drei Jahre seit jenem Abschiedsabend an dieser Stelle vergangen waren. Auch Arne war inzwischen verheiratet, hatte schon eine kleine Tochter. Er erkundigte sich nach dem gemeinsamen Freund Waldo, von dessen Verbannung in ein Nest am Nordmeer er gehört hatte. Radegunde erzählte ihm, was sie glaubte preisgeben zu dürfen, ohne die Schuld des Königs zu sehr herauszustellen. Wie sehr wünschte sie, daß Waldo jetzt hier sein könnte, um ihre Schutzbefohlenen geistlich zu betreuen. Denn nicht nur Essen, Kleidung, Pflege und Unterkunft brauchten diese Leidenden, Erniedrigten und Verlassenen. Es gab zwar einen Priester auf dem Gut, doch war das ein Unfreier, der meistens betrunken war, gerade soviel Latein wie nötig sprach und eine Messe zusammenstümpern konnte. Wie sollte so einer, der selbst schwach war, den Schwachen Kraft und Zuversicht geben?

Da vorerst keine Aussicht bestand, die Genehmigung für Waldos Rückkehr zu erhalten oder einen anderen Priester nach Athies zu holen, mußte die Königin die Stelle des Seelenhirten einnehmen. Oft saß sie nun abends im Kreise der Frauen, erzählte ihnen Geschichten, ließ sie aber auch selbst reden und alles vorbringen, ja manchmal herausschreien, was sie bedrückte. Am Tage holte sie die Kinder zusammen. Jedes bekam eine Wachstafel und einen Griffel, und mit dem Alphabet begann der Unterricht in der lateinischen Sprache, die den meisten von ihnen noch vollkommen fremd war. Einige Mütter nahmen an diesen Unterweisungen teil, mit besonderem Eifer Sigalsis, die bald allen voraus war. Schon nach kurzer Zeit konnte sie einfache Texte lesen und Radegunde als Lehrerin vertreten. Oft lasen sie sich nun abends vor dem Einschlafen gegenseitig Gedichte römischer Poeten vor, wovon die Bücherkiste, die die Königin mitgebracht hatte, einen unerschöpflichen Vorrat barg.

Es wurde Sommer. Radegundes Gesundheit war wiederhergestellt, nicht nur die äußeren Verletzungen waren geheilt.

Allerdings waren Narben zurückgeblieben. Ein breites Stirnband mußte nun die feuerrote Schramme verdecken, die sich von einer Schläfe zur anderen zog. Von ersten Falten abgesehen, die der Kummer gegraben hatte, war das Gesicht sonst aber kaum gezeichnet und so schön und ebenmäßig wie vorher. Der böse Wunsch der Königin Aregunde war nicht in Erfüllung gegangen.

Schlimmer stand es um die nicht sichtbaren Narben. Nur noch mit tiefem Abscheu konnte Radegunde an das Leben am Hof und seine lächerlichen, eitlen, unsinnigen und grausamen Rituale denken. Sie war nun sicher, daß sie dort nicht mehr ständig leben konnte, höchstens noch von Zeit zu Zeit, wenn es ihr befohlen wurde. Sie hatte jetzt eine Aufgabe und damit Sinn in ihr dummes, überflüssiges Königinnenleben gebracht. Kurz vor dem Absturz in ein dunkles Tal der Verzweiflung hatte sie einen Weg zum Licht gefunden.

Im Verlauf der Sommermonate bekam das Heim für kranke und bedürftige Frauen auf dem königlichen Gut Athies ständig Zuwachs. Immer wieder standen Frauen am Tor, die davon gehört hatten, allein oder mit Kindern. Kaum eine wurde abgewiesen. Die meisten waren krank, und einige, denen nicht mehr zu helfen war, starben bald. Aber es gab auch Heilungserfolge, und die Genesenen konnten, wenn sie sonst nichts daran hinderte, in ihre Dörfer zurückkehren. Das frühere römische Waffenmagazin war ständig mit zwanzig bis dreißig kranken Frauen belegt. Der alte Medicus hatte mehr als genug zu tun, deshalb wurde ihm schließlich ein zweiter, jüngerer Arzt zur Seite gestellt. Der war von weither gekommen, aus der früheren Gotenhauptstadt Toulouse, nachdem der Ruhm der Königin Radegunde und ihres Frauenheims bis dorthin gedrungen war. Mit seiner gründlichen Ausbildung, die er bei mehreren medizinischen Berühmtheiten genossen hatte, war er dem Alten oft überlegen, und fast täglich stritten die beiden sich am Lager der Kranken über die richtige Behandlungsmethode. Manchmal mußte die Königin schlichten, doch im allgemeinen ergänzten sich alte Erfahrung und junge Gelehrsamkeit gut. Radegunde verbrachte viele Stunden des Tages bei ihren Kranken und tat dasselbe wie die Mägde und die anderen Helferinnen der Ärzte. Bei Operationen übernahm sie die Handreichungen, sie wusch und fütterte die Hilflosen, und sie war sich auch nicht zu schade, den Fußboden aufzuwischen und den Unrat hinauszutragen. Oft war sie abends todmüde, aber niemals fühlte sie sich elend wie an so vielen Abenden im Königspalast.

Nicht immer störungsfrei verliefen die Tage und Nächte in der Notgemeinschaft der Frauen. Einige, die nie etwas anderes als Heimtücke und Gewalt kennengelernt hatten, waren selbst boshaft und niederträchtig geworden. Anlässe zu Gezänk und Katzbalgereien gab es viele. Mal gingen sie aufeinander los, weil sich die Kinder nicht vertrugen, ein andermal, weil sich eine bestohlen glaubte. Es gab auch Jüngere, die mit den Männern vom Gut anbändelten und aus Eifersucht übereinander herfielen. Als mehrere Durchfall bekamen, wurde die arme Frau, die schon einmal als Giftmischerin fortgejagt worden war, beschuldigt und jämmerlich durchgeprügelt. Auch mit Leuten vom Gut, die sich nicht an diese Gäste gewöhnen konnten, gab es häufig Reibereien.

Eines Tages erschien ein abgerissener, dürrer Kerl am Tor des Gutes und verlangte nach seiner Frau. Er wurde abgewiesen, erhob aber ein Geschrei und berief sich auf seine Rechte an ihr und den Kindern. Es stellte sich heraus, daß es der flüchtige Bauer war, der seine Ehefrau, deren Mutter und seine sechs Kinder im Stich gelassen hatte. Man hatte ihn überall davongejagt, doch nun war ihm zu Ohren gekommen, eine Königin habe sich seiner Familie angenommen und sie in ein Paradies geführt. Da fand er, daß er dazugehöre, und wollte bleiben und sich niederlassen. Zufällig kam gerade die Frau mit den Wäscherinnen vom Fluß herauf. Inzwischen war sie gut genährt, und ihr Selbstbewußtsein war in der Gemeinschaft gewachsen. Sie ergriff einen Wäscheschlegel und schlug den Halbtoten – weil Halbverhungerten – beinahe ganz tot. Er mußte von den Ärzten behandelt werden. Radegunde erlaubte ihm zu bleiben, allerdings nicht bei seiner Familie. Eine Strafe verdiente er schon, weil er unerlaubt den ihm zugeteilten Pachthof verlassen hatte. Deshalb sollte er zunächst eine Zeitlang unter den Knechten leben und durch Arbeit beweisen, daß er ein anderer geworden war. Dies tat er dann auch, und Radegunde schickte später die ganze Familie zurück in ihr Dorf und stattete sie mit den nötigen Mitteln aus, um das inzwischen verfallene Haus wiederaufzubauen und neu anzufangen.

Ein anderer Überfall dieser Art endete nicht so glimpflich. Auch der ehemalige Gutsherr Gaudulf, der unter die Holzfäller geraten war, hatte herausbekommen, wo seine Frau Framberta und die Kinder waren. Eines Tages stand er, die Axt im Gürtel, vor Radegunde und verlangte in rüdem Ton Frambertas Auslieferung. Sie wies das Ansinnen zurück. Da sie im Arbeitskittel vor ihm stand, glaubte er wohl, einer solchen Königin keine Achtung schuldig zu sein, stieß Drohungen aus und brüllte, er werde sich holen, was ihm gehöre. Die Fäuste schüttelnd, eilte er fort.

Wenig später, eines Nachts, verschwanden Framberta und ihre Kinder. Die Frauen berichteten, daß ein Bewaffneter mit einer Fackel plötzlich in den gemeinschaftlichen Schlafraum eingedrungen war und allen ins Gesicht geleuchtet hatte. Die drei waren dann von ihm gezwungen worden, aufzustehen und ihm zu folgen. Es gab keinen Zweifel, wer der Eindringling war, und Arne bot sämtliche Männer des Gutes auf, um ihn einzufangen und ihm die Opfer wieder zu entreißen. Auch einige Frauen aus Radegundes Gemeinschaft beteiligten sich an der Suche. Man fand zwar die Spur, doch wenig später nur noch drei Tote – Framberta und die beiden Kinder, alle drei mit der Axt erschlagen. Gaudulf entkam, und erst Jahre später fing ihn der Comes von Rouen mit einer Räuberbande und hängte ihn auf.

Nach diesem Vorfall, dem kurz darauf ein zweiter folgte, der aber unblutig und ohne Schaden endete, machte Arne den Vorschlag, einen Schutztrupp zu bilden, um die Wachen des Gutes zu verstärken. Radegunde war einverstanden. Sie verkaufte einige ihrer Juwelen, und vom Erlös wurden Alamannen angeworben, die allgemein als zuverlässig, wachsam und kampfentschlossen galten. Sie bewährten sich tatsächlich und vereitelten später noch mehrere Überfälle.

Fast vier Monate waren seit Radegundes Ankunft in Athies vergangen. Da traf eines Tages ein Bote ein und überbrachte ihr den Befehl des Königs, unverzüglich am Hof zu erscheinen. Eine Weigerung war nicht möglich. Auch sonst gab es nichts, was sie hindern konnte, eine so kurze Reise zu unternehmen. Radegunde bestieg die Carruca, besuchte, obwohl der Bote drängte, unterwegs noch mehrere Dörfer, um nach ihrer Gewohnheit Kleidung und Lebensmittel an Bedürftige zu verteilen, und traf am dritten Tag in Soissons ein. Sigalsis begleitete sie.

Als die Carruca in den Palasthof einfuhr, kam zu ihrer Überraschung der König selbst die Freitreppe herab und begrüßte sie. »Da ist ja meine Nonne!« rief er launig, und mit einem schiefen Lächeln, das Verlegenheit verriet, küßte er sie auf beide Wangen. Froh sei er, sie gesund zu sehen und wieder in seiner Nähe zu haben. Auch Baudin, Dacco und andere fanden sich zur Begrüßung der Königin ein, und ihre tiefen Verbeugungen verrieten, daß sie eine entsprechende Anweisung hatten. Die Schwestern Ingunde und Aregunde blieben unsichtbar.

Radegundes Befürchtung, der König werde seine ehelichen Rechte einfordern und sie nötigen, sich wieder ständig am Hof aufzuhalten, erwies sich – zumindest für den Augenblick – als unbegründet. Es gab einen Anlaß, sie zurückzurufen. Eine byzantinische Gesandtschaft wurde erwartet, und Chlothar wollte mit seiner Königin glänzen. Auch ihre sprachliche Vermittlung und ihr Schreibtalent wurden benötigt. Die Gesandten trafen bereits am Tage nach ihrer Ankunft ein und wurden mit großem Aufwand empfangen. Es blieb ihr nichts anderes übrig, als sich dazu festlich herausputzen und mit Juwelen behängen zu lassen. Die kostbarsten hatte sie allerdings in Athies zurückgelassen, und sie gestand dem König freimütig, ein Diadem, das er ihr geschenkt hatte und nun an ihr sehen wollte, für einen guten Zweck verkauft zu haben. Er grollte ein bißchen, beherrschte seinen Ärger jedoch und befahl Aregunde, ihr auszuhelfen. Die Begegnung der Königinnen war frostig, und Aregunde rückte nur widerwillig heraus, was der König bestimmte. Zum großen Empfang waren sie und ihre Schwester nicht zugelassen.

Die Gesandten kamen vom byzantinischen Feldherrn Belisar, der in Italien die Ostgoten bekämpfte. Sie boten Geld und erbaten Waffenhilfe. Bitter beschwerten sie sich über König Theudebert. Radegunde mußte übersetzen, was sie – der Bequemlichkeit halber in ihrer eigenen Sprache, dem Griechischen – über ihn sagten. Es schmerzte sie, daß der Mann, den sie so geliebt hatte, als Verräter und Betrüger beschimpft wurde und dies offensichtlich auch verdiente. Der Herrscher des fränkischen Ostreichs hatte von beiden Kriegsparteien Geld genommen und beiden Waffenhilfe versprochen. Im Frühjahr war er auch mit hunderttausend Mann in Italien eingerückt, dann aber sowohl über die Goten als auch die Byzantiner hergefallen. In beiden Fällen war er Sieger geblieben, erst eine Seuche hatte ihn zum Rückzug gezwungen – mit Landgewinn und reicher Beute.

Radegunde versuchte beim Übersetzen einiges zu mildern, doch blieb der Eindruck schändlicher Untreue. Chlothar nahm die Beschwerden über den verhaßten Verwandten mit Genugtuung auf und versprach gleisnerisch, er werde die fränkische Waffenehre wiederherstellen. Radegunde mußte das ebenfalls übersetzen, obwohl sie nicht daran zweifelte, daß auch Chlothar die Byzantiner betrügen würde. Tatsächlich wurde das Geld genommen, doch es fiel dem König nicht ein, seine Truppen in Bewegung zu setzen. Italien interessierte ihn nicht, und er hütete sich, in Theudeberts Revieren zu wildern. Als die Gesandten fort waren, spottete er über ihre Leichtgläubigkeit. Wer wollte ihn zur Verantwortung ziehen?

Es belastete Radegunde, bei so häßlichen Machenschaften mitwirken zu müssen. Sie fragte sich, wie sie sich wohl verhalten hätte, wäre sie nun Theudeberts Frau und müßte ihn bei der Rückkehr von seinem ehrlosen Waffengang empfangen. Würde sie ihn jetzt ebenso verachten, wie sie Chlothar verachtete? Oder würde das alles nicht geschehen sein, wäre sie damals mit ihm gegangen? Hätte ihre Liebe die merowingischen Erbübel, Arglist und Wankelmut, wenigstens bei ihm besiegen können? Sie ging immer wieder in die Palastkapelle und suchte die Antwort im Gebet, aber sie fand keine.

Radegunde wohnte wieder in ihrem Turmgemach, und auch hier teilte Sigalsis das Lager mit ihr. Sie wußte, daß darüber geredet wurde, aber das focht sie nicht mehr an. Ihre größte Sorge war, daß Chlothar sie doch noch eines Nachts zu sich befehlen würde. Sie sah ihn nur beim abendlichen Mahl, wo sie nun ihren Mitköniginnen wieder täglich begegnete. Wie früher sprach sie, während die beiden feindselig schwiegen, mit Tischgenossen angeregt über alle möglichen Themen. Sie genoß außerdem wieder den Vorzug, mit dem König aus einer Schüssel zu essen. Dabei blieb es aber, er ließ sie in den Nächten in Ruhe.

Mitte September wagte sie eines Abends, ihn um die Erlaubnis zur Rückkehr nach Athies zu bitten, weil Pflichten sie riefen. Natürlich war er über alles im Bilde, was dort geschah. Er brummte, noch sei er am Leben, und erst als seine Witwe werde sie befugt sein, das Gut in ein Kloster zu verwandeln. Sie wollte ihm erklären, was sie dort tat. Aber er wehrte mit einer ungeduldigen Geste ab und sprach über etwas anderes. Die Antwort auf ihre Bitte blieb er ihr schuldig.

Ein paar Tage später brach er mit großem Gefolge zur herbstlichen Jagd im Kohlenwald auf. Gewöhnlich kehrte er nicht vor Monatsfrist zurück. Hocherfreut sah Radegunde von ihrem Turmgemach aus die Jagdgesellschaft abrücken. Sie war nicht aufgefordert worden, den König zu begleiten. Das konnte nur heißen, daß er ihr anheimstellte, in seiner Abwesenheit zu tun, was ihr beliebte.

Es war Baudin, der diese Vermutung bestätigte. Er erklomm wieder schnaufend die Leiter und brachte ihr auch diesmal die Reiseerlaubnis. Ihm war – seiner Jahre und seiner schwachen Gesundheit wegen – die Teilnahme an der Jagd ebenfalls erlassen worden. Er wollte die Abwesenheit des Königs nutzen, um sich nach Tours zu begeben und mit der dortigen Priesterschaft bekannt zu machen. Seine Sache dort stand gut, der Bischof Injuriosus sah in ihm bereits seinen Nachfolger. Baudin vermutete, daß Radegundes Fürsprache dies bewirkt hatte, und er dankte ihr wortreich. Sie hatte tatsächlich die erbetenen Briefe geschrieben. Der alte Palastgraf war ein wendiger Höfling und nicht gerade übermäßig fromm und gebildet. Doch ehe das wichtigste Bistum im Reich mit dem Grabe des heiligen Martin in die Hände eines ganz und gar Unwürdigen fiel, der sich vielleicht die Pfründe sicherte …

Radegunde verbrachte den ganzen Winter in Athies. Erst im Frühjahr wurde sie wieder nach Soissons gerufen. Mehrere Berühmtheiten waren eingetroffen und wünschten sich, ihr Gesellschaft zu leisten. Als den König nach einiger Zeit die endlosen Vorträge, Sangesdarbietungen und gelehrten Tischgespräche zu langweilen begannen, erwirkte sie von ihm die Erlaubnis, auf das Gut zurückzukehren und die Gäste dorthin mitzunehmen. So erreichte sie ganz nebenbei, daß die edlen Reisenden später überall, wohin sie kamen, über ihr Heim für kranke und bedürftige Frauen berichteten und die Sache zur Nachahmung empfahlen.

Radegunde lebte nun immer längere Zeit auf dem Gut und immer kürzere in der Residenz. Wenn der König sie zu sich befahl, zögerte sie nicht, um ihn nicht zu verärgern. Doch mit einigem Geschick gelang es ihr, die Aufenthalte im Palast auf eine geringe Dauer zu beschränken, manchmal auf nur wenige Tage.

So war ihr zum ersten Mal eine Flucht gelungen, die im großen und ganzen erfolgreich war. Radegunde konnte sich in ihren Verhältnissen einrichten. Fünf Jahre lang fand sie keinen Anlaß, noch einmal etwas zu ändern.

Aber dann geschah etwas, das wie ein Schwertstreich ihr bisheriges Leben von ihrem künftigen trennte.

Die letzte Flucht

27

Im Morgengrauen eines Oktobertags erschien eine berittene Hundertschaft in Athies. In barschem Befehlston begehrte der Anführer Einlaß »im Namen des Königs«. Als die Wächter das Tor nicht schnell genug öffneten, saßen einige der Männer ab und zertrümmerten es mit ihren Äxten. Andere schlugen auf ihre Pferde ein und setzten im Sprung über die Mauer. Die Hälfte der Truppe verteilte sich außen rings um das Gut und besetzte das hintere Tor. Mit den anderen rückte der Anführer vor das Herrenhaus.

Die Gutsleute liefen zusammen. Auch Radegunde hatte den Lärm gehört und erschien zerzaust, nur im Hemd, eine Decke um die Schultern geworfen, auf der Freitreppe.

»Was ist los? Wer seid ihr? Wie, Dacco? Was hast du hier zu suchen? Was willst du?«

Es war tatsächlich der bullige, glatzköpfige *comes spathariorum*, König Chlothars oberster Leibwächter.

»Befehl des Königs!« brüllte er mit heiserer Stimme. »Das Gut wird durchsucht!«

»Mit welchem Recht?«

»Das wirst du wohl wissen.«

»Was soll ich wissen?«

»Wo sich die Schurken verkrochen haben.«

»Wer? Wer?«

»Die Mörder des Königs.«

»Wie? Er ist tot?«

»Das könnte euch so passen. Der König lebt. Hat nur einen Kratzer abbekommen.«

»Wer war es?«

»Der, den du hier versteckst. Mit den anderen.«

»Ich verstecke niemanden!«

»O doch, das tust du. Wir wissen es!«

»Ein Irrtum!«

»Das werden wir sehen. Sagst du uns freiwillig, wo sie sind?«

»Ich weiß nichts. Niemand ist hier, der nicht hierhergehört.«

»Auch nicht dein Bruder?«

»Mein Bruder? O Gott! Hat er etwa ...?«

»So ist es. Hat eine Lanze nach dem König geschleudert. Wollte ihn umbringen.«

»Das kann ich nicht glauben! Nein, nein! Das ist doch nicht möglich!«

»Wir wissen es. Er wurde gesehen. Die anderen auch. Es nützt dir nichts, alles abzustreiten.«

»Wer sind die anderen?«

»Der, den sie Thuri nennen. Und Chramm, der Sohn des Königs, der aufsässige.«

»Aber das ist doch noch ein Knabe!«

»Dreizehn Jahre und schon ganz schön gerieben.«

»Höre, Dacco, ich habe nicht die geringste Ahnung ...«

»Mach uns keine Schwierigkeiten. Ich habe Befehl, dich einzusperren, wenn du uns behindern solltest. Ein letztes Mal: Wo sind die drei Kerle? Antworte!«

»Aber ich weiß es doch nicht!«

»Du ersparst dir und deinen Leuten viel Kummer ...«

»Sie sind nicht hier auf dem Gut! Wie kommt ihr denn überhaupt darauf, daß sie ...«

»Sie müssen hier sein! Wir folgen ihnen seit vorgestern. Waren überall, wo sie durchkamen, haben die Bauern gefragt. Man hat sie einige Male beobachtet. Unvorsichtig waren sie auch noch, die Schufte. Einen haben sie überfallen, haben was zu essen gestohlen. Ihr Weg führte immer in diese Richtung, hierher nach Athies. Also wo sind sie? Wo? Wo?«

»Ich schwöre dir bei meinem Seelenheil, daß hier niemand ...«

»Das kannst du den Pfaffen schwören! Ich verliere mit dir meine Zeit, und inzwischen machen sich die Hunde davon. Männer!« schrie er. »Absitzen! Die erste Abteilung stürmt das Haus! Die zweite: alles durchsuchen – Keller, Vorratshäuser, Gesindequartiere, Webstuben! Die Bude mit den Kranken nicht vergessen! Jeden Strohsack umdrehen, jeden Misthaufen umwühlen! Wer sie findet, bekommt die Belohnung! Vorwärts!«

Daccos Leute wüteten hemmungslos. Mit gezogenen Schwertern rasten sie durch das Herrenhaus und die angrenzenden Gebäude. Rücksichtslos trieben sie jeden hinaus, den sie vorfanden. Sie stachen in die Strohmatratzen, stocherten mit ihren Lanzen in den Truhen mit Kleidern, Hemden, Tüchern, Decken, wirbelten alles in die Luft. Vergebens suchten Radegunde, Sigalsis und ein paar andere beherzte Frauen die Kranken zu schützen. Sie wurden gepackt und weggestoßen. Die Männer trieben die kranken Frauen und Kinder hinaus auf den Hof, durchsuchten und verwüsteten das Haus. Schließlich steckten sie es in Brand.

Inzwischen nämlich hatte sich Dacco die beiden Gutsverwalter vorgenommen, Arne und seinen kränklichen Vater. Der Jüngere wußte nichts, aber der Alte hatte in der Nacht etwas bemerkt. Da seine Schmerzen ihm den Schlaf geraubt hatten, war er aufgestanden und ins Freie gegangen, um frische Nachtluft zu schöpfen, die ihm guttat. Beim alten römischen Waffenmagazin hatte er umherhuschende Schatten gesehen und gedämpfte Stimmen gehört. Es hatte ihn aber nicht beunruhigt, weil es die Ärzte und ihre Helfer sein konnten, die sich manchmal auch des Nachts um die dort untergebrachten Kranken bemühten.

Für Dacco stand fest, daß es die Gesuchten waren. Man entdeckte sie schließlich in einem dunklen Winkel des Dachgestühls. Durch eine Luke, die als Rauchabzug diente, waren sie von draußen hineingekommen, ohne daß die Frauen drinnen etwas bemerkt hatten. Ein Helfer unter den Gutsleuten mußte die Leiter besorgt und weggeschafft haben. Sie wurden aufgefordert herunterzukommen, weigerten sich aber, warfen die Leitern um, die angestellt wurden, beschossen die Männer, die hinaufsteigen und sie holen wollten, mit Pfeilen und stießen mit Lanzen nach ihnen. Dacco zögerte anfangs, Feuer zu legen, weil der Sohn des Königs dabei war. Doch dann fiel ihm ein, daß König Chlothar geschrien hatte, er solle auf »diese Mißgeburt, den Chramm«, keine Rücksicht nehmen. Er ließ Feuergarben in das Haus werfen, und die Flammen verzehrten es bis auf die steinernen Mauern. Einige der kranken Frauen verbrannten dabei jämmerlich, weil sie nicht gehen konnten und die Männer sie nur aus den Betten gestoßen und liegengelassen hatten.

Für die drei Gesuchten wurde eine Leiter an der Außenwand aufgestellt, damit sie das Haus auf dem Wege verlassen konnten, auf dem sie hineingekommen waren. Als der Rauch sie schon fast erstickt hatte, krochen sie schließlich durch die Luke. Der dreizehnjährige Chramm brach unten ohnmächtig zusammen. Er wurde ins Herrenhaus getragen und von Frau Berthe und den Ärzten versorgt. Für die beiden anderen, Irmfried und Thuri, die Thüringer, schaffte man schwere Ketten herbei, die sonst dazu dienten, unfreie Männer vom Gut, die zu fliehen versucht hatten, nachts an ihre Lagerstätten zu fesseln. Während Daccos Trupp sich sammelte und vor dem Abrücken einen Imbiß zu sich nahm, mußten die beiden, nackt und aneinandergekettet, auf dem Boden hocken, mitten auf dem Gutshof.

Radegunde hatte hilflos der Zerstörung ihres Werkes zusehen müssen. Sie konnte nur dafür sorgen, daß die roh behandelten Kranken behelfsmäßig untergebracht und versorgt wurden. Als sie Irmfried die Leiter herabklettern sah, erschrak sie so heftig, daß ihr schwindelte und Sigalsis sie stützen mußte. Bis zuletzt hatte sie gehofft, alles beruhe auf einem Irrtum. Nun wußte sie: Was immer geschehen war – die Folgen würden fürchterlich sein.

Sie wollte mit ihrem Bruder sprechen, doch Dacco erlaubte es nicht und ließ sie durch seine Leute wegdrängen. Der König werde Gericht halten, sagte er höhnisch, dann könne sie reden und sagen, was sie und die drei Mordbuben gemeinsam vorgehabt hatten. Erst als der glatzköpfige Comes mit den Männern beim Wein saß und seinen Erfolg feierte, konnte sie sich Irmfried und seinem unglücklichen Gefährten nähern. Während Rauchschwaden über den Gutshof zogen, ging sie zu ihnen, brachte ihnen Hemden und Hosen und half ihnen beim Anziehen. Die beiden waren nach ihrer Flucht und zwei unter widrigsten Umständen durchwachten Nächten todmüde und am Ende ihrer Kräfte. Aus Scham und Schuldgefühl wagten sie kaum den Blick zu heben.

»Schwester«, stammelte Irmfried, »es tut mir so leid … Jetzt werden sie glauben, du hättest alles gewußt und … und …«

»Was wolltet ihr hier, und was habt ihr da angerichtet? Warum habt ihr das nur getan?«

»Chramm wollte es. Er wollte ihn umbringen. Seine Brüder rächen. Ich wollte es gar nicht.«

»Aber warum … und wie …?«

»Die Gelegenheit war so günstig. Beim Ausritt waren wir zufällig alle drei in seinem Gefolge. Als er Rast machte, hab ich …«

»Da hast du die Lanze auf ihn geschleudert?«

»Ja.«

»Nein!« sagte Thuri. »Er war es nicht. Ich war's!«

»Was gibt es hier?« rief ein Franke aus Daccos Trupp, der mit großen Schritten herankam. »Der Comes gestattet das nicht!«

»Dein Comes hat einer Königin nichts zu verbieten!« erwiderte Radegunde scharf. »Das ist mein Bruder, und was wir reden, kann jeder hören.«

Der Mann knurrte etwas, blieb in der Nähe und spitzte die Ohren. Die drei sprachen ihren ostrheinischen Dialekt, den manche Franken nicht mehr verstanden. Radegunde dämpfte zudem die Stimme.

»Und was sollte herauskommen bei diesem Unfug? Der König tot … und was dann?«

»Ein neuer König«, grummelte Thuri schüchtern. »Viele sind unzufrieden. Vielleicht hätten sie Chramm gleich auf den Schild gehoben.«

»Einen Dreizehnjährigen! Einen, der noch dazu ältere Brüder hat. Und ihr seid schon lange volljährig und macht dabei mit! Laßt euch von ihm ins Verderben ziehen. Er ist der Sohn des Königs, er wird davonkommen.«

»Ich wollte ja gar nicht«, stieß Irmfried wieder kläglich hervor und kämpfte dabei mit den Tränen. »Es war zu früh. Ich wollte noch warten.«

»Warten? Auf was?«

»Vielleicht auf einen Krieg. Und dann unterwegs verschwinden, zurück nach Thüringen, zu unsern Leuten. Im Krieg kommt man besser weg als im Frieden.«

»Und du glaubtest, man würde dich dort freudig empfangen?«

»Er ist ja unser König!« sagte Thuri. »Der rechtmäßige. Seit sie Hermenefred umgebracht haben, ist er es. Die warten auf ihn, damit er den Aufstand anführt.«

»Den Aufstand! Ach, ihr seid Kindsköpfe! Damals, vor dreizehn Jahren, sind fast alle Männer gefallen. Nach der

Schlacht an der Unstrut brauchten die Franken keine Brücke über den Fluß, sie gingen über die Leichen der Unsrigen. Wer sollte da noch einen Aufstand machen! Die Söhne, die die Thüringerinnen jetzt von ihren fränkischen Männern haben?«

»Was ihr da redet, verstehe ich nicht«, fuhr der Franke dazwischen. »Was ist das für eine verdammte Sprache?«

»Das ist Latein«, wies ihn Radegunde zurecht. »In jeder Gegend spricht man es anders. Paß gut auf, dann bekommst du auch alles mit! Und nun«, fuhr sie fort, an die beiden gewandt, »wolltet ihr wohl einen Krieg nicht mehr abwarten. Was hattet ihr vor? Wolltet ihr über den Rhein und da drüben Unruhe stiften?«

»Was sollten wir tun?« schluchzte Irmfried. »Es war nun einmal etwas passiert. Wir hofften, du würdest uns weiterhelfen.«

»Ach, du unvernünftiger kleiner Junge!« Radegunde kauerte neben dem Bruder und zog ihn an sich. »Was wärst du für ein König geworden! Was soll nun werden? Wie kann ich euch jetzt noch helfen? Natürlich werde ich alles versuchen. Doch wieviel Einfluß habe ich noch? Bin ja selber verdächtig. Für euch zu beten wird wohl das einzige sein, was mir übrigbleibt ...«

Ein paar Betrunkene aus Daccos Trupp kamen aus dem Herrenhaus. Sie schleppten ein schmales Bürschlein, einen Hütejungen vom Gutshof, der schrie und sich heftig sträubte. Radegunde kannte den Jungen, er gehörte zu ihren Schutzbefohlenen. Sie trat den Männern entgegen, wollte wissen, was sie mit ihm vorhatten. Einer der Betrunkenen schnauzte »Befehl vom Comes!« und schob sie so roh beiseite, daß sie strauchelte und hinfiel. Es war Arne, der ihr die Hand bot und ihr aufhalf.

»Da ist nichts zu machen«, sagte er mit düsterer Miene. »Der Junge hat die drei hergeführt, über den Zaun und die

Mauer. Der Sohn des Königs, dieser Chramm, hat ihn auf dem Gewissen. Der Junge war gestern noch spät mit den Schafen draußen, und er machte sich an ihn heran, ist ja etwa im gleichen Alter. Gab dem armen Kerl Geld, damit er sie hier versteckte. Er besorgte ihnen auch die Leiter und brachte sie wieder weg. Der feine Bengel wurde von Dacco ein bißchen bedroht, und schon hat er den armen Burschen verraten. Da wollte er dem Herrchen dienstbar sein – und nun? Das ist sein Lohn!«

Der Hütejunge hing schon an einem halbverkohlten Balken des alten Waffenmagazins.

»Der hat eine leichte Strafe bekommen«, sagte Dacco. Einen Becher in der Hand, trat er zu Radegunde. »Die anderen nimmt sich der König selbst vor. Ich möchte nicht in ihrer Haut stecken. Wir brechen gleich auf, und ich will, daß du mitkommst. Wer kann wissen, was du jetzt anstellen würdest. Und der König würde mir dann die Schuld geben, weil ich dich laufenließ. Mach dich fertig!«

»Deine Besorgnis ist unnötig. Ich wäre auch ohne deine Aufforderung mitgekommen.«

»Du hoffst wohl, die beiden noch zu retten.«

»Ich vertraue auf Gott.«

»Die rettet kein Gott mehr.«

In einem Wäldchen nahe seiner Hauptstadt versammelte König Chlothar ein paar Tage später seinen Hof, um Gericht zu halten. Die Lichtung war der Ort des gescheiterten Anschlags. Hinter einer Eiche versteckt, hatte der Lanzenwerfer die Waffe geschleudert. Danach hatte man die drei jungen Männer weglaufen und im Wald verschwinden sehen. Ihre gemeinsame Schuld war also klar. Nun war aber noch festzustellen, wer von ihnen die Hauptschuld trug und welche Hand die Waffe erhoben und auf den König gerichtet hatte.

Die drei wurden vorgeführt. Irmfried und Thuri schleppten noch ihre Ketten, sie wurden ihnen jetzt abgenommen. Bleich, mit trotziger Miene, doch ohne Fesseln ging Chramm an ihrer Seite. Die Hofgesellschaft bildete einen weiten Halbkreis um einen Tisch und den Stuhl daneben, auf dem der König bei seiner Rast vor fünf Tagen gesessen hatte. Radegunde stand reglos unter den Frauen. Die Königinnen Ingunde und Aregunde blickten von Zeit zu Zeit zu ihr hin, steckten die Köpfe zusammen und flüsterten miteinander.

König Chlothar stand im Purpurmantel mitten auf der Lichtung. Die Daumen hinter den Gürtelriemen geschoben, wippte er auf seinen dünnen Beinen und gab schnarrend seine Anweisungen. Er ordnete eine Prüfung an. Jeder der drei Schuldigen sollte die Lanze, die ihn beinahe getötet hatte, nach dem Stuhl schleudern. Wer traf oder wessen Wurf dem Ziel am nächsten kam, mußte der hauptsächlich Schuldige sein und verdiente die härteste Strafe. König Chlothar verkündete diese auch gleich: Vierteilen durch Pferde.

In Frage kamen im Grunde nur die beiden erwachsenen Thüringer, jeder fünfundzwanzig Jahre alt. Die Eiche, hinter der der Werfer auch jetzt stehen sollte, war so weit entfernt, daß der nach fränkischem Recht zwar schon volljährige, doch körperlich noch unterentwickelte Sohn des Königs von vornherein ausschied. Und eigentlich war die Täterschaft des stämmigen Thuri so gut wie sicher, der sich bei den Verhören immer wieder selbst bezichtigt hatte. Chlothars geheime Absicht bei dieser Prüfung war eine Demütigung Radegundes, der man nichts nachweisen konnte. Er wollte seiner frommen Gemahlin, die so gern aus ihrer geistigen Höhe auf die Franken herabsah, die Minderwertigkeit ihrer Herkunft beweisen. Denn würde bei der Prüfung ihr Bruder, der Königssohn, so viel Edelmut aufbringen, seinem verführten Stammesgenossen die grausame Strafe zu ersparen, indem er die Tat allein auf sich nahm? Indem er ihm auftrug, einen schlechteren Wurf als er selbst zu tun, was der andere mit Sicherheit dankbar befolgen würde?

Als erster warf Chramm. Die Männer ringsum, die alle mit Lanzen umgehen konnten, sahen sehr wohl, daß er absichtlich nicht alle Kraft in den Wurf legte. Er warf an die zwölf, fünfzehn Fuß zu kurz, so daß ihn die beiden Älteren auf keinen Fall unterbieten konnten.

Nun rief König Chlothar Irmfried auf. Der lange Thüringer trat mit weit aufgerissenen Augen hinter dem Eichstamm hervor, beugte sich weit zurück, und mit einem Schrei warf er die Lanze. Sie flog sehr hoch, kam torkelnd herab und landete abseits im Gebüsch. Ringsum wurde verächtlich gelacht. Wenn das nicht ein Fehlwurf aus Berechnung war! Irmfried starrte hinüber zu Radegunde. Dann schlug er die Hände vor das Gesicht. Sie wußte, er hatte alle Kraft in den Wurf gelegt, er hatte seinen Freund vor der furchtbaren Strafe bewahren wollen. Aber er hatte versagt, auch noch am letzten Tag seines Lebens.

Dann schleuderte der kleine Thuri die Lanze und traf den Tisch mit solcher Wucht, daß er umfiel. Hätte der König an diesem Tag auf dem Stuhl gesessen, wäre er in der Mitte durchbohrt worden. Die Antrustionen tauschten anerkennende Blicke. Einige verkniffen sich gerade noch einen Beifallsruf, der zweifellos üble Aufnahme gefunden hätte.

Mit Schaudern, einige auch mit wohligem, sahen dann alle, wie dieser prächtige junge Krieger die Strafe für seine Untat erlitt. Es dauerte lange, bis die von Bozo und seinen Knechten mit Stockhieben auseinandergetriebenen Pferde den starken Körper zerrissen hatten.

Irmfried mußte die ganze Zeit dabei zusehen. Seine Strafe vollstreckte der Riese danach mit einem einzigen Schwertstreich. Er schlug dem letzten männlichen Sproß der thüringischen Königssippe den Kopf ab.

Chramm wurde zu fünfzig Hieben verurteilt, doch nicht vor aller Augen. König Chlothar nahm sich den ungeliebten Sohn später selbst vor. Er schlug so lange, bis er ermüdete, womit er aber sein Urteil kaum zur Hälfte vollstreckt hatte.

Als der König die Geißel fortwarf und schwer atmend wegging, sagte Chramm zu seinen Brüdern, die schadenfroh zugesehen hatten: »Die Mühe hätte ich mir sparen können. Der bricht bald von selbst zusammen. Wir sollten endlich darüber reden, wie wir das Reich unter uns aufteilen.«

28

Zurückgekehrt nach Soissons, gab König Chlothar ein Fest. Drei Tage und Nächte lang wurde seine glückliche Errettung von dem Anschlag seiner Feinde gefeiert.

Radegunde sollte sich ebenfalls dazu einfinden, aber sie kam nicht. Der Diener, der nach ihr geschickt wurde, fand sie in Tränen vor dem Altar der Palastkapelle. Sie ließ dem König mitteilen, die Trauer um ihren Bruder verbiete es ihr, an einem fröhlichen Gelage teilzunehmen. Am nächsten Tag schickte er Baudin zu ihr, der ihr sagen mußte, für ihre Trauer habe der König Verständnis, doch er erwarte ein wenig Freude darüber, daß ihr Gemahl am Leben sei. Zum Zeichen dafür möge sie sich nun in der Festhalle einfinden. Auch Baudin traf die Königin in der Kapelle, und sie kam auch diesmal nicht mit. Ruhig und trockenen Auges sagte sie ihm, er möge dem König ausrichten, daß sie ihn in ihr Gebet einschließen und Gott für seine Rettung danken werde. Am dritten Tag erschien sie dann plötzlich, als der Festtrubel schon seinen Höhepunkt erreicht hatte, und nahm am Königstisch ihren Platz ein. Mit unbewegter Miene blickte sie auf das ausgelassene Treiben – die betrunken grölenden Männer, die kreischenden Frauen, die lärmenden Musikanten. Ihre starre Haltung, ihr dunkles Gewand und ihr maskenhaft bleiches Gesicht wurden bald wahrgenommen. Gelächter verstummte, Gesänge brachen ab. Die Stimmung in der Halle wurde unbehaglich. König Chlothar, der in einer Ecke beim Würfeln saß, bemerkte es als einer der letzten.

Er war betrunken, stand auf und trat schwankenden Schrittes zu Radegunde.

»Ist dir nicht wohl? Du siehst schlecht aus. Oder bist du vielleicht ein Gespenst, das uns erschrecken will und unser Fest stören? Dann ist es besser, du verschwindest wieder!«

»Das tue ich gern«, sagte sie. »Ich bin ja nur auf deinen Befehl hier. Wenn du mir die Erlaubnis gibst, mache ich mich noch in der Nacht auf den Weg.«

»Wohin? Nach Athies?«

»Nein. Nach Noyon.«

»Was willst du in Noyon?«

»Den Bischof Médard besuchen. Der heilige Mann wird mir helfen.«

»Helfen? Wobei?«

»Meine Seele zu heilen.«

»Deine Seele? O ja, deine Seele! Hast du vielleicht ein schlechtes Gewissen? Warst du etwa doch mit den Mördern im Bunde? Ist deine Seele so wund, weil dein Gemahl am Leben ist und fröhlich feiert?«

Sie hielt dem stechenden Blick der blauen Augen stand und antwortete: »Meine Seele ist wund, weil mein Bruder tot ist. Er war mein einziger Verwandter. Was immer er getan hat, ich habe das Recht, um ihn zu trauern und Trost zu suchen.«

»Und diesen Trost kann du nur bei Médard finden?«

»Nur bei ihm.«

»Und warum?«

»Er hat ein Mittel, das mich mit allem versöhnen wird.«

»Mit allem, was dir die Welt verhaßt macht?«

»Mit allem, was sich nicht ändern läßt.«

König Chlothar lachte auf und sagte: »Nun, wenn das so ist ... Dann reise nur zu deinem Versöhner, deinem Tröster, deinem Heiligen! Der alte Quatschkopf hat also ein Mittel. Vermutlich wird er dir etwas predigen – von der Liebe

Gottes und der ewigen Seligkeit. Warum nicht? Ich könnte kotzen, wenn ich den Unsinn höre. Aber wenn es dir hilft ... Saure Gesichter sind mir ein Greuel, und Tote macht man nicht wieder lebendig. Es fehlte mir gerade, daß du mir die schönsten Feste verdirbst. In Zukunft wird noch mehr gefeiert. Und ich will dich öfter hier haben, vielleicht für immer. Die beiden Vetteln dort, die Schwestern, habe ich satt, ich kann ihre Runzelgesichter nicht mehr sehen. Sobald du zurück bist, schicke ich sie aufs Land. Bemüh dich also, deine Seelenwunden schnell loszuwerden. Ich will dich lachen sehen, das vertreibt mir die Kälte, die mir schon in den Knochen sitzt. Und wozu hast du so schöne Zähne ...«

»Du erlaubst also, daß ich Médard besuche?« fragte sie ungeduldig, weil er sich abwandte und nach Wein rief.

»Wie? Ja, ja, besuche ihn nur, den alten Zausel. Aber bleib nicht länger als drei, vier Tage. Nicht länger! Es sind ja nur läppische zwanzig Meilen. Und daß du nicht weiter nach Athies fährst – kehre gleich hierher zurück. Dacco!« schrie er plötzlich. »Komm her!«

Der Glatzkopf stapfte mit nicht ganz sicheren Schritten herbei.

»Immer zu deinen Diensten, König!«

»Hör zu und strenge dein Ochsenhirn an, damit du tust, was du zu tun hast. Die Königin reist morgen früh nach Noyon, und du wirst sie begleiten.«

»Wie du befiehlst.«

»Er soll mitkommen?« fragte Radegunde betroffen.

»Das ist dir doch nicht zuwider?« Der König tat erstaunt. »Ich gebe dir meinen ersten Leibwächter mit. Seit einiger Zeit sind die Wälder wieder recht unsicher.«

»Er hat sich in Athies sehr grob gegen mich betragen!«

»Gewiß, ja, er ist ein Ochse, ich weiß es, aber ein treuer. Deshalb kann man ihm nicht verbieten, entgegen seiner Gewohnheit auch mal einen eigenen Gedanken zu fassen.

Und er dachte nun mal und denkt noch immer, daß du es selber warst, die die drei unterm Dach versteckt hatte. Daß du mit ihnen gemeinsame Sache gemacht hast.«

»Dafür gibt es nicht den geringsten Beweis!«

»So ist es, das haben wir ja auch festgestellt. Doch wie überzeugt man einen Ochsen? Indem man ihm zeigt, wie treu man selbst ist. Ich sagte: drei Tage, höchstens vier! Vergiß nicht, daß ich dich ungeduldig zurückerwarte – mit heiler Seele!«

König Chlothar lachte auf, küßte seine Gemahlin und kehrte zurück zu den Spielern.

29

Die Tür der Kirche von Noyon stand weit offen, als die Carruca der Königin mit quietschenden Rädern, Staubwolken aufwirbelnd, auf dem Vorplatz hielt. Radegunde stieß die Tür auf und wartete nicht, daß der Wagenlenker die kurze Leiter anstellte und ihr half. Sie raffte ihr weites Gewand und sprang heraus.

Hinter ihr in der Wagentür erschien Sigalsis mit einem zugedeckten Korb. Radegunde nahm ihn ihr ab. Auch Sigalsis sprang heraus, und raschen Schrittes strebten die beiden jungen Frauen der Kirche zu. Sie verschwanden darin in dem Augenblick, als Dacco mit seinen zwanzig Berittenen auf dem Platz erschien.

»Verflucht«, sagte er, sein Pferd zügelnd. »die können es kaum erwarten, sich da drinnen die Knie aufzuscheuern! Heda, Freundchen!« wandte er sich an den Wagenlenker, der die vier schweißbedeckten Pferde ausspannte. »Was soll das werden, dort in der Bethütte? Es wird langsam dunkel. Kommen die bald wieder heraus, oder wollen sie etwa dort übernachten?«

»Ich weiß es nicht, Comes. Die Frau Königin hat mir nur befohlen, die Pferde zu tränken und hier zu warten.«

»Warum hattet ihr es denn zuletzt so eilig? Wir konnten euch ja kaum folgen. Wolltet ihr uns verlieren?«

»Das nicht. Die Frau Königin hatte nur Angst, daß es Nacht werden könnte, bevor wir hier ankamen.«

»Und ich dachte schon, sie wollte sich absetzen. Männer«, rief er, »ich habe Durst. Da drüben ist eine Schenke.

Von dort aus behalten wir alles im Auge. Spülen wir uns erst mal den Staub aus der Kehle!«

Die zwanzig Reiter saßen ab.

Die beiden Frauen hatten inzwischen das mittlere Schiff des langgestreckten Holzbaus durcheilt und betraten die Stufen des Altars.

Ein bärtiger alter Mann in violetter Stola, die mit Perlen bestickte Bischofsmütze auf dem Kopf, war allein in der Kirche. Hinter dem Altar ging er mit einem Rauchgefäß herum und beräucherte die dort aufgestellten Geräte.

Er hörte die schnellen Schritte der Frauen. Gemächlich drehte er sich um und sah, das noch schwingende, an drei Silberketten befestigte Rauchgefäß in der Hand, den beiden entgegen. Seine Augen waren nicht mehr sehr scharf. Erst im letzten Augenblick, als sie schon auf den Altarstufen waren, erkannte er in der einen die Königin.

»Ah, du bist es, meine Tochter.«

»Ja, Vater, ich bin es!«

Radegunde kniete kurz vor dem Kreuz, erhob sich gleich wieder und trat auf ihn zu. Ihr Haar war aufgelöst, ihre Augen flammten, ihre Hände zitterten vor Erregung.

»Ich komme zu dir, heiliger Mann, weil ich einen ernsten Entschluß gefaßt habe. Und weil du der einzige bist, der mir helfen kann, der die Kraft und den Mut haben wird, ihn in die Tat umzusetzen!«

»Meine Tochter, Königin, was immer ich tun kann … Sprich! Was ist es denn?«

»Ich habe beschlossen, der Welt zu entsagen.«

»Was hast du?«

»Ja, du hast richtig gehört! Ich will nicht mehr Königin sein! Ich will nicht mehr Ehefrau sein! Es gibt nur noch einen, für den ich leben will. Ich bitte dich: Weihe mich dem Herrn!«

»Wie? Ich soll … Du willst …?«

»Weihe mich! Leg mir die Hand auf! Löse mir damit die Fesseln! Befreie mich! Ich will diese Welt verlassen, die ich so hasse und die mich ekelt! Ich bitte dich, zögere nicht! Warte nicht, bis eine Barbarenhorde hereinstürmt und mich fortschleppt! Leg mir die Hand auf, heiliger Mann!«

Sie stürzte vor ihm auf die Knie, ergriff seine freie rechte Hand und versuchte sie an ihre Stirn zu führen. Er zog sie heftig zurück.

»Meine Tochter, meine Tochter«, stammelte er. »Was soll das werden? Was verlangst du von mir? Ich bin nicht befugt ...«

»Nicht befugt? Du, der Bischof? Gottes Bevollmächtigter?«

»Du bist Königin ...«

»Die Frau eines kleinen Fürsten. Ich will einem Größeren dienen. Dem Höchsten, dem Mächtigsten!«

»Erhebe dich bitte! Erhebe dich! Ich kann es nicht tun. Ich darf das nicht!«

»Warum nicht? Hast du so wenig Vertrauen in ihn? Hast du Angst? Fürchtest du dich vor den Menschen, weil dein Glaube nicht stark genug ist?«

»Wie kannst du so etwas sagen! Ich habe mein Leben lang für meinen Glauben gestritten.«

»Dann kröne dein Werk, und wage etwas, das bisher keiner gewagt hat! Leg mir die Hand auf! Weihe mich ihm!«

»Aber es ist doch nicht rechtens, es darf nicht sein!«

»Weihe mich, Bischof!«

Er wich zurück. Noch immer hielt er in einer Hand das Gefäß, aus dem aromatischer Rauch emporstieg. Er sah sich um und wollte sich hinter den Vorhang zur Sakristei zurückziehen.

Radegunde sprang auf. Mit wenigen raschen Schritten vertrat sie ihm den Weg dorthin. Sigalsis, den Korb in der Hand, stand vor den Stufen des Altars und blickte immer wieder unruhig zur Kirchentür. Das Licht der untergehenden Sonne fiel herein. Drinnen brannten nur zwei Altarkerzen.

»Dann erkläre es mir! Erkläre es mir genau!« sagte Radegunde gepreßt, heftig atmend, doch bemüht, ihre Ungeduld zu beherrschen. »Ich bedränge dich nicht mehr. Nein, das tue ich nicht! Nicht noch einmal eine Verbindung, die unter Zwang zustande kommt. Erkläre es mir! Warum darfst du es nicht?«

Der alte Bischof stellte das Rauchgefäß in eine Nische. Er schloß ein paar Atemzüge lang die Augen und lehnte sich an die Wand. Unter der perlenbestickten Mütze lief ihm der Schweiß die Stirn herab.

»Versteh mich doch, meine Tochter«, sagte er dann, wobei er nun seinerseits ihre Hand ergriff und sie mit seinen dunklen Augen eindringlich ansah. »Als Bischof bin ich nicht allein Gott verantwortlich. Ich habe mich auch an die Gesetze zu halten, die sich die Menschen gegeben haben. Ich meine, an die Gesetze, die hier in dem Land, wo wir leben, in Kraft sind. Soll ausgerechnet ich, der ich im Namen unseres Herrn den Menschen Frieden und Eintracht predige, diese Gesetze brechen und für Unordnung sorgen?«

»Unordnung? Weil du Gott eine Dienerin zuführst?«

»Bist du verheiratet? Hast du nach dem salischen Gesetz einem Mann die Treue gelobt? Hast du mit ihm das Bett geteilt? Bist du nach den Bräuchen eurer germanischen Vorfahren rechtmäßig sein Weib?«

»Nach Bräuchen, die unsere heilige Kirche verabscheut!«

»Nicht immer gutheißt, meine Tochter, nicht immer gutheißt! Auf jeden Fall können wir sie nicht mit einem Schlag abschaffen. Wir müssen dulden, was zu ertragen ist, dann werden auch wir ertragen und geduldet. Und mit der Zeit wird sich das Bessere durchsetzen.«

»Und so lange heißt es warten?«

»Nicht warten, sondern sich regen. Und immer für unsere Sache mit gutem Beispiel vorangehen.«

»Aber das will ich ja!« schrie Radegunde. »Ein Beispiel geben, Mut machen, zeigen, was alles im Namen Gottes und unter seinem Schutz gewagt werden kann!«

»Hast du das denn nicht schon längst getan? Der Ruhm deiner guten Taten verbreitet sich überall im Frankenreich. Du hast es nicht nötig, einen Schritt zu wagen, der so weit darüber hinausginge. Der uns in unserem Bemühen, die Franken auf Dauer zu gewinnen, sogar zurückwerfen könnte.«

»Zurückwerfen? Wie denn? Wie meinst du das?«

»Nun, bedenke den Rang deines Ehemanns! Haben wir etwa schon vergessen, wie die Herrschenden uns Christen immer wieder verfolgt haben? Was würde wohl König Chlothar tun, wenn ich die Frau von seiner Seite risse?«

»Du hast also Angst!«

»Nicht um mich, meine Tochter, um unsere Sache!«

»Er ist kein Heide wie die großen Christenverfolger. Er selber ist Christ!«

»Leider nur äußerlich, nicht im Herzen. Ein kleiner Anstoß könnte ihn irre machen. Ein großer könnte ihn zum Abfall bewegen. Dies wäre ein riesengroßer! Was könnte er auslösen? Wollen wir deinen Gemahl, den König, zu seinen Götzen zurücktreiben – zu Wodan und Donar?«

»Das sind Ausflüchte, nichts als Ausflüchte! Warum bedenkst du so kleinlich die Folgen, ehe du etwas getan hast? Ich bin enttäuscht! Alle Hoffnung hatte ich in dich gesetzt! Ich habe dich anders in Erinnerung. Als einen Mann der Tat, einen furchtlosen Streiter. Ich sah in dir einen, der sich nur Gott verantwortlich fühlt und der alles, was Gott gefallen kann, mit Freuden und ohne Zögern tut!«

»So ist auch, meine Tochter, so ist es.«

»Dann weihe mich! Führe mich zu ihm, es wird ihm gefallen!«

Wieder sank sie vor ihm auf die Knie.

»Ich kann es nicht«, stöhnte er. »Verzeih mir, ich kann es nicht ...«

Während die Königin und der Bischof fortfuhren, über den Vorrang des Himmlischen oder des Irdischen in diesem außerordentlichen Fall zu ringen, drang die Kunde davon auch in die Schenke, wo Dacco und seine Leute beim Bier saßen. Einer der Männer, der vor die Tür gehen und sich erleichtern mußte, hatte aus Neugier einen Blick in das Gotteshaus geworfen. Aufgeregt kam er zurück.

»Comes! Da drüben ... da drinnen ... da passiert irgendwas. Die Königin kniet vor dem Bischof. Ich glaube, die will ... die will Nonne werden!«

»Was? Nonne?«

»Sie sagt, sie will nicht mehr mit dem König verheiratet sein.«

»Bist du besoffen, Kerl?«

»Es ist wahr! Ich habe es doch mit eigenen Ohren gehört!«

»Sie will nicht mehr Königin sein?«

»Ich glaube, sie kommt da nicht wieder raus. Sie sagt, sie geht nicht mehr weg ohne Weihe oder so etwas.«

»Verflucht, das fehlte mir noch! Ich ahnte ja, daß die was vorhat!«

Er sprang auf und lief, von seinen Leuten gefolgt, zu der Festung gegenüber, von der er wußte, daß sie schwer einnehmbar war. Vor der Kirchentür ließ er noch einmal haltmachen.

»Männer«, sagte er, »merkt euch eines. Hier wird nur mit dem Maul gedroschen. Nicht mit Fäusten und nicht mit Schwertern und Äxten. Verstanden? Da oben«, er deutete zum Himmel, »wird alles bemerkt, und Übertretungen sind manchem schlecht bekommen. Daß mir keiner die Königin anrührt! Gehandelt wird nur auf meinen Befehl!«

Er trat ein und führte seinen Trupp im Sturmschritt bis an die Altarstufen.

Gerade hatte Radegunde wieder die Hand des Bischofs ergriffen und war vor ihm auf die Knie gesunken. Sie sprang auf, ließ seine Hand nicht los und zog ihn um den Altar herum. So standen sie den Männern Auge in Auge gegenüber. Sigalsis drückte sich seitlich an einen Pfeiler.

»Was treibst du hier, Bischof?« brüllte Dacco. »Das wird dem König aber gar nicht gefallen! Du willst seine Frau zur Nonne machen? Dazu lockst du sie hierher? Nein, Bischof, das wird ihm nicht gefallen! Dafür wirst du dich vor ihm verantworten müssen! Und ich sage dir, das wird dir übel bekommen!«

Der alte Gottesmann gab sich vergebens Mühe, sein heftiges Zittern zu unterdrücken und seiner Stimme Festigkeit zu geben. Er trat noch einen Schritt vor und streckte dem bulligen Franken beide Hände entgegen.

»Zurück! Wie ... wie kannst du es wagen, hier eine solche Sprache zu führen! Im Tempel Gottes! Du bedrohst seinen Diener? Fürchtest du nicht seinen Zorn?«

»Wenn einer von uns sich fürchten muß, Alter, dann bist du es! Ich habe meinen Befehl und bewache die Königin. Und ich erlaube nicht, daß sie von dir verführt wird!«

»Verführt?« rief der Bischof. Er wand sich unter den Qualen, die ihm der innere Kampf zwischen Angst und Empörung bereitete. »Ich habe sie nicht ... sie nicht verführt, auch nicht hergelockt! So etwas habe ich nicht nötig! Gott selber und unser Herr Jesus Christus suchen sich unter den Menschen die Auserwählten. Ich führe nur ihren Willen aus. Und das tue ich ohne Furcht! Ja, ohne Furcht und ohne Zögern! In diesem Haus, unter diesem Dach hat niemand das Recht ... Und ... und es ist ... es ist ja auch noch gar nichts entschieden ... Ich habe die Frau Königin ... habe sie keineswegs zu einem solchen Schritt ermutigt ... habe ihr gerade Bedenkzeit empfohlen ... habe sie daran erinnert ... erinnert ...«

Er verstummte erschrocken, denn Dacco hatte ihn am Arm gepackt und schleppte ihn von den Altarstufen fort zur Mitte des Kirchenschiffs. Hier nötigte er ihn, sich auf den Boden zu setzen.

»Sei unbesorgt«, sagte er, »es geschieht dir nichts. Wir wissen, was hier drinnen erlaubt und was verboten ist. Das ist keine Gewalt, das tue ich nur zu deinem Schutz. Es ist besser, du gehst von ihr weg und läßt sie in Ruhe. Damit dir nicht einfällt, sie doch noch schnell zur Nonne zu machen. Da draußen herrscht König Chlothar, und wenn den die Wut packt, kann dir kein Jesus helfen. Das versichere ich dir! Und nun, Königin, ist es Zeit, zu verschwinden. Am besten, wir machen gleich kehrt, damit ich dem König erzählen kann, wie treu du ihm bist!«

Radegunde stand immer noch vor dem Altar.

»Wenn du fortwillst, dann geh!« entgegnete sie, den Kopf stolz erhoben. »Ich bleibe!«

Und mit diesen Worten warf sie den Mantel ab und ließ ihn auf die Altarstufen fallen.

Die Männer staunten mit offenen Mündern. Einige riefen »Ah!« und »Oh!«. Sie trug darunter ein langes seidenes Kleid und war von oben bis unten mit Gold und Juwelen behangen. Durch die offene Kirchentür auf der Westseite schickte die untergehende Sonne ihre rötlichen Strahlen herein und ließ alles wunderbar glänzen, schimmern und flimmern. Hinter der Königin ragte das riesige Kreuz, das auf dem Altar stand, und hohe Kerzen brannten zu beiden Seiten. So überirdisch war die Erscheinung, daß nicht nur die einfachen Kriegergemüter ergriffen waren. Auch Bischof Médard in seiner unbequemen Lage auf den Brettern des Bodens hob den Kopf und riß die Augen auf.

Doch was dann kam, verschlug allen die Sprache.

Zuerst öffnete Radegunde den Gürtel. Die Schnalle und die Beschläge waren aus purem Gold, ebenso die an ihm hängenden Amulette und Brakteaten. Sie legte den Gürtel auf den Altar. Dann streifte sie die Armreife ab, zog die Ringe von den Fingern, hakte die dreifache Halskette auf. Sie nahm auch ihre Ohrgehänge ab und die Fibeln, mit denen ihr Rock zusammengesteckt war. Alles häufte sie auf den Altar. Sie riß die mit Goldfäden gestickten Borten von ihrem Kleid und legte sie dazu. Schließlich knotete sie ihr breites Stirnband auf, und es kam darunter ein Diadem mit Smaragden, Topasen und Rubinen zum Vorschein. Sie nahm es ab und legte es obenauf.

»Das alles brauche ich nicht mehr!« sagte sie laut. »Es gehört den Armen!«

Auch dieses Bild war bewegend: Das Kreuz, das Gold und die funkelnden Steine auf dem Altar, die schöne junge Frau mit den nunmehr gelösten Haaren und dem Mal auf der Stirn, der flammenden Narbe, die an ihre Leiden erinnerte. Nur das kostbare seidene Kleid gehörte noch zu der Königin.

Da gab Radegunde ihrer Helferin ein Zeichen. Sigalsis hatte nur darauf gewartet und ihrem Korb schon etwas entnommen, das sie feierlich, auf vorgestreckten Armen, herbeitrug. Es war ein weites, dunkles Gewand aus grober Wolle. Sie streifte es Radegunde über. Nun stand wahrhaftig eine Braut Gottes unter dem Kreuz, im goldenen Licht. Das Kleidungsstück war ein Nonnenhabit.

»Bischof!« rief Radegunde. »Wenn du noch länger zögerst und mich nicht weihen willst und wenn du die Menschen mehr fürchtest als Gott, so wirst du vor ihm Rechenschaft ablegen müssen, und am Jüngsten Tag wird er dich fragen, warum du eine Seele, die ihm so leidenschaftlich ergeben war und ihm dienen wollte, verachtet hast!«

Diese Worte trafen den alten Priester bis ins Mark. Vielleicht war er auch von dem Schatz geblendet, der auf dem Altar lag. Er raffte sich auf und hob den Kopf mit der prächtigen hohen Bischofsmütze. Herausfordernd blickte er um sich. Sein Entschluß war gefaßt.

Es hinderte ihn auch niemand. Dacco stand wie gelähmt. Was hier geschah, war so unerhört, daß sein Verstand es nicht fassen konnte. Keiner der zwanzig Männer wagte einzugreifen.

Den Atem anhaltend, sahen sie, wie der heilige Mann vor die Königin hintrat, die ihn auf Knien vor dem Altar erwartete. Wie er die Hand auf ihren Scheitel legte und wie sie unter dieser Berührung freudig erschauerte. Wie sich die beiden erhabenen Gestalten, von überirdischem Licht umflossen, in einem fremdartig schönen Ritual vereinigten. Die feierlichen lateinischen Worte des Weihespruchs, die der alte Bischof mit tiefer Stimme laut und volltönend sprach, konnten nichts anderes sein als die Worte des Höchsten selbst.

In diesem Augenblick schien es den Männern, daß sie Zeugen eines göttlichen Wunders waren.

Aber das Wunder währte nicht lange. Die Sonne ging unter. Das goldene Licht verschwand wie das Gold vom Altar. Der Bischof, die königliche Nonne und ihre Begleiterin zogen sich in die Sakristei zurück und schoben den Riegel vor.

»Gehen wir, Männer!« sagte Dacco.

Unschlüssig standen sie draußen in der Dämmerung auf dem Platz zwischen Kirche und Schenke. Einige zog es zurück zu den Bierfässern. Andere wollten noch warten, wußten aber nicht recht, worauf. Plötzlich waren alle ernüchtert. Unbehagen machte sich breit. Einer faßte es in die einfache Frage: »Und was wird nun der König tun?«

Dacco spürte schon König Chlothars Fäuste am Kinn, auf der Nase, auf den Rippen.

Nach einer Weile kam der Bischof heraus und schloß die Kirche ab. Er wollte fortgehen.

»Hör mal, Bischof!« sagte Dacco.

»Ja, mein Sohn?«

»Und sie? Wo ist sie?«

»Wo soll sie sein? Sie will ihre erste Nacht als Geweihte in der Kirche verbringen. Betend und fastend.«

»Die ganze Nacht?«

»Ja. Morgen früh werde ich den beiden ein paar Äpfel und ein Stück Brot bringen.«

»Morgen früh erst? Und kommt sie dann raus?«

»Wer weiß? Vielleicht bleibt sie noch eine zweite Nacht oder länger.«

»Und wie lange will sie das treiben?«

»Das weiß nur Gott. Er ist jetzt ihr Herr. Er allein!«

Der Bischof lächelte freundlich, wünschte eine gesegnete Ruhe und verschwand.

Später, wieder beim Bier in der Schenke, rang sich Dacco zu einem Entschluß durch: »Männer, die Sache ist schwierig. Wir sind in einer beschissenen Lage. Da kann nur der König noch etwas machen. Deshalb muß er so schnell wie möglich alles erfahren. Ich reite gleich hin, noch in der Nacht. Zehn Mann kommen mit mir, die andern zehn bleiben. Morgen abend sind wir zurück.«

Dacco saß schon zu Pferde, als er den Männern, die zurückblieben, noch einmal einschärfte: »Daß ihr sie nicht aus den Augen laßt! Daß ihr immer in ihrer Nähe bleibt!«

Je zwei Mann hielten abwechselnd Wache, die anderen schliefen in der Schenke auf Bänken und Strohmatten. Auch der Wagenlenker, der keine weiteren Befehle von Radegunde empfangen hatte, war hier eingekehrt. Die Pferde blieben auf einer Koppel hinter der Schenke. Die Carruca stand die ganze Nacht auf dem Platz.

In aller Frühe wurden die beiden Wächter sanft wachgerüttelt. Sie lagen im Gras neben der Kirchenmauer. Unter einer schwarzen Kapuze lächelte sie das milde Gesicht einer Nonne an.

»Sunniulf! Grippo! Der Herr hat euch einen gesunden Schlaf gegeben. Wir wollen abreisen. Seid ihr bereit?«

Die Männer fuhren hoch und blickten um sich. Im fahlen Morgenlicht spannte der Wagenlenker die Pferde vor die Carruca. Die grauhaarige junge Kammerfrau kam mit einem Wassereimer vom Brunnen und stieg ein. Der Bischof und ein paar jüngere Geistliche standen vor der Kirchentür und lachten wohlwollend. Und die freundliche Nonne ...

»Herrin! Königin!« riefen die Männer und sprangen auf die Beine.

»Geht hinüber und weckt die anderen. Wir haben heute noch einen weiten Weg vor uns.«

»Aber wir haben Befehl ...«

»Ihr habt den Befehl, uns zu schützen. Hat sich daran etwas geändert? Schutzbedürftig sind wir noch immer – jetzt um so mehr! Natürlich werdet ihr für die längere Reise vergütet. Ihr soll es nicht bereuen.«

Die zehn Männer in der Schenke berieten. Bald wurde es ein heftiger Streit. Zunächst überwogen die Bedenken. Dacco hatte zwar nicht ausdrücklich angeordnet, auf ihn zu warten. Aber was würde er sagen, wenn er am Abend zurückkam und sie nicht mehr hier vorfand?

Dann aber erinnerte sich einer an Daccos letzte Mahnung, bevor er fortritt: »Daß ihr sie nicht aus den Augen laßt! Daß ihr immer an ihrer Seite bleibt!«

Damit sahen sich die meisten in ihrer Meinung bestätigt, daß es rechtens sei, die Königin zu begleiten. Nur drei blieben in Noyon zurück. Die Sonne ging auf, als der kürzer gewordene Zug den Ort verließ.

Radegunde und ihr Begleittrupp folgten der alten Römerstraße nach Norden, nach Amiens. Doch damit sollten

Verfolger getäuscht werden. Von Amiens aus ging es scharf nach Westen über Beauvais und dann wieder in südlicher Richtung nach Paris. Hier verabschiedete Radegunde die Männer und entlohnte sie großzügig. Die Carruca schickte sie mit ihnen zurück. Sie gab ihnen auch einen Brief mit, in dem sie sie dafür entschuldigte, daß sie ihrem Befehl gefolgt waren. In Paris vermied sie jede Berührung mit ihren königlichen Verwandten und blieb ein paar Tage in einer christlichen Herberge auf der Seine-Insel. Dann schlossen sie und Sigalsis sich einem Pilgerzug nach Tours an. Bis Orléans ging es zu Fuß, schließlich weiter auf der Loire zu Schiff.

Die Grabstätte des heiligen Martin in Tours war für Asylsuchende und Verfolgte der sicherste Ort im ganzen Frankenreich. Als die Novemberstürme einsetzten, war Radegunde dort angekommen.

30

Unterdessen erfuhr der König Chlothar, welches Mittel der heilige Bischof Médard benutzt hatte, um die Wunden der Seele seiner Gemahlin zu heilen. Als Dacco am frühen Morgen den Palast von Soissons erreichte, war noch ein Gelage im Gange, wenn auch schon fast am schalen Ende. Seine betrunkenen Kebsen umgaben den König, der kaum noch aufrecht sitzen konnte und immer wieder mit dem Kopf auf den Tisch sank.

Dacco beugte sich zu ihm und flüsterte ihm ins Ohr, was geschehen war. Er mußte es mehrmals wiederholen. Als Chlothar es endlich begriff, kam er augenblicklich zu sich. Er brüllte auf und sprang auf die Beine. Die flammende Wut stieg ihm ins Gesicht. Er ergriff einen Kerzenleuchter und schlug auf den Comes ein, bis ihm der Arm erlahmte. Er drohte ihm und allen, die in Noyon dabei waren, mit dem Tode und schrie, den Bischof werde er hängen lassen und »die Verrückte« in Ketten legen. Man holte Baudin, der sich längst zurückgezogen hatte, aus dem Schlaf, damit er versuchte, den Wüterich zu bändigen. Der König verlangte sein Pferd, er wollte unverzüglich nach Noyon aufbrechen. Baudin beschwor ihn, erst zu ruhen und dann die Angelegenheit mit erfrischtem Geist zu entscheiden. Chlothar packte ihn am Halse und würgte ihn. Ein paar Beherzte sprangen hinzu und befreiten den Röchelnden aus seiner Zwangslage. Das Pferd wurde vorgeführt. Chlothar ließ sich hinaufhelfen – und fiel gleich wieder herunter. Ohnmächtig blieb er liegen.

Die nächsten Tage vergingen, ohne daß etwas unternommen wurde. Der König lag mit bleichem Gesicht und schwärzlich umrandeten Augen im Bett, schwach und kaum einer Bewegung fähig, weil die Ärzte ihn immer wieder zur Ader ließen. Wenn er bei sich war, grollte er vor sich hin und schimpfte auf die überspannte Frömmlerin, die seine Langmut ausgenutzt habe und übermütig geworden sei. Immer wieder drohte er nun auch ihr den Tod an. Baudin, den die Aussicht, Bischof und Metropolit zu werden, fromm gemacht hatte, saß täglich lange bei ihm am Bett und redete auf ihn ein. Mit gebotener Vorsicht machte er ihn darauf aufmerksam, daß er sterblich sei und bald schon vor Gottes Thron stehen könne. Was für eine entsetzliche Schuld beim Jüngsten Gericht, wenn er vorher noch eine dem Herrn Geweihte umgebracht hätte, selbst wenn sie Königin und seine Frau war. Chlothar bedachte seinen kläglichen Zustand und fügte sich vorerst in das Geschehene.

Anfangs wußte man am Hof von Soissons nichts über Radegundes Verbleib. Als der von den Schlägen des Königs gezeichnete Dacco am nächsten Tag nach Noyon zurückkehrte, fand er nur noch drei seiner Männer vor, die nichts weiter sagen konnten, als daß die Gesuchte nach Norden, in Richtung der Küste, abgereist war. Der Bischof Médard war ebenfalls nicht mehr in Noyon, er hatte sich angeblich auf eine Rundreise durch seine Diözese begeben. Tatsächlich waren ihm nach Radegundes Verschwinden wieder Zweifel an der Rechtmäßigkeit seines Handelns gekommen, und er war schon auf dem Weg nach Paris zu seinem berühmten Amtsbruder Bischof Germanus, von dem er sich Rat und notfalls Schutz erhoffte.

Ein halber Monat verging, bis König Chlothar sich so weit erholte, daß er das Bett verlassen konnte. Um diese Zeit traf ein Brief Radegundes ein. Er kam aus Tours, ein Priester brachte ihn. Nun wußte man, daß die Geflohene sich im Asyl des heiligen Martin befand. In dem ausführlichen Schreiben bat sie den König um Verzeihung für ihren Schritt, auch wenn er ihn nicht verstehen könne. Aussichtslos werde jeder Versuch sein, sie zur reuevollen Rückkehr in die früheren Verhältnisse zu bewegen. Keiner Nötigung, keinem Zwang werde sie sich fügen. Es gebe für sie keinen Herrn außer Gott, und ihre Hinwendung zu ihm sei endgültig.

Chlothars Zorn, der sich schon etwas abgekühlt hatte, wurde durch diesen Brief wieder neu entfacht. Der Vorleser – jener Priester, der ihn gebracht hatte – erhielt Schläge und Fußtritte. Der König drohte, die Martinsbasilika mitsamt dem Grabmal des Heiligen niederzureißen. Er beschloß, sich selbst nach Tours zu begeben, um das zu besorgen, und ließ für die Reise alles vorbereiten. Die Warnungen seiner Berater und Ärzte, er sei zu einer solchen Strapaze jetzt zu Beginn des Winters noch nicht wieder stark genug, tat er mit höhnischem Lachen ab. Er werde es »dem da oben« zeigen, der es gewagt habe, ihm die Frau wegzunehmen. Er werde ihm zeigen, wer der Stärkere sei.

Mit großem Gefolge setzte sich Chlothar – drei Wochen nach Radegundes Flucht – in Bewegung. Als Zweck der Reise wurde allerdings verbreitet, der König wolle am Martinsgrab beten und dem Heiligtum Geschenke machen. Um Paris machte Chlothar einen Bogen, weil er fürchtete, daß sein Bruder Childebert von der Sache erfahren hatte, und weil es ihm peinlich war, sich erklären zu müssen. Dennoch wurde bekannt, daß er sich auf der Durchreise befand, und auf der Straße nach Orléans stieß – zufällig, wie er vorgab – Germanus zu ihm. Der Pariser Bischof wollte ebenfalls nach Tours und bat, im Schutze des Königs reisen zu dürfen.

Germanus, der große Autorität besaß und viel Geschick im Umgang mit den rauhbeinigen Merowingern hatte, brachte Chlothar schließlich dazu, ihm die ganze Geschichte selbst zu erzählen und seinen Rat zu erbitten. Daß er alles bereits von Médard wußte, ließ er sich nicht anmerken. Die beiden hatten sich auch schon mit anderen Amtsbrüdern darüber verständigt, daß hier der heiligen christlichen Kirche ein unverhofft hoher Gewinn an Ansehen winkte. Wenn man den König dazu brächte, auf seine Gemahlin zu verzichten und ihre Berufung und neue Stellung anzuerkennen, würde das ein glänzender Sieg des Glaubens sein.

Die Taktik des schlauen Priesters bestand zunächst darin, den Vorfall wortreich zu bedauern. Nichts sei ja weniger wünschenswert als ein Konflikt zwischen der Kirche Gottes und der weltlichen Macht. Da nun aber geschehen sei, was man nicht ändern könne, fuhr er fort, müsse man mit Feingefühl damit umgehen und den Nachteil für beide Seiten möglichst in Grenzen halten. Klug sei es deshalb, aus einem vermeintlichen Schaden einen Vorteil zu ziehen. Müsse ein Herrscher, fragte der Bischof, aus Gründen des Machterhalts nicht manches tun, was den Geboten Gottes zuwider sei? Sei er nicht geradezu gezwungen, diese Gebote zu übertreten, wenn er auf dem Thron bleiben wolle? Leider würden aber die Taten der Menschen vor Gottes Gericht nur nach moralischen, nicht nach politischen Gesichtspunkten gewertet. Das könne man zwar bedauern, seufzte er, aber es sei nun einmal so. Ein König komme also gewöhnlich mit schwerem Schuldgepäck belastet vor Gottes Antlitz, und so sei er plötzlich schlechter dran als der Geringste seiner früheren Untertanen, die ja auch gar keine Gelegenheit hatten, Sünden wie er zu begehen. Und so habe er also mit einer höheren – einer erheblich höheren – Strafe als alle anderen zu rechnen. Vorteilhaft sei nun in dieser vertrackten Lage für ihn, erklärte der Bischof in tröstendem Ton, wenn seiner Schuld ein hohes Verdienst gegenüberstehe – ein moralisches wohlgemerkt, kein politisches. Gewöhnlich handele es sich dabei um einen Verzicht: Verzicht auf Reichtum zugunsten der Kirche und der Armen, Verzicht auf Gewalt gegenüber Mahnern und Kritikern. Das werde strafmildernd angerechnet. Wie hoch aber, schloß er leuchtenden Auges, werde man dort bewerten, wenn ein Herrscher, um Gott gefällig zu sein, sogar auf seine geliebte Gemahlin verzichte. Werde nicht alle Schuld seines Lebens durch einen so erhabenen Schritt getilgt?

Chlothar hörte dies alles mißmutig, aber aufmerksam an. Wenn er sich besser fühlte, fuhr er dem Bischof bald über den Mund und erklärte ihm das Gefolgschaftsverhältnis zwischen König und Gott, wie er es immer verstanden hatte. Aber gewöhnlich ging es ihm schlecht, und dann blieb er nachdenklich und rechnete. Wenn es mit dem Gericht im Jenseits tatsächlich etwas auf sich hatte, sagte er sich, sei er dringend genötigt, etwas zu tun. Lohnte es denn, sich für die kurze Zeit, die ihm blieb, einer Frau zu versichern und danach eine Ewigkeit für alles zu büßen?

»Erinnere dich auch an deinen Vater, den großen Chlodwig«, bemerkte der Bischof einmal, als er diese Gedanken des Königs erriet. »Nannten die Menschen ihn nicht einen Mörder, ein Ungeheuer? Aber tilgte er nicht alle Schuld durch einen großen Verzicht? Den Verzicht auf den Irrglauben an die alten germanischen Götter? Indem er ins Taufbecken stieg und sich zum dreieinigen Gott bekannte? Indem er unserer heiligen Kirche zu ihrem Recht verhalf und das Frankenvolk zum wahren Glauben führte? Auch du denkst gewiß darüber nach, was du noch tun kannst, bevor es zu spät ist ...«

Und er versäumte nicht, darauf hinzuweisen, daß Chlodwig mit fünfundvierzig Jahren sein irdisches Dasein beenden mußte und in den Himmel abberufen wurde. Zweifellos wurde ihm dort vergeben, und er war nun unter den Seligen.

Dazu schwieg König Chlothar beklommen, und der zungenfertige Kirchenmann wußte, was er dachte: daß ihm zu diesem Alter nur noch wenige Monate fehlten und daß er sich so elend wie nie fühlte.

Als sie sich aber der Stadt Tours näherten, ging es Chlothar plötzlich wieder besser, und seine grimmige Laune kehrte zurück. Nun war er für solche Gespräche nicht mehr zu haben, und er behandelte seinen geistlichen Reisegefährten wie einen noch nicht gefaßten, doch höchst verdächtigen Missetäter. Er redete jetzt von einer »Verschwörung«, als deren Opfer er ausersehen sei. Radegunde sei von den Verschwörern zu dieser »Pfaffenkomödie« benutzt worden, um sein Ansehen und seine Macht zu untergraben. Aber er werde ihr zeigen, wo ihr Platz sei, und für diejenigen, die sie angestiftet hatten, werde es künftig in seinem Reich keinen Platz mehr geben. Mit solchen Gedanken im Hirn und solchen Reden auf der Zunge zog König Chlothar in Tours ein.

Hier erwartete ihn ein herber Schlag: Hatte er heimlich gehofft, die Abtrünnige werde im Angesicht ihres wahren Herrn doch noch Reue zeigen und ihn demütig, mit der Bitte um Vergebung, empfangen, sah er sich enttäuscht. Sie war gar nicht mehr da, sie hatte Tours schon zwei Tage zuvor verlassen. Gleich nachdem sie die erste Nachricht von seinem Kommen erhalten hatte, war sie nach dem sechzig Meilen entfernten Poitiers aufgebrochen. Auch dort gab es ein berühmtes Asyl, das des heiligen Hilarius.

Der Bischof Injuriosus begrüßte mit anderen Geistlichen und Vertretern der örtlichen Aristokratie den Herrscher am Stadttor und mußte ihm dies auf seine drängenden Fragen gleich mitteilen. Vor dem gaffenden Volk riß sich Chlothar zusammen. Doch später, als er mit den Herren allein war, legte er alle Hemmungen ab. Die Daumen hinter dem Gürtelriemen und heftig wippend, schrie er sie an und drohte ihnen, er werde sie allesamt in die Loire jagen. Auf den alten Médard schlug er mit Fäusten ein. Der Unglückliche war auf einem anderen Wege nach Tours gekommen und hatte sich auf ein vorausgesandtes Schreiben des Germanus verlassen, in dem dieser, voreilig frohlockend, ein Einlenken König Chlothars in Aussicht gestellt hatte. So hoffte der Bischof von Noyon auf ein versöhnliches Wort seines Herrschers, erhärtet in seinem Wert durch die spirituelle Nähe des Heiligen. Statt dessen verlor er den letzten Zahn im Munde.

Zur Verwirklichung seiner zerstörerischen Absichten bezüglich der Basilika und des Heiligengrabs ließ sich der König Chlothar dann aber doch nicht hinreißen. Er beschränkte sich auf ein paar minder folgenreiche Racheakte. So beschimpfte und vertrieb er eine Gruppe frommer Pilger, die – wie zuvor Radegunde – drei Tage und Nächte vor dem heiligen Grab gewacht und gebetet hatten. Er entriß Mönchen die Beutel mit dem heilkräftigen Staub von Martins Sarkophag, den sie an Kranke verkauften, und verstreute den kostbaren Stoff unter Hohngelächter. Mit einem Stecken schlug er um sich und löschte dabei sämtliche Kerzen im Sanktuarium, so lange, bis er im Dunkeln zusammenbrach. Man trug ihn in sein Quartier, wo ihn ein Medicus zur Ader ließ.

Der Zustand des Königs war wieder bedenklich. Die Ärzte sahen darin freilich weniger eine Folge der Erregung als eine seines nach wie vor übermäßigen Fleisch- und Weingenusses. Die Reise fortzusetzen und die Flüchtige weiter zu verfolgen war ihm jedenfalls vorerst nicht möglich. Auf dem Krankenlager bereute er seine Gewalttaten im Heiligtum. Seine Mutter, die siebzigjährige Chlothilde, schleppte sich, selbst siech und am Ende ihrer Kräfte, an sein Bett und machte ihm die heftigsten Vorwürfe. Sie erinnerte ihn daran, daß er dem heiligen Martin sein Leben verdanke, weil der vor zehn Jahren infolge ihrer Gebete den Hagelsturm schickte, um Chlothars Feinde zu zerstreuen. Sie nannte ihn undankbar, gottlos und eine Schande für das Geschlecht der Merowinger. Für Radegundes Entscheidung zeigte sie volles Verständnis. Sobald sie abberufen werde, drohte sie, werde sie im Himmel für diese mutige Frau, ihre würdige Schwiegertochter, ein Wort einlegen, damit man sie von oben beschütze und vor den Verfolgungen ihres mißratenen Sohnes bewahre.

Kurz darauf, noch im selben Jahr, starb die Königinmutter. Chlothar ordnete an, den Leichnam mit pomphaftem Geleit und unter frommen Gesängen nach Paris zu bringen. Dort sollte die Verstorbene später an der Seite Chlodwigs, ihres schon vor über dreißig Jahren dahingeschiedenen Gemahls, beigesetzt werden. Der König fühlte sich noch schwach und blieb vorerst in Tours. Um den heiligen Martin zu versöhnen, ließ er eine beträchtliche Anzahl Goldbarren aus seinem Schatz herbeischaffen, die er dem Heiligtum zum Geschenk machte.

Zwei Monate vergingen. Chlothar erholte sich wieder, blieb aber unschlüssig und unternahm nichts. Aus Poitiers kam ein weiterer Brief Radegundes, in dem sie, eher demütig als stolz, ihren Schritt noch einmal verteidigte und den König bat, ihr die Erlaubnis zur Gründung eines Klosters zu geben. Es solle auf ihrem eigenen Land entstehen, das sie als Morgengabe erhalten hatte, einem Gut in der Nähe der Stadt.

Mit starrer, düsterer Miene saß der König in seinem Armstuhl, als ihm der Brief vorgelesen wurde. Und dann vernahm das Häuflein der anwesenden Höflinge eine seltsame, vollkommen unerwartete Äußerung.

»Aber dann sehe ich sie ja nie wieder!« sagte Chlothar, als der Vorleser schwieg. »Ich liebe sie doch ... Ich liebe sie!«

Und dabei brach er in Tränen aus.

Baudin, der Zeuge dieses niemals für möglich gehaltenen Gefühlsausbruchs wurde, war gerührt und erbot sich, allein nach Poitiers zu reisen und einen letzten Versuch zu machen, Radegunde umzustimmen. Damit war Chlothar einverstanden, und Baudin bestieg seinen Reisewagen. Nach sechs Tagen, die der König voller Hoffnung und fast nur im Weinrausch verbracht hatte, kam er zurück.

Er hatte die ehemalige Königin in ihrem Asyl in der Kirche des heiligen Hilarius aufgesucht. Sein Bericht war niederschmetternd.

»Sie trat mir entgegen ... barfuß, im Büßerhemd. Ihr Haar war geschoren. Schmutzig wirkte sie und verwahrlost. Ich erkannte sie kaum, so mager ist sie geworden. Nur bleiche Haut und spitze Knochen infolge des Wachens, des Fastens und der heftigen Selbstkasteiung. Wohl auch der Aufregungen, der Angst, der Ungewißheit. Ich sagte: ›Herrin, was tust du? Du richtest dich ja zugrunde!‹ – ›Nein‹, sagte sie, ›ich bereite mich vor. So wird der Tod mich schneller erlösen, wenn man mich mit Gewalt von hier fortschleppt. Vielleicht achtet der König das Asyl nicht. Aber dann wird er an mir keine Freude mehr haben. Ich habe gesehen, wie du erschrakst, weil ich so häßlich geworden bin. Das macht mich froh!‹ So sagte sie, König, wortwörtlich, ich schwöre es dir. Und sie lachte dazu, daß es mich schauderte. Dann redete sie noch viel wirres Zeug. Sie faste und gebe sich die Geißel, damit Gott sehe, wie ernst es ihr mit der Weltflucht sei. Damit er ihr glaube, daß sie alle Sünden bereue, die sie als Königin begangen habe. Damit er ihr beistehe, wenn du – verzeih, das waren ihre Worte – versuchen solltest, sie in die Hölle auf Erden zurückzustoßen, in der du regierst. Darauf hätte ich eigentlich etwas erwidern müssen. Aber ich schwieg und ließ sie reden. Denn ich glaube, sie ist nicht mehr bei Verstand.«

Nach diesem Bericht seines engsten Vertrauten betrank sich der König Chlothar maßlos. Und später, im Kreise der Zecher, verkündete er seine Entscheidung.

»Diese verrückte Betschwester!« lallte er. »Wozu kann ich sie noch brauchen? Wozu? Soll sie sich doch ihren Hintern zerfleischen! Soll sie sich nur zu Tode hungern! Wenn dem da oben so etwas gefällt, kann er sie haben … kann er sie meinetwegen behalten. Ich wünsche ihm viel Vergnügen mit ihr!«

Am nächsten Tag machte er sich auf den Weg und kehrte nach Soissons zurück.

Epilog

König Chlothar hatte sich nicht getäuscht. Er sah Radegunde nie wieder.

Nachdem er sie freigegeben hatte, konnte sie ihr Asyl verlassen und sich unbehelligt auf einem ihrer Güter in der Nähe der Stadt Poitiers erholen. Ihr teils aus schwärmerischer Bußwilligkeit, teils aus kluger Berechnung herbeigeführter Zustand war so erbärmlich, daß sie dazu mehrere Monate brauchte. Kaum war sie aber wieder zu Kräften gekommen, machte sie sich energisch an das Projekt, mit dem sie ihren Lebenstraum verwirklichen wollte. Es sollte ein Frauenkloster werden nach dem Vorbild, das in der Stadt Arles eine Gallorömerin namens Caesaria gegeben hatte. Radegunde reiste selbst im Frühjahr dorthin, um die Verhältnisse zu studieren. Den berühmten Heiligen und Bischof Caesarius, den Bruder und Helfer der Klostergründerin, traf sie zu ihrem Leidwesen nicht mehr an, er war ein paar Jahre vorher, im Jahr 542, gestorben. Radegunde brachte jedoch von ihrer Reise die von ihm verfaßte erste Regel für Nonnen mit, um sie in ihrem eigenen Kloster zum Hausgesetz zu machen.

Ehe es aber soweit war, mußten noch sechs lange Jahre vergehen. Alles, was die frühere Königin an Geld, an kostbaren Geschenken und als Morgengabe besaß, verwendete sie für den Bau, der auf einem ihrer Besitztümer vor den Toren der Stadt Poitiers langsam emporwuchs. Es wurde eine imposante Landvilla im römischen Stil mit Porticus, mehreren Innenhöfen, Wirtschaftsgebäuden, Badestuben,

Gärten und natürlich mit einer Kirche. Eine hohe, dicke Mauer mit zahlreichen Türmen umgab die Anlage, die von außen einer Festung ähnelte. Radegunde verlangte von den Architekten ein Höchstmaß an Sicherheit für die friedfertige Gemeinschaft von Frauen und Mädchen, die dort einziehen sollte. Bereits während der Bauzeit war das Kloster Anziehungspunkt für Neugierige, die von weither herbeiströmten. Sie rühmten es schon vor seiner Eröffnung als eine »Arche im Meer der Leidenschaften und der Stürme der Welt«.

Es waren aufregende Jahre. Radegunde kam täglich auf den Bauplatz, kümmerte sich um jede Einzelheit. Sie drängte die Lieferanten von Holz und Steinen, feilschte um Preise, stritt mit den Bauleuten, um ihre Ideen durchzusetzen. Dabei vernachlässigte sie nicht ihre Pflichten als Diakonissin und war wie früher voller Hingabe um die Armen und Kranken bemüht. Nach und nach wurde sie eine bekannte Persönlichkeit in der Stadt Poitiers und ihrer Umgebung. Gern empfing man die frühere Königin mit der abenteuerlichen Lebensgeschichte. In den großen Senatorenfamilien gewann sie Bewunderer und Förderer.

Ihre Freunde vergaß sie nicht. Daß es Sigalsis, die bei ihrer letzten Flucht und während der harten Zeit im Kirchenasyl nicht von ihrer Seite gewichen war, wieder zu ihren Kindern zog, sah sie ein, und so ließ sie die Freundin schweren Herzens nach Athies zurückkehren. Das dortige Gut blieb weiterhin Zuflucht für kranke und bedürftige Frauen. Sigalsis ersetzte allmählich Frau Berthe, deren Mann verstorben war und deren Kräfte verfielen. Nachdem Arnes Frau eine zweite Geburt nicht überlebt hatte, heiratete der junge Verwalter schließlich Sigalsis. Zusammen brachten sie sieben Kinder in die Ehe, und mit den drei gemeinsamen wurden es zehn, die alle wunderbarerweise am Leben blieben. Sigalsis schrieb Radegunde regelmäßig, berichtete ihr alles, was vorfiel, und später besuchte sie sie noch zweimal in Arnes Gesellschaft.

Indem die frühere Königin ihre ausgezeichneten Beziehungen zur hohen Geistlichkeit nutzte, die ihr die kühne, dem Ansehen der Kirche so förderliche Befreiungstat nicht vergaß, konnte sie einen anderen Freund in ihre Nähe holen. Es gelang ihr, Waldos Berufung an die Bischofskirche von Poitiers durchzusetzen. Glücklich nahm sie ihn in Empfang, als er – mittlerweile ergraut und an den Folgen eines Überfalls leidend – nach einer monatelangen Wanderung eintraf. Mit ihm besprach sie nun alle Fragen, die das künftige Kloster betrafen, und ging mit ihm auch noch einmal gründlich das Regelwerk durch. Später las er den Nonnen die Messe und wurde ihr geistlicher Betreuer.

Der Tag im Jahre 550, an dem die zweiunddreißigjährige Radegunde und ihre Mitschwestern in ihr endlich fertiggestelltes Refugium einzogen, war ein Festtag für die Stadt Poitiers. Von der Kirche des heiligen Hilarius nahm die Prozession ihren Anfang. Bischöfe und Priester aus allen drei Frankenreichen hatten sich eingefunden, auch viele berühmte Freunde der ehemaligen Königin. Eine gewaltige Menge Schaulustiger drängte sich in den Straßen und auf den Plätzen der Stadt, die der Zug mit Fahnen, Kreuzen, Reliquien und Heiligenbildern durchquerte.

Der Ruhm Radegundes hatte nicht wenige vornehme Familien bewogen, ihre Töchter der mutigen Frau anzuvertrauen, die zugunsten des Kreuzes den Purpur verschmäht hatte. Die meisten der künftigen Nonnen waren Aristokratinnen gallorömischer Herkunft. Für ganze Familien, die weniger gläubig und asketisch lebten, sollten diese Mädchen den Einzug ins Himmelreich verdienen. Bei der Aufnahme fränkischer Bewerberinnen war Radegunde vorsichtig. Zu viele schlimme Erfahrungen hatte sie mit fränkischem Wesen gemacht, als daß sie nicht fürchten mußte, solche Nonnen würden barbarische Sitten in das neue Kloster hineintragen. (Wie recht sie mit dieser Befürchtung hatte, sollte später – allerdings erst nach ihrem Tode – ein Nonnenaufstand beweisen, den fränkische Königstöchter anführten.)

Das Kloster zum heiligen Kreuz ähnelte äußerlich zwar einer Festung, war aber kein Ort strenger Abgeschiedenheit. Für die Begegnung mit der Welt blieb es offen. Die Beschäftigung mit Literatur, nicht nur der geistlichen, wurde den Nonnen zur Pflicht gemacht und nahm zwei Stunden täglich in Anspruch. Auch während der Arbeit las immer eine den anderen vor. In einem Schreibsaal kopierten befähigte und besonders ausgebildete Schwestern literarische Werke. Ein Teil der Bücher wurde verkauft und brachte dem Kloster Geld ein. Die Vorschriften der Regel des Caesarius wurden nicht alle wörtlich befolgt. Auf Fleisch und Wein mußte zwar verzichtet werden, jedoch nicht auf warme Bäder und Brettspiele. Sogar Theaterstücke studierten die Nonnen ein, bei denen auch junge Mädchen von außerhalb mitwirkten.

Nicht nur Geistliche wurden im Kloster empfangen, sondern auch vornehme Laien, die sich in großer Zahl einfanden. Nach wie vor schätzte die ehemalige Königin die Begegnung mit gebildeten, geistvollen und weitgereisten Männern. Wie früher an den Hof von Soissons kamen auch jetzt die meisten nur ihretwegen.

Sie empfing sie allerdings nicht als Äbtissin, sondern als einfache Nonne. Sie verzichtete auf den Rang einer Vorsteherin, um sich, unbedrängt von Amtspflichten, ihren religiösen Übungen und den Werken der Nächstenliebe widmen zu können. Nach der Regel wählten die Nonnen eine aus ihrer Mitte zur Äbtissin, wobei sie freilich einem Vorschlag der Klostergründerin folgten. In einer der Senatorenfamilien von Poitiers hatte Radegunde die Bekanntschaft eines sehr schönen Mädchens gemacht. Die junge Agnes bewunderte sie und interessierte sich glühend für ihre ungewöhnliche Lebensgeschichte. Es gelang Radegunde, den anfangs widerstrebenden Eltern die Erlaubnis abzuringen, daß ihre Tochter gleich unter den ersten ins Kloster einzog. Sie schlug sie dann zur Äbtissin vor, und Agnes übernahm formell die Leitung des Klosters. Die ehemalige Königin dagegen duldete für sich keinerlei Bevorzugung gegenüber den anderen Schwestern. Sie kochte, wusch Wäsche, reinigte Zellen, hackte Holz, trug Wasser, arbeitete am Webstuhl. Sie wollte nun einmal dienen, nicht befehlen. Aber natürlich genoß sie aufgrund ihrer Verdienste und ihrer ruhmvollen Vergangenheit die größte Autorität in der Klostergemeinschaft, und keine wichtige Entscheidung wurde ohne ihr Beisein getroffen. Die Äbtissin Agnes tat nichts ohne ihren Rat und ihr Einverständnis.

Waren die beiden nur schwesterlich miteinander verbunden? Suchte die ehemalige, in ihrer Ehe mit einem grausamen Despoten gequälte, verschreckte und enttäuschte Königin weibliche Liebe, Nähe und Zärtlichkeit? Gab es zwischen den beiden eine geheime, verbotene Beziehung? Viel wurde darüber an den fränkischen Höfen geklatscht. Man hatte dort allerdings ein Interesse daran, das Bild der Ausbrecherin zu schwärzen, schon um Nachahmerinnen abzuschrecken.

Für die meisten Menschen in der Francia, dem alten Gallien, war Radegunde jedoch eine Heilige. Als sie im Jahre 587, fast siebzigjährig, starb, wurde sie im ganzen Land betrauert. Ihr Grabmal in Poitiers, über dem man später die Kirche der heiligen Radegunde errichtete, wurde schon bald zur Pilgerstätte – und ist es noch heute.

Der König Chlothar lebte bis zum Jahre 561.

Er setzte sein wüstes Leben fort, geriet von Zeit zu Zeit in kriegerische Verwicklungen und heiratete noch ein weiteres Mal. Das merowingische Heil, das Herrscherglück, blieb ihm, dem Unhold, bis zuletzt treu. In den letzten Jahren seines Lebens war er der einzige *rex Francorum*, König des in sieben Jahrzehnten nach und nach zusammengeraubten Gesamtreiches, dessen Grenze im Westen die Garonne und im Osten die Saale war.

König Theudebert, sein fast gleichaltriger Neffe, starb schon mit siebenundvierzig Jahren nach einem Unfall auf der Bärenjagd. Dessen schwächlicher einziger Sohn Theudebald herrschte nun über das Reich, folgte dem Vater jedoch bereits sieben Jahre später in den Tod. Da er keinen Nachkommen hinterließ, erbte nach salischem Recht der nächste männliche Verwandte sein Königreich – sein Großonkel Chlothar. Im Jahre 555 zog er ohne einen Schwertstreich in Metz ein, der Hauptstadt des östlichen Reiches, das er nun dem seinigen zuschlug.

Drei Jahre später starb auch der sechzigjährige König Childebert, und diesmal erbte Chlothar als jüngerer Bruder. Er kam nach Paris und nahm auch das westliche Reich in Besitz. Die Francia war vierzig Jahre nach dem Tode ihres Gründers Chlodwig erstmals wieder unter einem König vereinigt.

Aber Chlothar konnte die ihm verbleibende Zeit seiner Herrschaft nicht genießen. Gerade die letzten Jahre, die seiner größten Machtfülle, waren düster und unruhig. Seine Söhne von drei Frauen waren inzwischen erwachsen und lauerten ungeduldig auf sein Dahinscheiden. Ständig mußte er Anschläge fürchten und deshalb in immer kürzeren Abständen den Wohnsitz wechseln. Nirgendwo war er zu Hause, nirgendwo sicher. In seinem riesigen Reich war er stets auf der Flucht.

Einer der Söhne war ihm besonders feindlich gesinnt – Chramm, der Sohn der Chunsina. Er hatte niemals vergessen können, was mit seinen Brüdern geschehen war. Schon zu Chlothars Lebzeiten riß er Teile des Reiches an sich. Damit weckte er aber den Widerstand seiner Halbbrüder Gunthram und Charibert, und schließlich raffte sich Chlothar selbst noch einmal auf. Mit seinen zahlenmäßig weit überlegenen Heerhaufen trieb er den unbotmäßigen Sohn bis in den äußersten Zipfel der Bretagne, wo er ihn einschloß und besiegte. Und dann schlug der alte Teufel ein letztes Mal zu. Er ließ Chramm in einer Bauernhütte einsperren und mit seiner Frau und seinen Töchtern – verbrennen.

Auf den Tag ein Jahr nach diesem letzten Verbrechen starb Chlothar, einundsechzigjährig, auf dem Krongut Compiègne an einer seiner zahlreichen Krankheiten. Fünfzig Jahre lang war er König gewesen. Am Ende beherrschte ihn mehr und mehr die Furcht vor der Vergeltung seiner Untaten im Jenseits. So kehrte er zum Glauben zurück, wenn auch auf seine Art.

Auf dem Sterbebett stieß er den Seufzer aus: »Wie groß muß der da oben im Himmel sein, daß er einen mächtigen König wie mich so elend umkommen läßt!«

Die frühen Merowinger

Vereinfachte Stammtafel

Childerich († 482) – Basina

Chlodwig (*466 R 482–511) – *Rheinfränkin* – Chlothilde († 544)

Theuderich (R 511–533) Suavegotta	Chlodomer (R 511–524)	Childebert (R 511–558)	Chlothar (R 511–561)	
	Ingunde	Aregunde	Chunsina	Radegunde (518–587)
Theudebert (R 533–548)	Gunthar († vor 540) Childerich († vor 540) Charibert (R 561–567) Gunthram (R 561–592) Sigibert (R 561–575)	Chilperich (R 561–584)	Chramm († 560)	
Theudebald (R 548–555)				

Zeittafel

Das Frankenreich im 6. Jahrhundert

511 König Chlodwig, der 486 den letzten römischen Statthalter besiegt und die fränkische Macht in Gallien begründet hat, stirbt in Paris.
Seine Söhne Theuderich, Chlodomer, Childebert und der erst elfjährige Chlothar werden gleichberechtigte Könige in den vier fränkischen Teilreichen.

524 Beim Versuch, das Reich der Burgunder in Südgallien zu erobern, fällt Chlodomer bei Vienne.
Seine beiden älteren Söhne werden von Chlothar ermordet. Childebert und Chlothar teilen sich sein Reich. Chlothar heiratet seine Witwe und bemächtigt sich später auch seines Schatzes.

526 Theoderich der Große, König der Ostgoten, stirbt in Italien. Seine Tochter Amalasvintha, eine Kusine der Frankenkönige, übernimmt die Herrschaft. Sie wird 535 ermordet.

527 Justinian wird byzantinischer Kaiser. Er regiert bis 565.

531 Theuderich zieht, anfangs gemeinsam mit Chlothar, gegen die Thüringer und besiegt sie in mehreren Schlachten. Ihr König Hermenefred wird zwei Jahre später bei einem Besuch in der Festung Zülpich von der Stadtmauer gestürzt. Theuderich schlägt die Gebiete der Thüringer am Main und südlich der Unstrut seinem Reich zu, den Rest erhalten die verbündeten Sachsen.

532 Der König der Burgunder, Godomar, unterliegt den Heeren Childeberts und Chlothars bei Autun. Damit endet die Herrschaft der Burgunder in Südgallien. Die fränkischen Sieger teilen das Reich.

532 bis 533 Nach seiner Rückkehr aus Thüringen muß Theuderich Aufstände in seinem Reich niederschlagen.
Er stirbt kurz darauf. König des östlichen Frankenreichs wird sein Sohn Theudebert.

536 Chlothar zwingt die achtzehnjährige Nichte und Adoptivtochter König Hermenefreds, Radegunde, die seit fünf Jahren als Gefangene in seinem Reich lebt, zur Heirat.

537 bis 545 Theudebert greift in Italien in die Kämpfe zwischen Byzantinern und Ostgoten ein und festigt seine Positionen nördlich der Alpen. Er ist in dieser Zeit der Mächtigste unter den Frankenkönigen.

548 Theudebert stirbt an den Folgen eines Jagdunfalls. Nachfolger wird sein Sohn Theudebald.

550 Die ehemalige Königin Radegunde gründet, nachdem sie König Chlothar einige Jahre zuvor unter gefahrvollen Umständen verlassen hat, in Poitiers das Heilig-Kreuz-Kloster, eines der ersten Nonnenklöster im Frankenreich.

555 Nach dem frühen Tode Theudebalds tritt sein nächster Verwandter Chlothar, der Halbbruder seines Großvaters Theuderich, nach salischem Recht sein Erbe an.

558 König Childebert stirbt, und Chlothar erbt auch das Reich seines älteren Bruders. Für drei Jahre – bis zum Tode Chlothars – ist damit das Frankenreich noch einmal vereinigt.

560 Chramm, ein Sohn Chlothars, erhebt sich gegen seinen Vater und seine älteren Brüder. Er wird besiegt und mit seiner Familie grausam hingerichtet.

561 Chlothar stirbt in seiner Hauptstadt Soissons.
Das Frankenreich wird abermals – wie fünfzig Jahre zuvor – unter vier Söhnen aufgeteilt: Charibert, Gunthram, Chilperich, Sigibert.
Die Ermordung Sigiberts (575) und Chilperichs (584) sind die Höhepunkte eines jahrzehntelangen Bruderzwistes, der vor allem von den verfeindeten Königinnen Brunhilde und Fredegunde geschürt wird.

587 Radegunde, schon zu Lebzeiten als Heilige verehrt, stirbt in Poitiers.